LE TEMPS DES MOUSSONS

Michel Peyramaure

LE TEMPS DES MOUSSONS

Roman

Production Jeannine Balland
Collection Sud Lointain

PRESSES DE LA CITÉ

ISBN 10 : 2-258-07162-3
ISBN 13 : 978-2-258-07162-9

Pour Laxmi et René Boutang

INDE
0 200 400 600 Km
NÉPAL
BHOUTAN
RAJPOUTANA
MALVA
BUNDELCUND
BEHAR
BENGALE
ORISSA
DECAN
MYSORE
MADURÉ
CEYLAN
GOLFE DU BENGALE
MER D'OMAN
OCÉAN INDIEN
CÔTE DE MALABAR
CÔTE DE COROMANDEL
Delhi
Agra
Lucknow
Cawnpore
Allahabad
Bénarès
Patna
Calcutta
Bombay
Madras
Hyderabad
Bangalore
Pondichéry
Colombo
Surate
Ahmedabad
Baroda
Nagpour
Gwalior
Jeypore
Indore

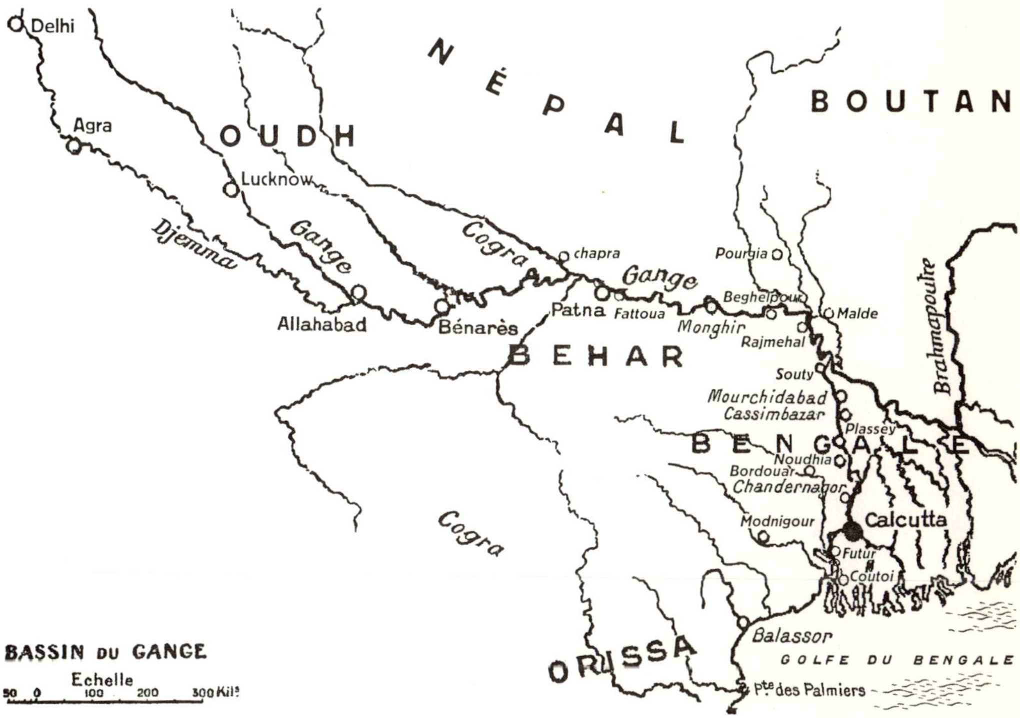

BASSIN DU GANGE

Récit d'Olivier de La Vermondie,
Ile de France, Les Pamplemousses, été 1770

Ce matin, la mer est éblouissante. Une légère courbe de l'horizon me cache encore les quelques blocs de lave émergeant au large, mais, des premiers contreforts de la Butte-aux-Papayers, qui surplombe mon domaine des Pamplemousses, je pourrais voir se dégager des dernières brumes du matin île, îlots et récifs du Coin de Mire.

Quelques embarcations de pêcheurs sorties de la baie des Tortues s'éparpillent vers le large comme un vol de papillons aux ailes ocre, blanches et rouges, figé dans l'infini de l'espace et du temps. Au loin, toutes voiles dehors, une frégate hollandaise, retenue durant quelques jours à Port-Louis par un cyclone, a repris sa route vers Java, Sumatra ou l'Inde.

De la fenêtre de mon pavillon, je domine le paysage pavoisé des dernières fleurs roses et blanches du printemps. L'atmosphère est si limpide que je pourrais, sans me déplacer, surveiller le travail de mes esclaves dans les champs de canne, au moulin à sucre et à la distillerie. La taille prise dans un ruban d'étoffe blanche qui contraste avec la carnation de leur peau, ils évoluent d'une allure nonchalante, accompagnés de chiens, de singes et d'enfants. Accroupies devant les cases, mes négresses allaitent leurs nourrissons ou somnolent en mâchant du bétel. Par des chemins de terre transformés en cloaques par la dernière pluie tropicale, des chariots surchargés de cannes noires, tirés par des buffles montés par des négrillons, avancent lourdement.

Ce n'est pas un jour comme les autres. Sur la liasse de papier de Chine blanc comme neige et moucheté de légères vergeures, je viens d'écrire une date qui va compter dans mon existence à l'Ile de France : **Eté 1770**, et, au milieu de la page, en gros italique, un titre ambitieux sinon original : ***Vie de Joseph Dupleix, gouverneur général des Indes orientales, 1697-1763***.

Devant ce feuillet presque vierge, je me sens soudain au bord d'un gouffre aux pentes verticales comme les flancs du Piton de la Découverte, avec, pour m'aider dans ma plongée, la simple échelle de corde de la mémoire et les documents amassés au cours de ma longue existence aux Indes. Il s'agit plutôt, en fait, d'une escalade, mais cela ne m'exonère pas du vertige que je ressens d'avance, d'une impression tenace de découragement devant une ambition qui me dépasse.

Je dois à la vérité d'avouer que cette tentative n'est pas la première. A plusieurs reprises, dans les années qui ont précédé et suivi la mort de ce héros qui fut aussi mon ami, je me suis engagé dans ce projet sans parvenir à le mener à bien, du fait des problèmes et des tracas qui accompagnaient l'installation de ma sucrerie et de ma distillerie. Je manquais alors du temps et de la disponibilité d'esprit dont, aujourd'hui, je dispose. Je me suis déchargé de cette tâche auprès de mon intendant, Thomas, un jeune Tamoul, et de mes enfants, Julie et Jean-Baptiste.

Depuis quelques mois, le temps a pris pour moi

une dimension et une qualité nouvelles, en plus d'une sérénité à laquelle j'aspirais depuis longtemps. J'ai décidé de mettre à profit cette vacuité pour rendre des visites plus fréquentes à quelques amis européens de Port Louis, de Mahébourg, des plantations avoisinantes, ou m'abandonner à des promenades contemplatives dans les savanes de la côte ouest et les montagnes du centre de l'île, pour observer les hardes de cerfs introduits par les Hollandais, ou la petite faune des buissons.

Me voici donc au pied du mur, ma pipe de terre blanche aux lèvres, avec une appréhension que j'ai du mal à réprimer : celle de n'être pas capable de mener à bien ce devoir de mémoire, et de mourir avant d'y avoir mis un terme. D'autres que moi, d'illustres écrivains souvent, comme monsieur de Voltaire, ont déjà évoqué ou évoqueront la vie de Joseph Dupleix, mais aucun n'en a parlé et n'en parlera jamais avec plus de précision et de chaleur humaine que je ne le ferai moi-même, du moins pour notre vie commune, en France puis aux Indes.

Si je puis apporter quelque élément nouveau, quelque témoignage inédit sur cette vie sujette, vers sa fin, à des tempêtes et à la déchéance, mon œuvre n'aura pas été inutile. Je m'efforcerai de faire la part des choses, de ne donner ni dans le dithyrambe ni dans la controverse acerbe envers un homme qui ne fut ni un saint ni un brigand.

Depuis ce jour de juin de l'année 1721 où nous avons pris la route des Indes, à Lorient, à bord de l'*Atalante*, jusqu'à son rappel injustifié par la Compagnie des Indes orientales, trente-quatre ans plus tard, j'ai partagé sa vie au plus près. Cela m'autorise à en parler aussi bien sinon mieux que ceux qui n'en écriront que par ouï-dire. Je ne fus dans son entourage qu'un personnage obscur, une sorte de secrétaire et de conseiller vigilant mais pas toujours agréé comme tel, l'ombre d'une statue. Une conscience subsidiaire, peut-être...

Livre I

1

*L'*Atalante

Rien, dans ma vie passée ni dans mes espoirs, n'aurait pu laisser supposer que ma destinée croiserait un jour, pour s'y attacher, celle de Joseph Dupleix.

Notre rencontre eut lieu dans le port de Lorient, alors que j'atteignais ma vingt-quatrième année. Après deux ans de campagnes réglementaires à titre de volontaire sur les côtes et dans les îles d'Amérique, je venais d'être incorporé à titre d'enseigne à deux galons à bord d'un navire de la Compagnie des Indes orientales en partance pour notre comptoir de Pondichéry.

En apparence, rien ne me préparait à une carrière dans la marine de commerce, le fils d'un pauvre hobereau du Périgord que je suis. C'est pourtant sans regret qu'à l'âge de quinze ans j'ai quitté le manoir familial de La Vermondie, en marge de la forêt Barade, pour répondre aux propositions d'un oncle armateur à Saint-Malo. Ce lointain parent, au cours d'un voyage dans notre région, avait décelé en moi, dès mes douze ans, certaines dispositions d'esprit et de caractère à même de m'éviter la vie rude et ingrate d'un cadet de province.

En sa présence, je pris goût très tôt aux choses de la

mer. Allongé sur mon grabat du grenier je sentais le balancement prémonitoire du hamac. Mon destin semblait tracé : j'allais épouser la *grande bleue*. Conscient de cette vocation, mon oncle détendit la bride qui me retenait mollement à son commerce d'armateur, m'aida dans mes démarches et me confia à un capitaine de ses clients.

C'est pourtant avec un sentiment d'angoisse qu'à bord d'un navire destiné à la Nouvelle-France j'entendis retentir le premier « Cap en route ! » lancé par le capitaine. J'avais, dans tous les sens du terme, rompu les amarres avec la vie de châtelain et de boutiquier. Mon oncle m'avait assuré que ce n'était pas forcément chez les Malouins ou les Bretons qu'on recrutait les meilleurs marins. Durant la première campagne, qui me mena jusqu'à Montréal, je briquai le pont mais appris à affourcher une ancre, à capeler un cordage ou à larguer une aussière.

A l'issue de quelques expéditions, de la Louisiane aux terres arctiques, je montai vite en grade, et c'est avec celui d'enseigne au service de la Compagnie, faisant fonction d'écrivain du bord, que je rencontrai sur le port de Lorient celui qui allait devenir mon ami et avait mon âge, à quelques mois près : Joseph Dupleix

Le départ de l'*Atalante*, navire marchand jaugeant six cents tonneaux, subissait sans cesse des retards. Nous devions lever l'ancre à la mi-avril, période favorable jusqu'en octobre à la navigation, mais au début du mois de juin, en traînant dans les mauvais lieux, nous attendions toujours le « Cap en route ! ». Des passagers civils manquaient à l'appel, ainsi que des matelots inscrits au rôle. Le capitaine nous confia le soin de traquer ce gibier de potence dans les estaminets, les tavernes et les bordels pour le rabattre vers l'*Atalante*, au besoin par la force.

On compte, dans le port et la ville de Lorient, principalement à Port-Louis, près de trois cents établissements louches avec, comme on dit, « enseigne et brandon ». J'avais pris mes habitudes dans une auberge de la rue de Bretagne où, deux jours par semaine, un Hollandais présentait dans une vaste arrière-cour des combats de taureaux et de chiens, mais c'est au cabaret de Marie-Anne Guémard, rue des Trois-Violons, que je fis la connaissance de Dupleix, occupé à boire du cidre avec quelques *bigorneaux* (des soldats enrôlés par la Compagnie). Il jouait de la viole de gambe pour accompagner le branle d'une ivrognesse et d'un sergent débraillé.

Ce personnage n'avait pas l'apparence d'un musicien de foire et paraissait ne manier l'archet qu'à contrecœur. J'en conclus qu'il payait ainsi son écot : le cidre et l'eau-de-vie.

Je pris place sur son banc et lui dis :

— J'ai bien aimé le passe-pied que vous venez d'interpréter, monsieur. Il me rappelle la *Schnellwalzer* des Autrichiens.

Il sourit, haussa les épaules.

— Erreur... soupira-t-il d'un air las. Il s'agit d'une sarabande, pas d'un passe-pied. Deux reprises de huit mesures... J'admets quelques rapports avec la courante et la gigue, mais en aucun cas avec le passe-pied et moins encore avec la musique qu'on joue à Vienne. Seriez-vous mélomane, monsieur ?

— C'est beaucoup dire, pour quelques gammes jouées naguère sur l'épinette de ma mère.

— Ecoutez donc cette autre pièce, et dites-moi quelle danse elle évoque pour vous...

Il me mit à l'épreuve à plusieurs reprises avec, de ma part, plus ou moins de bonheur dans ces devinettes. Je lui fis observer que son talent eût mérité un autre lieu et un autre auditoire. Il me répondit qu'il ne se produisait dans ce bouge que par nécessité, la pécune se faisant rare.

— Ici, me dit-il, je bois et mange gratis contre un peu de musique. Ce n'est pas avec ce que m'alloue la Compagnie et la modeste allocation de mon père que je peux mettre de la chair et du gras sur mes os...

Il ajouta, ex abrupto :

— Que faites-vous ce soir ? Avez-vous des obligations ?

— Je suis libre comme le vent.

— Alors, trouvez-vous à Port-Louis, au domicile de monsieur de Vimalles, sur le coup de sept heures. Il exerce la profession de commissaire aux ventes de la Compagnie. Un *monsieur*... Je suis invité à y donner un concert en duo, avec sa fille pour m'accompagner au clavecin. Vous serez mon invité.

Il voulut auparavant en savoir davantage sur moi ; je ne lui cachai rien, et il fit de même pour son compte, si bien qu'après quelques bolées de cidre et trois verres d'eau-de-vie nous étions les meilleurs amis du monde.

Il apprit mon nom et mon titre : Olivier de La Vermondie, chevalier. J'appris le sien : Joseph François Dupleix (« en un mot ») et son origine : Landrecies, dans le Hainaut. Après avoir dirigé la manufacture des Tabacs de Morlaix, son père avait accédé au poste de fermier général à Paris, puis à celui de directeur à la Compagnie des Indes.

Nous bavardâmes en nous promenant le long des chantiers navals dominés par une éminence où s'alignaient les cabanes de torchis des ouvriers du port et des pêcheurs, sans voir le temps passer. N'étaient mes modestes expéditions navales, je n'avais que peu de choses à lui confier, mais lui moins encore, sinon ses ambitions : il voulait s'installer aux Indes pour y faire fortune, comme beaucoup d'autres aventuriers. Son père, las de ses caprices et de ses turpitudes, le laissait volontairement tirer le diable par la queue. J'aurais pu en dire du mien autant et même pire, mais pour une autre raison : ma famille était dans la gêne, malgré l'étendue de notre domaine, fait de forêts pour une grande part, et je n'en recevais que des témoignages d'affection.

Il me révéla qu'il n'en était pas, lui non plus, à son premier voyage outre-mer. Il avait, tout comme moi, visité les côtes d'Amérique sur un navire de la Compagnie de Saint-Malo, fait du troc avec les Indiens, fréquenté les planteurs des Antilles, et avait ramené, avec des rêves d'aventure à goût de rhum et de tafia, des ambitions : repartir et acquérir au plus vite fortune et notoriété.

— Cela, me dit-il, peut vous sembler contradictoire avec ma passion pour la musique. N'y voyez rien d'autre qu'un souci d'établir un équilibre entre mon esprit et mon âme. Je vous concède pourtant qu'à choisir entre ma carrière et ma viole de gambe je n'hésiterais guère.

— Je présume que vous renonceriez à la musique.

— Tout juste, mon ami, mais jamais tout à fait. Et pourquoi le ferais-je ? Autant me priver d'autres plaisirs, comme boire du rhum, fumer la pipe ou, pardonnez-moi, partager mon lit avec une belle garce...

Il ajouta :

— Je dois vous dire, Olivier – permettez que je vous appelle par votre prénom –, que je ne m'embarque pas sans biscuit. Un poste de conseiller au Conseil supérieur m'attend à Pondichéry. Cadeau de mon paternel ! Puisque vous vous y rendez vous aussi, nous aurons l'occasion de nous revoir, du moins je le souhaite, et de traiter ensemble d'affaires juteuses, en toute légalité, cela va sans dire. Je suis jeune encore et novice en matière de commerce, mais je compte bien mettre de l'ordre dans le panier de crabes du Conseil. Chacun n'en fait qu'à sa tête et n'agit qu'en fonction de ses intérêts.

« Diable, me dis-je, c'est le moment de bien se tenir ! Avoir pour ami un conseiller de la Compagnie doté d'une telle ambition et susceptible de me prendre sous son aile... »

Dès lors, je devais m'attacher, en sa présence, à faire bonne figure et à éviter toute familiarité, d'autant qu'il semblait, sous une apparence de modestie, déjà fort imbu de sa mission.

Notre réception chez monsieur de Vimalles a laissé en moi un souvenir sinistre, en dépit de l'amabilité de ces gens et des attentions que nous témoigna la fille de la maison. Dupleix passa la majeure partie de la soirée à jouer du clavecin et de la viole de gambe avec la demoiselle, devant un public somnolent de petits gentilshommes, de fonctionnaires du port et de filles montées en graine et dépourvues de vénusté.

Joseph Dupleix, quant à lui, était aux anges.

— Cette créature, me dit-il en parlant de la musicienne de la famille, quel talent ! Cette *partita* de Bach, cette sonate de Rameau, avez-vous entendu comment elle les a enlevées, avec quel doigté ? A côté d'elle, j'ai fait piètre figure, j'en conviens.

Entre deux coupes de vin de Saumur, il me livra une confidence :

— Monsieur de Vimalles, l'un des négociants les plus estimés du port, m'a laissé entendre qu'il aurait vu d'un œil favorable une union avec sa fille. J'avoue que c'est un morceau de roi et que cette perspective m'eût enchanté si je n'avais signé mon contrat pour Pondichéry. Je le regrette, mais il faut se dire que la vie est souvent faite d'occasions manquées.

En proie à l'ivresse légère de son succès et du vin de Saumur, il ajouta à voix basse :

— En confidence, Olivier, mademoiselle de Vimalles et moi avons fait passer Pâques avant les Rameaux.

— Vous voulez dire que...

— Vous m'avez bien compris. Nous sommes amants depuis une quinzaine. Cette fille n'est pas un tanagra, mais quelle ardeur ! La même qu'elle met à jouer une passacaille. Lorsque je quitte sa chambre, au petit matin, je suis rompu et marche comme sur un nuage.

Engagé dans la confidence, il me confia qu'il n'en était pas à son coup d'essai. Quelques mois auparavant, à Nantes, il avait reçu les faveurs d'une dame de Fossecaves qui, après quelques passes d'armes ardentes et généreuses, avait mis ses biens et sa fortune à ses pieds. Cette intrigue faisait partie des occasions manquées dont il m'avait parlé. De même à Saint-Malo où, encore adolescent, il avait...

J'interrompis la logorrhée pour le ramener à ce qui m'intéressait au premier chef : notre voyage aux Indes.

— J'ai bien conscience, soupira-t-il, que mon père poursuit un double but en m'éloignant de la France. Voyez-vous, Olivier, je ne puis résister à l'attrait des aventures galantes, et pas toujours dans le meilleur monde. J'y risque à la fois ma santé, le peu d'argent qu'il m'envoie et ma carrière. Avare et grincheux comme il l'est, il m'a souvent reproché mon comportement, parfois à juste titre, je dois en convenir. En m'engageant au service de la Compagnie, il est persuadé que je vais m'acheter une conduite. Dieu l'entende ! Malgré les sacrifices que cette décision m'impose, je me conformerai à sa volonté. Du moins j'essaierai...

Ces confidences spontanées, effaçant en partie la réserve que m'imposait la différence de nos conditions et de notre avenir, me le rendaient plus proche encore.

Il sollicita sa part de confidences. Je les lui livrai volontiers, mais, à vrai dire, mes exploits amoureux, moins glorieux que les siens, se résumaient à des aventures sans lendemain, dans la solitude de la forêt Barade, avec des vachères et des petites servantes. J'agrémentai mon récit par des intrigues amoureuses inventées avec comme partenaires des filles de châtelains de Sarlat ou de Périgueux. Il parut s'en délecter.

Avant de retourner au salon, Joseph me parla des femmes indiennes que nous allions trouver à Pondichéry. Des matelots et des agents de la Compagnie lui avaient vanté leur charme capiteux et la facilité de leurs mœurs.

— Dans ces contrées, me dit-il, nos notions de morale n'ont pas cours. On fait l'amour comme on respire, avec la bénédiction des dieux, des déesses et des prêtres. A quelque âge que ce soit, ces filles et ces femmes ne sont pas farouches et ne demandent rien en compensation, un petit cadeau leur convenant au mieux. Vous verrez, mon cher, vous verrez ! Nous allons connaître là-bas notre paradis avant même de nous évader de ce monde.

Ce n'est qu'à la mi-juin que le capitaine de l'*Atalante*, monsieur de La Salle, donna l'ordre de lever l'ancre. Entre-temps, mon nouvel ami avait reçu de son père l'ordre de revenir dare-dare à Paris. Je le vis partir avec regret, persuadé que nous ne nous reverrions qu'à Pondichéry, ou peut-être jamais. De retour trois semaines plus tard, il me dit en me serrant sur sa poitrine :

— Mon cher Olivier, j'ai bien cru, lorsque j'ai quitté Lorient, que c'en était fini de ma mission aux Indes. Il n'en est rien, bien au contraire ! Vous avez devant vous le premier conseiller et commissaire général des troupes au service des comptoirs de l'Inde ! Je ne plaisante pas. J'étais loin de m'attendre, à mon âge et novice comme je suis, à une promotion aussi rapide. Croyez que je n'ai rien fait pour en venir là. Il est vrai que mon père a le bras long...

Il ajouta, d'un air plus grave :

— Il est temps que nous prenions le large. Peut-être l'avez-vous appris : monsieur John Law a du plomb dans l'aile après s'être mis de l'or plein les poches. Son *système*, comme on dit, n'a pas fait long feu. Les actionnaires réclament du métal et Paris est en pleine révolution. On se bat dans les rues. Il y a eu des blessés et des morts rue Quincampoix. On parle d'une banqueroute générale.

Il ajouta avec un soupir d'aise :

— Dieu merci, là où nous allons, nous serons à l'abri...

L'*Atalante* et la *Diane*, la frégate occupée par nos hommes de troupe, prirent la mer un matin de la fin du mois de juin, à l'aube, sous un crachin tenace.

Joseph avait obtenu du capitaine que je partage sa cabine et sa table. La veille du départ, je l'aidai à embarquer ses bagages et, tandis qu'il allait rendre ses derniers devoirs à mademoiselle de Vimalles, je m'attachai à les ranger. Méthodique, parfois à l'excès, il ne supportait pas la saleté et le désordre. Il lui arrivait de critiquer ma tenue et mes manières qui, à son gré, sentaient un peu trop ces gentilshommes campagnards sur lesquels semblent traîner des relents de fumier.

— Je n'emporte, me dit-il, qu'un modeste trousseau.

Comparé au mien, qui, les livres exceptés, aurait tenu dans une gibecière, il avait de quoi m'éblouir : trois douzaines de chemises (je n'en emportais que trois !), trois paires de chausses, six en bas de fil, six paires de draps, deux matelas de bord (il m'en affecta un), une écritoire garnie et divers autres impédiments. J'allais oublier la viole de gambe, une flûte traversière, une autre à bec et un coffre réservé à des ouvrages savants.

Notre départ ne souffrait plus de retard. Nous devions impérativement doubler le cap de Bonne-Espérance avant la mi-octobre, afin que la mousson du sud-ouest facilite la navigation en direction de l'archipel des îles Mascareignes : Bourbon et Ile de France. Passé cette période, nous risquions de devoir affronter les caprices de l'océan Indien : tempêtes et typhons...

Je ne m'attarderai pas sur la relation de ce voyage sans risquer d'être aussi ennuyeux qu'il le fut lui-même, d'autant qu'il traîna en longueur. D'autres l'ont fait avant moi, et avec un talent et une connaissance de la navigation moins sommaires que les miens.

Par bonheur, nous pûmes, Joseph et moi, mettre à profit cette interminable odyssée pour nous plonger dans les ouvrages que nous avions emportés et ceux que nous prêta le capitaine de La Salle. En outre, nous entretenions des relations courtoises et utiles avec certains de nos passagers, qui n'en étaient pas à leur premier voyage et empruntaient le même itinéraire que nous.

Avec le capitaine, nous étions à bonne école. Nous le retrouvions chaque jour à son poste de commandement pour nous initier à la manœuvre avec plus de précision que lors de nos précédentes navigations, et profiter de sa connaissance des vents et des courants.

Nous fîmes escale aux îles du Cap-Vert, au large de l'Afrique, pour faire de l'eau et provision de nourritures fraîches, fruits et légumes notamment, nécessaires pour protéger l'équipage et les passagers du scorbut auquel, malgré ces soins, ils n'allaient pas échapper.

Nous longeâmes les côtes du Sénégal et l'île de Gorée, centre de rassemblement d'esclaves à destination des îles à sucre des Caraïbes. Un soir, alors que nous étions allongés sur le gaillard d'avant, les yeux perdus sur les immenses plages dorées bordées de cocotiers, Dupleix me parla des premiers pas hors de sa famille, loin d'une autorité paternelle qui l'oppressait.

Elève du collège de Morlaix et locataire chez madame de Roujoux, il avait très vite conclu avec cette vénérable personne un pacte d'amitié amoureuse, malgré une différence d'âge qui semblait devoir exclure tout rapport charnel.

— Elle m'appelait son Petit Joson et moi Maman. Notre intimité était si intense et si libre que j'ai tenté de la séduire. A la première tentative, après qu'elle eut cédé à mon désir, j'ai compris que seule l'amitié pouvait nous unir. Elle ne pouvait être pour l'adolescent que j'étais qu'une confidente, parfois une consolatrice. En proie à l'avarice de mon père, à la sévérité de mœurs qu'il m'imposait avec l'obstination d'un âne du Poitou, comme on dit, à ses colères lorsque je regimbais, j'ai trouvé en elle de la compassion. C'est ainsi que j'ai pu passer sans trop en souffrir le cap difficile de l'adolescence. J'ai fini par comprendre que l'autoritarisme de mon père venait de son égoïsme : il voulait me priver des plaisirs que la vie lui avait refusés...

Après quelques escales, qui nous retardèrent, sur les côtes du Brésil et à l'île de Sainte-Hélène, nous approchions du Cap. Dupleix m'avait appris que ses dispositions naturelles le portaient aux mathématiques et à l'architecture militaire. Il vouait une admiration sans borne à Vauban.

— Ah, Olivier... Construire des forteresses, des bastions, des retranchements, des casemates, prévoir des guérites pour les soldats et des refuges pour la population civile, garnir les remparts de batteries de canons... C'est là une de mes grandes ambitions. Il y aura, m'a-t-on dit, beaucoup à faire à Pondichéry...

Nous avons prolongé l'escale au Cap pour permettre à l'équipage de se reposer et soigner les malades. Alors que nous avions repris la route en direction de Madagascar et de l'archipel des Mascareignes, le gros temps menaça de nous jeter à la côte, au large du Mozambique.

Dupleix avait eu tout loisir de me parler du reste de sa famille, et de sa mère notamment. Fille d'un receveur des Domaines, elle vivotait dans l'ombre tutélaire de son époux et témoignait à ses enfants une affection dépourvue de tout élan de tendresse. La sœur de Joseph, Anne-Elisabeth, était frivole, inconsistante et un peu folle. En revanche, son frère, Charles, était doué d'une forte nature : celle de son père, rigorisme en moins. Des autres membres de sa famille, il ne me dit rien, sans doute parce qu'il n'y avait rien à en dire.

Un soir, par un somptueux crépuscule des tropiques incendiant le ciel, alors qu'il venait de jouer sur le pont, pour un cercle d'officiers, des pièces de Lully et de Jacquet de La Guerre, Dupleix alluma sa pipe et, très en verve, me dit en aparté :

— Mon cher Olivier, n'allez pas le prendre en mauvaise part : je vous ai trouvé un sobriquet !

— Dites ! Je ne suis pas susceptible, surtout venant de vous.

— Il faut dire que vous m'intriguez avec vos mines réservées, discrètes, votre attitude envers moi qui frise parfois l'obséquiosité. Vous me rappelez le comportement d'un sacristain...

— Diable ! Un sacristain... Ce n'est pourtant pas l'idée que je me fais de moi et de nos rapports.

— Nous ne nous faisons que rarement une juste opinion de nous-mêmes. Dès lors, ne soyez pas surpris et vexé s'il arrive que ce sobriquet me vienne parfois aux lèvres, et n'y attachez aucune malice...

J'aurais pu m'attendre au pire et ne lui en voulus pas de cette familiarité. Ce dont j'aurais pu me vexer, c'est que ce sobriquet fasse allusion à une bigoterie à laquelle j'étais étranger et que je refusais. Né dans une famille protestante, prudente dans l'exercice de sa foi, j'avais bu dans mon enfance le lait aigre de la Réforme puis, la raison me venant et mon esprit prenant des libertés, j'avais assimilé ces croyances à des superstitions. La lecture du *Grand Dictionnaire historique* de Louis Moreri, qui portait en lui les prémices de l'*Encyclopédie* de Diderot et d'Alembert, avait confirmé mes doutes et substitué la science à la religion.

Outre les avaries subies par nos navires, la situation de l'équipage et des passagers était pitoyable, le scorbut, la dysenterie et le typhus ayant fait des ravages. Pour ce qui restait de matelots valides mais à bout de forces, la manœuvre devenait un supplice, d'autant que l'eau croupie, grouillante d'animalcules et devenue inconsommable, nous était mesurée et que les salaisons, avariées, truffées de vers, nous laissaient dans la bouche un goût cadavéreux. Les derniers moutons et bœufs égorgés à quelques milles du Cap n'étaient que le souvenir de lointaines délices. Chaque jour, il fallait jeter par-dessus bord les dépouilles de nouvelles victimes, avec aux pieds un boulet de fonte.

Les pertes s'étaient accrues dès notre entrée dans l'océan Indien. Pour comble de malheur, nous eûmes à subir, sur la fin du mois de février, la pire des tempêtes que nous ayons rencontrées depuis notre départ de Lorient. Elle dura quatre jours, faisant alterner averses torrentielles et coups de vent d'une brutalité extrême, déchirant et arrachant les voiles de l'*Atalante* et de la *Diane*. Elle brisa notre grand mât de hune et provoqua dans la coque des voies d'eau qui donnèrent de la gîte à nos vaisseaux.

Le 6 avril, en partie démâtés, nous touchâmes terre à l'île Bourbon, dans l'archipel des Mascareignes. Dans la rade de Saint-Denis, nous trouvâmes une escadre anglaise venue réclamer des déserteurs et des pirates qui avaient cherché refuge dans cette île.

Notre premier soin, après avoir débarqué, fut de nettoyer à l'eau douce nos vêtements raides de sel et de crasse que, du fait du manque d'eau à bord, nous avions laissé aux averses tropicales le soin de lessiver à même notre corps. Equipage ou passagers, nous dégagions une puanteur insoutenable, malgré les bâtonnets d'encens que nous brûlions dans notre cabine et l'eau de Naples dont Dupleix s'était abondamment pourvu qui s'avéraient incapables de dissiper les odeurs d'urine et d'excréments montant de la cale par les interstices du parquet, avec les gémissements et les râles des matelots malades.

Dupleix s'empressa de rencontrer le gouverneur, monsieur Beauvollier de Courchant, et son intendant, monsieur Dulivier, ancien conseiller de la Compagnie des Indes, naguère en poste à Pondichéry. Cet agent avait du pays une connaissance approfondie et des souvenirs personnels vivaces, que nous allions mettre à profit. Dupleix remit au gouverneur le courrier et l'argent que lui avaient confiés les directeurs de Paris. Pour témoigner sa confiance à mon compagnon de voyage, monsieur Beauvollier lui proposa, à titre de prêt, une avance importante destinée à faciliter son installation et les débuts de sa mission.

Je ne puis oublier le premier repas que le gouverneur nous offrit dans sa résidence du port. Il allait nous faire oublier la nourriture mesurée et répugnante de l'*Atalante.* Je garde en mémoire le détail du menu : soupe de tortue aux épices, ragoût de langouste au curry, mouton grillé aux herbes, goyaves confites et fruits à profusion. Monsieur Beauvollier avait remonté de sa cave des bouteilles de vin de France, de l'arak venu des Indes et du rhum des Antilles, si bien qu'après une aubade de viole de gambe, donnée par Dupleix d'une main hésitante, nous n'avions d'autre souci que la sieste.

Pour l'amateur de botanique que je suis depuis mon adolescence, cette île recelait des trésors. J'enrichis d'une ample collecte mon herbier négligé depuis des années, mais dont j'avais refusé de me séparer.

Nous occupâmes des journées, Dupleix et moi, à explorer les montagnes et les forêts, à chasser les cerfs introduits naguère dans cette île et dans sa voisine, l'Ile de France, par des colons hollandais. Ces équipées ne comportaient d'autre risque que de se rompre le cou dans une escalade, cette terre étant exempte de toute faune dangereuse.

Nous mîmes à profit les deux mois que dura notre escale pour nous informer de la situation de nos comptoirs de la côte de Coromandel, ainsi que de l'histoire et des coutumes du pays où nous allions accoster.

En dépit de l'accueil chaleureux qui nous fut réservé, je n'aimai guère cette île, qui n'était rien d'autre qu'un volcan vomi par la mer. Cet amas de montagnes majestueuses mais rébarbatives semblait se refuser à toute approche et à toute tentative de colonisation. Sur la côte tourmentée, dont de rares plages de sable noir venaient rompre la monotonie, une seule rade s'offrait aux navires : celle de Saint-Denis. C'était au demeurant une petite ville agréable et paisible dans sa conque de montagnes, mais les bouquets de vapeurs et de fumées inquiétantes fusant au centre de l'île semblaient annoncer de nouvelles éruptions. Les rares plantations de caféiers et d'épices, éparses sur l'étroit cordon de la côte, paraissaient précaires.

Monsieur Dulivier nous apprit que le nom de cet archipel venait de celui d'un capitaine portugais, Bras Garcia de Mascareinhas, qui l'avait découvert, à cent quarante-cinq milles au large de Madagascar, en l'année 1545.

2

La porte des Indes

Notre escale dans les Mascareignes avait duré le temps pour nos malades de se rétablir et de prendre un repos mérité. Nous ne marquâmes qu'une brève halte à l'Ile de France, qui me parut moins âpre que sa sœur, plus humaine et propice à l'implantation d'une colonie agricole, avec deux havres importants : Port-Louis, *capitale* de l'île, sur la côte ouest, et Mahébourg sur celle de l'est.

Nous quittions Bourbon lestés des notions que nous avaient inculquées nos hôtes sur l'immense péninsule où nous allions vivre un temps indéterminé, peut-être jusqu'à la fin de nos jours. J'avais pris note avec soin de ces informations, dans ma mémoire et par écrit. Ces feuillets, rédigés avec une encre rendue brunâtre et poisseuse par la chaleur et l'humidité du bord, sont restés en ma possession jusqu'à ce jour.

Je n'allais pas tarder à constater que monsieur Dulivier, personnage volubile et généreux, ne nous avait pas raconté de fadaises.

Dans cette petite France des antipodes, soumise à la toute-puissante Compagnie fondée par le financier-magicien John Law, cinq ans auparavant, à quelles autres surprises, me demandais-je, allions-nous être confrontés ?

John Law avait réuni sous une même enseigne les compagnies déjà existantes de la Guinée, du Sénégal, de l'Amérique et de la Chine. C'est dire que cette institution régissait un empire fait de factoreries dispersées à travers le monde, des comptoirs importants comme Pondichéry ou de simples loges.

L'idée de remettre ces territoires à la Couronne par droit de conquête était exclue, la seule motivation de la Compagnie étant le commerce. Ces territoires nous proposaient les produits de leur sol, de leur artisanat, de leurs mines, contre de l'argent ou des articles manufacturés en Europe.

Malgré les flottes qu'il fallait engager dans des navigations dangereuses du fait des tempêtes et des pirates, ces dépenses onéreuses étaient compensées par la revente des produits rapportés de ces terres lointaines dans le port de Lorient. Les bénéfices des actionnaires étaient considérables.

Monsieur Beauvollier et son intendant nous avaient informés du fonctionnement de nos comptoirs de Pondichéry sur la côte de Coromandel, de Chandernagor dans le Bengale, et de Mahé sur la côte occidentale du Malabar. Les directeurs de ces établissements avaient obtenu des concessions de la part des princes indiens, soubabs, nababs, rajahs, et, dans ces modestes domaines, exerçaient un droit souverain.

Monsieur Dulivier nous avait prévenus ; nous aurions du mal à comprendre les langues du pays, le tamoul dans le Sud et le bengali dans le Nord, mais nous aurions à notre disposition des truchements formés à la fonction de traducteurs.

— Vous devrez, nous avait-il dit, vous conformer à une curieuse coutume : l'usage du bétel. Tout le monde en use, les Européens comme les intouchables.

Pour un indigène, en être privé serait le comble du malheur. Il faudra vous y habituer. A chaque visite que vous ferez, on vous en proposera. On en offre comme en France du tabac ou de la liqueur. Je vais vous en préparer une chique...

Il avait sorti d'un boîtier d'ivoire qu'il portait toujours sur lui une feuille de bétel, sur laquelle il avait dispersé quelques pincées d'arec, de cardamome et de cachou, saupoudrées de chaux. Ensuite, il avait roulé cette mixture en petit cornet, se l'était calé dans la bouche et avait commencé à mastiquer.

— Les Indiens, avait-il ajouté, prétendent que le bétel qu'ils consomment à toute heure du jour, les femmes comme les hommes, est souverain contre la faim, les douleurs de la poitrine, de la tête, de l'estomac, qu'il facilite la digestion, préserve les dents de la carie, et j'en passe ! Une véritable panacée... De plus, il parfume l'haleine. Ce qui peut surprendre et répugner, c'est la salive rose qu'il engendre, et les flatulences qu'il provoque. Voulez-vous essayer ?

— Grand merci ! avait répondu Dupleix. Je préfère ma pipe et mon tabac.

Monsieur Dulivier avait poursuivi avec la démonstration d'une autre pratique courante : une sorte de pipe à peau, le *hooka*, qui rappelle le narghilé. Il donnait selon lui de la force au tabac sans lui enlever sa fragrance aromatique. On avait fait passer l'instrument de bouche en bouche. Mon tour venu, je faillis vomir.

Cette double initiation terminée, monsieur Dulivier avait conclu, d'un ton quelque peu solennel :

— Sachez, mes amis, que le bétel et le *hooka* sont en Inde les composantes essentielles de la vie quotidienne, et j'ose dire de leur civilisation, comme la feuille de coca pour les naturels du Pérou. En matière de convivialité, ils seront pour vous une sorte de viatique. On vous jugera, à la cour d'un nabab, sur votre capacité à adopter ces rites et à vous en faire une habitude...

Notre maître en civilisation indienne avait envers nous d'autres soucis que ces aimables digressions. La situation de nos établissements revêtait une tout autre importance.

Après la visite d'une plantation de caféiers et d'épices proche de la localité de Sainte-Suzanne, il nous avait entretenus de la situation politique que nous allions découvrir, et que je vais résumer :

Depuis la mort du dernier Grand Moghol, Aurangzeb, héritier d'envahisseurs venus de l'Asie centrale, dans son palais de Delhi, au nord de la Péninsule, une quinzaine d'années auparavant, l'Empire était en pleine déliquescence et le pouvoir de ses descendants devenu fictif. Ses territoires, qui couvraient la moitié de l'Inde, étaient en proie à l'anarchie, les princes ayant repris leur indépendance vis-à-vis du pouvoir central.

Nous aurions affaire à un fantôme d'empereur, Mohamed Chah. Ce petit-fils du Grand Moghol se faisait toujours appeler « Dominateur du monde », mais ne régnait que sur une illusion d'empire et devait faire face à une double menace : l'invasion des armées du roi de Perse et celle d'une population guerrière turbulente, les Marathes, qui occupaient une partie des plateaux du Centre, avec Puna comme capitale.

Monsieur Dulivier n'avait fait qu'effleurer la question des religions. Pénétrer dans ce domaine, c'était s'engager dans une forêt sans issue. La religion bouddhiste ne se survivait que par ses temples ; les Grands Moghols étaient de confession musulmane, et la plupart des princes relevaient d'un brahmanisme aux mille divinités, avec pour bible des textes sacrés : Upanishad et Veda.

— Il ne faudra pas vous montrer surpris et choqués, avait ajouté monsieur Dulivier, de trouver dans les temples et parfois sur la voie publique des effigies représentant les organes sexuels masculins et féminins : des *lingams* et des *yonis*. N'y voyez pas une provocation à l'érotisme, mais simplement des symboles de la fécondité et une liberté de mœurs à laquelle s'oppose notre morale chrétienne rigoriste, mais dont, je le regrette, s'accommodent bon nombre d'Européens.

Il avait poursuivi en nous entretenant de la condition sociale des Indiens :

— Attendez-vous au spectacle d'une grande misère, surtout en cas de retard de la mousson et quand sévit la sécheresse, mais due aussi au fatalisme de ces gens. Vous verrez des malheureux mourir de faim sans rien pouvoir faire pour les secourir. Il vous faudra en prendre votre parti et n'exercer votre générosité qu'à bon escient.

J'allais me rebeller contre cette singulière conception de la charité chrétienne, quand il nous lança :

— Il me reste, mes amis, à vous souhaiter d'échapper aux tempêtes ! Que Dieu protège la fin de votre voyage ! J'aurais aimé vous suivre. Après mon séjour aux Indes, j'ai l'impression que cette île est devenue pour moi une prison...

La navigation entre les Mascareignes et Pondichéry ne fut pas une partie de plaisir.

Le 27 juin, moins d'une semaine après notre départ, nos deux navires plongèrent dans une zone fertile en gros temps, qui allait durer un mois. Monsieur de La Salle notait sur son livre de bord : *Nuit affreuse, grain sur grain, lames fort grosses qui tourmentent beaucoup notre navire.* Le grand hunier puis le petit cédèrent sous les bourrasques. Des vagues puissantes submergèrent le pont, noyant les cales et emportant à deux reprises des matelots accroupis aux poulaines. Nous perdions de vue la *Diane* à travers les embruns pour ne la retrouver que des heures plus tard. A bord de l'*Atalante*, nous étions des morts vivants sur un navire désemparé.

Lorsque nous passâmes la ligne, personne à bord n'avait le cœur à fêter l'événement comme on le fait d'ordinaire par une fête costumée, des danses et des facéties. Nous nous contentâmes, pour honorer Sa Majesté l'Equateur, d'une distribution supplémentaire de vivres et d'arak, dont nous nous étions amplement pourvus à Bourbon.

Le 12 du mois d'août, l'homme de vigie aperçut le premier, dans une brume de chaleur grisâtre et sous un ballet d'oiseaux de mer, le cap Comorin, qui marque l'extrémité sud de la Péninsule des Indes. En longeant la côte basse, marécageuse, d'une oppressante monotonie, nous aperçûmes les comptoirs de Karikal, Tranquebar, Porto-Novo et Goudelour. Il nous fallut encore une semaine avant de toucher terre à Pondichéry.

Notre odyssée avait duré quatre cent treize jours. J'avais supporté cette épreuve et les maux qui l'avaient accompagnée, sans me plaindre, tout comme Dupleix. Nous avions, comme le corps des officiers, échappé à l'immersion, boulet aux pieds, mais nous étions épuisés par la dysenterie, de mauvaises fièvres et une nourriture certes suffisante mais exécrable.

Notre débarquement ne passa pas inaperçu.

Pour franchir la barre qui interdit l'accès au port autrement que par la rivière Ariancopan, aux rives escarpées, coulant au sud de la ville, nous dûmes emprunter des chelingues et des catimarons, seules embarcations capables de franchir cette passe dangereuse. L'arrivée de Dupleix, annoncée par une frégate qui nous avait précédés avant notre départ de Lorient, fut saluée par les vingt et un coups de canon réglementaires et par les vivats d'une foule colorée d'Indiens, mêlés aux employés de la Compagnie, massés sur la grève.

Conseiller au Conseil supérieur, commissaire général des troupes, Dupleix fut pris, à peine eut-il posé le pied à terre, dans un imbroglio qui le mit d'emblée mal à l'aise, avec, me dit-il plus tard, l'envie de regagner le bord. L'empressement dont il fut entouré aurait dû lui faire comprendre avec quelle hâte on attendait ce fils d'un des directeurs de Paris, mais, après l'isolement imposé par la traversée, cette réception, me dit-il, lui donnait le vertige.

Le gouverneur, monsieur de La Prévôtière, décédé en octobre de l'année précédente, avait laissé son fauteuil vacant, l'intérim de ses fonctions étant assuré par son second, monsieur Lenoir.

D'un premier entretien avec les conseillers, dans le palais du Gouvernement, belle bâtisse à colonnades sise dans la citadelle, Dupleix revint, fiévreux et agité, dans l'appartement qu'on nous avait affecté.

— C'est insensé ! s'écria-t-il. Ces gens ont perdu la tête. Ils m'ont informé qu'en attendant que les directeurs désignent le successeur de La Prévôtière je pourrais faire fonction de gouverneur ! Ont-ils oublié ou n'ont-ils pas été informés que je suis un novice, que j'ignore comment fonctionne le Conseil et que je ne sais pour ainsi dire rien de ce pays ?

— Cette proposition devrait te flatter...

— Elle m'indispose ! En fait, je crois comprendre le fin mot de cette affaire : ces gens souhaitent se décharger sur un nouveau venu, innocent et ignorant, de certaines affaires qui les dépassent. Ils souhaitent en quelque sorte me faire porter le chapeau, au cas où quelque situation délicate se présenterait !

Je me dis qu'il convenait de ne pas jeter le manche après la cognée et de faire la part des choses. Derrière l'agitation de mon ami, je n'étais pas en peine de deviner un mouvement de vanité contrarié par la perspective des problèmes qu'il aurait à endosser. Il avait, me dit-il, l'impression d'être tombé dans un cercle de malfrats qui, embarrassés d'un trésor mal acquis, cherchent quelque receleur à qui le confier.

Après l'ouverture du courrier de la Compagnie et la prestation de serment par le novice, Joseph Dupleix avait été confirmé dans les fonctions de gouverneur.

— Le sort est tombé sur le plus jeune, me dit-il. Comme dans la chanson ! C'est à Pierre Lenoir que devait revenir ce titre, mais il est en mission dans la ville de Surate, pour plusieurs mois sans doute, et d'autre part il est devenu suspect à la Compagnie pour avoir, à titre privé, fait charger des marchandises par des navires hollandais pour les faire déposer dans un port français. Les conseillers auraient pu suggérer pour prendre sa place Benoît Dumas, mais il s'est rendu coupable d'une maladresse en épousant la fille d'un marchand hollandais.

C'est dans cette ambiance délétère que Joseph Dupleix, en attendant la confirmation de la Compagnie au titre de premier conseiller, obtint, après d'âpres discussions, de figurer en quatrième position.

On n'allait pas tarder, pour éprouver ses compétences, à lui confier une mission délicate : l'armement d'un navire à destination d'al-Mukka, ou Moka, un port du golfe d'Aden, au débouché de la mer Rouge. Il s'en acquitta avec tant de sérieux et de célérité qu'en moins d'une semaine le navire put mettre à la voile. On l'en félicita. Il semblait que ce novice eût fait ses preuves et qu'il faudrait désormais compter avec lui.

Je l'avais, dans la mesure de mes compétences, aidé dans cette première mission. Il était bien décidé, comme il me l'avait dit et répété, à me garder près de lui en raison d'affinités et d'une amitié sans faille, malgré quelques dissentiments qui ne tiraient pas à conséquence. Il avait obtenu de ses confrères la permission de faire de l'enseigne de marine que j'étais un commis aux écritures à son service, en même temps, je ne tardai pas à en prendre conscience, qu'une sorte de factotum.

Cette tâche ne relevait pas d'une sinécure.

Je fus, dès mon entrée dans le palais du Gouvernement, confronté à ce que Dupleix avait assimilé, par inspiration prémonitoire, à un « panier de crabes ». Huissiers, courtiers, secrétaires, officiers, employés de tous grades considéraient d'un œil circonspect, voire méprisant, ce jeune gentilhomme provincial évadé de ses forêts du Périgord, qui n'avait pas décrotté ses chausses pour fréquenter la noblesse de Versailles et avait accédé au sérail par on ne savait quelles complaisances suspectes.

Un seul de ces personnages, le courtier indien Ananda Rangapoulé, me manifesta sinon de l'amitié, du moins de la sympathie.

Ananda s'était très vite imposé au sein de la Compagnie par ses qualités : un sens inné du commerce, une connaissance parfaite du pays où il était né, dont il parlait plusieurs langues, et une intelligence qu'on disait « hors du commun pour un *Noir* ».

De taille modeste, doté d'un précoce embonpoint, noir de peau comme le Tamoul qu'il était, il avait choisi de se vêtir à l'européenne et, malgré la chaleur, d'un habit de drap et d'une perruque. N'était la couleur de sa peau, il n'eût pas détonné, par ses manières copiées sur les Blancs, sa distinction naturelle, ses mains fines, baguées de diamants, dans un salon parisien. Il parlait notre langue avec de légères intonations chantantes.

Je n'avais pas tardé à le ranger dans une classe fictive : celle des invertis. Il se faisait souvent accompagner à la citadelle, où il avait ses entrées en permanence, par des éphèbes tamouls revêtus de drap rouge et ornés de bijoux comme les bayadères, les danseuses des temples et des palais.

Ananda, courtier de la Compagnie, allait souvent croiser mon chemin et devenir pour moi, à la longue, un précieux soutien et un ami fidèle, jusqu'au terme de mon séjour et au-delà.

Contrairement à Dupleix, qui avait d'autres occupations, je m'étais attaché, dès ma descente de l'*Atalante*, à la prospection de la ville et de ses environs. A Bourbon, monsieur Dulivier m'avait fait de Pondichéry et de ses parages une description sommaire qui ne laissait transparaître aucune image précise. Je jugeai à la fois intéressant et indispensable d'en apprendre davantage, et au plus tôt.

A peine avions-nous débarqué, j'avais entendu Dupleix bougonner, en parcourant du regard les murailles vétustes du fort d'Orléans :

— Diable, diable... Dis-moi que je rêve. Voilà qui est inquiétant ! Ce fort est imposant, mais c'est une ruine : pas de retranchements, aucun bastion entre les remparts et la mer... Imagine que nous soyons en guerre contre les Anglais et qu'ils s'avisent de bombarder la ville et de l'assiéger... Ils y entreraient comme dans un moulin ! Je vais demander des comptes au Conseil et tâcher d'imposer une réfection de ces défenses.

Pondichéry est une ville à double visage : l'un blanc et l'autre noir, sans qu'ils se fassent la grimace.

La Ville blanche, sa végétation exotique et la présence des Indiens en plus, me déçut par son aspect de petite ville d'une province française ou d'une bastide de mon pays : larges avenues et rues les coupant en droiture, ombragées de palmiers et de cocotiers, bordées de maisons de pierre blanche ou de brique, à un ou deux étages, entourées de jardinets bien entretenus. Deux églises, desservies l'une par des capucins, l'autre par des jésuites, dressaient leur clocher sans grâce et sans majesté au-dessus d'une mer végétale.

Cette Ville blanche sentait le négoce et suait l'ennui. Les nuances de la hiérarchie s'y exprimaient par la dimension et la qualité des demeures, dont certaines avaient fort belle allure. Il émanait d'elle une impression de vie artificielle et morne qui me troubla.

Lorsque Ananda me proposa une visite de la Ville noire, j'acceptai de grand cœur et n'eus pas à le regretter : c'était un tout autre spectacle.

On y pénètre par une entrée rappelant les portes charretières qui donnent accès aux grosses fermes de ma province, et par une rue sordide ouvrant sur le côté nord de la citadelle. Cette « ville » n'était rien d'autre qu'un gros bourg dominé par des temples et des pagodes. Ses voies étaient encombrées en permanence par un trafic de piétons, de charrettes tirées par des bœufs ou des buffles étiques, de palanquins, d'éléphants revenant de la rivière avec des croûtes de boue sur les flancs.

J'allais de surprise en surprise, passais d'un marché

odorant de fleurs, de fruits et de grillades, au bazar scintillant de pacotilles, de soieries aux couleurs intenses, et débordant de tapis aux motifs étranges. On trouvait sur des étalages disposés à même le sol du tabac, du bétel, des sacs et des monceaux d'épices. Il fallait à tout moment, lorsque nous descendions de notre palanquin, faire un détour pour éviter des bouses de bovidés ou d'éléphants, avant que les Indiens des basses castes ne les ramassent pour, une fois sèches, alimenter leur foyer.

— Rassurez-vous, me dit Ananda. Ni dans cette ville ni dans sa voisine vous ne risquez le moindre incident. Les Européens sont respectés, et ils font de même pour les Indiens.

Il fit arrêter nos palanquins devant une boutique en plein vent où, sur un réchaud rudimentaire, une vieille femme en sari rose faisait rôtir des galettes odorantes. Il s'avança vers elle, lui glissa dans la main quelques *cauris*, les coquillages constituant la menue monnaie, et revint en brandissant ce qu'il appela des *chapatis*.

Il me dit, d'un air faussement cérémonieux :

— Permettez, monsieur de La Vermondie, à l'humble courtier que je suis de vous offrir ce modeste présent, notre « plat national », comme on dit en France. Vous allez, comme tous vos compatriotes, trouver à ces galettes une consistance de carton bouilli. Faites de blé ou de millet, mélangés à diverses épices, elles sont très nourrissantes. Celles-ci sont au millet. Bienvenue en Inde, monsieur !

Une heure de promenade, après avoir croisé un cortège de chanteurs et de musiciens qui rendaient hommage au dieu Shiva, nous mena aux limites de la Ville noire. Au-delà, sous un soleil implacable, s'étendait une immense plaine carrelée de rizières éblouissantes avec, à l'horizon, les premiers contreforts des montagnes, les Ghâts, voilées d'un bleu de lavande. Par endroits, des collines dressaient leur cône de verdure tranchant avec la monotonie des rizières, avec sur leurs flancs de petites habitations blanches et basses.

— Les chauderies... me dit Ananda. Beaucoup d'employés de la Compagnie viennent s'y reposer des grandes chaleurs de la ville. D'autres préfèrent la montagne, où l'air est encore plus frais. Si vous avez un jour l'intention d'en faire édifier une, ou simplement de la louer, je pourrai vous faciliter la transaction.

Monsieur Dulivier nous avait prévenus contre les inconvénients de la chaleur. Il nous avait dit :

« Au début, vous aurez du mal à la supporter. Certains de nos compatriotes n'ont pu y résister et ont demandé leur rapatriement au bout d'une semaine ou deux. Rien de comparable avec nos canicules européennes. Ici, la chaleur peut tuer. J'ai connu un employé de la Compagnie qui, après avoir fait une dizaine de pas hors de son domicile, tête nue, est mort foudroyé. Pire encore pour les femmes. Certaines ne voient pas la fin de leurs règles... »

Ananda estimait que la chaleur, au cours de notre incursion, était *supportable*, alors que, malgré les canisses de roseaux qui recouvraient la plupart des voies et l'abondance de la végétation, je baignais littéralement dans mon jus. Les odeurs, les bruits, le va-et-vient d'une foule noire aux visages patibulaires m'avaient mis dans un état proche de la syncope. Je priai Ananda de faire demi-tour.

Il me répondit, avec un sourire de compassion :

— Vous n'êtes pas le premier, monsieur, à éprouver ce genre de malaise. Tous vos compatriotes en sont victimes au début de leur séjour. Considérez cela comme un avertissement. Dans ce pays, on ne transige pas avec la chaleur : il faut s'y adapter. Habillez-vous légèrement, ne sortez jamais sans un couvre-chef et buvez beaucoup d'eau. Le soleil est un dieu impitoyable mais, sans lui et sans la mousson, l'Inde ne serait qu'un désert.

Au cours de cette première sortie en sa compagnie, j'eus tout loisir de me montrer surpris de l'entendre parler notre langue avec une perfection non exempte d'une élégance un peu surannée, comme les Persans de Montesquieu. Ananda n'avait pas fini de me surprendre...

A mon retour, Dupleix m'apprit que nous allions devoir nous séparer.

— Rassure-toi, ajouta-t-il, nous ne serons pas très éloignés l'un de l'autre. Je vais devoir habiter dans le palais du Gouvernement, comme les autres conseillers. J'ai fait en sorte que tu sois relogé en ville, dans une de ces petites maisons de pierre blanche, avec jardin d'agrément et domestiques. Tu y seras comme un coq en pâte, à quelques pas de mon domicile.

Il ajouta en me prenant le bras, avec un timbre d'émotion dans la voix :

— Vois-tu, depuis notre départ de Lorient, et même un peu avant, j'ai appris à te connaître et à t'estimer, si bien que je n'ai pas envisagé un instant de me séparer de toi, d'autant que nous avons le même âge et des goûts communs. Nous sommes liés comme les Dioscures, mon cher Olivier. Oui, comme des frères jumeaux...

Il ajouta :

— Je compte sur ton aide pour imposer mes vues au Conseil. La plupart de ces gens, tout comme certains employés, sont de vrais aventuriers. Ils ne sont venus en Inde que pour y faire fortune et repartir au plus tôt la dépenser en France. Ils emploient pour y parvenir des moyens qui, chez nous, seraient passibles de la potence. J'en connais pourtant qui sont des serviteurs fidèles de la Compagnie, mais ils sont rares. Si j'accède un jour au poste de directeur de tous nos comptoirs et de gouverneur général, certains, j'en fais le serment, auront des comptes à rendre.

Après quelques grincements de dents et de franches algarades, les rapports de Dupleix avec ses pairs avaient pris un tour plus paisible. Malgré quelques réserves de sa part sur leur comportement, il avait apprécié les qualités de deux conseillers : Pierre Lenoir et Benoît Dumas.

Après deux ans passés dans nos comptoirs du Bengale, à Chandernagor notamment, Lenoir s'était révélé un excellent administrateur. Il avait un penchant avéré, dont il ne se défendait pas, pour les maisons de plaisir, qu'il fréquentait plus volontiers que les églises, avec un goût particulier pour les bayadères. Au Conseil, on n'appréciait guère son caractère tatillon et chicanier.

Les rapports de Dumas avec Dupleix furent brefs. Outre l'audace qu'il avait eue d'épouser la fille d'un concurrent étranger, les directeurs de Paris lui reprochaient des « manèges secrets », des trafics illicites destinés à compenser ses maigres émoluments. La Compagnie avait exigé son retour, mais il allait nous revenir blanchi, par je ne sais quel tour de magie, des accusations de trafics clandestins, et donner la mesure de ses talents d'administrateur.

J'aurais eu tort de me plaindre de mon transfert au nouveau domicile qui m'avait été assigné.

La « petite maison de pierre blanche » dont m'avait parlé Dupleix n'avait rien de comparable à un hôtel de la rue Saint-Honoré ou même à celui d'un notable de Périgueux, mais, étant à ma mesure, elle me convenait parfaitement. Elle était à un étage, agrémentée d'un jardinet débordant de plantes vertes et de fleurs, d'un bassin entouré d'orangers portant des fruits... L'intérieur comportait trois chambres, une salle à manger, un salon et une cuisine installée sous un auvent ouvert sur le jardin.

Ce qui surtout me séduisit, ce fut la véranda, la *varangue* en langue du pays, avec un sofa, un hamac et des fauteuils de vannerie pour les longues soirées. J'avais à ma disposition un palanquin, véhicule indispensable, les Européens se déplaçant rarement à pied, ce qui, d'ailleurs, eût été inconvenant.

J'avais hérité cette demeure d'une dame Martin, veuve d'un ancien gouverneur. Elle avait laissé en place, en retournant à Paris, un mobilier sommaire en bois de teck peint à la laque du Bengale, des lits encadrés de montants pour les moustiquaires, des coffres chinois aux ferrures de cuivre, décorés de peintures naïves, et, sur les murs, un revêtement de soieries de Chandernagor.

Un tel luxe, je n'aurais jamais osé l'espérer. Il ne me restait qu'à compléter ce mobilier. En puisant dans mon modeste pécule, je fis l'achat, dans une boutique tenue par des marchands arméniens, d'un complément sous forme de peintures et d'objets d'art indiens, dont j'aimais les couleurs vives et les détails précis.

Je ne pouvais vivre sans domestiques. Dupleix y ayant songé avant moi, je me vis donc flanqué de Chatar, une forte Tamoule qui allait s'occuper de la cuisine et du ménage, d'un jeune Indien, Niza, chargé du courrier et des commissions, et de deux robustes porteurs cafres affectés au palanquin. La Compagnie se chargeait de rétribuer cette domesticité, modeste par rapport à certaines autres, où les serviteurs, pour la plupart des esclaves, se comptaient par dizaines.

Un courrier de la Compagnie nous informa, à quelque temps de là, de la nomination tant attendue d'un nouveau gouverneur. Nous eûmes, Dupleix et moi, la surprise d'apprendre qu'il s'agissait de monsieur Beauvollier de Courchant, qui, durant notre séjour en l'île Bourbon, nous avait accueillis avec chaleur.

Nouvelle prématurée. Alors qu'il préparait ses bagages pour la côte de Coromandel, il vit s'amarrer dans le port un navire qui en venait et en descendre Benoît Dumas, rappelé en France. Lorsque ce dernier lui eut conté ses déboires, monsieur Beauvollier compatit à sa peine. Comment la Compagnie avait-elle pu, pour cette affaire de mariage irréfléchi, se séparer d'un administrateur de sa compétence ?

— Nous n'allons pas être complice, protesta-t-il, de cette absurdité ! Vous allez monter à bord de mon navire et revenir à Pondichéry. Les directeurs parisiens en penseront ce qu'ils voudront.

— Mais, monsieur, protesta Dumas, vous semblez oublier que je suis destitué ?

— Qu'à cela ne tienne ! Je vais écrire à ces messieurs que j'ai besoin d'un homme de votre qualité pour m'initier à mes nouvelles fonctions. En cas de refus, je leur enverrai ma démission à la figure ! Monsieur Dumas, vous serez mon premier conseiller, après Delorme. Pour fêter cette intronisation, vous allez partager mon dernier repas sur cette île...

— Monsieur Delorme... balbutia Dumas. Il doit être rappelé lui-même d'ici peu, il me semble...

— Eh bien, vous prendrez sa place !

C'est ainsi qu'un matin d'octobre brouillé par les averses de la mousson, alors que je flânais sur le rivage, je vis descendre d'un catimaron secoué par la barre monsieur Dumas, que j'avais vu partir un mois avant, accompagné de monsieur Beauvollier...

Le chambardement qui avait suivi le décès de monsieur de La Prévôtière, dernier gouverneur en date, avait stimulé les ambitions de Dupleix, au point de lui laisser entrevoir, comme recours contre cette chienlit et avec le soutien de son père, le poste qu'il convoitait secrètement. Il ignorait alors que ce dernier avait peu à peu perdu de son influence à la direction. La venue de monsieur Beauvollier le plongea dans le marasme : il se voyait déjà relégué, pour des années peut-être, à un poste subalterne.

C'est en ce jour que j'eus la révélation de la véritable nature de mon ami.

Pétri d'ambition, il était assez raisonnable pour la maîtriser, ne pas en faire étalage et n'avancer ses pions qu'à bon escient sur ce jeu d'échecs qu'était le Conseil de Pondichéry, aussi pervers, toutes proportions gardées, que la cour de Versailles. Il était conscient d'une nécessité : avoir son destin en main, et d'une obligation : ne manquer aucune occasion de l'assumer.

Cette ambition, il ne m'en cachait rien, persuadé que je ne le trahirais pas. Je me demandais quel but l'animait. Amasser fortune et honneurs avant de reprendre le chemin de la France ? Démontrer par orgueil sa valeur face à une tourbe d'aventuriers et de profiteurs sans conscience ? Tenir, par patriotisme, la dragée haute aux Anglais, qu'il détestait et dans lesquels il ne voyait que nos ennemis séculaires en matière de politique extérieure et nos concurrents sur les marchés d'outre-mer ? Nourrissait-il cette ambition suprême : faire de l'Inde, comme on l'avait fait par les armes pour nos possessions d'Amérique, une colonie armée ?

Dupleix, vice-roi des Indes... Il ne s'ouvrit jamais à moi de cette ambition, mais je la devinais en filigrane, au cours de nos entretiens.

Il lui arrivait parfois de rêver à voix haute.

Monsieur Beauvollier de Courchant avait amené avec lui sa femme et leurs deux filles, l'une mariée, l'autre non. Joseph fit la cour à cette dernière et ne mit guère de temps à l'intéresser puis à la séduire.

Il n'avait rien d'un don Juan, mais elle n'aurait pu se comparer à *doña* Anna, ce qui facilita leur entente, sans que Dupleix songeât au mariage. Il m'avoua qu'en la courtisant il souhaitait simplement se rapprocher du père et en tirer des avantages favorables à ses ambitions.

Il me confia, sans le moindre scrupule :

— Elle est laide et sotte, mais son aide m'est précieuse. Tu vas peut-être mal me juger. Je le regrette. Quant à épouser ce laideron, la famille risque d'attendre longtemps ma demande...

— Elle risque de s'impatienter et de te mettre au pied du mur. Et alors, que décideras-tu de faire avec cette fille ?

— Alors, rien ! Je lui baiserai la main et lui signifierai notre rupture. Je trouverai bien un motif plausible.

Un tel cynisme, venant d'un personnage que j'aimais et estimais, me laissait pantois. J'avais cru déceler chez ce catholique convaincu des valeurs morales intransigeantes et constatai qu'elles ne servaient que de paravent à ses ambitions. Nos rapports en furent affectés, mais il restait en moi une telle réserve de sentiments envers lui et une telle confiance dans son destin que je m'efforçai de ne rien laisser paraître de ma réprobation.

Des fêtes venaient à point nommé rompre l'ennui qui pesait sur la petite société de Pondichéry. Heureuse de ces aubaines, la population européenne s'y pressait, mêlée à quelques notables indiens, persans ou arméniens.

A l'occasion du baptême de Monseigneur le Dauphin, les réjouissances avaient duré plusieurs jours, avec une alternance de parades militaires sur le cours du Roi, accompagnées de salves d'artillerie, de concerts et de bals publics, de spectacles, de feux de joie et de festins, dont le plus mémorable réunit une centaine de convives, accompagné d'un bal costumé qui ne s'acheva que dans les premiers feux du jour.

J'eus l'honneur de voir jouer dans les jardins du palais du Gouvernement un impromptu que m'avait demandé monsieur Dumas. J'avais troussé en une nuit cette fade pastorale en un acte et lui avais donné comme titre *La Manon des tropiques*.

A l'issue du spectacle, je fus invité à une soirée mondaine, avec bal masqué et costumé, sur un des navires de la Compagnie, au milieu d'une mer phosphorescente. Il fallut toute l'autorité de monsieur Beauvollier pour éviter que cette fête ne donnât lieu, de la proue au château arrière, à des chassés-croisés suspects entre les mâts et à des jeux érotiques.

Le troisième jour fut consacré aux relations entre les notables français et les princes du Carnatic, cette immense province située à l'orient de la Péninsule, entre les plateaux et les montagnes du Deccan et la côte de Coromandel. Des nababs et des rajahs défilèrent à travers la Ville blanche sur leurs éléphants de parade richement caparaçonnés, précédés d'orchestres tonitruants et de bayadères somptueusement vêtues. Monsieur Beauvollier suivait, dans un lourd palanquin porté par quatre robustes Cafres du Mozambique, accompagné des messieurs et des dames de la Compagnie, entassés dans des carrosses aux armes effacées, venus de France.

Tout ce que cette province compte de magiciens, de jongleurs, d'acrobates, de charmeurs de serpents et autres avaleurs de sabre semblait s'être donné rendez-vous sur le cours du Roi et dans les artères qui convergeaient vers ce lieu. Le soir venu, sous un aigre vent qui causa quelques inconvénients avec les tourbillons de poussière jaune qu'il soulevait, le nabab d'Arcate nous offrit le spectacle détestable d'un combat de taureaux et de chiens.

Sur le coup de minuit, le vent ayant renoncé à ses foucades, la nuit tropicale s'illumina de fusées et les navires en rade de mille feux, dans un tonnerre de salves.

Pour faire de cette ultime journée un hommage à la famille royale, monsieur Beauvollier et monsieur Dumas avaient puisé sans réserve dans les caisses de la Compagnie. Son faste fut digne de ceux de Versailles. On avait, pour le dîner donné dans le parc du palais, installé des buffets de vastes dimensions, ornés de porcelaines de Chine et du Japon et d'une pâtisserie géante décorée des lys du royaume. On y avait trouvé les mets insolites en faveur à la cour du Grand Moghol, notamment des filets de crocodile et de serpent, des soupes de tortue, des monceaux d'écrevisses, et une profusion de desserts : *murkus*, *moungs*, *tannas*, *tolls*, et j'en passe...

Alors que s'élevaient dans le ciel nocturne les dernières gerbes de fusées et que la musique militaire jouait *Malbrough s'en va-t-en guerre*, une pluie diluvienne donna le signal de la fin. Ce fut une fuite éperdue vers la citadelle et la demeure des employés.

Je parvins à subtiliser au buffet une bouteille de champagne à peine entamée et deux coupes : une pour moi et l'autre pour la fille d'un commis aux écritures qui m'avait tenu compagnie tout au long de la soirée et avec qui j'avais dansé le branle et la gavotte sur la pelouse du parc. Jusqu'aux premières clartés du jour perçant sous le plafond des nuages encore chargés de pluie, nous avons achevé la bouteille et, à l'abri d'une remise de palanquins, nous nous sommes donné du bon temps.

J'abrégerai le récit des intrigues de palais qui accompagnèrent la prise de pouvoir du nouveau gouverneur.

Honnête homme au demeurant, épris de justice, de bonne compagnie et bon soldat, monsieur Beauvollier n'avait ni l'étoffe ni la volonté nécessaires pour imposer son autorité au Conseil.

L'attitude de Dupleix dans cette chienlit me parut déconcertante. Il restait en marge de ces intrigues sournoises, dignement assis dans un fauteuil instable et menacé d'une dénonciation pour incompétence qui aurait pu le faire rappeler en France à la moindre incartade.

Lorsque je lui reprochais ce comportement, il soupirait d'un air fataliste :

— Tu as peut-être raison, Olivier... J'aurai de nouveau une chance de faire valoir mes ambitions lorsque mon père aura retrouvé son prestige auprès des directeurs. J'attends une lettre qui m'apprendra son retour en grâce.

Cette lettre qui tardait à lui arriver, il l'attendait, me disait-il, « les larmes aux yeux ».

Conscient de n'avoir qu'un rôle effacé dans le Conseil présidé par monsieur Beauvollier, Dumas lui dit un soir, à l'issue d'un repas, en buvant une eau-de-vie de Cognac :

— Mon jeune ami, j'ai le regret de vous annoncer mon départ. Je vais quitter l'Inde, cette fois-ci pour de bon, avec un double sentiment : j'aime ce pays et les voies immenses qu'il ouvrait à mes projets, mais je ne supporte plus cette ville et les gens qui nous entourent. Vous êtes le seul dont je regretterai la présence. Comptez sur moi pour faire valoir vos qualités auprès des directeurs lorsque je leur présenterai mon rapport. Vous êtes le seul capable de mettre de l'ordre dans cette pétaudière...

En vertu de son second titre, celui de commissaire général des troupes, qui n'avait été à ce jour qu'une sinécure, Dupleix n'allait pas tarder à devoir exercer scs compétences, qui étaient minces. Il n'avait de la guerre qu'une expérience puisée dans les manuels, sans aucune pratique hormis les inspections et les parades, mais son intelligence et sa volonté allaient triompher de ces carences.

Le Conseil avait appris que des troubles agitaient la petite ville de Porto-Novo, située à une dizaine de lieues au sud de Pondichéry, le gouverneur ayant fait incarcérer indûment deux notables de la cour du prince et seigneur des lieux.

Monsieur Beauvollier décida d'envoyer sur place une soixantaine de soldats sous le commandement de Dupleix. Avant son départ, ce dernier me confia que cette expédition allait lui permettre de se mettre en valeur auprès de ses pairs. Je me proposai de l'accompagner ; il s'y opposa : c'était trop dangereux et je serais plus utile à mon poste, pour surveiller les événements de Pondichéry en son absence.

L'entretien avec le gouverneur fut plus âpre qu'il ne l'avait cru et dégénéra rapidement en rixe à coups de sabre entre l'un des gardes de la loge et l'un de nos officiers. Ce fut le signal d'une mêlée générale, à l'issue de laquelle on dénombra une dizaine de victimes, morts et blessés.

Contraint à faire amende honorable, le gouverneur rendit les prisonniers et attendit qu'il fût délibéré sur son sort.

Satisfait de cette victoire difficilement acquise, monsieur Beauvollier confia à Dupleix une autre mission, plus pacifique : négocier avec le gouverneur de Madras, ville distante de Pondichéry d'une trentaine de lieues, une vente de métal, pour fondre des roupies, les prix proposés n'ayant pas été agréés. Dupleix accomplit cette deuxième mission avec un talent consommé de diplomate, si bien que le Conseil lui vota des compliments.

Joseph avait mis tout son talent dans l'appréciation des valeurs comparées entre les monnaies indigènes, un exercice auquel, quant à moi, j'eus le plus grand mal à m'initier. Il évoquait avec autorité livres, marcs, pagodes, roupies, fanons, caches, serres, anas, cauris… Il évoluait avec une même aisance dans le jeu des poids et mesures, qui changeaient avec chaque province.

Je voguais à l'aveuglette dans ces eaux troubles, en répétant, sans pouvoir le fixer dans ma mémoire : « Un marc d'argent vaut entre 48 et 50 livres... la pagode d'or vaut 2 roupies et demie et la roupie d'argent environ 3 francs, selon qu'elle vient du Bengale, de Madras ou d'Arcate... » Ces évaluations instables me poursuivaient jusque dans mon sommeil de leur ballet obsédant.

Nous avions installé sur la côte chinoise, à Canton, un comptoir qui occasionnait du souci au Conseil de Pondichéry. Nous recevions fréquemment du directeur, monsieur Lhuilier, des courriers alarmants. L'Empereur avait ordonné l'élimination de la mission catholique ; les créanciers chinois le harcelaient à propos de dettes qu'il était incapable d'honorer ; les navires qu'il envoyait en France, chargés de marchandises, étaient arraisonnés et pillés par les pirates en mer de Chine...

Une fois de plus, monsieur Beauvollier décida de faire appel à Dupleix pour résoudre ce dilemme qui risquait de s'envenimer et de déboucher sur une guerre ouverte.

Il prit la mer sur le *Saint-Joseph*, avec une compagnie de grenadiers et le titre de subrécargue, chargé de veiller sur la cargaison et les fonds en liquide destinés aux achats.

Il trouva à Canton une situation pire que ce qu'il avait imaginé : un gouverneur aux abois, les missionnaires emprisonnés dans des conditions pitoyables, des créanciers et des autorités locales menaçant de réduire en cendres notre concession...

Comment, dans ces circonstances difficiles, se comporta l'envoyé du Conseil supérieur ? Il règne, aujourd'hui encore, une ambiance délétère autour de cette mission dont il s'abstint de parler au confident que j'étais. Tout ce que je pus apprendre, c'est qu'il refusa d'acquitter à monsieur Lhuilier le solde de traitement dû par la Compagnie et qu'en revanche il régla aux créanciers chinois ce que le gouverneur leur devait : une somme qui avait presque doublé dans son rapport au Conseil !

Pour justifier cette manœuvre suspecte, il rédigea avec mon concours un mémoire à l'intention des directeurs, dans lequel il se contentait de faire un tableau pitoyable de l'administration des autres comptoirs de Coromandel et du Bengale... où il n'avait jamais mis les pieds ! Pas un mot sur l'affaire de Canton. Je le mis en garde contre ces dangereuses assertions. Il rétorqua d'un air désinvolte :

— Bah ! Ces messieurs de Paris ne viendront pas vérifier mes dires.

— A beau mentir qui vient de loin !

— Mensonges pieux, Olivier... Ecris !

Le lendemain, un navire en partance pour Lorient, le *Lys*, emportait ce mémoire, sans que Dupleix eût daigné informer le Conseil de cette initiative, mais cette audacieuse manœuvre n'eut guère de conséquences pour lui. Monsieur Beauvollier, importuné par l'ambiance néfaste entretenue par ses pairs, avait envoyé sa démission par le même bateau, avec son souhait de revenir en France. Pierre Lenoir assura l'intérim et Benoît Dumas, rappelé en France, fut, quelques mois plus tard, informé de sa nomination comme gouverneur des Mascareignes.

Ce ballet de nominations, révocations, démissions, réintégrations, avait de quoi me faire perdre la tête que, pourtant, j'ai solide, et discréditer le Conseil auprès des populations européenne et indienne. Fort heureusement, nous étions en paix avec l'Angleterre, sinon nous aurions eu du souci à nous faire...

Les démêlés entre Pierre Lenoir, Joseph Dupleix et les autres conseillers auraient pu constituer la matière d'un livre à proposer aux lecteurs sujets à des insomnies.

Nous dûmes attendre dix-huit mois pour être informés de la révocation de Dupleix et un mois de plus pour apprendre qu'il était rétabli dans ses fonctions. Il fallait voir dans cette dernière mesure l'influence du frère de mon ami, monsieur Dupleix de Bacquencourt, nouveau membre de la direction parisienne. Durant des années, il allait assumer pour son frère cadet le rôle d'ange gardien.

J'avais mis à profit le voyage en Chine de Dupleix pour me consacrer au projet que m'avait suggéré Ananda Rangapoulé : acheter ou louer, dans les parages de Pondichéry, une chauderie (le *bungalow* des Anglais) où me reposer des troubles et des fatigues du palais. Un de nos conseillers, rappelé en France, accepta de me céder sa demeure de plaisance pour un prix modeste.

Cette chauderie était de peu d'apparence, avec ses murs de torchis habillés de bambous, sa toiture de tuile affectée par les dernières pluies de mousson, son jardin à l'abandon. Comme je ne comptais pas en faire un lieu de réception pour les notabilités, je me contentai d'y faire effectuer les réparations les plus urgentes.

Sa situation était agréable. Cette bicoque se situait sur le flanc nord d'une des éminences parsemant l'immense plaine qui s'étire jusqu'aux limites des Ghâts, face à un paysage de boqueteaux et de rizières où se reflétaient le ciel et les nuages. Elle était entourée d'un bosquet de vieux arbres au milieu desquels trônait un majestueux banian multiséculaire, l'arbre préféré du Bouddha, dont la particularité est de faire naître de nouvelles racines des branches qui touchent le sol, si bien qu'un seul de ces arbres peut engendrer une forêt. Il servait de refuge à une colonie de singes tapageurs, à une multitude d'oiseaux et de reptiles.

Quelques cases d'Indiens se dressaient à proximité, ce qui m'assurait aide et sécurité contre les pillards. Un oratoire dédié à Shiva, fleuri en permanence de jasmin et d'hibiscus, se dressait au carrefour d'un chemin menant vers le lac et le bazar.

L'intérieur offrait tout juste l'espace nécessaire pour le sommeil et les repas. Le mobilier, pillé en grande partie, était des plus spartiates, mais, pour le temps que je comptais passer là, il me suffirait.

Mon coin de prédilection était la véranda : un auvent fait de palmes tressées, soutenu par des piliers de bois vaguement sculptés, où subsistaient des bouquets et des tresses de fleurs séchées. J'allais m'y prélasser durant de longues heures, à suivre de l'œil les évolutions acrobatiques des singes et à écouter chanter des oiseaux multicolores.

J'avais pour voisin immédiat un vieux sage dont la barbe grise s'effilochait jusqu'au nombril et dont la chevelure tressée, faisant plusieurs fois le tour de sa tête, faisait office de couvre-chef. Il passait ses journées accroupi sur le seuil de sa tanière de torchis, à l'ombre d'un pipal, dont l'ombre semblait favoriser sa méditation. Il n'avait pour compagnon qu'un chien efflanqué ou une grosse couleuvre qu'il portait comme un collier, et vivait grâce au bol de riz que ses voisins lui apportaient à tour de rôle.

Dès mon arrivée à Pondichéry, j'avais décidé d'apprendre les premiers rudiments de la langue tamoule, la plus usitée sur la côte de Coromandel, si bien que je pus, dès mon installation, m'entretenir avec ce *yogi*, malgré l'odeur que dégageait la bouse de vache fraîche dont il s'enduisait le torse et le visage. Il avait beaucoup voyagé dans sa jeunesse, avait effectué le pèlerinage de Bénarès, s'était baigné dans le fleuve sacré et avait visité les temples perdus dans la jungle ou les forêts des montagnes. Je crus comprendre, ce qui me fut confirmé par Ananda, qu'il s'acheminait vers la fin d'un siècle d'existence, sans souffrir d'aucune maladie.

Je reçus un matin la visite d'une femme sans âge, vêtue d'un sari crasseux et effrangé, qui portait le *koumkoum*, le signe de Shiva, entre les sourcils et un anneau d'or accroché à une narine. Elle était d'une maigreur effrayante, édentée et presque chauve. Après quelques *salams*, elle se dit surprise qu'un Blanc de ma qualité puisse vivre sans une compagne ou du moins une servante, une *mosse*, pour préparer ses repas et prendre soin de son ménage.

Je la renvoyai avec des égards en lui faisant comprendre que le fait de vivre seul ne m'occasionnait aucun souci.

Quelques jours plus tard, elle était de retour, accompagnée d'une adolescente vêtue avec soin, sinon avec élégance. Elle me la présenta comme la dernière de ses filles et me proposa de la prendre à mon service, le temps que je passerais à la chauderie. Il m'en coûterait peu de chose. Pour ainsi dire rien.

Ma première réaction fut de les renvoyer ; la seconde de tenter l'expérience, avec une idée derrière la tête.

J'avoue que je commençais à me lasser, d'une part, des intrigues plus ou moins biseautées, avec des idées à peine voilées de mariage, que j'entretenais avec des filles ou des épouses de conseillers ou d'employés, et, d'autre part, des créoles, métisses, mulâtresses ou quarteronnes, qui peuplaient les bordels de la Ville noire. J'avais envié Dupleix d'avoir découvert, avec la fille de monsieur Beauvollier, une maîtresse au long cours

(« pas un tanagra » ! m'avait-il dit), dont il partageait souvent les nuits et qu'il aurait peut-être fini par épouser si son père ne l'avait ramenée avec lui en France.

La petite servante que me proposait la vieille Indienne se prénommait Daya. Mince, délicate, luisante comme une papaye, avec la carnation sombre des Tamouls, une chevelure brune graissée de musc et les paupières soulignées à l'antimoine, elle était plutôt jolie malgré l'anneau qui lui pendait au nez.

J'acceptai de prendre Daya à mon service et glissai quelques roupies dans la main squelettique de la mère, avec l'impression d'acheter une jeune esclave.

Je n'avais jamais à prévenir Daya de mon arrivée, à croire que les singes et les mainates s'en étaient chargés, à peine avais-je franchi la porte ouvrant sur la Ville noire.

Dès que mes porteurs me déposaient devant mon bungalow, elle était là, accroupie au pied du banian ou prête à pousser le portillon du jardin. Elle s'inclinait, les mains jointes au niveau du menton, souriante dans son sari propret.

Sans attendre mes ordres, elle préparait le feu sur le réchaud placé sous la véranda. Elle avait tout prévu : la quantité de bois nécessaire, le poisson du lac, le riz et les épices, les *chapatis*, un monceau de fruits et le cruchon de jus de tamarin. Elle avait pris soin d'attacher des bouquets de fleurs fraîches aux colonnes de la véranda et de confier à l'un de ses frères le soin d'agiter le *panka*, ce large éventail suspendu au plafond, qu'il faisait bouger de la pointe de l'orteil en mâchant du bétel.

Un jour de grosse chaleur, peu avant la mousson, alors qu'elle préparait mon café et le lit pour ma sieste, je l'entendis pousser un cri et la vis surgir en brandissant à bout de bras un serpent qu'elle avait découvert sous la couverture. Je m'apprêtais, armé de mon épée, à faire un sort à ce locataire indésirable, quand elle me fit comprendre qu'il s'agissait d'un reptile inoffensif, une « couleuvre de maison », et qu'il fallait, plutôt que la tuer, lui proposer un autre asile. Elle la fit tournoyer et s'envoler dans les branches du banian pour y tenir compagnie aux singes.

Quand je voulus la remercier en lui baisant la main, elle prit cette anodine badinerie pour une avance, sourit en inclinant la tête et, après avoir craché son bétel, me fit signe de la suivre à l'intérieur. J'obtempérai sans réserve, certain de ce qui m'attendait et heureux qu'il en fût ainsi, après quelques semaines à la regarder évoluer autour de moi avec des grâces de bayadère et une légèreté de colibri.

Il eût fallu être Antoine au désert ou catholique inconditionnel pour dédaigner une créature offerte avec tant de simplicité. Comme je ne tiens ni de l'un ni de l'autre, je remisai mes scrupules au plus profond de ma conscience pour consommer les fruits qui m'étaient proposés.

Malgré la chaleur qui stagnait dans la chambre, je respirai sur son corps souple et frais une discrète odeur de jasmin et caressai longuement ses formes, déjà celles d'une femme mais avec encore les grâces timides de l'adolescence. Notre première étreinte fut brève et exempte de tout élan de tendresse. Elle était vierge, à ce qu'il me parut sans m'en réjouir ni m'illusionner, les Indiennes étant rompues à ce genre de subterfuge.

Cette expérience érotique avec une fille tamoule, hormis les prostituées, ne fut pas la dernière. Daya, par sa fraîcheur juvénile, son innocence, feinte ou réelle, ses délicates attentions, une certaine retenue dans ses élans, me faisait oublier les filles ou les femmes de la Ville blanche, souvent obsédées par des idées triviales d'exclusivité et de mariage, et mes petites maîtresses du Périgord que je culbutais jadis dans les granges.

En plus de notions sommaires sur la situation de nos comptoirs, le mémoire élaboré par Dupleix avec mon aide comportait des vues pertinentes sur l'avenir du commerce.

Il faisait mine de se demander pourquoi les Anglais et les Hollandais tiraient de gros bénéfices des Indes, alors que nous végétions. La réponse était simple et évidente : leurs compagnies ne lésinaient pas sur les moyens en argent et en soldats qu'elles leur faisaient parvenir.

Pour ce qui nous concernait, il fallait en permanence faire comprendre aux directeurs qu'on ne pouvait espérer gros en misant maigre, et que des sacrifices supplémentaires devaient être consentis par des actionnaires bien trop frileux.

Lenoir n'eut connaissance de ce mémoire qu'après qu'il eut été adressé aux directeurs, par une copie que Dupleix lui remit. Il le prit très mal, tapa sur la table, menaça son collègue de demander son rapatriement. A la réflexion, il se dit qu'après tout l'audace dont Dupleix avait fait preuve montrait, en dépit de quelques erreurs de jugement et des violences injustifiées, les marques d'un tempérament original et d'une volonté de réussite dont la Compagnie pourrait tirer profit.

Lenoir ne montra rien de ces dernières dispositions d'esprit, préférant, afin de ne pas attiser ses ambitions, laisser planer sur Dupleix la menace d'un rappel tout en le tenant à l'écart des décisions importantes.

Lassé de cette ambiance pénible de suspicion et d'acrimonie, Dupleix me dit un jour :

— Je n'en peux plus d'être considéré comme un intouchable ou un lépreux ! Je vais demander mon rappel. Après tout, en France aussi on peut donner libre cours à ses ambitions et faire fortune...

Il s'ouvrit de cette intention à Lenoir. Le gouverneur intérimaire lui répondit :

— Réfléchissez, jeune homme. A mon avis, vous auriez tort de quitter l'Inde. Alors, puisque vous ne semblez pas vous plaire à Pondichéry, pourquoi ne pas vous installer dans le Bengale ? Une simple mutation de poste ferait de vous le gouverneur de Chandernagor et des autres comptoirs de cette riche contrée...

Dupleix demanda à réfléchir. Le lendemain, sa décision était prise. Il acceptait la proposition.

3

Le comptoir de Chandernagor

Il n'y eut pas à faire appel à une permutation de poste en faveur de Dupleix. La nouvelle de la mort de monsieur Aguin de La Blanchetière, gouverneur des comptoirs du Bengale, nous parvint au début d'octobre de l'année 1729, soit sept ans après notre arrivée en Inde.

Ce poste vacant revenait de droit à deux membres du Conseil supérieur de Pondichéry : messieurs Delorme et Legou. Sollicités, ils se désistèrent. Dans l'ordre, cette place allait à Dupleix ; il accepta. Une contestation de quelques membres du Conseil, qui lui préféraient le dernier de la liste, le souple et inconsistant Dirois, faillit faire échouer ce projet. Il fallut se gendarmer pour maintenir cette décision.

Nous allions quitter Pondichéry avec ces roquets accrochés à nos basques, et incertains quant à la confirmation de la Compagnie. Elle nous parvint le 24 juillet de l'année 1731, soit près de deux ans plus tard, alors que nous venions de prendre nos quartiers dans le Bengale. Monsieur de Bacquencourt, frère de Dupleix, avait sans doute, comme on dit, « poussé à la roue ».

Je m'étais sans trop de peine séparé de Daya, et elle de moi. Nos rapports purement physiques n'avaient pas eu une intensité suffisante pour nous engager dans la voie de la passion. Je la remerciai par quelques cadeaux pour elle et sa famille et lui demandai de prendre soin de ma chauderie en mon absence, jusqu'à ce que mon ami Ananda eût trouvé à la louer ou à la vendre.

Cette mutation dans notre comptoir le plus important de l'Inde, après Pondichéry, était pour Dupleix une revanche sur l'hostilité et la jalousie de ses collègues du Conseil.

Il adressa à son frère une lettre témoignant de sa gratitude, et dont j'ai conservé une copie. Il lui disait : « Je te remercie des peines, des prières, des sollicitations, des dépenses d'argent et des déplaisirs que tu as soufferts pour persuader la Compagnie que ce n'était point une grâce mais une justice qu'elle me rendait… »

Dupleix se plaignait souvent à moi de la précarité de ses ressources, mais je ne l'écoutais que d'une oreille et avec un sourire complice. Il avait conservé la maison de Pondichéry dont il était propriétaire et le jardin orné de statues qui nous avaient suivis au Bengale. Il s'était rendu acquéreur, aux Mascareignes, de rizières et de plantations de mil, et partageait avec Benoît Dumas le revenu d'une petite plantation d'épices en l'île Bourbon. Comparé à moi, il était moins à plaindre qu'à envier.

A Chandernagor, Dupleix et moi nous trouvions en quelque sorte en pays de connaissance : ni les ressources de cette province, prise comme par une toile d'araignée par le Gange et ses affluents, ni les hommes qui dirigeaient ces concessions ne nous étaient inconnus. Nous y retrouvâmes notamment un personnage original, André Burat, ancien lieutenant de vaisseau, naguère responsable de notre comptoir de Moka, sur le golfe d'Aden. Ce colosse au visage vultueux, aux dents noires, au crâne rasé, qui avait toujours du bétel plein les poches et les joues, avait d'emblée gagné notre confiance, et nous la rendait au centuple.

C'est lui, à titre d'intendant, qui nous présenta les comptes entre deux fiasques d'arak. Sans égaler le chiffre d'affaires de nos concurrents anglais et hollandais, le comptoir était prospère et paisible, exception faite de quelques différends, dont nous allions hériter, entre la direction et les Jésuites.

Dupleix aurait la haute main sur les comptoirs adjacents, de Balassor et de Cassimbazar. Il présiderait le Conseil du Bengale et serait seul juge des affaires relevant de la justice. Cette relative indépendance lui convenait.

Hormis l'indispensable Burat, il avait sous son autorité cinq conseillers, cinq sous-marchands, quatre commis et un courtier indien. Un petit monde qu'il se promit de tenir en laisse, la plupart de ces employés étant des gens médiocres et peu scrupuleux. L'un d'eux, accusé d'assassinat en France, n'avait échappé à la potence qu'en prenant la route des Indes avec la bénédiction des directeurs. D'autres, souffrant de maladies réelles ou imaginaires, œuvraient sans conviction, plus préoccupés de leurs petits trafics personnels que des affaires de la Compagnie.

A peine installé dans ses nouvelles fonctions, Dupleix envoya une lettre de récrimination à Paris :

« Le directeur que je suis n'est pas assez payé. Il n'est pas en état de recevoir comme il le devrait les Anglais et les Hollandais qui passent et repassent, ce qui ne peut que nous faire mépriser... Le reste des employés est assez bien payé et les vivres sont meilleur marché qu'ailleurs... »

Il évoquait par ce même courrier la prospérité de ces concessions. Quels que fussent les produits dont nous avions besoin, cette province pouvait nous les fournir. On retirait de bons revenus des aldées, ces villages concédés par le nabab et dont nous dépendions pour les fournitures. Cependant, nous étions toujours en disette de fonds et, pour comble, une insécurité permanente régnait dans le golfe du Bengale, repaire de pirates organisés en bandes ou de « petits princes ».

Ces comptoirs envoyaient principalement en France des étoffes plus ou moins précieuses : mouchoirs blancs et bleus de Cassimbazar, dont on raffolait dans la haute société, et soieries de Decca, outre le salpêtre de Patna, les pierres précieuses, le riz et les épices. La Compagnie expédiait en Inde des étoffes de drap, des instruments manufacturés, des vins, des piastres, des lingots pris aux Espagnols et destinés à être convertis en monnaies indigènes.

Le Bengale était la province la plus riche des Indes et sa prospérité ne faisait que croître. La construction de nouveaux magasins était en cours sur les rives du fleuve Hooghly, et la ville prenait un nouvel essor.

C'est surtout entre juin et septembre qu'arrivaient les navires de France. Comme ils jaugeaient entre trois cents et cinq cents tonneaux, ils pouvaient, guidés par un pilote loué à Balassor, port situé sur le golfe, remonter le fleuve sans trop de risques, en évitant les bancs de sable, jusqu'à Chandernagor, en tirant seize pieds d'eau en pleine charge. Les relations avec Pondichéry, pour lesquelles il fallait compter une vingtaine de jours de mer, étaient soumises au régime des moussons. Dans le golfe du Bengale, le vent souffle du nord entre octobre et février, et du sud à partir de mars.

André Burat, à ma requête, me fit parcourir Chandernagor : en indien, la Ville de la Lune. Par son importance, elle était en train de rattraper la Calcutta des Anglais. Je renonçai à ce guide lorsque je compris qu'il tentait de m'intéresser moins aux monuments et à la société qu'aux cabarets, aux maisons de filles et aux danses des bayadères, quitte, le dimanche, à faire acte de contrition à l'église.

Lors de notre première promenade sur les berges de l'Hooghly, qui déversait ses eaux boueuses dans le golfe, il m'avoua qu'il détestait cette « ville de nègres », où tout n'était que « paresse, pauvreté et luxure ». Avec Ananda, j'avais eu un guide d'une autre qualité pour visiter Pondichéry...

La ville est protégée par l'imposant fort d'Orléans. Avec environ trois cents personnes, la population blanche y disposait de deux églises : Saint-Louis et Notre-Dame-des-Anges, qui ne se signalent guère par la qualité de leur architecture, pas plus, d'ailleurs, que les demeures des employés, moins soignées que celles de Pondichéry, avec un air d'abandon, un manque d'entretien qui me choquèrent.

Hormis la citadelle, d'une importance égale à celle que nous venions de quitter, je ne trouvai d'intérêt dans cette ville qu'aux quartiers indigènes, qui me rappelaient la Ville noire, avec son trafic intense, ses odeurs de feux de bouse et, en plus, les roulements de tambours qui signalaient une crémation humaine sur une rive du fleuve. J'observai, au cours de mes incursions, que les indigènes ont une carnation différente de ceux du sud : plus claire, légèrement jaunâtre.

Dupleix partageait mon opinion quant à l'état pitoyable de la cité.

— Il va falloir, me dit-il, y mettre bon ordre et prévoir un plan de construction. Nous pourrons occuper sans tarder les nouveaux magasins, mais il faudra aussi songer à agrandir l'hôpital, à construire une vraie caserne et une halle. Ces marchés en plein air sont pittoresques mais insalubres. Cette ville pue. Il va falloir la purifier.

Je compris que son intention était de faire ses preuves avant de regagner son Capitole du Sud. Le Bengale, Chandernagor ne seraient pour lui qu'un tremplin. Son ambition le portait plus haut.

Son domicile ne pouvait se comparer au palais de Pondichéry. Situé dans l'enceinte de la citadelle, près des boucles de l'Hooghly animées par la noria incessante des barques indiennes à voiles carrées, il n'offrait qu'un confort rudimentaire, et le service des domestiques bengalis, indolents et négligés, laissait à désirer. Il en était de même pour l'appartement voisin, qui m'était dévolu et qui donnait sur une cour sordide où campaient nos porteurs et quelques souillons.

Dupleix devait, en principe, se soumettre à l'autorité du Conseil supérieur. Cette astreinte lui était insupportable : il tenait, comme il me le confirma, à être maître chez lui.

— Si Pierre Lenoir espère que je lui rendrai compte de mes faits et gestes et que j'irai lui baiser les pieds comme au Grand Moghol, il se met le doigt dans l'œil ! Je n'accepterai jamais d'être traité comme un domestique. En croyant se débarrasser de moi, il m'a rendu un fier service. Je vais enfin voler de mes propres ailes...

Il manifesta ce souci d'indépendance par une mesure audacieuse, dont j'essayai en vain de le dissuader : il ne rendrait des comptes et ne ferait état de ses projets qu'à Paris. C'était déclarer au Conseil supérieur une guerre larvée. Les rares lettres qu'il lui adressait n'étaient pas piquées des vers. Il fit de même lorsque Benoît Dumas succéda à Pierre Lenoir. Ils avaient été bons amis, et patatras !

— Que pourrait-on me reprocher ? me disait-il. Après tout, les Anglais de Calcutta n'agissent pas autrement envers leur Conseil supérieur qui siège à Madras, et personne ne s'en porte plus mal. Si ces messieurs de Pondichéry souhaitent des éclaircissements, qu'ils m'envoient une commission !

Je ne tardai pas à comprendre que son rêve, pour les années à venir, était de faire des établissements du Bengale une sorte de principauté indépendante n'ayant de comptes à rendre qu'à Dieu – il entendait par là la Compagnie. Soutenu par son frère, il croyait pouvoir tout oser.

Il avait dans sa manche un autre argument, qui n'était pas négligeable : le gouverneur de Madras recevait comme salaire de l'East Indian Company vingt mille livres par an... et lui quatre mille ! De plus, la *Company* réglait les émoluments des domestiques et endossait les dépenses en mobilier, subsistance et chandelles !

Lorsque, à la suite d'une de ses jérémiades, la Compagnie lui octroya une gratification, il la remercia par ces mots acerbes : « C'est une marque de votre bienveillance, mais je croyais mériter davantage. Je m'arrête, de crainte de trop en dire... »

Pour délester cet éternel insatisfait du grief qu'on pourrait lui faire, je dois convenir qu'il ne ménageait ni ses talents ni ses efforts pour se présenter en modèle d'administrateur colonial, pour défendre les intérêts de la Compagnie... en même temps que les siens propres.

J'étais occupé à aménager les deux pièces qui m'avaient été affectées, lorsque j'appris la venue de Jacques Vincent, membre du Conseil de Pondichéry, qui s'était jadis associé à Dupleix dans une affaire d'achat de terres cultivables dans l'Ile de France. Il était accompagné de sa femme, Jeanne, et de leur famille. Il débarquait sans but précis, mais il était facile de deviner qu'il était délégué par le Conseil pour rendre compte de la situation insolite créée par Dupleix.

C'était un homme de haute taille, prématurément voûté, comme si, nouvel Atlas, il portait l'Himalaya sur ses épaules. Son visage mou, sillonné de rides précoces, contrastait avec la vivacité de son regard, souligné par des rougeurs de paupières à la suite d'une ophtalmie. On le disait honnête, point sot mais dépourvu d'esprit d'à-propos et de décision, au point de ne rien entreprendre sans l'avis de sa femme, qui était d'une autre étoffe.

L'année 1719, peu avant notre arrivée aux Indes, Vincent avait épousé la fille, alors âgée de treize ans, d'un chirurgien, Albert, et d'une dame de Castro, une Portugaise dont la généalogie traînait des relents de métissage. Aînée de huit enfants, Jeanne Albert n'avait pas dix-huit ans lorsqu'elle avait débarqué en

Inde avec son mari. Elle lui donnerait onze enfants, dont la moitié périraient à la naissance ou en bas âge.

Jeanne tenait de sa mère un teint basané, des formes sculpturales, l'autorité nécessaire pour tenir les rênes du ménage, et, de son père, une intelligence calculatrice. Elle avait, de même que ses frères et sœurs, reçu une éducation convenable des pères jésuites, qui avaient préparé les garçons à une carrière honorable et les filles à des mariages dans la meilleure société.

J'avais décelé dans les rapports entre les deux anciens associés une sympathie qui n'avait pas dérivé vers une franche amitié comme celle qui me liait à Dupleix.

Quelques années auparavant, en 1728 si ma mémoire ne me trahit pas, ils s'étaient trouvés, à Pondichéry, en présence de monsieur de La Bourdonnais, lieutenant de vaisseau au service de la Compagnie, et avaient été les acteurs d'une tragicomédie qui avait amusé toute la côte de Coromandel.

Ils avaient décidé de faire une visite de bon voisinage au gouverneur anglais de Madras, en compagnie de quelques conseillers, de leurs épouses ou de leurs maîtresses. Soit que le cuisinier tamoul se fût trompé dans les ingrédients du repas prévu pour la route, soit qu'il eût servi de la viande ou du poisson avariés, il avait fallu faire arrêter le cortège à tout bout de champ pour permettre à chacun, hommes et femmes, de libérer à l'abri des haies les dévoiements intempestifs, avec ce que cette nécessité peut comporter d'humiliation.

Un de nos employés, monsieur de Farelle, nous a laissé un récit détaillé et plein d'humour de cette excursion. Il évoquait le spectacle cocasse des dames courant, jupes retroussées, avec des gémissements de douleur et de honte, vers le premier buisson venu pour s'y soulager.

Par comble, le troisième jour, peu avant d'arriver au terme du voyage, un orage de mousson avait éclaté, ajoutant à ces scènes une ambiance de cauchemar. A l'heure où j'écris ces lignes, on parle encore de cette épopée digne du *Roman comique* de Scarron.

C'est de cette aventure mémorable que date la passion que Dupleix, sa vie durant, allait éprouver pour la femme de Jacques Vincent, Jeanne, sans la moindre éclipse.

Quelques semaines plus tard, au retour d'un office du dimanche aux capucins, alors que nous cheminions sur la route de Chinsourah, il s'arrêta comme pour suivre les jeux des singes gris et noirs dans les ramures d'un banian et me dit, en passant un bras autour de mon épaule :

— Olivier, mon ami, je vais te faire une confidence difficile : je suis amoureux.

Je pris cet aveu avec un sourire complice.

— Amoureux... comme tu l'étais de mademoiselle de Beauvollier ?

Il me secoua l'épaule.

— Ne me parle plus de cette pécore, que j'ai oubliée. Je veux parler de cette dame d'origine portugaise avec laquelle je me suis entretenu en sortant des capucins. Souviens-toi : elle portait un collier de perles noires. Allons, tu vois bien de qui je veux parler...

Je crus qu'il plaisantait, comme cela lui arrivait parfois. Je n'osai penser que ce fût...

— Madame Vincent ? La femme d'un de nos bons amis ? Aurais-tu perdu la tête ?

— C'est bien possible... Mais quelle femme, Olivier ! Par Dieu, quelle femme ! La plus belle de cette ville et peut-être de toute l'Inde. Ce caractère bien trempé, cette allure un peu altière, ce port de tête d'impératrice romaine, ce regard profond comme... comme...

La plus belle femme de l'Inde ? Il exagérait. J'en ai connu qui la valaient, avec en moins cet air autoritaire, cette allure qu'il jugeait « un peu altière ». Je protestai mollement, sachant que, quoi que j'objecte, il n'en ferait qu'à sa tête :

— Tu t'engages dans une passe dangereuse, Joseph. On dit cette femme très attachée à son mari. Elle vient d'accoucher d'un neuvième enfant, mort-né, il est vrai, et n'a sûrement pas dit son dernier mot.

Il bougonna, en se grattant furieusement la joue :

— Que diable ! Je le sais bien. Il n'empêche : Jeanne est la femme dont j'ai toujours rêvé, une sorte d'égérie.

Il me confia avec cynisme que déjà, à Pondichéry, il était épris d'elle et avait suggéré à Benoît Dumas de faire muter Jacques Vincent à Chandernagor. La manœuvre avait réussi.

— Tu comprends, Olivier : je ne souffrais pas de la savoir si loin de moi.

Il poursuivit par un aveu d'une rare perversité :

— Tu as remarqué, tout comme moi, que ce pauvre Vincent n'est pas d'une santé florissante, c'est le moins qu'on puisse dire. J'en ai parlé aux médecins : ils sont d'avis qu'il ne fera pas de vieux os. Je n'irai pas jusqu'à dire que cela me réjouit, mais, lorsque l'événement fatal se produira, Jeanne ne restera pas longtemps veuve. En prévision de l'événement, je pose mes jalons. Discrètement. Tu me connais...

Je le connaissais de mieux en mieux, de fait, et pas toujours par ses meilleurs côtés, comme il venait de le montrer. Curieux personnage... Capable à la fois de générosité et de calcul, d'altruisme et d'égoïsme. Je me trouvais, et m'en félicitai, en marge de ces dualités dangereuses pour ses relations. J'étais pour lui, je le répète, une sorte de conscience subsidiaire.

Cette cynique spéculation s'accompagna d'une cour discrète mais assidue, dont aucune notion de moralité ne semblait pouvoir le détourner. Je le regardais avec compassion faire le paon, porter en présence de Jeanne sa plus belle perruque à queue, son habit le plus seyant, et s'asperger d'eau de Hongrie. Il ne manquait aucune occasion de provoquer entre eux des entretiens, avec de sa part, sensible pour moi seul, une intention évidente de séduire cette effigie des vertus matrimoniales.

Il me dit en se frottant les mains :

— Mes affaires avancent, Olivier ! Jeanne vient de se livrer à des confidences feutrées. Elle ne se fait guère d'illusion sur la longévité de son époux et n'en paraît guère affectée.

Je hasardai une boutade :

— As-tu pensé à la poudre de succession ? Tu en trouverais facilement dans ce pays...

— Tu es fou ! Crois-tu vraiment que je sois capable d'un tel crime ? Vincent mourra de sa belle mort, sans qu'elle ou moi l'y aidions.

Au début de notre installation à Chandernagor, Daya m'avait manqué. Cette place vide dans mon lit m'obsédait. La grâce légère qu'elle apportait à nos étreintes, son odeur de jeunesse suscitaient des regrets que j'aurais pu effacer par les services mercenaires que me proposaient les maisons de plaisir, les bayadères et les petites servantes, mais j'aspirais à des amours moins vulgaires. Je n'avais d'ailleurs que l'embarras du choix dans le vivier de la petite société qui grenouillait autour de celui qu'on appelait déjà, pour son goût du faste à l'indienne, le *nabab Dupleix*.

Au cours d'une partie de criquet dans le jardin de la citadelle, j'engageai une cour assidue auprès de l'épouse du troisième conseiller, monsieur Jacquart. Souffrant de la malaria depuis des mois, il la délaissait. Comme elle avait les traits tirés et l'haleine lourde, j'abdiquai avant même d'avoir été intronisé.

Je fis une nouvelle tentative de séduction auprès de madame Guillaudieu, épouse du premier conseiller. Elle était réputée avoir la cuisse légère, mais je constatai que la place était prise par un courtier bengali taillé en hercule, dont on murmurait que le *lingam* était digne, par sa dimension, de figurer dans une procession. Ne me sentant pas de taille à lui disputer sa proie, je me retirai avec regret de la compétition.

Je faillis céder aux avances de la compagne d'un employé, monsieur de Saint-Paul, mais elle avait une réputation de commère et aurait vite jeté nos exploits en pâture aux amateurs de ragots, et risqué ainsi de compromettre ma réputation auprès de Dupleix, qui, indûment, s'était érigé en gardien de la moralité.

J'en serais venu à me rabattre sur une des bayadères qui venaient certains soirs au palais nous donner le spectacle de leurs danses, quand le hasard mit sur mon chemin la femme de monsieur Boulet d'Hervilly,

Julie, qui, à ce jour, n'avait retenu mon attention que de loin, mais dont j'avais pu apprécier les charmes.

Nous nous rencontrâmes à une soirée dansante organisée à l'occasion de l'anniversaire de Dupleix. J'ai une préférence non exclusive pour les femmes bien en chair ; Julie était mince, pour ne pas dire maigrichonne, mais avec un visage de madone florentine et une démarche de reine. Plus âgé qu'elle de vingt ans, son mari ne l'honorait qu'entre des accès de fièvre ou des missions en amont de l'Hooghly. J'appris qu'elle avait eu pour amant un petit lieutenant anglais de Calcutta, qui venait de temps à autre nous rendre des visites de bon voisinage, mais venait d'être rappelé à Londres. La brèche ouverte, j'y lançai mon premier assaut, et la place me fut livrée sans combat.

Julie fut la bienvenue dans la modeste chauderie que j'avais héritée d'un employé reparti pour Pondichéry. Elle se situait en amont du fleuve, entre Chinsourah et Chandernagor, à deux lieues de cette dernière ville, au milieu d'un bosquet de cocotiers, de palmiers et de buissons d'hibiscus, face à une immensité de roseaux accablés par un soleil implacable, avec pour seuls inconvénients les reptiles et les moustiques.

Lorsque, assis sous la véranda, je la voyais paraître, montée sur sa mule, accompagnée de sa *mosse*, des vers de Ronsard appris au collège voletaient dans ma tête. Je m'attendais de sa part à des ardeurs d'amazone et ne fus pas déçu.

Nous avons passé là, Julie et moi, des moments heureux, allongés sur un lit de sangles, abrités par la moustiquaire, avec pour seul témoin la servante qui agitait le *panka* en mâchant son bétel. Nous dînions de *chapatis*, de riz grillé et de fruits, et elle repartait avant la nuit.

Pour me rendre à la chauderie, j'avais choisi, plutôt que le palanquin, un moyen de transport plus discret : un cheval, que monsieur Guillaudieu me céda pour quelques roupies. C'était en fait une vieille jument docile et suffisamment robuste pour parcourir sans renâcler, malgré la chaleur, les quelques lieues qui me séparaient de ma bicoque.

Ces rendez-vous comportaient des risques, les rives de l'Hooghly étant infestées de brigands qui opéraient en groupes.

Un soir, peu après le départ de Julie, alors que je reprenais sur ma jument le chemin de Chandernagor, je fus assailli par ces brigands. Plantés en travers du chemin longeant la rive, ils m'intimèrent l'ordre, sous la menace de leurs *caytoques*, sortes de faucilles à long manche, de vider ma selle.

Mon premier réflexe fut de foncer sur eux pour les disperser, au risque de prendre un mauvais coup, mais ma jument n'avait cure de prendre le galop. J'obéis donc, mis pied à terre, sortis mes deux pistolets de ma ceinture… et constatai avec stupeur qu'il en fallait davantage pour les impressionner.

Le premier qui hasarda quelques pas vers moi, en brandissant sa faucille, s'écroula avec un hurlement, une balle dans le ventre. Un autre de ces brigands, le crâne fracassé par une autre balle, mordit la poussière. Il ne me restait que mon épée, mais je n'eus pas à m'en servir. Le reste de la bande disparut dans les roseaux.

Sans le moindre remords, je traînai mes victimes jusqu'au fleuve et laissai le courant les emporter. A ce jour je n'avais jamais tué un homme. Je l'avais fait à cette occasion, avec répugnance mais sans trouble de conscience, certain que, si je ne m'étais pas défendu, j'aurais laissé la vie dans ce guet-apens.

Au temps où Dupleix et moi voguions vers les Indes à bord de l'*Atalante*, la situation était tendue entre Français et Anglais, sur la côte du Malabar, à propos de la concession de Mahé, où flottait notre pavillon. Obtenir une concession d'un prince indien était une chose ; assurer la sécurité de son commerce et de ses occupants en était une autre.

Cette affaire fleurait les épices dont regorgeait cette contrée : poivre et cardamome, des produits sur lesquels le Conseil supérieur de Pondichéry comptait pour améliorer ses affaires. L'ennui était venu de ce que l'Angleterre convoitait cette concession, avec l'appui de quelques princes qui en disputaient à d'autres la possession et en revendiquaient les bénéfices. L'un construisait un fort que l'autre détruisait aussitôt. Une situation inextricable.

Les Blancs, en épousant ces querelles, s'étaient retrouvés face à face et les armes à la main. Menaces et provocations réciproques avaient failli tourner au tragique le jour où une flotte française commandée par monsieur de Pardaillan et monsieur de La Bourdonnais s'était trouvée affrontée dans les parages, tous sabords relevés, à une escadre anglaise.

De cet embrouillamini sortit une paix boiteuse, mais qui nous fut favorable. Ces événements se déroulaient en l'année 1726. Lorsque la paix fut signée, nous étions, Dupleix et moi, aux Indes depuis quatre ans.

Dupleix avait un peu oublié cet événement, contrairement au lieutenant de vaisseau, le comte Bertrand de La Bourdonnais, qui avait, à l'occasion de ce conflit, pu mesurer les ambitions de nos concurrents anglais et leur manque de scrupules. Il était au début d'une carrière partagée entre une clarté éblouissante et beaucoup d'ombres.

Dupleix n'avait guère de sympathie pour ce personnage haut en couleur, au comportement de ruffian sous des allures de gentilhomme. Il venait de surgir à Chandernagor, bien des années après l'affaire de Mahé, comme un pavé tombant dans une eau tranquille. Sa présence engendra des remous, les uns favorables, les autres hostiles.

D'entrée de jeu, entre lui et Dupleix, s'était installée une antipathie profonde qu'ils se gardaient de se témoigner en public, précaution dont personne n'était dupe.

A la suite d'une fête où La Bourdonnais avait fait étalage de sa fatuité, Dupleix me dit :

— Décidément, je déteste ce personnage. Il se comporte dans notre milieu comme en terrain conquis, parle haut et raconte ses faits d'armes comme un héros d'Homère !

— Mais, protestai-je par esprit de provocation, c'est un héros ! Souviens-toi de son comportement dans l'affaire de Mahé. Sans lui, nous perdions ce comptoir.

— Il a usurpé cette victoire alors que le mérite en revenait surtout à Pardaillan ! Crois-moi, Olivier, je devine que nous aurons à nous méfier de ses bravades et de ses ambitions. Car il est ambitieux, le bougre...

Je ne partageais pas ce jugement, du moins dans ses excès. La Bourdonnais péchait sans doute par un excès de vanité et l'outrance de ses prétentions, mais c'était un compagnon jovial, généreux, excellent conteur de fariboles, galant avec les dames, gros mangeur et buveur. Je l'avais vu, au cours d'un repas, avaler, comme de son ordinaire et sans cesser de pérorer, deux chapons farcis accompagnés de trois bouteilles de chablis.

A diverses reprises, durant le temps qu'il passa au Bengale, je dus intervenir dans le cabinet de Dupleix alors qu'ils étaient, au propre comme au figuré, à couteaux tirés. Sans ma présence et les apaisements que je leur prodiguai, ils auraient tiré l'épée.

Je sentais qu'entre eux ce serait la guerre, un jour ou l'autre. Ce le fut.

Le ballet des rappels, des nominations et des mutations avait repris de plus belle dans la hiérarchie du Conseil. Déçu dans ses espoirs, Pierre Lenoir avait demandé et obtenu son retour en France. Dupleix, voyant dans cet événement la perspective d'une promotion, exultait. C'est Benoît Dumas, gouverneur des îles Mascareignes, qui avait été désigné pour présider cette assemblée. Il avait laissé sa place à monsieur de La Bourdonnais, qui venait d'accrocher à son patronyme le nom de Mahé : celui de sa victoire contre les Anglais sur la côte du Malabar.

Colère de Dupleix :

— Je suis indigné ! Comment la Compagnie a-t-elle pu se laisser berner par les fanfaronnades de cet évaporé, de ce scélérat ? Tu verras qu'il parviendra à se faire nommer à la présidence du Conseil de Pondichéry. Ce jour-là, je rendrai mon tablier !

Devant de tels excès de langage, ma réaction fut vive :

— Tu exagères, Joseph ! Personne ne peut nier ses qualités de meneur d'hommes, d'administrateur et de négociant. Aurais-tu oublié que vous avez fait en commun de bonnes affaires avec les porcelaines de

Chine et l'étain de Moka ? Cette nomination qui l'éloigne de toi devrait te réjouir.

— Eh bien ! qu'il aille au diable... Ces messieurs de Paris ne tarderont pas à se repentir d'avoir donné ces deux belles îles à cet incapable. Puisque tu as tant d'admiration et de sympathie pour lui, pourquoi ne demanderais-tu pas à le rejoindre ?

« Cet incapable » allait donner la mesure de ses talents. Il donnerait à ces îles, à l'économie somnolente, un essor remarquable : il allait couvrir les plaines côtières de plantations, faire de Port-Louis une rade dotée de chantiers navals, développer le commerce avec les îles de la Sonde.

Accroché à sa rancune, Dupleix ne consentit jamais à reconnaître ces résultats. Durant des années, il allait poursuivre de sa haine ce rival heureux, sans autre motif que la crainte de ses ambitions et une antipathie viscérale.

Avec l'arrivée et le retour des navires de France, l'affaire des jésuites fut le seul événement digne de secouer l'ennui qui pesait sur la société blanche de Chandernagor, si l'on excepte les querelles de sérail qui agitaient la petite cour du *nabab Dupleix*.

Pour la faire brève, je dirai que les pères Jésuites, premiers missionnaires à prospecter la population indigène, avec, d'ailleurs, des succès négligeables, officiaient en l'église Notre-Dame-des-Anges. Ils s'étaient par la suite heurtés à la concurrence des Capucins, qui avaient pris en main les offices de l'autre église, dédiée à Saint Louis. Des conflits de préséance, dans lesquels l'administration du comptoir était mêlée, envenimèrent la situation, suscitant des tempêtes dans les bénitiers.

Ces querelles de lutrin, qui auraient enchanté

Boileau, mirent deux ans à s'éteindre. J'avoue que l'agnostique que je suis y prit un plaisir que je ne saurais nier. Dupleix avait tiré son épingle du jeu avec le concours de l'évêque de Saint-Thomé. Les Jésuites furent seuls à regimber, en refusant de chanter vêpres lors d'un service solennel...

Une autre affaire, dite des roupies, avait animé l'ambiance de Chandernagor, en y impliquant plus directement Dupleix. Sa complexité m'oblige à la résumer au mieux :

Les monnaies nationales n'ayant pas cours en Inde, la Compagnie y transférait des métaux pour frapper des roupies et autres monnaies indigènes, avec une ristourne pour les princes. Mises en circulation par la Monnaie de Pondichéry, ces pièces étaient acheminées principalement sur le Bengale, dont le commerce était florissant. Un litige violent entre le Conseil de Pondichéry et le comptoir de Chandernagor imposa l'arbitrage des directeurs. Contre toute attente, l'affaire tourna à l'avantage de Dupleix.

La chance semblait enfin sourire au nabab de Chandernagor.

Madame Vincent venait d'accoucher d'un enfant mort-né, après des couches difficiles. Dupleix lui rendait visite chaque jour dans son coquet pavillon, sur la rive du lac Digny, au pied du fort d'Orléans. Il s'informait des progrès de sa guérison, de la santé de son époux, déposait un cadeau à son chevet et, discrètement, avançait son pion.

Ces familiarités, auxquelles la dame se montrait sensible, libéraient Dupleix de ses humeurs et de ses tracas.

Tatillon, irascible, coléreux, il ne tolérait pas la moindre entorse au règlement de la caserne ni la moindre manifestation d'indiscipline.

Un soir, alors que nous prenions le frais dans le jardin en buvant un limon de tamarin, il me confia ses soucis, que, d'ailleurs, je partageais.

— Je suis las de me gendarmer pour obtenir de mes officiers et de la troupe qu'ils gardent une tenue décente et fassent correctement l'exercice. Ce sont pour la plupart des paresseux, des incapables, des larrons, et arrogants avec ça !

Embarqués dans la plupart des cas à leur corps défendant, le plus souvent à la suite de rafles dans les ports français, les soldats envoyés par la Compagnie n'étaient pour la majorité que du gibier de potence. Ils étaient obsédés par l'idée de « se faire la belle », comme ils disaient dans leur jargon, c'est-à-dire déserter. Certains souhaitaient tenter l'aventure et faire fortune en se mettant au service d'un prince ou d'un comptoir étranger qui paierait mieux leurs services. D'autres rêvaient d'épouser la fille d'un riche marchand, d'un nabab, ou de se mettre en ménage avec une belle Indienne.

Dupleix avait en revanche de bonnes raisons de se féliciter de la prospérité du négoce, notamment de celle de la loge de Cassimbazar. Le précédent gouverneur de Chandernagor avait envisagé sa suppression, sous prétexte qu'elle coûtait trop cher en personnel et en hommes de troupe, la contrée foisonnant de bandes de pillards, pour des profits médiocres. Dupleix la maintint et lui donna rapidement un nouvel essor.

Il faut dire que cette loge, sise à une cinquantaine de lieues de Chandernagor, sur la rivière Baghirataï, affluent de l'Hooghly, était exposée à de fréquentes inondations qui gâtaient la marchandise. Les travaux que Dupleix fit entreprendre pour consolider les digues étaient un gouffre à roupies, mais le jeu en valait la chandelle.

Pour diriger cette loge, Dupleix fit appel à André Burat. Il partit avec une compagnie de dragons destinés à assurer à ces lieux une vie paisible. De tout le temps qu'il resta en poste, Burat allait mener une existence de satrape, au milieu de son harem, ivre la plupart du temps mais assurant avec célérité la réception et le transfert de la soie prisée par les négociants parisiens et les dames de Versailles.

Dupleix attacha le même intérêt à une autre loge, celle de Patna, à une cinquantaine de lieues en aval de Bénarès. Cette concession faisait pénétrer notre réseau d'influence dans les plaines infinies arrosées par le fleuve sacré des Indiens, le Gange. Cette concession permettait de renoncer aux dangereux trafics qui se faisaient auparavant par de petites rivières, sur des embarcations légères soumises aux caprices des courants et aux attaques des pillards. L'intervention de quelques princes du Bengale, réclamant des compensations financières exorbitantes, nous fit renoncer à cette extension, en attendant des jours meilleurs.

Cette déception fut cruelle à Dupleix, soucieux qu'il était de créer de nouvelles voies pour notre négoce, notamment avec des territoires lointains et sauvages, et, à l'est du continent, dans le royaume du Pégou, qu'on appelle aussi le Siam.

Il proclamait, dans un feu d'enthousiasme qui lui faisait monter le rose aux joues :

— Nous allons montrer aux Anglais de quoi nous

sommes capables ! Il reste de bonnes affaires à réaliser entre le fleuve Brahmapoutre et l'Himalaya. Je rêve d'une vaste opération dans le Népal, le Boutang, l'Assam... Chittagong ! Ah, Olivier, Chittagong... Une capitale de province où l'or coule à flots, où des richesses inouïes sont à prendre, avant que nos concurrents n'y pensent eux-mêmes.

Il prit rapidement ses rêves pour des réalités.

— J'ai décidé, me dit-il, de secouer mon personnel, et toi en premier ! Je trouve que tu perds de ton énergie et de ton esprit d'initiative. La petite Julie y est peut-être pour quelque chose...

Je me sentis blêmir. Ainsi, il était au courant et ne m'en avait pas soufflé mot. Il me secoua l'épaule et me dit en riant :

— Ne fais pas cette tête ! Je t'ai mis dans la confidence en ce qui concerne Jeanne Vincent. Pourquoi donc ne fais-tu pas de même avec moi ?

Reprenant son sérieux, il ajouta :

— Je disais donc qu'il va falloir secouer tes puces. J'ai décidé de t'envoyer dans les vallées de l'Assam pour une expédition de reconnaissance. Fais tes préparatifs. Tu partiras dans une semaine.

Je bredouillai :

— L'Assam ? Tu as bien dit l'Assam ? Sais-tu que cette province est la plus dangereuse de l'Inde et qu'aucun Blanc, à ma connaissance, ne s'y est jamais rendu à ce jour ? Tu veux donc me livrer aux fauves et aux sauvages ? !

— Allons, allons ! Ce ne sera sans doute pas une partie de plaisir, j'en conviens, mais tu auras la chance de parcourir une région inconnue, fabuleuse, presque mythique. Toi qui aimes visiter les temples, tu seras comblé. Heureux homme, de quoi te plaindrais-tu ?

Je dus m'accrocher à sa table de travail pour ne pas

m'effondrer, alors que je sortais juste d'une mauvaise fièvre.

L'Assam... J'allais partir pour l'Assam ! Ma connaissance de cette contrée, d'après les renseignements que Burat avait recueillis de voyageurs indiens et arméniens, était des plus sommaires, et ne pouvait me convaincre de la « chance » dont m'avait parlé Dupleix. J'allais être escorté par une compagnie de grenadiers à cheval pour parer à toute surprise, mais je risquais de me heurter à la susceptibilité des seigneurs du lieu qui, eux aussi, avaient de la troupe, et sans doute pas faite d'enfants de chœur !

— Je crains, lui dis-je, de ne pouvoir assumer cette mission, dont, d'ailleurs, je ne vois guère l'utilité. Je relève, tu le sais, d'une forte fièvre, avec une dysenterie qui m'a épuisé...

Il s'esclaffa :

— Epuisé ! Pas au point de renoncer à tes rendez-vous avec la petite Boulet d'Hervilly, dans ta chauderie des bords de l'Hooghly ! Tu vois que rien ne m'échappe ! Tu partiras ! Telle est ma volonté. Je ne vois personne d'aussi sérieux et capable que toi pour mener à bien cette expédition.

— Et si je refusais ?

— Je n'hésiterais pas à te mettre aux arrêts pour refus d'obéissance. Et si tu t'obstinais, retour au pays ! C'est ça que tu veux, *sacristain* ?

J'avais compris qu'ergoter serait inutile. Quand le nabab de Chandernagor avait pris une décision, même un décret du Ciel n'aurait pu l'en dissuader.

A quelques jours de là, lorsque je rencontrai André Burat, venu livrer une cargaison de soie et de coton à notre magasin, je lui parlai du projet de Dupleix de me livrer aux sauvages de l'Assam. Il s'esclaffa en se tapant sur les cuisses.

— Nom de Dieu ! Il a perdu la tête, ou alors... ou alors il veut se débarrasser de toi. Qu'est-ce que tu lui as fait pour qu'il t'en veuille à ce point ? Tu as pissé dans ses bottes ? Tu as couché avec sa maîtresse ?

— Rien de tout ça. Une lubie.

— Une lubie ? Qu'est-ce qu'il a à foutre avec l'Assam ? Rien à en tirer, question négoce, à ce qu'on dit. Moi, à ta place...

Il ne me dit pas ce qu'il aurait fait à ma place, mais je le devinai sans peine : demander mon rappel ; Dupleix n'aurait pu s'y opposer.

— Je crois comprendre qu'il envisage, en jetant une tête de pont dans cette contrée, de devancer les Anglais, de bloquer leur extension vers le nord avec l'Assam et vers le sud avec nos établissements de Coromandel. Ce n'est pas un mauvais calcul...

Il soupira lourdement en préparant sa dose de bétel.

— Peut-être, mon gars, mais si tu en reviens, je te paie un merle blanc.

Une semaine plus tard, je quittai Chandernagor avec une escorte d'une vingtaine de grenadiers à cheval, sous la conduite d'un jeune et fringant lieutenant, Courtin, avec lequel j'entretenais d'excellents rapports. Sous son aspect fragile et une coquetterie qui sentait la poudre de riz plus que celle des canons, il était intelligent, actif et courageux.

Notre départ s'effectua sous une des dernières pluies de la mousson, laquelle avait inondé la vallée jusqu'aux monts Oulgaret. La fière allure de nos grenadiers sous leur manteau de pluie contrastait avec le désordre de la troupe de coolies qui nous suivait, certains avec femmes et enfants, vêtus d'un *langouti* enroulé autour des reins. Ils avaient la charge des vivres et des munitions entassés dans des chariots tirés par des buffles.

Pour éviter les environs de Calcutta, sillonnés par des patrouilles anglaises, je traversai le Gange près de Dacca, non loin du confluent de ce fleuve avec le Brahmapoutre, le « Fils de Brahma », qui, né dans les chaînes de Kailàs, à l'extrémité orientale de l'Himalaya, se noie dans le golfe du Bengale.

Notre ennemi le plus sournois et le plus oppressant était l'eau. Les vallées s'ouvrant à notre colonne étaient inondées d'un bord à l'autre, la mousson de l'année ayant été particulièrement généreuse, ce qui nous obligeait à des détours interminables.

A diverses reprises, il fallut mobiliser des flottilles de barques ou de radeaux de pêcheurs pour éviter de perdre encore des jours à errer au flanc des montagnes.

Elles se laissaient entrevoir par-dessus de jolis ballets de collines abruptes et de pitons vertigineux, à quelques journées de marche. Nous quittions sans regret le Bengale, cette terre qui semblait pétrie tantôt avec les boues du Déluge et tantôt avec les laves brûlantes d'un volcan, pour un sol plus stable et un air moins chargé d'humidité et de miasmes, sous un ciel d'une pureté de torrent.

A en croire l'ancienne carte hollandaise, assez crédible semblait-il, que j'avais emportée, le plus court pour nous consistait à longer la rive du Brahmapoutre, entre les premiers contreforts de l'Himalaya et le plateau de Shillong.

Nous avancions lentement et avec beaucoup de peine, les chevaux renâclant pour s'aventurer dans les marécages, où nos chariots s'embourbaient jusqu'à la caisse. L'un d'eux fut emporté par un affluent en crue du grand fleuve, avec son chargement de riz, et nous perdîmes dans cette traversée une dizaine de coolies et un soldat. Au dire des guides, il existait bien des pistes caravanières, mais elles avaient disparu sous ce désert aquatique d'où n'émergeaient que des formes étranges et des arbres vieux comme le monde.

Pour lutter contre la fatigue et la faim, non sans répulsion, j'adoptai le bétel, comme tous nos grenadiers, y compris le lieutenant Courtin. Je devais vite convenir que cette pratique était efficace et m'y habituai, sans en être esclave comme d'une drogue, mais je persistai à lui préférer la pipe ou le *chiroute*, fait d'une feuille de tabac roulé, qu'on appelle aujourd'hui le cigare, et dont l'usage vient, m'a-t-on dit, des îles d'Amérique ou du Brésil.

Jour après jour, semaine après semaine, nous étions passés de la fourmilière humaine des villages et des cités bordant le Gange et le Brahmapoutre à une solitude pathétique, à des espaces infinis bornés par des massifs majestueux, coiffés d'une neige bleue. De temps à autre nous croisions des caravanes de chameaux venues de Chine et nous apercevions, sur les retombées des plateaux, des troupeaux d'éléphants sauvages qui se dispersaient avec des barrissements de peur aux premiers coups de feu, des tigres et des léopards qui ne se hasardaient pas à nous attaquer.

En pénétrant dans les splendeurs sauvages de l'Assam, nous laissâmes dans les villages que nous traversions quelques grenadiers souffrant de la malaria ou épuisés par cette chevauchée. Courtin, quoique malade lui-même, refusa de quitter la colonne. Quelques coolies abandonnèrent la caravane en emportant des provisions, et en nous laissant craindre des désertions plus importantes.

Assam signifie « Incomparable ». Cette province l'est, sans aucun doute, mais dans un sens négatif. De tout le temps que j'ai passé en Inde, même dans les immenses solitudes du Deccan, le désert de Deschtbi-Doulet, les interminables savanes du Nord, jamais je n'éprouvai un tel sentiment de vastitude oppressante confinant à l'angoisse, comme si je passais de la réalité au mythe, du domaine des hommes à celui des dieux.

Notre colonne avançait à une allure processionnelle. Je somnolais sur la selle de mon cheval afghan, une monture de taille moyenne mais d'une résistance à toute épreuve, qui abattait sans faillir ses trente lieues dans la journée.

A demi inconscient, je songeais aux caravanes que Marco Polo avait conduites jusqu'en Chine, la mystérieuse Cathay, quatre siècles auparavant. Par quel miracle cet aventurier vénitien était-il revenu indemne de cette expédition ? Aurions-nous la même chance que lui, et ramènerions-nous autant de connaissances, de richesses et d'espoir ? Marco Polo savait où il se rendait. Nous pas...

En prenant de l'altitude, le Brahmapoutre s'évadait des rizières et des marécages pour retrouver son lit originel.

Sur la fin du jour, nous dressions notre campement en marge de villages qui ressemblaient aux excroissances de terre qui les portaient. Pour obtenir du riz ou du poisson, nous devions parfois user de la menace. Courtin et moi restions vigilants quant à la conduite de nos hommes, afin qu'ils n'abusent pas des filles qui, pour une poignée de *cauris*, dansaient, chantaient et se donnaient à qui voulait les prendre. Leurs voix aiguës, légèrement gutturales, me rappelaient celles des vachères de mon pays quand elles lâchent le chien pour rameuter leur troupeau.

L'un de nos guides bengalis avait entendu parler de la ville de Johrat, située sur le fleuve, entre les monts Nagas et la chaîne de l'Arunachal-Pradesh, sans s'y être jamais hasardé. Il avait du mal à comprendre et à nous traduire le dialecte des nouvelles peuplades que nous rencontrions et qui vivaient dans une misère teintée du fatalisme religieux propre aux Indiens.

Des quiproquos naissaient de nos rapports. Un soir, ayant fait demander par notre guide où nous pourrions chasser quelques antilopes pour notre subsistance, le chef nous présenta un groupe de garçonnets jolis comme des filles et prêts à satisfaire nos désirs. Je les renvoyai avec quelques présents.

En entrant dans Johrat, ville faite d'un palais de modestes dimensions, de quelques demeures de notables ou de chefs de guerre bâties en brique et entourées d'une immensité de huttes, j'obtins sans peine une audience d'une sorte de nabab ou de rajah afin de négocier l'achat de tapis, de soieries, de bijoux, de thé et d'un opium de bonne qualité, que cette province produit en abondance.

Ce personnage à l'air farouche, barbu jusqu'aux yeux, nous reçut, Courtin et moi, entouré de deux de ses fils assis à ses pieds. Après les *salams* d'usage, auxquels il parut sensible, et une laborieuse négociation, il accepta la concession du terrain nécessaire à l'installation par nos soins d'une loge, avec pour lui des avantages à préciser.

Courtin était de mon avis : nous n'aurions pas de gros bénéfices à tirer d'un commerce avec ces montagnards, mais nous pourrions établir là un avant-poste avant la Chine et le Pégou. L'avantage était la navigabilité du Brahmapoutre, malgré des rapides et des bancs sablonneux instables.

Lorsque je manifestai auprès du prince mon intention d'observer les fameux rhinocéros unicornes dont il restait, m'avait-on dit, quelques spécimens, il me confia à l'un de ses fils, Saïf, qui avait fait de la chasse aux fauves sa principale passion.

Saïf nous conduisit sur un plateau crevassé de failles vertigineuses d'où croulaient des cascades géantes. Au premier groupe que nous rencontrâmes, Saïf arma son fusil et se proposa de nous offrir un trophée. Je l'en dissuadai. Tirer sur ces monstres stupides et myopes n'avait rien de glorieux, mon intention étant uniquement de les observer. Je me contentai, du haut de mon éléphant de chasse, de les regarder brouter, entourés de leurs femelles et de leurs petits, et d'en faire quelques croquis. Ils portaient tous sur leur carapace un oiseau vigilant qui s'envolait pour les prévenir d'une approche dangereuse.

Saïf nous révéla que ces animaux n'étaient chassés que pour leur corne, qui se vendait très cher, notamment en Chine. Réduite en poudre, elle avait des vertus thérapeutiques reconnues, neutralisant le poison et réveillant les virilités défaillantes. Contre un petit miroir de Venise, il accepta de m'en céder le contenu d'une tabatière. La crainte de Saïf, que je partageais, était que ce massacre n'aboutît à la disparition de cette espèce.

Lorsque je lui révélai mon intention de pénétrer dans les montagnes pour y rencontrer les tribus sauvages des Khassis et des Kalios-Kengyus, son visage se rembrunit. Il me dit :

— Je vous le déconseille. Ces peuplades sont stupides et dangereuses. Nous ne les abordons nous-mêmes qu'avec précaution.

Il me raconta que ces sauvages vivaient nus, prédisaient l'avenir en cassant des œufs, pratiquaient encore des sacrifices humains et, en temps de disette, le cannibalisme. Il ajouta :

— Certains sont des coupeurs de têtes. Les vôtres leur plairaient sûrement...

Ce jeune prince, qui avait fait des études dans un collège de Calcutta, pratiquait volontiers l'humour à l'anglaise. Il compensa ma déception en me proposant une autre curiosité : le baiser au cobra royal. Cette scène rituelle, me dit-il, se déroulait dans les montagnes de Kaziranha, à quelques heures de marche de Johrat. J'acceptai avec enthousiasme de m'y rendre en sa compagnie.

Il fallait, pour accéder à cette tribu montagnarde, traverser des étendues de paysages convulsionnaires et de steppes d'herbe à éléphant, haute de cinq à six coudées, reverdies par les dernières pluies, hantées par des tigres, des léopards et des serpents.

La sorcière de la tribu, une jeune femme d'apparence frêle, vêtue d'un sari, contrairement aux autres indigènes, qui allaient nus, avait prévu pour les jours suivants cette cérémonie propitiatoire destinée à féconder les femmes stériles. A la demande du prince et en échange de quelques présents, elle accepta d'avancer le rite en notre honneur, dût le dieu Cobra s'en formaliser.

Un sentier de chèvres à travers les rocs nous conduisit le lendemain à l'antre du reptile, une simple faille abritée dans un bosquet de mûriers.

On nous avait prévenus qu'il faudrait faire preuve de patience, le monstre n'étant pas toujours disposé à se montrer. Malgré les invitations réitérées inlassablement par un petit orchestre de trompettes et de tambours, accompagnant les appels de la jeune sorcière à la voix perçante comme des plaintes d'enfant, le dieu se faisait désirer.

Enfin, après ces invitations insistantes, et le dépôt d'une paire de volailles en guise d'offrande, nous vîmes surgir la tête du reptile. Il avançait, par lente reptation et à petits coups, vers sa tentatrice qui, agenouillée sur le seuil de l'antre, n'avait pas bougé d'un pouce. Long de plusieurs coudées, il portait dans ses crocs dix fois plus de venin qu'il n'en fallait pour foudroyer un buffle.

Le souffle coupé, j'assistai à une terrifiante scène de séduction.

La sorcière n'eut pas un mouvement de recul lorsque la tête du monstre s'avança à une coudée de son visage. Elle se contentait de se balancer de droite à gauche, comme pour amorcer un mouvement de danse, et ne se jetait en arrière que lorsque le cobra l'attaquait. Elle faisait alors en sorte, par de brusques déhanchements, que la morsure se perdît dans les plis de son vêtement.

En glissant sur ses genoux, la sorcière s'avança vers la tête du reptile qui, soudain immobile, s'était dressé en déployant sa capelle d'où jaillissait à petits coups une langue bifide. Lentement, elle posa ses lèvres sur la bouche du dieu que nous vîmes avec soulagement, vaincu ou séduit, réintégrer sa tanière en une lente et harmonieuse ondulation.

Devançant ma pensée, Saïf me dit :

— C'est une cérémonie qui se pratique depuis des siècles. A ma connaissance, elle ne s'est jamais terminée tragiquement.

Je voyais quant à moi dans ce rite le renouvellement d'une alliance symbolique entre les hommes et les animaux. J'avais déjà, à maintes reprises, constaté le respect que les Indiens professent pour nos « frères inférieurs », que nos esprits cartésiens ne considèrent que comme des machines. De la fourmi à l'éléphant, la chaîne de la création qui aboutit à l'homme, sous la forme d'une créature idéale, est sans hiatus. Nous ne sommes différents que par notre intelligence ; ils nous sont supérieurs par leur instinct et leur innocence.

Pour Courtin et pour moi, au cours des veillées qui suivirent, dans nos chambres du palais de Johrat, ce spectacle fut l'occasion de quelques controverses philosophiques assorties de tabagie.

A quelques jours de là, Saïf, avec qui nous avions noué des rapports de confiance facilités par ma connaissance sommaire de la langue de Shakespeare, me proposa, pour agrémenter notre séjour, d'aller nous divertir chez les Nagas, dont les tribus se disséminaient dans les parages de Kaziranha, à une trentaine de lieues au sud de Johrat.

Nous nous y rendîmes, accompagnés d'une dizaine de grenadiers, juchés sur notre *howdah*, un palanquin porté par des éléphants, aux montants de bois précieux incrusté d'ivoire et de pierres précieuses, tendu de brocarts, avec nos armes à portée de main pour le cas où nous serions attaqués par des fauves affamés.

Par une chaleur oppressante, nous avons descendu le cours du Brahmapoutre, dont la rumeur sourde nous accompagna tout le long du trajet.

Saïf nous avait prévenus de la nature débonnaire de cette peuplade et de ses goûts artistiques hérités d'une ancienne civilisation, notamment pour les bijoux et les ornements de fêtes rituelles. Ils nous accueillirent chaleureusement et nous convièrent à un festin accompagné de danses de nature guerrière ou érotique.

Spectacle étrange... Des hommes, emplumés comme des perroquets, brandissaient des armes rudimentaires : arcs, lances, rondaches de bambou doublées en peau d'ours de l'Himalaya. Les torses ruisselaient de colliers d'os, d'ivoire et de dents de fauves, les membres de bracelets d'or et d'argent. Au-dessus de chaque tête se déployait, comme un soleil au crépuscule, un large éventail de plumes multicolores. J'observai que beaucoup de jeunes femmes aux seins nus avaient le crâne rasé. Saïf m'en donna la raison :

— Les filles de ces tribus ne laissent pousser leur chevelure que lorsqu'elles ont trouvé un mari. Voulez-vous leur faire plaisir ? Complimentez-les non sur la forme de leur visage ou de leur crâne, mais sur celle de leurs mollets. C'est là que se porte toute leur coquetterie.

Au retour, après avoir fait une collecte de parures dont l'une réservée à Julie, je confiai à notre guide mon désir de visiter les fameux temples de Jay Sagar, situés à peu de distance de Johrat. Il se proposa de m'y accompagner.

Situé dans la montagne, près du village de Sibsagar, ce lieu de pèlerinage est d'une dimension et d'une beauté architecturale qui m'émerveillèrent.

Il est entouré d'un immense réservoir artificiel en

partie recouvert de nénuphars et hanté par des colonies d'aigles pêcheurs aux poses hiératiques, de moineaux bleus et de grues antigones. Ces temples, quoique vieux de moins d'un siècle, semblent émerger d'une antiquité légendaire, avec leur peuple de statues de dieux, de déesses, de héros mythiques grimaçants et contorsionnés, d'*apsaras* aux seins lourds et à la taille gracile.

Des lampes à huile et des bouquets de bâtonnets d'encens brûlaient sur les autels à degrés foisonnants de fresques ternies par la fumée. Des rumeurs de litanies monocordes et d'invocations suraiguës sortaient du fond de ces immenses cavernes. Elles semblaient, par des galeries creusées de niches pour les divinités de la terre et du ciel, éclairées d'une lumière dansante, sous leurs plafonds tapissés d'énormes roussettes endormies, donner accès au centre du monde.

En me préparant à partir, je me disais que j'allais décevoir Dupleix, en lui rapportant de vagues espoirs et peu de certitudes. Même la promesse d'une concession, pour le cas où il jugerait utile d'installer un comptoir dans l'Assam, n'avait pas été confirmée par le nabab de Johrat.

— Nous ne pouvons promettre, m'avait dit Saïf, que vous tirerez autant de bénéfices de nos vallées qu'à Chandernagor ou à Pondichéry, mais nous garantirons votre sécurité contre nos voisins turbulents du Boutang. Vous devriez nous rendre la pareille, pour le cas où nous serions nous-mêmes menacés.

Ce voyage de cinq mois, en revanche, m'avait permis de pénétrer au plus profond et au plus sauvage d'une contrée encore ignorée des Européens, d'en relever les curiosités et de rapporter pour mon herbier, ma passion s'étant réveillée, quelques spécimens de plantes inconnues.

Je n'attendais pas de Dupleix un accueil chaleureux. Il fut glacial. Après m'avoir pressé contre sa poitrine et félicité sur ma bonne mine, alors que j'avais maigri et que mes traits tirés témoignaient de ma fatigue, il s'enferma avec moi dans son cabinet et me dit simplement, après avoir aspiré une prise et m'avoir tendu sa tabatière :

— Alors ?

Je fis état, le plus brièvement possible, car le temps lui était mesuré, du résultat de ma mission. En m'écoutant, entre deux éternuements qui lui mettaient des larmes aux yeux et en regardant voler les mouches, il poussait de petits grognements significatifs. Il m'interrompit et me jeta, d'un air dédaigneux :

— Finalement, que me rapportes-tu ? Des espoirs ? Pas même ! Des babioles, ça oui ! Mais que veux-tu que j'en fasse ? Autrement dit, tu as échoué. De plus, nous avons perdu quatre soldats, une dizaine de coolies, des armes ont été volées...

Je protestai :

— Qu'attendais-tu de moi ? Que je rapporte des coffres de bijoux, des diamants, des *laks* de roupies, les trésors de Golconde ? Un contrat en bonne et due forme pour une éventuelle concession, peut-être ? Si je l'avais fait, tu m'aurais accusé d'avoir outrepassé mes fonctions. Je t'ai ouvert une porte. Libre à toi de décider de la franchir ou de la laisser entrebâillée pour les Anglais de Calcutta.

Il bougonna :

— On verra... On verra... Rien ne presse.

Je sortis de ma poche le boîtier d'ivoire contenant

de la poudre de corne de rhinocéros que m'avait offert le seigneur de Johrat et le déposai sur son bureau.

— C'est quoi ? me dit-il.

Je lui expliquai la nature de cette poudre blanche et ajoutai :

— C'est un remède magique, à la fois aphrodisiaque puissant et contrepoison. Il guérit aussi de bon nombre d'autres maux. Y compris la mauvaise humeur...

— Et de plus, s'écria-t-il, tu te moques de moi !

Il revint sur l'éventualité d'une obtention de concession à Johrat et me demanda ce que j'en pensais *sérieusement*. Je lui expliquai que nous avions là un bon moyen de faire pièce à nos concurrents, aux Anglais notamment, qu'il ne fallait pas compter tirer beaucoup de bénéfices de ces lointaines contrées, mais que nous pourrions avoir, autrement que par la mer, un accès à la Chine et au Pégou. Il soupira, répéta :

— On verra... On verra...

Il se leva en me disant, d'un ton plus serein :

— Pardonne-moi la vivacité de mes propos. J'ai beaucoup de soucis, ces temps-ci, avec nos comptoirs. J'attendais mieux de cette expédition, mais ce n'est pas ta faute si tu me ramènes des résultats médiocres. Je sais que tu ne pouvais faire mieux et que ça aurait pu être pire. Tes informations nous seront sans doute précieuses, un jour peut-être...

Il ajouta, en me raccompagnant jusqu'à la porte :

— Tu as quartier libre pour une semaine, de même que ce pauvre Courtin, qui est bien mal en point... Prenez le temps de vous soigner et de vous reposer. Tu vas avoir du pain sur la planche.

Il saisit le boîtier, l'ouvrit.

— Tu disais donc que cette poudre blanche...

Une grosse déception m'attendait, dont Dupleix s'était bien gardé de m'informer : Julie n'était plus à Chandernagor.

J'appris à quelques heures de là qu'elle avait quitté l'Inde pour la France, une semaine avant mon retour. Monsieur Boulet d'Hervilly souffrait d'une malaria opiniâtre et de maux divers, ce qui l'avait incité à demander son rappel. Devançant la réponse, il était parti avec son épouse.

Nous ne nous étions pas, elle et moi, juré un amour éternel. Le seul sentiment qui nous avait unis était celui de la précarité de nos rapports. Elle leur donnait plus d'intensité et nous incitait à profiter pleinement du délai de bonheur qui nous était concédé.

Je trouvai sur mon bureau une lettre de mon père. Il me donnait des nouvelles de La Vermondie et de notre famille. Le Périgord était agité en permanence par des émeutes paysannes, comme au temps du bon roi Henri. Ceux de la forêt Barade avaient menacé d'incendier le château et nous avaient enlevé deux vaches et trois porcs. La petite servante qui m'avait déniaisé s'était mariée...

Une autre missive arriva, venant de Julie, dont je reconnus l'écriture. Je restai un moment sans l'ouvrir, en cherchant une trace de son parfum. Elle disait, dans cette lettre d'adieu : « J'emporte de ce pays le souvenir d'une passion qui a bouleversé ma vie. » Elle espérait, contre toute vraisemblance, que nous nous retrouverions à Paris lorsque je serais moi-même de retour et me donnait une adresse où je pourrais lui écrire sans risque pour elle.

Julie se berçait d'illusions. Je rangeai cette lettre avec mon courrier personnel et l'oubliai.

Le nabab de Chandernagor avait vécu en mon absence des moments difficiles.

La Compagnie se montrait de plus en plus exigeante en raison des mauvaises conditions du négoce avec les Indiens, auxquels les Anglais proposaient des avantages plus convaincants que les nôtres.

Dupleix avait fondé des espoirs sur notre loge de Patna, qui nous fournissait de grosses quantités de salpêtre, un produit que les messieurs de Paris appréciaient au plus haut point. Tout eût été pour le mieux si le nabab dont nous tenions notre concession n'avait manifesté de nouvelles exigences et proféré des menaces, si bien que Burat et ses employés se terraient dans leurs magasins, à la merci d'un coup de main, ce que nos concurrents attendaient avec impatience.

Les petites loges de Dacca et de Jougdia battaient de l'aile pour les mêmes raisons. Dupleix avait nourri des espoirs quant à la ville de Chittagong, sur la côte ouest du golfe du Bengale ; ils furent déçus par les exigences des seigneurs du lieu et du fait que les Anglais y avaient déjà pris pied. Les perspectives d'ouverture du Népal à nos marchands s'étaient de même effondrées.

La situation s'était à ce point dégradée que Dupleix avait suggéré à la Compagnie de porter ses ambitions vers les îles de l'océan Indien et du Pacifique, jusqu'en Australie. Il avait même proposé de prendre à ses frais les prospections préliminaires, en échange d'un monopole à négocier sur le commerce. Les messieurs de Paris, plus circonspects que jamais, avaient fait la sourde oreille...

— Je ne sais plus que faire, m'avoua-t-il. Mes projets, mes initiatives sont voués à l'échec. Il semble que mon destin m'ait enfermé dans cette maudite cité où nos gens crèvent comme des mouches, et qui finira par avoir ma peau. Je suis enclin à croire que la meilleure solution pourrait être de nous associer aux Anglais pour être à même d'imposer nos conditions aux princes qui en prennent trop à leur aise. J'ai fait part de cette idée au directeur de la Compagnie. Je risque d'attendre longtemps la réponse...

Il me demanda ce que je pensais de cette situation. Je ne lui cachai pas que son idée était originale, mais qu'il resterait à convaincre nos concurrents. J'ajoutai que cette initiative risquait d'être interprétée comme un signe de faiblesse et que nous risquions une humiliation en cas de refus.

Au jugé, après ces mois d'absence, j'estimai que la situation n'était pas aussi dramatique qu'il voulait le faire croire. Pour son compte personnel, il s'était constitué, par de menues transactions, une petite fortune. J'étais bien placé pour en connaître les origines et le montant. Ses rapports avec les maîtres de Pondichéry étaient moins âpres qu'il ne le disait et avaient même pris un tour plus serein. Tout n'allait pas au mieux dans nos comptoirs et nos loges du Bengale, mais, pour celui de Chandernagor, nous n'avions rien à envier, quant à la prospérité, à Calcutta, Dupleix ayant accru l'activité commerciale par de nouvelles démarches à l'intérieur de la Péninsule et la construction de magasins, en agrémentant la ville de nouveaux bâtiments.

Il avait battu un record en envoyant à Lorient quatre navires chargés à couler de marchandises pour six millions de livres. Il y avait joint des présents pour les directeurs : un tigre royal, des volières d'oiseaux rares (du moins en Europe), des caisses de semis de plantes potagères et fruitières, quelques spécimens de reptiles, un diamant des mines de Golconde pour l'épouse du président...

Cette activité débordante portait ses fruits : les directeurs ne tarissaient pas d'éloges et les actionnaires ne juraient que par lui.

Lorsque j'opposais à ses jérémiades des arguments de bon aloi, il m'envoyait paître vertement :

— Tu n'y entends rien, innocent ! D'ailleurs, tu manques totalement d'ambition. Tu resteras toute ta vie le petit bureaucrate grincheux qui n'aura pas su donner de l'élan à sa carrière et amassé une fortune. Ton horizon ne dépasse pas les murs de mon cabinet et ceux de ta chambre !

J'aurais pu répliquer que la carrière et la fortune ne tenaient pas une place essentielle dans mon existence, que je préférais voir danser une bayadère que la posséder et lui exposer quelques images symboliques du même tabac, mais avec lui la discussion se heurtait très vite au mur de son intransigeance. Il tolérait mal que l'on ne fût pas de son avis. Comme je tenais à son amitié, nos controverses tournaient court.

A ma grande surprise, Dupleix avait pris en considération les renseignements que j'avais ramenés de l'Assam et consignés dans un rapport d'une trentaine de pages. Il avait décidé de lancer une nouvelle expédition dans cette province en louant les services de deux aventuriers : un Suisse, ou Germanique, je ne sais plus, et un Anglais dissident, dont on perdit à jamais la trace. De même celle d'une expédition dans le Népal, province dont on ne pouvait guère rapporter que de la neige.

L'année 1735, quatre ans après notre venue au Bengale, allait être pour nous néfaste à plusieurs titres.

Dupleix avait armé l'*Aimable*, un navire de la Compagnie, d'un véritable trésor : cinq cent mille roupies. Au large de Djedda, port de l'Arabie, sur la mer Rouge, le navire avait sombré au cours d'une tempête. On avait pu, par miracle, sauver une faible partie de la cargaison, mais la plupart des membres de l'équipage et du corps des officiers avaient disparu.

Le subrécargue Jacques Vincent, mari de Jeanne, qui accompagnait ce navire jusqu'aux îles Mascareignes, s'était tiré d'affaire en montant à bord d'un canot, avec quelques autres rescapés. Ils avaient dérivé durant une semaine avant de s'échouer, à bout de forces, près de Moka.

La même année, trois autres navires en partance pour la France, rudement secoués et avariés par des coups de chien au large des Mascareignes, avaient dû hiverner à l'île Bourbon en attendant les vents favorables.

De nouveaux déboires s'étaient produits les années suivantes. Deux grosses unités s'étaient perdues corps et biens dans le golfe du Bengale. La situation budgétaire de la Compagnie en avait été ébranlée et celle du Conseil de Pondichéry compromise.

Pour comble de malchance, des Anglais auxquels Dupleix avait eu la naïveté de s'associer avaient trahi sa confiance et l'avaient volé. Des typhons d'une rare brutalité s'étaient abattus sur le Bengale, rasant des villages, projetant les embarcations des pêcheurs au milieu des rizières, arrachant des arbres et faisant des milliers de victimes entre Chandernagor et Calcutta.

Il ne manquait qu'une guerre. Celle qui venait d'éclater dans le nord de l'Inde, entre le roi des Perses, Nadir Chah, et le Grand Moghol Mohamed, risquait de susciter des perturbations dans le commerce.

Réflexion désabusée de Dupleix :

— On a raison de dire que la plupart des projets humains ne sont que fumée. Le feu les fait naître et le vent les emporte.

Après une longue période d'abattement, je retrouvai un Dupleix prêt sinon à oublier ses déboires, du moins à rebondir avec une nouvelle détermination et une volonté sans faille. Il avait pour le soutenir deux passions : l'amour qu'il vouait secrètement à madame Vincent, et la musique.

Jeanne, si elle se gardait de répondre ouvertement aux avances de son prétendant, ne les décourageait pas. Certains soirs, alors qu'une mauvaise nouvelle venait de l'affecter, je surprenais Dupleix dans sa chambre, en train de jouer de sa viole de gambe sous la lente ventilation du *panka*. Sans se poser en virtuose, il maniait l'archet avec une sensibilité un peu trop vive à mon goût mais qui était le signe d'un honnête amateur.

Il se tenait prudemment à l'écart des intrigues de cour qui animaient notre société blanche. Persuadé qu'il serait alors contraint de prendre parti dans les algarades, les menaces de duels ou les crêpages de chignon, il s'y refusait.

Il avait dans son entourage immédiat, en plus de votre serviteur, deux employés en lesquels il avait placé à juste titre sa confiance : Jacquart et Lacroix. Il les considérait un peu comme des esclaves, exigeait qu'ils fussent en permanence à sa disposition, dans la pièce attenante à son cabinet, que je partageais avec eux. Il n'allait pas jusqu'à réclamer leur présence dans sa chambre, mais il ne fallait pas qu'ils fussent trop loin, de manière que, tiré de son sommeil par une idée, il pût faire appel à eux pour en prendre note.

Il se montrait moins tyrannique avec moi car je n'hésitais pas à le rembarrer pour ses excès. Il connaissait ma nature indocile et mon dégoût pour cette obséquiosité gluante qui ruisselait autour de lui comme les huiles odorantes des Indiens.

Son comportement sentimental était moins strict que sa passion pour Jeanne Vincent n'aurait pu le laisser supprît.

Un soir où il avait fumé de l'opium et bu de l'arak, il m'avoua à ma grande surprise qu'il avait cédé aux charmes de la petite madame de Saint-Paul, une nymphomane aux allures de marquise, ajoutant que la propension aux ragots de cette clabaudeuse l'avait vite conduit à couper court. Il s'était également laissé aller à quelques passades avec la charmante madame Guilaudieu, mais il l'avait jugée trop mesurée dans leurs ébats, dans la crainte où elle était que son mari ne les surprît.

Pour se détendre et garder secrets ses rendez-vous galants, Dupleix avait commencé la construction, à proximité de la citadelle, sur une rive de l'Hooghly, d'un pavillon de plaisance à colonnades, d'une allure bien prétentieuse pour l'usage auquel il le destinait. Il l'avait entouré des statues de dieux rapportées de son jardin de Pondichéry, dont certaines avaient un caractère érotique prononcé.

Il me conviait parfois à le rejoindre dans ce jardin, à la fin de la journée, pour me demander mon avis sur ses plans. Il me disait :

— Je compte faire de ce pavillon une œuvre d'art qui ne déparerait pas le parc de Versailles. Ce sera la plus belle demeure européenne de toute l'Inde. Nos amis anglais et hollandais vont en crever de jalousie !

— Madame Vincent s'y plaira sûrement.

— Je l'espère bien ! Elle y aura un grand appartement, pour elle et ses enfants, et une nuée de domestiques. Je songe même à lui offrir un éléphant...

La désinvolture avec laquelle il éliminait le mari de ses projets me navrait. Je me gardai de lui en faire la remarque, pour ne pas le décourager dans sa manœuvre d'approche. La situation difficile de certaines de ses affaires personnelles l'autorisait à compenser ses déboires par l'évasion. Il ne s'en privait pas et même en abusait.

La construction du pavillon de plaisance allait rester en plan. Ravagé par les cyclones qui s'étaient abattus sur le Bengale, le chantier ne fut jamais repris. Quant à Jacques Vincent, revenu plus mort que vif du naufrage, il avait vite retrouvé sa santé après son retour à Chandernagor. Il semblait être de ces malades imaginaires que Molière a mis à la mode.

Il ne se passait pas de semaine que Dupleix ne rendît visite, parfois à plusieurs reprises, à ses amis Vincent.

— Je trouve dans cette famille, me disait-il, ce qui a manqué à la mienne : de l'affection et une compensation aux mauvais traitements que m'infligeait mon père.

Les « mauvais traitements » ! Il exagérait, oubliant qu'il n'avait été sanctionné par son père qu'en raison de ses caprices et méfaits d'enfant terrible, et que les châtiments qu'il avait subis étaient justifiés.

Il vouait une solide antipathie à la mère de Jeanne, la veuve Albert, née Elisabeth-Rose de Castro, fruit équivoque d'un métissage indo-portugais. Illettrée, inculte, d'une sottise navrante, elle exerçait sur la famille une autorité matrimoniale inflexible. Je l'avais jugée et la détestais autant que Dupleix pour ses façons vulgaires, sa voix haute et grasseyante, son visage fardé de maquerelle, et cette manie qu'elle avait contractée dans sa jeunesse de fumer et de chiquer du bétel.

Des huit enfants qu'elle avait eus de feu le chirurgien Albert, quatre filles lui étaient restées, dont deux n'avaient pas encore trouvé d'époux. Née au début du siècle, Jeanne était l'aînée de cette turbulente tribu agrandie par les enfants dont elle-même avait accouché.

En 1736 naquit une fille prénommée Marie-Gertrude, que l'on appelait, je ne sais pourquoi, Chonchon.

Nous étions, Dupleix et moi, présents aux cérémonies qui accompagnaient la fertilité de cette famille à laquelle mon ami se sentait intégré plus que moi, pour des raisons majeures. Elle occupait le centre mobile et actif de la société blanche de Chandernagor, avec la majesté patricienne que lui conférait son ancienneté plus que ses origines.

A chaque navire qui accostait à Chandernagor, tout ce qu'il comptait d'officiers et de subrécargues était reçu dans les appartements que la famille, par la grâce du nabab Dupleix, occupait dans la citadelle. On avait ainsi, toutes fraîches si l'on peut dire, des nouvelles de France. Le temps qu'ils restaient en Inde, quelques jours ou quelques semaines, des intrigues se nouaient et se dénouaient avec les filles Vincent et quelques dames esseulées, ce qui permettait d'alimenter en ragots salons et boudoirs.

En ces occasions, Dupleix n'hésitait pas à ouvrir sa bourse, afin que rien ne manquât et que l'on ne pût dire qu'il vivait dans la gêne. J'avais souvent été témoin d'une générosité qui tournait volontiers à la prodigalité, afin de paraître au-dessus de sa condition,

arqué, un visage méditatif, à la carnation olivâtre, flanqué de lourds pendants d'oreilles. Elle était appuyée d'une main à une pierre noire, en expectative, comme dans l'attente d'un dieu.

Ce que Dupleix aimait en elle, et qu'il dégustait du regard, était, je crois, cette part de mystère due à son origine multiple. La beauté ample et majestueuse de cette créature contrastait avec le physique souffreteux et banal de son époux. Ce « pauvre Vincent », disait Dupleix.

Il ne ménagea pas ses soins à celui dont il avait fait son second, avant de s'associer à lui pour des affaires personnelles, ce qui contribuait à le rapprocher de la tribu.

Il l'avait affecté notamment aux réceptions et, comme on recevait beaucoup de monde à la citadelle, parfois des Anglais de Calcutta, des Hollandais de Porto-Novo ou des Danois de Tranquebar, une ville où se trouvait la seule imprimerie de l'Inde, Jacques Vincent ne manquait pas d'ouvrage.

Pour les repas, il trouvait en abondance, sur place ou dans les environs, des poissons de mer ou du fleuve, de la viande de bœuf ou de buffle et du gibier : bécassines, paons, canards. Quand il voulait ajouter de la fantaisie à ses menus, il faisait appel à de la viande de serpent, de tortue ou d'ours des montagnes.

Les Indiens ne cultivant pas de légumes, il avait fait venir de France des graines qui donnaient de belles récoltes. Quant aux fruits, que l'on trouvait à profusion, on en faisait des confitures, des marmelades, des gelées et des sirops.

Vincent apportait un soin particulier aux vins de France, dont il avait une cave bien pourvue, de même que de liqueurs. Je me souviens du jour où Dupleix, avec un regard complice et énamouré, avait offert à sa bien-aimée un flacon de Parfait Amour...

Au cours de ces agapes, Dupleix jouait les gourmets avec une ostentation d'autant plus grotesque qu'il avait un goût fruste et que la sobriété, à son ordinaire, était la règle. Il aimait régaler ses convives, mais interdisait sa table aux goinfres et aux ivrognes, si bien que nous nous trouvions toujours en honnête compagnie.

Les conversations roulaient sur les nouvelles apportées par les derniers navires et les livres qu'il faisait venir de France. Nous commentions les événements de l'Europe, dont nous avions connaissance par *Le Mercure de France* ou la *Gazette de Hollande*, et nous nous livrions à des controverses à propos des œuvres de Montesquieu ou de Voltaire qui venaient d'arriver.

J'avais, avec le lieutenant Courtin, mon second dans l'expédition de l'Assam, de longues conversations sur la faune et la flore de la Péninsule, auxquelles j'étais parvenu à l'intéresser. Un ouvrage que j'avais commandé en France, en me disant qu'il avait peu de chances de me parvenir avant des années : l'étude de Réaumur sur les insectes, me donna de fertiles émotions. Dupleix, quant à lui, s'intéressait de préférence aux phénomènes climatiques et communiquait ses observations à des savants de Paris. Il eût pu en remontrer à de vieux loups de mer, sur les vents, les moussons et les courants.

Esprit éclectique, attaché à ses passions comme à ses lubies, il s'était pris d'intérêt pour les miniatures indiennes et en faisait collection : portraits d'empereurs moghols, de soubabs ou de nababs, de dames de palais, de bayadères, vêtues ou non, avec une prédilection pour les scènes érotiques, qui lui mettaient le feu aux joues et qu'il me conviait à examiner à la loupe…

4

Les tempêtes de Coromandel

Dupleix me parlait parfois, avec un manque évident de conviction, d'un éventuel retour en France. Je lui disais :

— Allons donc ! Tu n'y crois pas vraiment, avoue-le. Ce que tu attends, sans oser le dire, c'est que Benoît Dumas soit rappelé, pour prendre sa place à la tête du Conseil supérieur.

— Tu te trompes ! Je ne tomberai pas dans ce piège. Dumas a eu de tels ennuis qu'il en a été malade.

— Tu me rappelles la fable de La Fontaine, « Le renard et les raisins »... Souviens-toi : « Ils sont trop mûrs, dit-il, et bons pour des goujats... »

— Qui te donne le droit de contester mes intentions ? Prétendrais-tu sonder les reins et les cœurs ? L'Inde... j'en ai mon content. Je suis las de passer d'une crise de malaria à des dévoiements dysentériques, de patauger dans la boue, d'être assailli par les moustiques et autres bestioles, de suer sang et eau ! Je rêve d'un petit manoir de Bretagne, au bord d'une falaise, dans un champ de genêts, avec une église et son enclos à proximité. Ah, Olivier, l'odeur des genêts et des pommiers en fleurs sous le vol des mouettes...

— Pas à moi, Joseph, pas à moi ! Je te connais trop bien. On dit que l'argent n'a pas d'odeur, mais celle des roupies te fait délirer. Le mieux pour toi serait de retourner à Pondichéry. On y vit mieux qu'ici, et...

— Pondichéry ? Balivernes ! Il est moins facile qu'ici de trafiquer, et, surtout, je ne tiens pas à me retrouver dans cette pétaudière du Conseil ! Sans les épreuves que nous fait subir le climat, je serais au Bengale le plus heureux des hommes. Quant à toi, s'il te tarde de revoir la Tour de l'Horloge et les jardins de la citadelle, je ne te retiens pas. Crois-tu que tu me sois indispensable ?

— Indispensable, moi ? T'aurais-je donné cette impression ? J'ai simplement conscience de t'être *utile*, en étant le seul à oser te servir tes quatre vérités, à ne pas dire *amen* à toutes tes toquades. Alors, je te le dis haut et ferme : tu te garderas bien de demander ton rappel.

— Et pourquoi, s'il te plaît ?

— Parce que tu es devenu le personnage le plus important de ce pays et que Dumas ne te monte pas à la cheville ! A Paris, tu serais considéré comme un sous-fifre, attaché à des fonctions subalternes dont tu te lasserais vite. En un mot, tu serais écrasé ! Et tous tes petits trafics, l'argent facile, te manqueraient. Quant à une retraite en Bretagne, tu as encore trop d'énergie en toi pour y songer.

Il frappa le parquet du talon et, retenant sa véhémence, me tourna le dos avant de se retirer, sans un mot.

Sa colère fut vite apaisée. Il ne me tenait jamais rigueur de la franchise un peu brutale que je lui opposais. Ce grand hypocrite n'ignorait pas que son destin ne se jouerait ni dans le Bengale ni à Paris. Il avait d'ailleurs préparé son plan de retour à Pondichéry, par des présents aux directeurs.

Nous n'eûmes aucune surprise en apprenant que Benoît Dumas, exténué, avait obtenu son retour. Il cédait en outre aux appels désespérés de son épouse qui s'ennuyait de lui, et il souhaitait jouir en paix du fruit de son labeur.

Dupleix avait bien conscience que ses seuls mérites et les bons résultats qu'il avait obtenus seraient insuffisants pour qu'il fût reconnu à sa juste valeur. Il répétait qu'il se trouvait bien de sa situation au Bengale mais agissait à l'inverse, histoire de se faire désirer. Il n'avait rien inventé. Tous faisaient de même.

J'ai conservé la liste des présents qu'il adressait aux messieurs de la Compagnie : joyaux, soieries indiennes, oiseaux de paradis, bézoards (des concrétions qu'on trouve dans l'estomac des singes), sachets de clous de girofle et de noix muscade, statuettes d'ivoire...

Il faisait de généreuses semailles et en attendait de fécondes récoltes.

L'année 1741, la nouvelle tant attendue nous parvint à Chandernagor : Dumas enfin rapatrié, le poste de président du Conseil supérieur de Pondichéry était vacant. On le lui proposa. Il joua les coquettes mais finit par accepter. La décision était prise depuis deux ans par la direction de la Compagnie, et signée par le roi Louis XV. Elle avait mis du temps pour parvenir au Bengale...

— Tu vois bien que tout finit par arriver ! me dit Dupleix. J'ai eu raison de ne jamais désespérer. Je sens que le moment est venu pour moi d'accomplir les grandes choses dont j'ai depuis longtemps rêvé. Olivier, je suis le plus heureux des hommes...

Afin de ne pas gâter son plaisir, je me gardai de lui rappeler de nouveau la fable du renard et des raisins. Cette nomination faisait de lui le gouverneur des établissements français de l'Inde, le représentant le plus important de la Compagnie. Il faisait parfois mine de ne pas y croire ou d'être décidé à refuser cette dignité, mais je le connaissais trop bien pour savoir que ce n'était qu'une parade. Les sirènes de Pondichéry auraient la voix plus suave que celles du Gange.

Il me confia avoir, jusqu'au dernier moment, éprouvé une crainte : voir la Compagnie lui préférer La Bourdonnais.

Les préparatifs se firent dans une ambiance joyeuse, avec une fièvre qui n'était que d'impatience.

Mon bagage étant des plus sommaires, Dupleix réclama mon aide pour préparer le sien. Il était d'une autre importance et d'une qualité supérieure. Je fus chargé principalement de l'emballage des statues du jardin et des objets d'art, du rangement des dossiers qui, avec l'aide de Jacquart et Lacroix, prit une semaine, la chaleur nous interdisant de travailler plus de cinq à six heures par jour.

J'ignore si Jeanne Vincent partageait le même enthousiasme. En apparence, ce retour sur la côte de Coromandel la laissait indifférente, mais, depuis que je la connaissais, j'avais appris qu'elle laissait rarement deviner ses sentiments. Le jour où sa dernière fille, Chonchon, avait été mordue par un scorpion et avait failli en mourir, elle n'avait pas manifesté la moindre émotion, mais je sentais bien, à l'intensité de son regard et à ses traits crispés, que cette attitude n'était pas de l'indifférence et qu'elle aurait considéré comme une faiblesse de laisser paraître ses inquiétudes.

Elle manifestait les mêmes réserves dans la vie courante. Campée dans la fumée de ses petits cigares comme derrière un écran, elle ne délivrait de compliments que du bout des dents, ne souriait que du bout des lèvres, ne remerciait que d'un hochement de tête. On aurait pu croire que ce comportement d'introvertie cachait une nature vide d'âme, de cœur et d'esprit, vouée à une inanité congénitale et contraire à celle de sa mère.

Partageait-elle les sentiments de Dupleix ? Je suis bien incapable de résoudre ce qui, pour tous ceux qui l'ont connue, est resté un mystère. Ce qui ne laisse aucun doute, c'est qu'elle était attachée à lui et qu'elle allait l'être plus encore. Comment en eût-il été autrement ? Beaucoup, dont je suis, attribuent à Dupleix la paternité de la dernière des filles de Jeanne, Chonchon. A y regarder de près, elle en avait les traits et les expressions. De plus, les longues absences de Vincent et les dates de la conception sont suffisamment révélatrices. En eut-il conscience ? Rien dans son comportement ne peut en témoigner.

D'ailleurs, ce « pauvre Vincent », que Dupleix, en partant pour Pondichéry, avait laissé au Bengale pour régler quelques affaires et mettre son successeur au courant, lutta près de deux ans contre la malaria qui, depuis son aventure sur les côtes d'Arabie, s'était attaquée à un corps déjà débilité. Il mourut dans la touffeur oppressante d'une mousson.

Lorsque Dupleix apprit la nouvelle, il avait pris place depuis des mois dans son fauteuil de gouverneur et commencé d'exercer son autorité. Il me dit, avec un soupir équivoque :

— Vincent était un de mes plus précieux

collaborateurs. Je n'ai jamais eu qu'à me féliciter de ses services. Il était fidèle, honnête, consciencieux...

A cet éloge funèbre j'aurais pu ajouter « complaisant ». Il le fut au-delà des normes ordinaires, qui supposent un sentiment d'humiliation et de révolte plus ou moins sourd. Rien de tout cela. Il s'était comporté comme si, de toute éternité, Jeanne était promise à Dupleix et que rien ne pouvait contrarier le destin. Devant tant de lâcheté, comment le plaindre ?

Dupleix était revenu à Pondichéry en se gardant d'affecter une allure conquérante, mais en se posant comme digne successeur du sage Benoît Dumas.

Ainsi donc, la Compagnie l'avait préféré à monsieur de La Bourdonnais, crédité d'une activité favorable à l'économie des îles Mascareignes mais suspect de dévergondage, de violence et d'insubordination. Apprécié de certains par sa jovialité et sa générosité, il était insupportable à beaucoup d'autres pour ses mœurs de ruffian et le mépris qu'il affichait envers ceux qui contestaient ses avis.

Moins remuant, Dupleix arrivait précédé d'une réputation de grincheux et de vétilleux, mais surtout d'excellent administrateur, ce dont faisaient foi les résultats obtenus au Bengale, et, selon certains de ses amis, ses talents pour effectuer des trafics à la limite de la légalité.

Lorsque le *Pondichéry* et le *Saint-Joseph* arrivèrent en vue de la Tour de l'Horloge, qui domine la grève, ils furent accueillis par les vingt et un coups de canon réglementaires. A peine à terre, le nouveau gouverneur se trouva entouré d'une foule dans laquelle subsistaient quelques vieilles connaissances du temps de Pierre Lenoir. Mon ami Ananda était présent, toujours vêtu avec une élégance européenne, couvert de bijoux et entouré de ses gitons.

Le doyen des conseillers, monsieur Legou, y alla de son compliment, avant de présenter le nouveau gouverneur à ses pairs et à quelques marchands et courtiers. Entre deux haies de soldats, nous fûmes conduits en fanfare, au milieu d'une foule qui agitait des palmes comme pour l'entrée du Christ à Jérusalem, jusqu'à l'église des Capucins, où fut dite une messe de *Te Deum*, comme pour une victoire.

Un cortège de musiciens, de chanteurs et de danseurs nous précéda jusqu'au palais où, quelques jours plus tard, Joseph François Dupleix allait être intronisé dans sa fonction de gouverneur de la Ville et du Port, et président du Conseil supérieur des Comptoirs français des Indes orientales. Il allait avoir quarante-cinq ans et se trouvait en pleine possession de ses moyens.

Quelques mois plus tard, au printemps de 1743, il épousa Jeanne, retour de Chandernagor après la mort de son époux. Cet événement ne surprit personne, moi moins que tout autre, d'autant que le consensus semblait établi depuis des années.

Il allait, après cette longue attente, se révéler un mari irréprochable, parfois un peu trop confiant dans le bon sens et les initiatives de son épouse, mais sans que la moindre faille pût annoncer un risque de rupture.

Dans les années qui allaient suivre, le *nabab Dupleix* n'en finirait pas de nous surprendre.

Il n'y avait guère eu de changements dans la ville depuis que nous l'avions quittée, il y avait onze ans de cela. Les deux prédécesseurs de Dupleix n'avaient pas sa nature de bâtisseur, mais la Ville blanche et sa parèdre noire, ainsi que les aldées de notre concession, Ariancoupan, Périmpé notamment, avaient crû en population, ce qui faisait de Pondichéry la plus grande métropole des Indes après Calcutta, soit environ cent mille habitants, parmi lesquels seulement un millier de Blancs.

La citadelle avait été désertée par la plupart des employés, qui avaient préféré élire domicile dans ces petites maisons de pierre ou de brique éparses le long des avenues et du canal. La ville était soigneusement entretenue et ses murailles redressées et peintes à l'ocre. La caserne était occupée par une garnison d'environ trois cents officiers et hommes de troupe, répartis en quatre compagnies.

Benoît Dumas avait pris soin d'entretenir le palais du Gouvernement, situé sous les remparts au nord-ouest de la citadelle. Le rez-de-chaussée et l'étage développaient une longue colonnade de marbre qui donnait de la majesté mais un peu de monotonie à cette vaste bâtisse. Dupleix allait partager son temps entre elle et le pavillon qu'il avait fait construire avant son départ pour Chandernagor. Je fus chargé de réinstaller dans le jardin le peuple nomade des statues indiennes.

Mon premier soin, après avoir débarqué, avait été de visiter le palais du Gouvernement, où j'allais passer le plus clair de mon temps.

Les cabinets du service ouvraient sur une cour intérieure dotée d'un bassin de vastes dimensions. Elle servait principalement de lieu de réception, avec des abris de toile, des gloriettes et un sobre mobilier de jardin. A l'intérieur, bois précieux, bibelots indiens, lustres de cristal venus d'Europe se trouvaient à profusion. On n'y voyait pas de statues de dieux indigènes, mais, au coin des murs, de tristes symboles :

Commerce, Prudence, Justice, Vérité... L'Amour en était exclu.

A l'étage, outre les appartements, pour la plupart inoccupés, réservés aux conseillers, on trouvait des balcons donnant pour certains sur l'océan, de vastes pièces pour les réunions, une salle d'armes et des appartements destinés aux hôtes de marque.

Cette construction vaste et confortable aurait pu s'appeler le Palais des Indes. Le nabab d'Arcate et même le soubab du Deccan s'y seraient installés sans réticence.

L'hôpital était encore en chantier et les travaux avançaient mollement. Dupleix se promit de l'achever dans les plus brefs délais pour y recevoir les victimes du climat, les éventuels blessés de guerre et les matelots éprouvés par des mois de navigation. Les Capucins feraient office d'infirmiers.

Du temps de Lenoir, on avait édifié, près de la porte de la Mer, un hôtel de la Monnaie, en accord avec le seigneur des lieux, le nabab d'Arcate.

Après ma promenade sur le marché Saint-Laurent, réservé en priorité aux Européens, j'aimais me libérer de ma transpiration dans la fraîcheur relative et le silence de l'église des Capucins, Saint-Louis, dont le dôme se lézardait, puis dans celle de Notre-Dame-des-Anges, réservée aux Jésuites.

Avec ces deux sanctuaires et deux autres de moindre importance, dont la chapelle de la citadelle, la ville avait acquis la protection du Ciel. Saurait-elle nous protéger de la colère des hommes ?

Il n'y avait dans cette ville ni pagode bouddhiste, cette religion ayant périclité, ni église arménienne, ni sanctuaire réservé à la Réforme, les protestants étant peu nombreux et discrets. La population de la Ville noire se partageait entre brahmanistes et musulmans ; les premiers avaient leur temple, les autres étaient dépourvus de mosquée, car ils étaient en petit nombre et nomades.

A peine eut-il pris pied à Pondichéry, Dupleix avait adopté des mesures draconiennes sur le chapitre de la foi, en décrétant que les domestiques et les esclaves des Blancs devraient assister aux offices catholiques et leurs enfants être soumis au sacrement du baptême. Cette manifestation de bigoterie, qu'il partageait avec son épouse, m'exaspérait. Après avoir tenté de le raisonner, connaissant son intransigeance, je n'avais pas insisté.

En dépit de la foi qui les animait et de leur prosélytisme infatigable, les religieux ne pêchaient que de rares âmes dans le vivier de la population noire. Les néophytes n'assistaient à la messe qu'en raison de son caractère spectaculaire. Les simagrées de ces étranges personnages venus de l'« Eau noire », l'océan, les divertissaient plus qu'elles ne les séduisaient. Notre goût pour les vêtements de couleur sombre les surprenait.

Les artères de Pondichéry souffraient de deux fléaux : la poussière et la boue. A la saison sèche, je devais épousseter mes vêtements après chaque sortie ; au temps de la mousson, qui durait environ quatre mois, je devais décrotter mes bottes...

L'un des soucis les plus pressants du nouveau gouverneur fut de consolider l'enceinte du fort faisant face à la mer.

— La sécurité dont nous jouissons, me dit-il, n'est qu'apparente. En cas d'attaque et de siège, nous risquerions les pires dangers. Entre la citadelle et la mer, il n'y a rien. L'endroit est propice à un débarquement et à une invasion.

Les Marathes figuraient au premier rang de ses obsessions. Il avait raison de se méfier de ces peuplades qui occupaient de vastes territoires au nord-ouest de la Péninsule, jusqu'aux plateaux du Deccan. Ils n'avaient pour combattre que des armes rudimentaires, mais leurs chefs pouvaient mobiliser, à la moindre alerte, des centaines de milliers de guerriers à pied et de cavaliers. Ces sauvages aspiraient à la mort afin de rejoindre au plus tôt le paradis d'Allah.

Dupleix confia cette réfection à un ingénieur, Charpentier de Cossigny. Cet homme de l'art fit renforcer les portes de clous saillants pour éviter la charge frontale des éléphants ; il les flanqua de bastions crénelés, distribua des guérites sur le chemin de ronde, élargit et approfondit le fossé. Dupleix fit couronner le fronton des portes avec les armes de la Compagnie... et les siennes.

— Ces travaux nous coûtent cher mais étaient nécessaires, me dit-il. Certes, nous sommes en paix avec les Marathes, le nabab et les Anglais, mais je sens qu'il suffirait d'un incident, sur terre ou sur mer, pour que la guerre éclate. Il y a moins de distance qu'on ne le croit de la concurrence commerciale à un conflit armé. Et comme on dit dans la chanson : « Merde pour le roi d'Angleterre ! »

Sans être inquiétante, la situation de notre négoce donnait des sueurs froides au gouverneur : à son arrivée, la vacuité des registres était vertigineuse et les dettes, en revanche, s'étaient accumulées.

S'il n'avait eu que peu de déboires avec les comptoirs de Pondichéry et de Chandernagor, il n'en allait pas de même pour les loges du Sud : Karikal, Mahé, Yanaon, Surate, Mazulipatam et quelques autres. Elles vivotaient, du fait de l'indolence de la plupart des employés, mais aussi de la mauvaise volonté des paysans et des artisans indiens, qui préféraient la clientèle anglaise ou hollandaise à la nôtre.

— Nous allons devoir, me dit Dupleix, réveiller les énergies et brandir la menace du fouet ! Là où nos concurrents réussissent, pourquoi échouons-nous ? Quelle fatalité pèse sur nos concessions ?

— Peut-être, lui dis-je, n'as-tu pas prié avec suffisamment de conviction…

— Mécréant ! Moque-toi de moi… Je ne crois pas que le Ciel ou la fatalité soient responsables de ces mauvais résultats. C'est une excuse facile à opposer à ce qui n'est dû qu'à l'indifférence et à la paresse. Les employés de nos comptoirs sont plus intéressés par leurs trafics personnels qu'à faire rentrer de l'argent dans les caisses de la Compagnie. Je puis t'assurer que cette situation ne durera guère.

Il convenait que, pour obtenir de meilleurs résultats, il eût fallu que la Compagnie y mît du sien. Avaricieuse, elle engrangeait des bénéfices, mais rognait sur l'aide en hommes et en argent qui aurait permis de continuer à les obtenir et de les augmenter.

Les menaces d'un nouveau conflit en Europe la rendaient plus frileuse encore. Elle avait été chargée par le cardinal Fleury, Premier ministre, d'armer cinq vaisseaux qui, sous le commandement du capitaine de frégate La Bourdonnais, allaient montrer aux Anglais qu'ils n'étaient pas les maîtres des océans. Ce sacrifice entraîna pour elle des frais énormes qui firent grincer les dents aux actionnaires.

Ils allaient sans tarder être affrontés à pire…

En arrivant aux îles Mascareignes, La Bourdonnais avait appris que les cavaliers marathes menaçaient Pondichéry. Toutes affaires cessantes, il avait fait voile vers la côte de Coromandel pour s'apercevoir en débarquant qu'il s'agissait d'une fausse alerte, mais que leurs hordes s'en donnaient à cœur joie sur les côtes du Malabar.

Quelques années plus tard, autre alerte, mais plus sérieuse cette fois : la guerre dite de Succession d'Autriche venait d'éclater. Alliée à la Prusse, à l'Espagne, à la Saxe et à la Bavière, la France combattait l'Autriche et l'Angleterre. Ce conflit, débordant des champs de bataille de l'Europe, allait allumer des feux dans les territoires d'outre-mer. Tous ces grands massacres pour contester l'accession de Marie-Thérèse au trône de l'empire ! A désespérer de la raison humaine...

Ce conflit éclatait pour nous à un moment difficile : la mousson avait tardé à nous envoyer ses pluies et la famine accablait le pays.

Pour comble, Dupleix tomba gravement malade. Il souffrait depuis des années d'une fistule anale qui lui causait des démangeaisons pénibles et lui interdisait une station assise prolongée. Il avait refusé de se faire opérer à Chandernagor mais dut s'y résoudre à Pondichéry. Le chirurgien La Haye fut chargé d'exciser la fistule et, bien que le malade ne fût pas d'humeur facile, l'opération, effectuée en moins d'une heure, fut une parfaite réussite.

— Décidément, me dit-il, ce pays ne me réussit pas et je n'y ferai pas de vieux os. Dès que ma santé sera rétablie, je demanderai à revenir en France pour montrer notre pays à Jeanne, la Bretagne surtout. Elle en meurt d'envie...

— Un château sur le bord de la falaise… L'odeur des genêts en fleur… A d'autres, Joseph ! Je connais la chanson.

— Tu n'en connais qu'un couplet. Attends les autres, avec le refrain, et tu verras que je tiendrai parole.

Ce premier couplet n'eut pas de suite, du moins dans l'immédiat, Jeanne étant de nouveau enceinte et Dupleix, ivre de joie, refusant de la confier à un navire. Elle accoucha d'un fils qui ne vécut que quelques jours. Amertume de Dupleix… Il reporta son affection paternelle frustrée sur la petite Chonchon, sa fille putative qui, à sept ans, se portait comme le Pont-Neuf.

Face aux événements qui se préparaient, les rapports entre Dupleix et La Bourdonnais, malgré leurs préventions réciproques et les différences de leurs natures, étaient détendus, sinon d'une franche courtoisie. Le capitaine de frégate était prêt à faire front à une menace des Anglais, et le gouverneur, maître des opérations, à l'aider de son mieux.

La Bourdonnais écrivait à celui qu'il appelait son « compère » : « Je compte sur vous avec confiance, comme vous devez compter sur moi, de galant homme à galant homme. De notre union dépend notre force… »

Il lui proposa de mener de concert une opération destinée à enlever des navires anglais à l'île de Sainte-Hélène, dans l'Atlantique sud, et sur les côtes de la Chine.

Persuadé que les Anglais ne renonceraient pas à leur neutralité, Dupleix refusa de mettre le premier le feu aux poudres. Il se sentait mal préparé à s'engager dans une guerre qui coûterait cher pour peu ou pas du tout de profit. Il avait eu des rapports de sympathie avec le gouverneur de Calcutta, mais n'était pas naïf au point de croire qu'il s'embarrasserait de scrupules si la guerre venait à montrer son nez au-delà du cap de Bonne-Espérance. Les Anglais avaient d'ailleurs déjà envoyé des escadres chargées de soldats contre les colonies espagnoles d'Amérique.

Dupleix avait d'autre part appris que Morse, le gouverneur de Madras, comptoir anglais situé à moins de deux jours de marche de Pondichéry, avait le doigt sur la détente et n'attendait que les ordres pour faire feu. Il en allait de même à Bombay et à Calcutta.

La Bourdonnais, malgré l'opposition de son « compère » à des aventures lointaines, n'avait pas désarmé. Il rêvait d'une guerre de course, mais, ne pouvant agir sans la permission de Dupleix, restait dans l'expectative. Les consignes de la Compagnie étaient strictes : préserver à tout prix l'Inde de la guerre qui sévissait en Europe.

C'était également le souhait de Dupleix, et le mien Ils ne firent pas long feu.

En décembre de l'année 1744, alors que la guerre en Europe battait son plein, des navires de la Compagnie subirent des agressions de la part d'escadres anglaises. La perte, pour un seul d'entre eux, le *Favori*, capturé au large de Sumatra, se montait à quatre cent mille roupies.

Dupleix, changeant son fusil d'épaule, se dit qu'une réplique était nécessaire, puis admit que cet odieux fait d'armes pouvait n'être qu'une action isolée et sans lendemain, effectuée sans l'accord de Londres.

La Bourdonnais, de retour dans ses îles, bouillait d'impatience. Persuadé que Dupleix allait réagir, il lui envoya un navire armé en guerre, le *Fleury*, pour aller chasser l'Anglais, et proposa de partager les prises. Ce gredin ne perdait jamais de vue ses affaires personnelles.

Ils convinrent d'une opération contre le comptoir anglais de Madras, sur la côte de Coromandel. Pour s'assurer des conditions de défense de la ville et du port, Dupleix envoya sur les lieux un jeune ingénieur, Louis Paradis. Il revint une semaine plus tard avec les plans du port, de la forteresse, le montant approximatif de la garnison et le nombre de canons.

On décida que l'attaque se ferait conjointement par terre et par mer. Outre sa flotte ordinaire, La Bourdonnais pourrait mettre en campagne un navire récemment arrivé de France, l'*Expédition*, qui en précédait cinq autres, avec pour mission de partir en course dans le golfe du Bengale, puis de revenir sur Madras, où on allait les inviter à la fête.

Cette escadre se fit attendre des mois, en raison des tempêtes qu'elle avait affrontées en pénétrant dans l'océan Indien. Des mois passés à astiquer les armes et à se morfondre, ce qui n'est jamais favorable au moral de la troupe, d'autant que l'ennemi multipliait ses actes d'agression contre notre marine, pour une perte globale de soixante millions de livres, de quoi occasionner des nuits blanches aux messieurs de Paris.

L'escadre de secours arriva, forte de deux cents canons et de mille quatre cents hommes de troupe qui, s'ajoutant aux forces de La Bourdonnais et de Dupleix, faisait qu'on n'avait jamais vu, en Inde, une force terrestre et navale aussi considérable.

Les caisses de la Compagnie étant presque vides, Dupleix dut emprunter et puiser dans la sienne pour régler les frais de cette expédition. Je le sentais animé d'une détermination inébranlable. Il me répétait qu'il voulait Madras et qu'il l'aurait, dût-il se couvrir de dettes jusqu'à s'y ruiner.

Il n'avait pas négligé une précaution élémentaire : s'assurer la permission et la neutralité du nabab d'Arcate, Anaverdi Khan, dont dépendait Madras. Ce prince, qui avait succédé par la manière forte au jeune Seyed Mohamed, ami des Anglais, était sinon notre allié, du moins une bonne relation à cultiver. Il se rendit à Pondichéry et y fut reçu comme on l'eût fait de l'empereur moghol de Delhi. Dupleix, comme on le dit vulgairement, le mit dans sa poche.

Lorsque La Bourdonnais mit à la voile pour la côte de Coromandel où il devait remettre, avec le courrier, des fonds envoyés par la Compagnie, il trouva, lui barrant la route au large du delta du fleuve Kaveri, à des centaines de milles au sud de Pondichéry, une escadre anglaise commandée par le commodore Barnett.

La puissance de feu de l'ennemi se révéla redoutable, mais l'équipage et la troupe, épuisés par une longue navigation, étaient dans un si piteux état qu'une tentative d'abordage par les Français lui eût été fatale. Barnett préféra rompre les rangs et disparaître.

A son arrivée à Pondichéry, La Bourdonnais se plaignit avec véhémence de ce qu'on ne lui eût pas réservé le salut ordinaire des batteries du fort. Dupleix répliqua en lui reprochant son retard. Si, au cours de la réception et du repas, ils firent assaut de courtoisie, il n'en fut pas de même au cours de l'entretien privé qui suivit, d'autant que le capitaine de frégate n'avait pas pris la précaution de mettre de l'eau dans son vin au cours des agapes.

Bref dialogue saisi au vol :

DUPLEIX : Vous n'avez remporté qu'une victoire par défaut devant le Kaveri. Vous auriez dû poursuivre Barnett, couler bas ses navires ou les capturer, vous qui aimez tant la guerre de course !

LA BOURDONNAIS : Vous me la baillez belle ! Vous avez vu l'état de mes navires ? Ces brigands ont fait un feu d'enfer. Et vous, pourquoi n'êtes-vous pas déjà devant Madras ?

DUPLEIX : Parce que nous avions préparé une opération conjointe, et que mon conjoint s'est fait attendre ! Nous n'entreprendrons rien tant que vous n'aurez pas mis Barnett et sa flotte hors d'état de nuire. Car il va revenir, j'en suis sûr ! N'oubliez pas que je suis votre supérieur et que vous me devez obéissance.

LA BOURDONNAIS : Et vous, souvenez-vous que vous m'avez accordé votre confiance pour les opérations navales. Je vais donc le faire à ma façon, que ça vous plaise ou pas.

DUPLEIX : Je reconnais bien là votre caractère rebelle et votre esprit brouillon.

LA BOURDONNAIS : Et moi votre prétention, monsieur le *nabab*.

DUPLEIX : Vous êtes un insupportable paltoquet !

LA BOURDONNAIS : Et vous un jean-foutre dont je ne voudrais pas pour cirer mes bottes !

J'eus l'occasion d'assister à quelques autres prises de bec tout aussi virulentes, au point qu'ils avaient la main sur la garde de leur épée et que peut-être, sans ma présence, ils eussent dégainé. Les discussions les plus âpres portaient sur la décision à prendre concernant Madras une fois conquise. C'était vendre prématurément la peau de l'ours. Dupleix voulait l'occuper, y installer ses propres services, en faire une conquête.

L'avis de La Bourdonnais, pirate invétéré, était de la piller, de la rançonner et d'en laisser la dépouille aux Anglais.

La Bourdonnais finit par céder, du moins sur le premier point, puis il se mit en devoir de retrouver l'escadre de Barnett avant qu'elle eût refait ses forces au Bengale. Lorsque, après un mois de poursuite, elles entrèrent en contact au large de Nagapatam, face au delta du Kaveri, les deux escadres s'affrontèrent du regard, si l'on peut dire, durant deux jours et deux nuits. Un matin, La Bourdonnais constata que la flotte de Barnett avait pris le large à la faveur de la nuit.

Le moment était venu de prendre Madras.

Le secret de cette opération avait été si bien gardé que Morse, gouverneur du comptoir anglais, était loin de s'attendre à notre visite, d'autant que nous avions eu avec lui, dans le passé, des rapports de bon voisinage. Administrateur médiocre et imprévoyant, il avait négligé de faire restaurer ses défenses et de se pourvoir en forces nécessaires pour résister à une attaque. A en croire l'ingénieur Paradis, il n'avait à sa disposition que deux cents soldats anglais, des « tuniques rouges », une centaine de *lascars*, des mercenaires d'origine africaine, et des *pions*, des serviteurs indiens armés, avec sur les remparts des batteries de canons indigentes.

L'expédition prit la mer à la mi-septembre.

Louis Paradis descendit le premier à terre durant la nuit, avec la troupe, à quelques lieues au nord de la ville. Au petit matin, il était en vue de son objectif, dont les défenses émergeaient d'un océan de palmiers et de cocotiers, et du lac qui protégeait ses abords.

La Bourdonnais débarqua ses hommes : un millier de cipayes et de *pions*, et une compagnie de dragons commandée par son beau-frère, Gombault d'Auteuil, à environ une lieue au sud. Il fit dresser son camp à proximité des premiers retranchements de la cité, à l'abri de la forêt, autour de la grande pagode de Triplicane. Le jour venu, l'ennemi n'avait pas montré le bout de son museau.

Les opérations se présentaient sous les auspices les plus favorables.

Monsieur Barnewal, sujet d'origine britannique, ancien officier en poste à Madras et gendre de madame Dupleix, avait offert à Morse de faire évacuer les femmes. Stoïquement, dans un geste à l'antique, elles refusèrent cette faveur.

Durant deux jours, l'attaque fut précédée d'un feu intense, par terre et par mer, de nuit et de jour, provoquant une désertion massive de soldats anglais et de mercenaires.

Tandis que les boulets écrasaient la ville, La Bourdonnais ne perdait pas son temps. Profitant de la panique, il envoya ses gens piller les villas anglaises de la périphérie et fit transporter le butin à Saint-Thomé, à quelques lieues au sud, par son frère, monsieur de Villebague.

Au troisième jour, impuissant devant nos canons et nos forces massées sous ses murs comme au large, Morse fit hisser le drapeau blanc et demander les conditions d'une reddition. La flotte de Barnett risquant de surgir à l'improviste, on mena rondement les négociations.

— Ma volonté, lui dit La Bourdonnais, est que vous remettiez à discrétion la ville et les biens qu'elle renferme. Je n'accepterai d'en retirer mes forces que moyennant une rançon dont nous allons discuter le montant. C'est cela, ou je vais faire rallumer la mèche des canons et livrer votre ville à nos cipayes !

Dupleix ayant renoncé à le suivre, dans la crainte d'une attaque sur Pondichéry, l'ingénieur Paradis se trouvait seul pour s'opposer à ce projet qui n'avait pas l'aval du gouverneur. Il tenta bien de s'opposer à cette mesure draconienne, mais se heurta à un mur. La Bourdonnais lui répondit que le chef de l'expédition c'était lui et que sa décision était irrévocable.

Morse faisant traîner les négociations, dans l'attente d'une riposte venue de la mer, La Bourdonnais fit reprendre les bombardements et prépara ses troupes pour l'assaut final, dont le succès ne faisait aucun doute.

Un matin, le drapeau blanc fut de nouveau hissé sur les remparts. La ville allait être livrée sans conditions. La Bourdonnais jeta son sabre dans la balance. Soldats et auxiliaires seraient considérés comme prisonniers de guerre, les officiers exceptés. Morse abandonnerait marchandises, armes, munitions, numéraire et mobilier de la *Company*. Il pourrait ensuite réoccuper sa ville, moyennant une rançon dont on discuterait à l'amiable.

Après le serment mutuel de s'en tenir à leur parole, La Bourdonnais fit battre tambour pour annoncer l'entrée de ses troupes dans la ville en ruine, avec menace du châtiment suprême contre les pillards et les violeurs de femmes. Une mesure qu'il aurait dû s'appliquer à lui-même.

Le lendemain, Pondichéry était informé de l'événement par un bref courrier de Paradis. On fit tirer le canon et dire une messe d'action de grâce qui se termina par les cris de « Vive le roi ! ». On se livra au palais à des libations en présence des marchands et des courtiers. Dupleix fit distribuer à la population de la Ville noire cinq mille livres de sucre, accorda la grâce des prisonniers et fit défiler la troupe en grande tenue derrière la musique.

— Tout cela, me dit Dupleix, est bel et bon, mais le courrier de Paradis n'était guère explicite. Volontairement ou non, il a oublié de me communiquer les conditions de la reddition. Je crains que cette tête de mule de La Bourdonnais n'en ait fait qu'à sa façon.

L'affaire n'allait pas en rester là.

Lorsque Dupleix apprit les détails de la reddition, un flux de colère lui inonda le visage, au point que je crus à une attaque d'apoplexie.

Deux semaines plus tard, quand La Bourdonnais, fier comme Artaban, débarqua à Pondichéry et vint s'entretenir avec Dupleix, leurs éclats de voix ébranlèrent les murs du cabinet.

— Vous avez trahi ma confiance ! attaqua Dupleix. Que signifie cet acte de reddition contraire à mes ordres ?

Il brandissait un feuillet qu'il me tendit, et me demanda, sa voix s'étant éraillée, de le lire à sa place. Ce que je fis :

— « Article premier : Monsieur de La Bourdonnais s'engage à rendre Madras aux autorités anglaises. Article deuxième : Cette restitution se fera moyennant une rançon de neuf millions de livres. Article troisième : Cette rançon ne pouvant être acquittée sur l'heure par lesdites autorités, le gouvernement de Sa Majesté britannique fera des billets à terme échelonnés, le paiement étant garanti par des otages... »

— Rendre Madras contre une rançon qui ne sera jamais payée ! rugit Dupleix. Garder des otages dont les Anglais se moquent qu'ils soient ou non restitués ? Etes-vous devenu fou ou avez-vous été stipendié par Morse ? En vertu de quel droit avez-vous signé cet infâme torchon, alors que c'était à moi de le faire ? J'ai appris que, pour comble d'indignité, vous avez obtenu un don à titre personnel d'un million de livres !

— Vous auriez dû être présent, monsieur ! Cette rançon sera payée, le gouverneur m'en a fait le serment. Quant à ce don, il m'était dû, et il est loin de compenser mes dépenses. J'ai pris Madras. N'est-ce pas ce que vous attendiez ?

— Morse vous l'a bradée !

— Dois-je vous rappeler les ordres du ministre ? Ne pas garder les places conquises. Que devais-je faire ? Raser cette ville comme les Romains ont fait de Carthage ?

— Mais vous l'avez rasée, et nous allons devoir la reconstruire, car je compte bien que nous y resterons ! Allez-vous en payer les frais ? Quant à l'ordre du ministre, il est forclos depuis belle lurette. Comment croyez-vous que les Anglais agiraient s'ils prenaient un de nos comptoirs ? Pas si bêtes, ils se garderaient de le détruire et l'occuperaient séance tenante !

Il fallait bien convenir que le choix était facile entre ces deux thèses, et que la stupidité de La Bourdonnais, alliée à sa vénalité, était condamnable. Dans les guerres d'Europe, la prise d'une ville supposait sa possession pleine et entière. Pourquoi, puisqu'il s'agissait d'un prolongement du conflit, en eût-il été autrement en Inde ?

La Bourdonnais s'enfonça le chapeau jusqu'aux yeux, grommela quelques jurons qui sentaient son ruffian et tourna les talons sans saluer son supérieur.

Dupleix se laissa tomber dans son fauteuil, épongea son front et ses lèvres ourlées d'une écume blanche, relut les articles de la reddition et laissa tomber son poing sur le feuillet.

— Pour qui se prend-il, cet aigrefin, ce flibustier ? Ah, ce n'est pas l'honneur qui l'embarrasse ! Il est corrompu jusqu'à la moelle. S'il ne tenait qu'à moi, il se balancerait déjà au bout d'une corde !

Durant les quelques jours qu'il passa à Pondichéry, le capitaine de frégate allait subir plus de sarcasmes que recueillir de louanges. Il eut d'ailleurs des soucis autrement graves : à la mi-octobre, sa flotte fut éprouvée par un cyclone qui lui fit perdre deux navires. Avec ce qui restait, plutôt que de risquer une nouvelle rencontre avec l'escadre de Barnett, il préféra regagner ses îles, tête basse mais poches pleines.

— Bon débarras ! soupira Dupleix. Ce trublion m'exaspérait, avec ses arguties indéfendables. Je me réjouis à la pensée qu'il aura des comptes à rendre à la Compagnie et au roi. Et pourtant...

Il s'avança vers la fenêtre qui ouvrait sur le large, ses mains battant sur ses fesses maigres. Je l'entendis murmurer :

— Et pourtant, à tout prendre, je regrette son départ. Désormais, je suis seul pour tenir tête aux Anglais...

La tâche du gouverneur allait être écrasante, mais il ne baissa pas les bras, au contraire : l'adversité semblait lui donner un regain d'énergie. De plus, il était moins seul qu'il ne l'affirmait. Il avait dans son entourage des officiers de valeur et pouvait compter avec le soutien (et les conseils) de son épouse.

Jeanne n'acceptait pas de jouer les potiches. Sa connaissance du pays, de ses gens et de la langue tamoule lui avait permis de nouer des rapports avec les marchands indiens et arméniens, les fonctionnaires du nabab d'Arcate et de quelques autres princes, et de recueillir ainsi de précieuses informations sur la situation des Anglais et leurs projets. Un réseau d'espions à sa solde faisait le reste.

Depuis la mort du dernier empereur moghol digne de ce nom, Aurangzeb, au début du siècle, son immense domaine péninsulaire se délitait inexorablement, ce qui laissait aux soubabs et nababs la liberté de traiter des concessions avec les Européens.

Les Anglais étaient passés maîtres dans l'art de les circonvenir et d'en obtenir des avantages : ils disposaient des fonds nécessaires et leur assuraient des revenus importants. Leurs courtiers couraient le pays avec des coffres de roupies, des présents et des promesses de soutien en cas de guerres intestines. Nous avions le même pouvoir mais non les mêmes moyens.

Il était facile de deviner, sous ces préoccupations mercantiles, le souci de Londres et de la *Company* de faire des territoires concédés des protectorats, voire des colonies. Dupleix nourrissait le même projet, si audacieux qu'il n'en parlait qu'à demi-mot ou par manière de boutade. Dupleix, vice-roi des Indes... Il en avait l'étoffe, sinon les moyens. Peut-être l'ambition.

Il est bon de rappeler que les établissements français, anglais et hollandais échelonnés sur la côte de Coromandel étaient rattachés au Carnatic, province vaste comme la moitié de la France, dépendant elle-même de la soubabie du Deccan, soumise en principe à l'empire moghol. Nos comptoirs, situés de part et d'autre de Pondichéry, relevaient de l'autorité du nabab d'Arcate, Anaverdi Khan.

Ce personnage intelligent, rusé, relativement honnête, avait été intronisé par le soubab du Deccan,

Nizam el-Moulouk. Outré par la prise de Madras et sa destruction, il comptait, malgré les honneurs et amitiés que nous lui avions témoignés, nous le faire sentir. Comme il possédait une des armées les plus puissantes de la Péninsule, il devenait nécessaire et urgent de renouer nos bons rapports avec lui.

Jeanne Dupleix, ses agents et ses espions s'y employèrent.

Les querelles et les guerres picrocholines qui opposèrent les princes dont dépendaient nos établissements, si elles se terminèrent par de grands massacres, n'entreront qu'à titre épisodique dans mon propos, l'essentiel, pour l'heure, étant de rétablir la confiance que nous avions perdue auprès de ces gens.

Malgré les efforts de Dupleix et de sa femme, le chemin allait être semé de traverses.

5

Le Promenoir des deux amants

Passé l'orage de Madras et le départ de La Bourdonnais pour les Mascareignes, avant son rappel en France, qui n'allait pas tarder, la vie à Pondichéry avait repris son cours paisible, malgré l'inquiétude que la guerre faisait peser sur nous. Les chaleurs étaient moins intenses et les moussons moins violentes que dans le Bengale.

Quatorze ans auparavant, au moment d'embarquer pour Chandernagor, j'avais confié à mes voisins le soin de veiller à l'entretien de ma chauderie située en marge de la Ville noire et des rizières. C'était un mauvais choix. A mon retour, je trouvai cette frêle bâtisse envahie par une végétation si exubérante que j'eus du mal à la reconnaître. Elle avait été colonisée par des rats, des reptiles, des araignées et une tribu de singes.

Ma première idée fut de laisser le temps achever son œuvre, puis je me ravisai.

Un vieux Tamoul de la famille de Daya, ma petite maîtresse de jadis, était habile en matière de construction. Contre quelques roupies et trois pots de confiture, il accepta de rendre cette retraite sinon confortable dans un premier temps, du moins habitable.

Lorsque Dupleix m'annonça la mort de son père, qui lui parvint avec un an de retard, j'aurais pu être choqué de son indifférence.

— Cet homme, me dit-il, n'a jamais eu pour moi la moindre affection, et je lui rendais la pareille. Il m'a désavantagé dans son testament, ce que je ne peux lui pardonner. Mon frère, Bacquencourt, est son légataire universel, mais avec un codicille : il est libre de partager cet héritage avec moi, s'il le juge utile. Sais-tu de quoi il va hériter ? De créances douteuses, de contrats de rente misérables sur des tailles, de terres sans valeur et d'une misère en numéraire. Ce n'est pas avec ça qu'il pourra m'aider. Que Dieu me pardonne si je me comporte comme un mauvais fils, mais non, je ne peux pas déplorer sa mort.

Notre gouverneur s'était pris d'amitié pour Charles Godeheu de Zaimont, fils du directeur chargé des reventes à Lorient, venu en Inde avec le titre de « marchand principal ».

Après une mission en Chine, il était resté au Bengale durant un an avant de séjourner à Pondichéry, en fait pour établir, à l'intention de la Compagnie, un rapport sur nos activités et nos résultats.

Lorsque Godeheu nous eut quittés pour rentrer en France à bord du *Comte-de-Toulouse*, Dupleix lui adressa une longue lettre rédigée de sa main, qui pourrait passer pour une déclaration d'amour et dont je ne résiste pas au plaisir de livrer ce bref passage : « Je ne me suis pas encore habitué à ne plus vous voir. Je ne jette qu'avec peine les yeux dans la chambre que vous avez occupée... Mes sentiments à votre égard ne se démentiront jamais. Tel vous m'avez vu, tel vous me retrouverez toujours... » Le reste était de la même eau.

J'avoue que cette amitié, si librement exprimée, aurait eu de quoi susciter ma jalousie, si je n'y avais subodoré un calcul bien digne de Dupleix : le père de Charles Godeheu était un personnage très influent à la Compagnie.

Il semblait que la mousson eût attendu le départ de La Bourdonnais pour ajouter à notre désarroi un surcroît d'épreuves. Alors qu'elle avait débuté depuis une semaine, un cyclone d'une exceptionnelle violence s'était abattu sur la contrée et avait duré deux jours, dans une ambiance d'apocalypse.

Des vaisseaux et des centaines d'embarcations indigènes furent jetés à la côte, jusqu'au milieu des rizières, au nord et au sud de la ville. Le niveau de la mer monta de dix pieds, des vagues géantes submergèrent les terres basses jusqu'aux premiers contreforts des monts Oulgaret, inondant les rizières, les aldées, détruisant les masures des Indiens. Le spectacle du rivage, vu du haut des remparts, était navrant. On y découvrait, au milieu de débris de toute nature, des cadavres humains au ventre ballonné. Il en montait des odeurs de putréfaction qui indisposaient les indigènes chargés de dégager les navires.

Dans le Bengale, à quelques jours de là, ce fut pire. On retrouva dans les rizières des cadavres de buffles, de caïmans, et même un tigre. Les flottilles indiennes furent brisées comme fétus et emportées. Les victimes, du Kaveri au Gange, se comptaient par centaines de mille. De mémoire d'Indien, on n'avait jamais assisté à un cataclysme d'une telle ampleur.

— On aurait dû m'écouter, me dit Ananda. Il y a des signes qui ne trompent pas. Il suffit d'observer le manège des éléphants. Quand ils devinent l'approche d'un de ces phénomènes, ils sont inquiets, trépignent et barrissent lamentablement. Ceux qui sont entravés tirent sur leur chaîne jusqu'à l'arracher. Personne n'a tenu compte de ces avertissements, et vous voyez le résultat : tous ces morts...

L'affaire de Madras avait trop sollicité mon esprit pour que je puisse accorder de l'importance à la restauration de ma chauderie.

Lorsque je retournai sur ce chantier, je constatai que les travaux traînaient en longueur. Le vieil Indien me confia qu'il devait, de temps à autre, menacer les ouvriers avec sa chibouque pour ranimer leur énergie. On marchait sur des gravats étoilés de crachats de bétel et l'on risquait de recevoir une poutre sur la tête à parler trop fort. La distribution de *cauris* et de tabac, réprouvée par le maître, me valait des *salams* et des sourires. Cette obséquiosité est la marque du comportement des Indiens de toutes classes à notre égard : ils ne nous aiment guère mais, au moindre présent, nous considèrent comme des bienfaiteurs.

Dépouillée d'une végétation envahissante, ma chauderie commençait, si je puis dire, à reprendre apparence humaine. Les montants de la varangue avaient été redressés, son toit et celui de la bicoque, éventrés par les moussons et le dernier cyclone, rendus étanches, le parquet vermoulu allait être remplacé. Cette opération allait obérer mes finances, mais, Dieu sait pourquoi, je tenais à ces lieux.

J'y retrouvai un jour Daya, et j'eus du mal à la reconnaître dans cette grosse femme, laide et mal soignée. Mariée, mère de deux enfants et enceinte d'un troisième, rien en elle ne subsistait de l'adolescente svelte, aux traits délicats, qui m'avait donné du plaisir.

C'est là que, les travaux achevés, j'avais rendez-vous avec une cousine de Jeanne Dupleix, Marie-Madeleine Albert, qui se faisait appeler Sophia. Mais cela est une autre histoire...

Le cyclone d'octobre avait malmené notre flotte et causé des avaries sérieuses qu'il fallut réparer dans des chantiers navals improvisés. L'un des navires, le *Duc-d'Orléans*, avait sombré, entraînant presque tout son équipage par le fond.

Comment, dans ces conditions, La Bourdonnais aurait-il pu donner la chasse aux Anglais ? D'ailleurs, après sa rencontre orageuse avec le gouverneur, il avait regagné ses pénates.

Dupleix m'avait demandé de collationner les éléments propres à constituer un dossier à la charge de son rival, et propre à dégager sa responsabilité pour le cas, probable, où cette affaire aurait des suites en France. Comme La Bourdonnais s'abstenait de signer ses courriers, il fit authentifier et parapher ses lettres par ses conseillers.

Il paraissait satisfait de notre situation militaire, malgré les échos néfastes que la prise de Madras avait trouvés chez les princes. Il se jugeait paré contre une riposte des Anglais, que nous attendions d'un jour à l'autre.

Avec les contingents que nous avait laissés La Bourdonnais, nous disposions d'environ deux mille hommes, y compris les cipayes, ces auxiliaires fidèles et disciplinés, et les *topas*, des mercenaires indiens vêtus et armés à l'européenne. Il fallait soustraire de ces effectifs bon nombre de malades. De plus, les caisses, quelques dettes honorées, étaient de nouveau vides.

Nous étions placés dans un environnement hostile : les Anglais occupaient Goudelour et les Hollandais Nagapatam. Les cavaliers d'Anaverdi Khan, qui nous étaient devenus hostiles, poussaient des reconnaissances jusqu'aux limites de notre concession.

Les espions de Jeanne Dupleix nous avaient appris que les Anglais préparaient bel et bien leur revanche. Hinde, gouverneur de Fort Saint David, à Goudelour, avait recueilli les soldats évadés de l'enfer de Madras et demandé des renforts au Bengale. Des évolutions suspectes de navires avaient de quoi nous inquiéter.

Sur la fin du mois d'octobre, alors que la mousson perdait de sa puissance, Anaverdi Khan, trop âgé pour s'engager dans une campagne militaire, envoya l'un de ses fils, Mafouz Khan, camper avec une petite armée dans les parages de Madras. Il se contenta de coups de main contre des Français quittant imprudemment la ville encore occupée dans l'attente de la ratification du traité par les autorités européennes. Dirigés sur Arcate, ils étaient jetés dans des geôles puantes et nourris comme des chiens.

Dans Madras, nos forces se montaient à quelques centaines d'hommes, sous le commandement du vieux capitaine de Bury. En cas de siège ou de bataille rangée, ils auraient à repousser l'assaut de plusieurs milliers d'Indiens, pour la plupart des cavaliers.

Sans attendre que Mafouz Khan se décidât à tenter le siège, Louis Barthélemy, défenseur de la cité, fit effectuer une sortie. Quelques salves des petits canons suédois pris à Morse dispersèrent la horde, sans que nous ayons eu à subir la moindre perte.

Dans l'attente de renforts, Mafouz Khan se replia sur une petite rivière, l'Adyar. Partie de Pondichéry, une colonne conduite par Louis Paradis, l'ingénieur reconverti en capitaine, effectua une subtile manœuvre pour le prendre à revers. Dans la bataille, le fils du nabab perdit une centaine d'hommes, mais parvint à s'enfuir sur son éléphant en laissant tentes et bagages sur le champ de bataille.

Les Français poursuivirent ce qui restait de son armée jusque dans les parages de Saint-Thomé, où les Anglais possédaient une loge qui fut pillée au passage, et son personnel indien dûment massacré par les cipayes.

Cette victoire de Paradis n'avait rien en soi de glorieux, malgré l'infériorité numérique de nos forces, mais elle retentit comme un coup de tonnerre dans toute la Péninsule, car, pour la première fois, Français et Indiens s'étaient trouvés face à face. Notre prestige et la crainte que nous inspirions y gagnèrent. On rechercha notre alliance. Pour Dupleix, c'étaient là les prémices d'un protectorat. Il allait s'attacher à jouer au mieux de la réputation d'invincibilité que nous avaient faite la capitulation de Madras et la victoire de Louis Paradis sur l'Adyar.

Ravalant leur honte, le nabab d'Arcate et son fils acceptèrent de reconnaître l'occupation de Madras, à la condition que leurs couleurs flottent à côté des nôtres sur le fort. Une réception solennelle d'Anaverdi et de Mafouz scella cette reconversion et nous garantit une ère de paix.

Cette paix fallacieuse n'allait être, en fait, qu'une attente fiévreuse des événements. Nul ne doutait que l'intention des Anglais était de ne pas rester les bras ballants. Persuadés que le temps jouait en leur faveur, ils faisaient croiser leurs unités au large de nos côtes pour instaurer un blocus peu efficace. Dupleix était d'avis qu'ils nous lanternaient et tentaient d'user notre patience, mais que le temps d'agir n'était pas loin pour eux.

Je m'interrogeais : auraient-ils l'audace de s'attaquer à Pondichéry ? En auraient-ils seulement les moyens ? N'allaient-ils pas plutôt choisir de grignoter nos loges une à une ? Peut-être aussi attendaient-ils que la paix intervienne en Europe, où les opérations s'essoufflaient après des batailles aussi sanglantes qu'inutiles. Nous l'ignorions, mais on parlait déjà d'armistice dans les chancelleries et les cabinets des ministres.

Malgré la mobilisation de ses forces navales pour la guerre de Succession d'Autriche, Londres avait envoyé deux escadres vers la côte de Coromandel. Du haut des remparts de la citadelle, je pouvais les voir évoluer au large, apparemment sans la moindre intention agressive, la riposte risquant de leur causer des dommages.

C'est de Dupleix que vint l'initiative des hostilités.

Nous avions pris Madras. Il nous fallait Goudelour, comptoir anglais au sud et proche de Pondichéry de moins d'une journée de cheval. Ajouter ce territoire de cinquante mille habitants à nos concessions revenait à régner sur la quasi-totalité de la côte de Coromandel, de Ceylan au sud à Balassor au nord, et à rejeter les Anglais dans leur réduit du Bengale. Restait à affronter la puissance de leur marine, mais la nôtre n'était pas à dédaigner.

Loin d'être un va-t-en-guerre, je ne pouvais oublier que les Anglais, en se livrant à la capture de nos navires, quelques années auparavant, avaient ouvert le feu et avaient refoulé en moi ce qui restait d'horreur pour la guerre.

Dupleix allait profiter de ces nouvelles dispositions pour m'inclure dans son état-major en faisant valoir auprès de ses officiers et de ses conseillers des qualités de stratège que j'aurais été, et pour cause, bien en peine de démontrer ! Seule ma relative connaissance du pays pouvait rendre ma présence dans cet aréopage sinon nécessaire, du moins utile.

En ce temps-là, alors que la menace d'un conflit ouvert se confirmait, j'avais des préoccupations moins terre à terre, d'ordre sentimental.

Vague cousine de Jeanne Dupleix, Sophia Da Silva aurait pu être assimilée à ces vagues parentes que les familles de la bonne société entretiennent dans leur vie sédentaire ou leurs exodes. Soumises à des fonctions modestes intermédiaires entre le servage et le service compensatoire, elles sont souvent les réceptacles des confidences pour cœurs meurtris, et parfois détentrices d'une réserve financière à base de petites économies, à laquelle la famille peut faire appel en cas de besoin.

Sophia était d'une autre nature.

Jeanne l'avait recueillie à la suite d'une aventure malheureuse avec un petit lieutenant de dragons qui l'avait abandonnée alors qu'elle était enceinte. Elle risquait, disait Jeanne, de se laisser entraîner à des mœurs licencieuses comme certaines épouses de conseillers. Il n'y avait guère entre elles que des rapports de convenance familiale. Jeanne détestait chez Sophia un caractère porté à l'insoumission, un penchant abusif pour la lecture et pour la musique. Sophia reprochait à sa cousine son autoritarisme et son affection sujette à éclipses.

Peu avant de connaître celle qui allait prendre une grande place dans ma vie, j'avais surpris un entretien de Jeanne avec l'épouse de monsieur Barthélemy. Elle avait soupiré, avec un air compatissant :

« Cette pauvre Sophia, je la garde près de moi parce que, après ses déboires sentimentaux, elle est en péril de corps et d'âme. Parfois je m'en repens, car elle se montre ingrate et supporte mal mes conseils. »

Cette « pauvre Sophia » aurait pu voler de ses propres ailes, grâce à une rente que lui avait faite son père. Elle restait dans la famille Dupleix parce qu'elle aimait, quoi qu'elle en dît et quoi qu'il lui en coutât, ce pays où elle était née. Elle n'évoquait l'éventualité de le quitter que lorsque des événements intimes ou extérieurs troublaient sa sérénité ou sa quiétude, ou qu'elle lisait les longues lettres que lui adressait sa fille vivant à Paris, chez ses grands-parents.

J'allais avoir maintes occasions de constater cette dualité qui tantôt l'éloignait de moi et tantôt me la rendait plus proche.

J'avais fait sa connaissance au cours de la première visite à Pondichéry de Mafouz Khan, et des fêtes qui lui avaient été consacrées. Pendant un spectacle de ballet de bayadères louées par le gouverneur, je m'étais trouvé à côté d'elle. Engourdi par la chaleur torride et la longueur de cette exhibition, un peu ivre aussi de champagne, je me laissais gagner par la somnolence, avec des rêves de pagodes et de temples hantés par des *apsaras* dévêtues, de forêts pleines d'oiseaux de paradis, de jungles hantées par des tigres...

Lorsque ma tête s'inclinait et que je perdais l'équilibre, ma belle voisine me poussait du coude et me disait :

— Voulez-vous bien ne pas dormir, monsieur de La Vermondie ! Regardez plutôt cette danse : c'est la perfection même. Et ce vieux qui joue de la cithare, quel virtuose !

Je m'excusais et promettais de ne plus recommencer. De temps à autre, je glissais vers elle un regard discret. C'était une grande femme au teint légèrement bistré dénué de fard, à la mine austère. Dupleix m'en avait parlé sans s'y attarder, si bien que je savais peu de choses sur sa vie et ses rapports avec la famille. Il m'avait glissé dans le creux de l'oreille, avec un sourire :

— Sophia est de nature hybride. Je veux dire qu'elle vogue indifféremment vers Lesbos et vers Cythère...

Une invertie ? J'avais peine à le croire, mais, à la réflexion, ce jugement imagé se confirma lors de cette confrontation : traits un peu rigides et sévères, beauté hiératique empreinte de masculinité et soulignée par l'absence de fard...

Je m'étais promis de rester réveillé pour ne pas la choquer, et nous avions échangé quelques propos. L'un des miens l'avait fait sourire. Elle avait posé familièrement une main sur mon genou en me disant que mon esprit lui plaisait.

Nous ne nous sommes pas quittés et avons passé le reste de la soirée à danser, à boire et à rire. Elle m'a entraîné sur la terrasse en agitant son éventail, sous prétexte qu'elle étouffait, et, face à l'océan encore coloré par les franges suaves du crépuscule, nous avons poursuivi notre bavardage, une coupe de champagne à la main. Elle m'a parlé de ses relations parmi notre petite société, avec parfois des propos un peu poivrés qui dénotaient sinon du bon goût, du moins un jugement caustique.

Elle a vidé sa coupe et m'a demandé d'aller lui en

chercher une autre. C'était la sixième ou septième de la soirée, ce qui lui donnait une élocution embarrassée.

— Je vous saurais gré, a-t-elle ajouté, de ne pas me juger sur mon franc-parler. Je ne suis pas d'une nature à faire battre des montagnes. Les gens dont nous avons dit pis que pendre, je ne les déteste pas. Je les plains plutôt. Beaucoup sont malades et tous s'ennuient à mourir. Monsieur de La Vermondie, vous ennuyez-vous ?

— Ma foi, ai-je répondu, mon ami le gouverneur m'en laisse rarement le loisir, et c'est une question qu'il ne serait pas judicieux de lui poser. Lorsqu'il m'en laisse le temps, je lis, j'herborise, je m'intéresse à ce pays et à ses habitants...

Le rouge m'est monté au front lorsqu'elle a bredouillé :

— Vous oubliez l'amour, mon ami. L'amour... C'est le meilleur antidote à l'ennui. N'allez pas me contredire ! Votre passion pour cette petite sotte de Julie d'Hervilly...

— Passion n'est pas le mot juste, madame Da Silva. Ce ne fut qu'un feu de paille...

— ... sur lequel vous auriez soufflé pour le ranimer, si elle n'était repartie pour la France. Auriez-vous des préventions contre les amours passionnelles ?

— Vous l'aurais-je laissé entendre ? Alors je m'en repens.

— Point du tout. Simple curiosité de ma part.

— A moi de vous poser une question : vous-même, y croyez-vous ? Vous n'êtes pas obligée de me répondre...

— Aussi bien ne répondrai-je pas. Bonsoir, monsieur.

Elle a levé sa coupe de champagne, a souri et s'est

retirée sans ajouter un mot, en agitant nerveusement son éventail.

A quelques jours de là, lorsque je fis part à Dupleix de cette conversation, il me dit :

— Ne te frotte pas trop à cette créature, Olivier. Cela risquerait de t'entraîner trop loin et te ferait regretter cette rencontre. Je te le répète : avec elle, Cythère n'est pas loin de Lesbos. Mon épouse pourrait t'en dire long sur ce chapitre.

— Je te rassure, ai-je répondu, il n'entre pas dans mes projets de la séduire...

Les préparatifs pour la campagne contre Goudelour allaient bon train. Je dus, malgré mes préventions, m'y intéresser et y participer, puisque Dupleix s'était mis en tête de faire de moi un stratège et, éventuellement, un soldat.

Cette concession anglaise se situait à l'embouchure de la rivière Gandilam. Du fait de la proximité de Pondichéry, son volume d'affaires était relativement modeste. Elle était protégée par un fort où avaient été encasernés les officiers transfuges du siège de Madras.

Chez les Indiens du Carnatic sévissait une révolution de palais. A quatre-vingts ans passés, le nabab Anaverdi Khan ne voyait pas venir avec sérénité la fin de son règne. Son fils aîné, Mafouz, la triste victime de l'Adyar, avait été évincé par un cadet ambitieux et turbulent, Mohamed Ali. Dupleix tenta de le gagner à sa cause, avec une vague promesse : lui céder Madras, et une ferme conviction : se parjurer. Le jeune prince fit la fine bouche et finit par refuser.

Dupleix avait une telle confiance en Louis Paradis qu'il le fit revenir de Madras pour lui confier la responsabilité des opérations. Cet ingénieur, homme de belle allure, discret autant qu'efficace, n'était pas un officier de carrière, mais son intelligence, son sens du terrain palliaient cette carence. Je le comptais parmi mes relations amicales et partageais ses réticences.

Cette décision provoqua une tempête dans l'état-major. Considérant cette faveur comme une insulte, les officiers organisèrent une sorte de mutinerie et refusèrent d'être placés sous les ordres de ce pékin.

Lorsqu'ils firent part de leurs récriminations au gouverneur, Louis Paradis, déjà en route vers Pondichéry, avait affronté, aux alentours de la loge hollandaise de Sadras, une armée indienne de trois mille cavaliers et l'avait dispersée.

Une grosse déception l'attendait en arrivant dans nos murs. Dupleix avait dû, devant la conjuration de ses officiers, lui retirer le commandement de l'armée de Goudelour et l'avait confié à monsieur de Bury, qui, malgré sa vieillesse, sa maladie et ses compétences douteuses, avait accepté cet honneur, alors qu'il n'aurait été apte, disait-on, qu'à commander une revue.

Malgré mes appréhensions concernant une affaire aussi mal engagée, je fus incorporé, contre ma volonté, dans un corps de grenadiers à cheval.

Notre armée se mit en marche le 18 décembre, quelques heures avant le lever du jour, de manière à éviter les grandes chaleurs. Elle longea une zone côtière où, à peine le jour levé, des paysans trimaient dans les rizières.

Nous nous attendions à voir surgir des vallées des

Ghâts une horde de cavaliers. Un marchand du village de Mangicoupom nous rassura : l'armée de Mohamed Ali ne comptait que deux mille cavaliers et hésiterait à nous affronter. Elle se contenta de harceler nos arrières et de piller nos bagages, sans occasionner trop de dommages.

Situé en marge de la petite ville de Goudelour, le jardin de la *Company* fut le lieu de notre campement et de notre bivouac. Il se trouvait à un quart de lieue du fort, à l'ombre des palmiers géants, dans le souffle d'un alizé venu de la mer. Je lus, dans ce lieu idyllique, en fumant ma pipe, quelques chapitres des *Lettres philosophiques* de Voltaire. Les ronflements de mes compagnons de tente et les glapissements des chacals troublèrent à peine mon sommeil.

Peu avant le lever du jour, une de nos patrouilles montées revint au galop : elle venait de surprendre, au pied des Ghâts, un mouvement de troupes et un camp signalé par les derniers feux de la nuit.

Le soleil à peine levé, une horde précédée de quelques éléphants s'avança vers nous dans un concert de vociférations, de barrissements, de tambours et de trompettes guerrières.

Nous avions eu le temps de nous préparer à cette attaque. Pourtant, l'angoisse nous serrait les tripes comme à l'approche d'un orage de mousson.

Aux premiers trépignements des éléphants qui faisaient trembler le sol, nous ripostâmes par une canonnade qui, en arrêtant leur élan, creusa des vides dans cette première ligne d'assaut destinée à nous impressionner. J'assistai avec tristesse au spectacle de ces mastodontes, poitrail ouvert, trompes arrachées, crâne fracassé, qui tournoyaient sur eux-mêmes avant de s'abattre.

L'attaque des cavaliers reçut le même accueil. Lorsque certains, par un mouvement sur nos flancs, parvinrent à échapper au feu de nos canons et se trouvèrent à notre contact, je fonçai dans la mêlée, sabre au clair, possédé par une ivresse à laquelle l'arak dont on nous avait abreuvés n'était pas étranger.

Nous avions l'affaire bien en main et l'ardeur de la cavalerie ennemie commençait à faiblir, quand j'entendis avec stupeur sonner la retraite. Avant de rétrograder, je donnai encore quelques coups et nous en reçûmes, mon cheval et moi, par chance sans gravité : des égratignures, comme on dit. Nous laissions à l'ennemi une bonne part de nos bagages, de nos chariots de vivres, cent têtes de bétail, des tonnelets de vin et d'arak, un chargement d'armes et de poudre, et nos tentes.

Nous venions de traverser la rivière Gingy sous des nuées de flèches et de javelots, des armes datant d'un autre âge, et commencions à nous regrouper, quand des officiers demandèrent au capitaine de Bury les raisons de ce repli inattendu.

— C'était la solution la plus sage, expliqua-t-il. Nous étions sur le point d'être encerclés. Qu'aurions-nous pu faire, face à six ou sept mille Noirs, alors que nous étions sur le point de manquer de munitions ? Les ordres étaient d'attendre les renforts venus par la mer. Ils ont sans doute été retardés...

— C'est un tissu d'erreurs ! s'écria le capitaine Prévost de La Touche. Nous tenions le bon bout. L'ennemi avait amorcé son repli. Vous nous avez privés de la victoire !

— Avec Paradis, lança monsieur de Bussy, nous n'en serions pas là ! Vous n'êtes pas digne, monsieur, de commander cette expédition !

La vieille baderne valétudinaire et lâche frappa le

sol de sa canne, nous jeta un regard furieux et s'écria d'une voix de fausset :

— Votre insolence vous coûtera cher, mes enfants ! Je vais la signaler dans mon rapport, et...

— Je ferai le mien, lui dis-je, et je ne vous épargnerai pas. Vous avez commis une faute grave, et devrez en rendre compte.

J'avais constaté, au cours de la bataille, la présence de quelques tuniques rouges sur les arrières de la horde. Ainsi, les Anglais de Goudelour étaient présents, mais dans l'expectative. Cette attitude répondait à leur sacro-saint principe : faire en sorte de laisser leurs alliés se battre pour eux. L'armée du nabab avait perdu environ trois cents hommes ; eux s'en tiraient sans le moindre dommage...

Dans un courrier au capitaine de Fort Saint David, qui défendait Goudelour, dont j'eus connaissance longtemps après, Mohamed Ali n'avait pas mâché ses mots : « Lorsque nous sommes venus à votre secours, vous êtes restés enfermés dans votre fort. Vos hommes ne sont pas des braves. Ils sont bons pour le commerce mais pas pour la guerre... »

Au cours d'une escarmouche qui eut lieu le lendemain, je reçus une flèche dans la cuisse droite. La plaie n'était pas profonde mais saignait d'abondance. Après que notre chirurgien m'eut posé un emplâtre et un bandage, je pus remonter sur mon cheval qui, lui, n'avait que des éraflures.

Dupleix m'avait témoigné sa confiance en me chargeant de le tenir au courant de la marche de l'expédition. Au lendemain de notre retraite, je partis avec une escorte, en longeant la côte, pour lui faire part de l'événement.

Il m'écouta en se grattant le menton, s'administra

une prise de tabac et épousseta son jabot avant de prononcer ces propos étonnants :

— Ce rapport ne me surprend pas. J'ose même dire qu'il me satisfait. Il montre que mes officiers ont eu tort de regimber quand j'ai voulu leur imposer Louis Paradis. Je connais assez bien cette ganache de Bury pour comprendre qu'il aurait été incapable de nous ramener une victoire. Il a connu des succès sur les champs de bataille d'Europe, mais il se fait vieux, et au premier coup de canon il fait dans ses chausses. En revanche, je regrette la perte de nos hommes, de nos bagages et la baisse de prestige que nous allons subir.

Venant de mon meilleur ami, ce calcul désinvolte m'affligea, mais je me gardai de troubler cette équivoque sérénité.

Dans les jours suivant notre retraite, Dupleix avait reçu, par l'intermédiaire des espions de Jeanne, des nouvelles rassurantes quant à l'alliance entre Mohamed Ali et les Anglais de Goudelour. Le prince et son frère Mafouz Khan, réconciliés, proclamaient leur intention de se retirer.

Le gouverneur décida de lancer une attaque par la mer. La saison n'était guère favorable, mais il suffirait d'attendre une bonace et de profiter de l'absence des escadres ennemies. Il en fixa la date aux alentours de la fin décembre, de manière, disait-il, que l'année à venir débutât par une victoire.

Ce fut un échec.

On n'avait pas assez tenu compte des caprices de l'océan. A peine la flotte avait-elle pris le large, par temps calme et avec un bon vent, des nuages envahirent le ciel et la tempête éclata brutalement, dispersant les petites embarcations qui nous escortaient, noyant les cales et mouillant la poudre. Après quatre heures de manœuvres dangereuses, il fallut reprendre le large.

En raison de ma blessure, j'avais été exempté de cette nouvelle épreuve et m'en étais réjoui. Après le déferlement des hordes indiennes, nous étions victimes des éléments. Décidément, il semblait que le sort – « Dieu », aurait dit Dupleix – ne nous était pas favorable.

Nous étions nombreux à songer que la rupture de l'alliance entre les Anglais et les princes d'Arcate s'accompagnerait sinon d'une attitude agressive, du moins d'un revirement en notre faveur. D'autre part, les gens de Goudelour attendaient du Bengale des renforts par mer, qui tardaient à venir, et ils n'avaient plus une roupie dans leurs coffres pour payer les services du nabab et de ses fils.

Dupleix n'allait pas manquer de profiter de cette occurrence favorable pour avancer son pion. Il entreprit une campagne de séduction en direction d'Arcate. Il y envoya des émissaires chargés de présents, de numéraire déniché en raclant les fonds de tiroirs, sans omettre les promesses, dont il n'était pas avare.

Aucune relation avec les princes n'a de chance de réussir si elle ne s'accompagne de ce rite dont l'importance varie selon la qualité du récipiendaire et les services qu'on attend de lui. Cela peut aller d'une symbolique corbeille de fruits à des diamants. Pour l'occasion, Dupleix ne lésina pas.

Le premier témoignage de bienveillance du nabab d'Arcate à notre égard nous donna satisfaction : il fit libérer les prisonniers capturés au cours du siège de

Madras. Il n'était que temps, la plupart, rongés de fièvre, tenant à peine sur leurs jambes.

Comme un bonheur, à ce qu'on dit, ne vient jamais seul, une flotte commandée par le capitaine Dordelin accosta, nous apportant, outre de l'argent de la Compagnie et du courrier, quelques centaines de recrues. Nous étions de nouveau en force pour faire face aux événements et imposer notre loi dans le Carnatic.

Restait en suspens une question délicate : le sort de Madras, que Dupleix avait promis de rendre non aux Anglais, mais à Anaverdi Khan.

— Il faudra bien s'y résoudre, lui dis-je, sinon nous risquons de voir rompre les négociations avec les princes. Tu l'as promis...

Il s'énerva, comme si je le forçais à boire une gorgée de vinaigre.

— Promis.... Promis... On promettrait de tuer sa mère quand on a un couteau sur la gorge. Rendre Madras ? Jamais, tu m'entends ! Jamais ! Je vais charger Ananda de régler cette affaire.

L'habile courtier, une fois de plus, se montra un précieux auxiliaire. Il prit la route d'Arcate avec de nouveaux présents, passa trois jours en discussion avec le nabab et ses ministres et nous revint avec une bonne nouvelle : Anaverdi Khan avait cédé. Moyennant un *lak* de cent mille roupies, nous gardions Madras.

Je trouvai un matin Sophia dans le jardin de la citadelle, allongée dans un hamac, un livre à la main, à l'ombre d'un buisson d'osakas pourpres, sa *mosse* écartant les moustiques avec un éventail de plumes. Son visage lisse comme une mangue, rose de chaleur, rayonnait sous un chapeau de paille noué d'un ruban sous le menton. Elle m'invita à m'asseoir près d'elle. Je lui demandai ce qu'elle lisait.

— Des poèmes de Rousseau, me dit-elle. Jean-Baptiste, pas Jean-Jacques. Prétentieux et sinistre. Ecoutez donc, mon ami : « Sa voix redoutable/Trouble les enfers/Un bruit redoutable/Gronde dans les airs/Un voile effroyable/Couvre l'univers... » Brrr... J'en ai des sueurs froides. On dirait qu'il décrit un orage de mousson !

Elle éclata de rire en jetant le livre sur la pelouse et ajouta :

— Je suppose que, pris comme vous l'êtes par cette campagne contre Goudelour, vous n'avez pas eu le loisir de lire des poèmes...

— Des poèmes, non, mais les *Lettres philosophiques* de Voltaire, oui, et j'en ai tiré beaucoup de profit. Cependant, j'aime aussi les poètes. Savez-vous quel est mon préféré ?

— Dites.

— Tristan L'Hermite. Il faut que vous lisiez *Le Promenoir des deux amants*. Je puis vous citer quelques vers élégiaques : « L'ombre de cette fleur vermeille/Et celle de ces joncs pendants/Paraissent être là dedans/Les songes de l'eau qui sommeille... »

— « Les songes de l'eau qui sommeille... » C'est mièvre mais joli. Me prêterez-vous ces poèmes ?

— Quand il vous plaira.

J'aurais pu, si nos rapports avaient été plus familiers, lui proposer de lire les *Odes* de la poétesse de Lesbos, la divine Sapho, que j'avais dans mon coffre à livres, mais je redoutais que cette impertinence ne se retournât contre moi.

Alors que le soir déployait ses brocarts au-dessus de la citadelle, nous restâmes un moment à bavarder sur le même ton badin.

— J'ai vu passer tout à l'heure, me dit-elle,

madame de Laurens. Cette pécore nous a longuement observés. Eh bien, mon ami, nous voilà compromis ! Savez-vous ce qui va se passer ? Demain, toute la colonie aura fait de nous des amants...

Elle ajouta, en posant sa main sur la mienne :

— Cela ne semble pas vous gêner.

— Pas le moins du monde. Qu'avons-nous à nous reprocher ?

Elle répondit avec un sourire mystérieux, en appuyant sur la deuxième phrase :

— Rien, mon ami, rien. *Du moins pour le moment.*

Je me sentis parcouru jusqu'à la racine des cheveux par un frisson. Malgré son comportement familier le soir des bayadères, je comprenais mal que cette femme puisse, comme me l'avait annoncé Dupleix, être une invertie. Elle mit fin à ma gêne en me parlant de la bataille dont j'étais revenu, quelques jours avant, blessé par une flèche.

— Vous claudiquez, me dit-elle. Suite à votre blessure ?

— Peu de chose : une flèche perdue...

— J'ai entendu dire que vous avez eu une conduite héroïque.

— On aura exagéré. J'ai fait mon devoir, un point c'est tout. Je vous dois une confidence : je déteste la guerre. Ne le répétez pas, je vous prie. Je connais des gens qui se feraient une joie de me brocarder.

— Et modeste avec ça ! Monsieur de La Vermondie, vous me plaisez. Puis-je espérer que nous nous reverrons ?

— Dans la petite société où nous vivons, il serait difficile de nous éviter, madame, même si nous le voulions. Quoi qu'il en soit, j'en serai flatté. Cela ne tient qu'à vous.

Je quittai Sophia avec la certitude que nos rapports n'allaient pas en rester là et que nous ne tarderions pas à donner nos relations en pâture aux amateurs de commérages.

Pendant que je badinais avec Sophia, que se passait-il dans les parages de Goudelour ?

Conformément à leur flegme traditionnel, nos ennemis attendaient les événements, sans manifester, du moins en apparence, la moindre inquiétude. Persuadés que le temps œuvrait pour eux, ils travaillaient à renforcer leurs défenses.

L'état-major de Dupleix le pressait de battre le fer encore chaud et de préparer une nouvelle expédition contre Goudelour. Le fer était au rouge.

Par l'intermédiaire de ses agents, aussi efficaces que ceux de Jeanne, Ananda avait capté un message inquiétant : des escadres anglaises étaient attendues sur les côtes de Coromandel. Dupleix tergiversait, temporisait, jouait les Hannibal face à Scipion, disant qu'il ne croirait à l'envoi de ces renforts que lorsqu'il aurait aperçu le premier pavillon anglais en haut d'un mât.

Durant des mois, il ne cessa de correspondre, souvent pour des broutilles, avec les princes du Deccan, du Carnatic, de Mysore, de l'Orissa, comme s'il se complaisait dans cette opération de séduction qui coûtait cher en présents. Quand on connaît la valeur que ces princes accordent aux serments et aux promesses, on est en droit de se demander à quoi pouvait bien rimer cette forme de diplomatie.

Je doutais de cette méthode et ne le lui cachais pas. Il pestait contre cette manie que j'avais de le contrarier. Un jour, laissant éclater sa colère, il me lança :

— Puisque nous n'arrivons pas à nous entendre, le mieux serait que tu repartes pour la France et que tu t'enfermes dans ta bicoque du Périgord. C'est encore là, semble-t-il, que tu trouveras une bonne raison de vivre. Bon vent !

J'étais trop attaché à lui et le connaissais trop bien pour ne pas comprendre qu'il ne s'agissait que d'une menace fallacieuse et qu'elle serait vite oubliée.

L'essentiel des négociations multiples qu'il avait engagées semblait acquis : les princes n'interviendraient pas dans le conflit qui nous opposait aux Anglais, mais combien de temps résisteraient-ils au chant des sirènes cousues de roupies de nos adversaires ?

Un autre résultat de ces négociations fut que Pondichéry paraissait être devenu le centre de l'univers. Le Grand Moghol de Delhi nous déléguait ses ministres ; le chef des Marathes, Ragogy Bonsla, Naser Jang, soubab du Carnatic, nous adressaient des courriers chaleureux et des présents. Des nababs et des rajahs nous honorèrent de leur visite, ce qui nous obligeait à les traiter dignement et creusait des vides dans nos finances.

Et les roupies de couler à flots, et les dettes de s'accumuler...

Lorsque Dupleix décida enfin, cessant de lanterner, de prendre le taureau par les cornes, il se heurta de nouveau à une fronde de ses officiers : laisser le commandement de l'expédition à cet ingénieur, Louis Paradis, c'était mépriser leurs états de service et leurs talents ! *Exit* monsieur de Bury, le gouverneur dut composer et confier cette mission à Jean-Jacques Dubernat de La Tour. Il aurait pu faire un plus mauvais choix. Cet officier fut agréé sans murmures de ses pairs. Quant à Louis Paradis, il serait présent à titre de conseiller en matière de siège. Dupleix participerait en personne aux opérations, et moi de même, en dépit de ma blessure, qui, d'ailleurs, ne me tourmentait guère.

Alors que nous dressions notre camp dans les parages de la petite cité d'Ariancoupan, à quelques lieues au sud de Pondichéry, une mauvaise nouvelle nous parvint : une escadre de six navires battant pavillon anglais, retour de la côte du Malabar, approchait de Goudelour, sous le commandement de l'amiral Griffin.

Le conseil de guerre qui se tint ce soir-là, sous la tente du gouverneur, fut sinistre. La décision fut prise de battre en retraite, avant même d'avoir fait parler la poudre. C'était à désespérer !

Le lendemain, autre nouvelle, tout aussi peu réjouissante : la flotte de Griffin, ouvrant les hostilités, avait coulé quelques-uns de nos navires destinés uniquement au commerce. Nous prîmes ces incidents comme un avertissement sévère...

— Nous avons le pire à craindre de cette attaque, nous dit Dupleix. Griffin doit envisager de mettre le siège devant Pondichéry. Il va s'y briser les dents, mais l'épreuve sera rude pour nous.

A peine de retour, il prit les premières mesures pour un siège de longue durée : garnir nos magasins de riz, de blé, de viande sur pied, et réclamer le secours de la flotte de La Bourdonnais, ce qui lui coûtait, on devine pourquoi...

La prudence aurait dû nous dicter de renoncer à Goudelour, mais, outre que Dupleix supportait mal un échec, le diable s'en mêla. Je devrais dire plutôt une diablesse, car il s'agissait de son épouse.

Jeanne avait misé ses espoirs et sa confiance sur un de ses agents secrets, Amresh, qui, ayant séjourné dans ce comptoir anglais, connaissait les avantages et les faiblesses de ses défenses. Il parvint à convaincre le gouverneur et sa femme que nous avions négligé un détail important : la brèche occasionnée par un glissement de terrain dans l'enceinte de Goudelour. Les occupants n'ayant pas eu le temps de remonter les murs, une attaque de nuit sur ce point nous livrerait la ville.

Et voici notre armée partie pour une quatrième expédition, la dernière sans doute, avec à sa tête non plus La Tour, souffrant d'un accès de malaria, mais Jacques de Mainville, un jeune et ardent officier. Notre colonne était forte de mille Blancs et d'un chiffre à peu près égal de cipayes et de *pions*.

Nous nous mîmes en marche à la fin du mois de juin, dans la chaleur écrasante annonçant la mousson, et, arrivés en vue de la ville le lendemain soir, nous dressâmes nos tentes sur une éminence boisée dominant la ville et Fort Saint David. Le premier soin de Mainville fut d'envoyer des patrouilles à la recherche de la fameuse brèche signalée par Amresh. Elles revinrent bredouilles. Lorsqu'il demanda à l'agent secret de s'expliquer, on constata qu'il avait disparu.

Cette affaire sentait la trahison et le piège.

— Mes amis, nous dit Mainville, nous ne pouvons, une fois de plus, revenir à Pondichéry sans résultat. Il va falloir tenter une escalade aux échelles, comme au Moyen Age.

Nous avions apporté le matériel nécessaire à cette opération et nous nous y préparâmes de manière à entrer en action au plus fort de la nuit.

A peine les échelles mises en place et la première vague d'assaut lancée, nous constatâmes avec stupeur que l'ennemi nous attendait. Des salves crépitèrent sur les remparts et une dizaine de canons se mirent de la partie, si bien que les nôtres, lâchant prise, tombaient, blessés ou morts, dans le fossé. Pris de panique, le reste de la troupe s'enfuit à travers champs pour échapper à la mitraille. Les efforts que nous fîmes pour les regrouper furent vains. Nous ne les retrouvâmes, tremblants de peur, qu'à Ariancoupan, alors que l'aube découpait sur l'horizon les premières crêtes des montagnes.

Outre la perte de nos chariots de vivres et de munitions, nous avions recensé une centaine de morts et autant, sinon plus, de blessés.

A notre retour à Pondichéry, Ananda nous livra le fin mot de cette affaire :

— J'avais prévenu madame Dupleix, me dit-il, qu'Amresh est un agent double. Elle n'a rien voulu entendre ! On ne devrait pas confier à des femmes ce genre d'affaires. Celle-ci me rappelle un personnage de notre *Ramayana* : le démon Nilli, symbole de la perversion. Elle mérite la corde !

Grimaçant de colère, le visage blême sous le fard qui s'écaillait avec la chaleur, il fustigeait ses gitons du bout de sa canne à pommeau d'argent et les insultait comme s'ils avaient été complices d'Amresh.

Ananda exagérait, mais je ne pouvais lui donner tort. Dupleix, avec une flagrante légèreté, avait placé sa confiance en son épouse. Je me dis que cet incident allait le guérir de ses erreurs de jugement. Il n'en fut rien...

De ce jour date l'inimitié irréconciliable qu'Ananda allait vouer à Jeanne Dupleix. Qui le lui rendit bien.

Notre courtier nous apprit, quelques jours plus tard, que le capitaine Lawrence, défenseur de Fort Saint David, informé de notre projet par Amresh, avait garni le fort de toutes les troupes dont il pouvait disposer et installé sur cette partie des remparts le gros de ses batteries.

Incapable qu'il était de s'en prendre à son épouse, Dupleix, comble d'injustice, imputa cette déroute à Mainville, qui n'en pouvait mais. Il se garda pourtant de le mettre aux arrêts, ce qui eût risqué d'occasionner chez ses officiers une mutinerie.

Je passerai sur la noria des escadres de France et d'Angleterre qui longèrent nos côtes au cours de cette période pleine de confusion, où nous eûmes rarement le beau rôle.

De même n'entrerai-je pas, risquant d'être fastidieux, dans le récit des drames qui agitèrent les palais des féaux du Grand Moghol de Delhi, l'empereur Mohamed Chah. Mort sous le poignard, il avait laissé le trône à son fils, Ahmed Chah, personnage falot, incapable de gérer et de défendre cet immense empire. Le soubab du Deccan, Nizam el-Moulouk, était mort presque centenaire dans sa capitale, Hyderabad, laissant sa succession à ses trois fils, ce qui laissait prévoir de belles empoignades dans le sérail. Aux frontières des provinces de l'Ouest et du Centre campaient des hordes de Marathes, prêtes à fondre comme un vol de vautours sur leurs victimes, à la moindre marque de faiblesse des princes.

Des mois passèrent sans que Pondichéry connût d'événements dignes d'être signalés.

Outre ma présence en qualité de scribe dans le cabinet du gouverneur, mon occupation essentielle consistait à enregistrer et à emmagasiner les vivres destinés à soutenir des semaines, voire des mois de siège. Nul ne doutait des intentions de l'ennemi d'investir notre ville, pas plus, d'ailleurs, que de l'efficacité de nos défenses, à laquelle Dupleix veillait avec une vigilante constance.

Je consacrais tout mon temps libre à Sophia. Elle n'avait eu de cesse que je lui fasse les honneurs de ma chauderie. Restaurée tant bien que mal, son jardin, soigneusement entretenu par la famille de Daya, planté de buis, de jasmin et d'hibiscus, sa pelouse soigneusement arrosée et tondue à la faucille, elle avait repris assez belle allure. En revanche, j'avais retrouvé sans plaisir la colonie tumultueuse et criarde des petits singes gris et noirs qui venaient voler ma nourriture jusque dans mon assiette.

En acceptant de recevoir Sophia, je n'ignorais pas où pourrait m'entraîner cette faiblesse : des rendez-vous amoureux pour l'agrément, mais avec le risque d'une réprobation de la cousine Jeanne et de toute la famille.

Un soir, alors que la mousson marquait une trêve après avoir fait resplendir les verdures rissolées par la sécheresse qui l'avait précédée, j'étais allongé dans mon hamac, sous la varangue, en train de lire un ouvrage de Diderot, quand je vis Sophia descendre de son palanquin et pousser le portillon de mon petit domaine.

Elle s'avançait vers moi, vêtue d'un sari de couleur rose dont un pan lui couvrait la tête. Elle me donna à baiser sa main dépourvue de bagues comme son visage l'était de fard.

Elle parut s'extasier, avec une pointe d'ostentation, sur ce qu'elle appela mon *bungalow*, et sur mon jardin.

— J'espère, me dit-elle, que vous n'avez pas dans cette retraite de locataires importuns. Je veux parler des serpents et des scorpions. J'en ai une sainte horreur.

Elle prit place dans un fauteuil de rotin en agitant son éventail et me raconta qu'elle s'était évanouie, au temps de son adolescence, en assistant à un spectacle de charmeurs de cobras, le fakir ayant lâché intentionnellement ces reptiles vers la foule. Je l'informai du peu de danger qu'elle avait couru, le fakir, comme elle disait, ayant assurément neutralisé les crochets à venin de ses pensionnaires.

Tandis que ma servante s'occupait de nous préparer un jus de papayes, je m'assis près de ma visiteuse.

— Vous en savez plus long que moi, me dit-elle, sur ce pays, où pourtant j'ai toujours vécu. Il faudra m'en parler plus longuement, histoire de me rassurer. Je vous avoue que l'Inde me fait peur. J'ai beau faire, je m'en suis toujours sentie comme exclue à jamais. Une lointaine hérédité portugaise, peut-être, qui émerge, et dont je ne puis me libérer... Il faudra que vous m'informiez des mystères et des dangers de ce pays, que vous me fassiez pénétrer dans le monde des castes et des dieux, plus nombreux que ceux de la Grèce et de Rome. Je vais vous paraître ridicule, mais j'éprouve pour ce pays et sa civilisation à la fois attirance et répulsion.

— C'est beaucoup d'honneur que vous me faites, madame, mais, si j'acceptais, je serais pour vous un mauvais guide. Vous en savez sur l'Inde autant sinon plus que moi. Tout ce que nous pourrons faire, c'est échanger nos expériences et nos jugements. Je partage votre attirance mais pas votre répulsion, au point que je considérerais comme une brimade insupportable d'être rappelé en France et de devoir finir mes jours dans mon manoir du Périgord...

— Voilà qui nous oppose, monsieur de La Vermondie, sauf que je rêve, moi, d'un petit hôtel particulier, à Paris, dans le Marais de préférence, avec seulement deux ou trois serviteurs, de soirées au Théâtre-Français, de... mais je vous ennuie avec mes lubies, alors que je finirai sûrement mes jours dans ce pays.

Un soupir derrière son éventail, une main tendue... J'approchai mon fauteuil du sien et, derechef, baisai son poignet.

— Ne m'appelez plus madame, je vous prie, protesta-t-elle. Que diable, nous ne sommes pas dans le salon de ma cousine Jeanne ! Appelez-moi Sophia. Je vous appellerai Olivier. Avec votre permission, cela va de soi...

— Elle vous est acquise.

Sophia pencha la tête vers moi, à toucher mon épaule et l'y laisser reposer. Je respirai dans la chevelure qui m'effleurait une discrète odeur de jasmin. Il y eut un long silence, des pressions délicates de sa main, qui avait emprisonné la mienne. Je sentais sa chair moite de désir, et mon cœur près d'éclater.

Soudain, comme piquée par un scorpion, elle se dégagea et me lança d'un ton désinvolte :

— Je vous rappelle, mon ami, votre promesse : me prêter *Le Promenoir des deux amants*. Vous m'avez mis l'eau à la bouche. Je ne suis venue que pour ça !

Interloqué par ce brusque changement d'attitude, j'allai chercher l'ouvrage demandé et le lui remis.

— Rassurez-vous, me dit-elle, je vous le rendrai sans tarder. Le temps de recopier les vers qui me plairont...

Les menaces de la flotte anglaise sur Pondichéry se précisèrent et s'intensifièrent au cœur de l'été.

Louis Paradis allait trouver sa revanche contre les officiers qui l'avaient méprisé. Il était revenu d'un séjour dans notre comptoir de la côte de Coromandel, Karikal, avec une prestigieuse distinction, due à une requête de Dupleix : l'ordre de Saint-Louis. Une autre promotion lui alla droit au cœur : il était nommé membre du Conseil supérieur des Indes orientales, ce qui lui donnait pouvoir sur les officiers de tous grades et la haute main sur les opérations. Il reçut des félicitations, mais perçut des grincements de dents.

Un des premiers soins du gouverneur fut de lui confier la consolidation d'un bastion avancé de Pondichéry, le village d'Ariancoupan, au sud de la ville, entre deux bras du fleuve Gingy. Il allait y installer des batteries habilement disposées, de manière à prendre en écharpe une éventuelle attaque ennemie, d'où qu'elle vienne.

L'activité débordante de Dupleix avait du mal à faire oublier son quadruple échec contre Goudelour, qui l'avait ridiculisé auprès des princes. Défendre Pondichéry était devenu son obsession majeure et l'objet de toute son attention. Il avait deviné que là se jouerait son destin et qu'on ne ferait pas une nouvelle distribution de cartes.

J'avais chaque jour, au cours de brèves promenades, l'occasion de constater que la ville était quasiment inexpugnable, comme on le disait des anciennes forteresses qui ne cédaient que par la soif ou la trahison. Du côté de l'intérieur, elle était protégée par une enceinte sans faille, bâtie en solides moellons, et par un fossé alimenté par la rivière Oupar. Côté mer, le fort et la porte Marine, solidement dotée des bastions Sans-Peur, La Reine, La Petite-Batterie, décourageraient toute entreprise. Dans les parages, quatre postes pourvus en permanence en hommes et en munitions veillaient sur les abords.

Le seul danger, lors d'une attaque par l'intérieur, aurait pu venir du nord et de l'ouest, pourvus de simples retranchements, de casemates et d'une enceinte de faible hauteur, mais pour les aborder il fallait traverser des rizières, des marécages et des champs de cactées, où aucun cavalier n'aurait pu se risquer.

Autre précaution : la menace d'une attaque se précisant, Dupleix interdit aux habitants de quitter la ville ou aux étrangers d'y pénétrer sans un viatique. Un corps de *pions* s'efforçait de faire respecter cette mesure destinée à éviter un exode des marchands. Au moment opportun, si les vivres venaient à manquer, on serait toujours à même d'évacuer les bouches inutiles.

Depuis des mois, à Liverpool, l'amiral Edward Boscawen, esprit prudent et réfléchi, préparait son expédition vers la côte de Coromandel, à la demande des autorités royales.

Il quitta l'Angleterre à la mi-novembre de l'année 1747, avec huit navires puissamment armés, des compagnies d'artilleurs, de fantassins et des escadrons de cavalerie. Contrariée par les tempêtes, la flotte n'avait passé le cap de Bonne-Espérance que cinq mois plus tard, après avoir attendu un renfort de quatre cents hommes amenés sur des navires hollandais : pour la plupart, des insurgés écossais recrutés de force.

La mission de Boscawen consistait à prendre Pondichéry, non sans avoir, au passage, occupé les îles Mascareignes. Après le récent rappel en France de

La Bourdonnais, c'est David qui assurait le gouvernement des deux îles. Avec une troupe d'un millier d'hommes et quelques navires armés en guerre, il fit face avec une telle vigueur que l'amiral anglais, pour ne pas risquer de dommages et de perte de temps, avait repris le large après quelques échanges de canonnades.

L'escadre atteignit Goudelour au début du mois d'août. Boscawen informa le gouverneur de sa mission : le commandement des forces maritimes et terrestres allait lui échoir.

Déçu d'apprendre que les princes d'Arcate, Mafouz Khan et Mohamed Ali, fils du vieil Anaverdi Khan, restaient dans l'expectative, il entreprit des démarches auprès d'eux et se heurta à une fin de non-recevoir : ils n'acceptèrent que d'exercer un rôle d'arbitres, en attendant que la victoire eût choisi son camp. C'est la même attitude qu'ils comptaient observer envers nous. Dupleix avait usé d'un subterfuge pour faire illusion sur nos défenses en simulant une désertion d'un groupe de cipayes : ils rejoignirent les lignes anglaises et firent de nos forces un tableau dissuasif.

Dans la dernière semaine d'août, il devint évident que l'attaque anglaise n'était qu'une affaire de jours. Nous y étions préparés.

Les premiers incidents se produisirent au sud de la ville, face au petit port de Viranpatam, à peu de distance de notre position d'Ariancoupan, tenue par le capitaine Prévost de La Touche. Une escadre d'une dizaine de vaisseaux s'était embossée dans les eaux boueuses d'un delta pour assister les troupes anglaises venues de l'intérieur des terres.

Il y avait tout à craindre de cette première opération, Prévost de La Touche se trouvant en face du corps d'armée le plus puissant jamais rassemblé en Inde, une fourmilière humaine grouillant autour du fort.

Les premières attaques ennemies se soldèrent par des échecs sanglants. Il fallut, durant des jours, un pilonnage intense de l'artillerie et des assauts inlassables pour rendre nos défenses illusoires. Prévost de La Touche et son second, John Law, neveu de l'homme d'affaires écossais qui s'était illustré à Paris par son système financier, se replièrent sur Pondichéry, entraînant avec eux les cipayes d'Ali Khan et de Cheik Haasem.

C'était, après une résistance acharnée, ouvrir à l'ennemi la route de Pondichéry.

J'étais occupé, dans mon cabinet jouxtant celui du gouverneur, au dernier recensement des vivres, lorsqu'une rumeur me fit dresser l'oreille. Je jetai ma plume sur le registre et rejoignis Dupleix. Il se tenait debout, les mains à plat sur sa table, pâle, les traits tirés, la tête basse, étrangement silencieux. Autour de lui, en tenue, leur chapeau sous le bras, se tenaient quelques-uns de ses officiers : Paradis, d'Auteuil, Bussy...

Je le vis se redresser, parcourir son cabinet du regard et, les mains battant la chamade dans son dos, arpenter son cabinet, de la porte à la fenêtre.

— Messieurs, nous dit-il, je viens d'apprendre par des éclaireurs que notre position d'Ariancoupan a été évacuée et laissée aux Anglais. Elle n'a cédé qu'après un bombardement intense qui nous a fait une trentaine de morts et une cinquantaine de blessés que l'on a pu évacuer sous la protection de nos cipayes. Les pertes de l'ennemi sont beaucoup plus importantes, ce qui va leur donner à réfléchir.

Il ajouta, en toussotant :

— Je crains que cette nouvelle ne cause la panique parmi les habitants. Il y a déjà, à nos portes, des groupes d'excités qui demandent à être informés. Ecoutez-les !

S'adressant à moi, il me lança d'un ton raide :

— La Vermondie, veillez à ce qu'il n'y ait pas d'incidents. En l'occurrence, cela nous ferait un tort considérable. Portez-vous aux entrées de la ville afin d'éviter un mouvement d'exode, et tenez-moi informé d'heure en heure.

En parcourant la ville à cheval, avec une escorte de dragons, je pus constater qu'il n'y avait à proprement parler ni panique ni émeutes nécessitant l'intervention de l'armée. La population indigène se rendait en masse vers les portes avec ses bagages pour en demander l'ouverture. Je fis intervenir mes dragons pour la disperser, mais sans succès. Si les portes restèrent closes, les indigènes refusèrent, malgré quelques brutalités des cavaliers, de regagner leurs domiciles. A la porte de Madras, un de mes hommes, arraché de sa selle, fut molesté.

Un calme précaire rétabli non sans mal, je revins au palais du Gouvernement. Dans le bureau de Dupleix je trouvai le capitaine Prévost de La Touche hirsute, son chapeau troué par une balle et la moitié de son habit arraché, en train de relater, en présence de ses pairs, la prise d'Ariancoupan par les Anglais.

Ceux-ci avaient fait creuser par des Noirs des retranchements autour du fort et installé des plates-formes destinées aux pièces de canons. Ils avaient fait descendre à terre quelques compagnies avec des munitions et des vivres, « comme pour s'attaquer à la Bastille », dit Prévost de La Touche. Assaillis par nos cipayes et nos Cafres appuyés par les dragons, les

Noirs s'étaient enfuis en jetant pelles et pioches, ne revenant que lorsque les attaquants s'étaient repliés.

En pleine nuit, au cours d'une sortie conduite par John Law, un groupe avait ramené dans le fort deux officiers anglais : Lawrence et Bruce. Dupleix les avait traités avec les honneurs dus et leur avait fait restituer leur épée.

Malgré ses remparts écrêtés et ses bastions éventrés après quelques jours de bombardement, Ariancoupan aurait pu tenir encore sous ce déluge de fer et de feu si un événement inattendu n'avait causé sa perte.

— Je me trouvais, ajouta Prévost de La Touche, sur la courtine de l'ouest, en train de commander le feu de nos pièces, quand j'ai cru qu'un tremblement de terre venait d'ébranler le fort. Des gravats se mirent à pleuvoir autour de nous, tandis qu'une épaisse fumée noire montait de la cour, avec des hurlements de détresse. Atteints par un boulet, des tonnelets de poudre entassés sur un chariot pour les placer à proximité des canons venaient d'exploser. Nous avons perdu dans cette catastrophe une cinquantaine de soldats et d'auxiliaires, pour la plupart déchiquetés.

— Nous le savons, bougonna Dupleix. Le bruit de cette explosion a retenti jusqu'ici. Capitaine Prévost de La Touche, vous avez commis une faute grave en faisant sortir une telle quantité de poudre des casemates, mais passons. Ce qui est fait est fait. Racontez-nous la suite.

— Nous avons fait en sorte, poursuivit l'officier, que les Anglais ne pussent occuper qu'une ruine. Avec ce qui nous restait de poudre, nous avons fait sauter le fort. Poursuivre notre résistance eût été inutile. Nous avions déjà perdu cent cinquante hommes et ceux qui restaient étaient épuisés.

— Vous avez ainsi commis une autre faute. La consigne, je vous le rappelle, était de tenir jusqu'au bout.

— C'est ce que nous avons fait, monsieur, mais la résistance a des limites.

— Et la lâcheté, semble-t-il, n'en a pas !

— Monsieur, vous m'insultez, et avec moi tous ceux qui ont suivi l'ordre de retraite que nous leur avons donné ! Si le capitaine Paradis, blessé dans l'explosion des poudres, pouvait être présent, il vous tiendrait le même langage.

Dupleix grommela :

— C'est bon... Je retire ce que j'ai dit. Veuillez me pardonner, et allez donc vous faire soigner. Vous tenez à peine debout et nous aurons encore besoin de vous.

Maître de la place, l'amiral Boscawen avait fait revenir à Ariancoupan les paysans qui avaient fui dans la montagne à l'approche des combats et avait invité les gens qui avaient réussi à s'échapper de Pondichéry à se placer sous sa protection. Ses morts enterrés, il avait donné à Goudelour un banquet et un bal avec girandoles et feu d'artifice.

L'annonce de la chute d'Ariancoupan avait suscité dans la population indigène de Pondichéry, chez les marchands notamment, un nouveau mouvement de panique et, malgré notre vigilance, la mienne en particulier, un exode à la faveur de la nuit.

Lorsque, au retour d'une tournée d'inspection, je rencontrai Ananda, il était ivre de fureur. On venait de lui rapporter un scandale auquel était mêlée Jeanne Dupleix. Je ne voulus pas le croire lorsqu'il me lança, entre deux hoquets d'indignation :

— Cette femme a osé, monsieur Olivier ! Elle a osé profiter de la misère de mes congénères pour s'enrichir !

— Que me dites-vous là ? Reprenez votre calme, et expliquez-vous clairement.

— Elle a fait placer des *pions* à l'intérieur des portes pour rançonner ceux qui souhaitaient quitter la ville.

— Rançonner, dites-vous ?

— Ces brigands leur proposaient une autorisation de sortie contre quelques roupies. Ceux qui refusaient étaient dépouillés de leurs bijoux et maltraités. Le produit de ces vols, vous devinez qui en a profité ?

J'avais peine à le croire et lui demandai s'il avait informé le gouverneur de cet événement. Il n'avait pas osé : il aurait risqué sa vie en lui faisant cette révélation. Madame Dupleix ne le lui aurait pas pardonné.

— De toute manière, ajouta Ananda en épongeant ses bajoues, cette femme en aurait été quitte pour une simple remontrance. Il tremble devant cette virago comme l'eau dans une cruche, lui passe tous ses caprices et lui pardonne toutes ses fautes. Je ne suis pas loin de penser que le véritable gouverneur, c'est elle ! Savez-vous comment on l'appelle, dans mon milieu ? La « bégum Dupleix » !

J'aurais payé cher le droit de consulter le journal où cet ami consignait les événements de Pondichéry. Le jour où, porté sur la confidence après une libation d'arak, il avait fait allusion à cette pratique, je n'avais osé lui demander de m'en donner connaissance, ce qu'il eût sans doute refusé.

Dans les heures qui suivirent, je procédai à une nouvelle inspection des cinq portes de la ville et interrogeai les cipayes et les *pions* qui en avaient la garde. Ils ne me révélèrent rien qui pût confirmer les accusations d'Ananda ou ne le voulurent pas. J'en tirai, non sans quelque réserve, la conclusion qu'il avait été victime de fausses rumeurs, comme il en court beaucoup dans les périodes troublées.

La défaite d'Ariancoupan était d'autant plus dommageable à la sécurité de Pondichéry qu'elle se produisit alors que Dupleix attendait des renforts de Mahé et de Karikal qui, envoyés sur place, auraient pu retourner la situation à notre avantage.

Une semaine se passa sans nous apporter de faits notables. Nous nous attendions, chaque jour, à voir surgir sur la bande côtière les premiers éléments des troupes anglaises et, au large, se dessiner l'escadre de Boscawen. Temporisateur dans l'âme, l'amiral prenait son temps, redressait les ruines du fort et renforçait ses arrières.

Le 6 septembre, une colonne anglaise, cornemuse en tête, franchit un bras de la rivière Gingy pour s'avancer jusqu'aux premières aldées qui entourent la ville, mais hors de portée de nos canons. En balayant l'horizon avec ma lunette d'approche, je pouvais voir leurs tentes se dresser jusque sur les contreforts des monts Oulgaret, aux limites de notre concession.

Dans la soirée, l'ennemi nous souhaita la bienvenue par quelques salves d'artillerie qui ne firent que faucher quelques palmiers et fendre un banian millénaire vénéré comme un dieu par les indigènes.

Ce n'est pas sans émotion que j'assistai à la destruction, sur ordre du gouverneur, de ma chauderie et des masures qui l'entouraient, pour laisser un espace net entre l'enceinte et les rizières.

Lorsque, harcelé par son épouse, les bigots et les

religieux, il décida d'abattre une pagode située hors les murs, qui paraissait avec ses effigies érotiques une insulte à nos églises, il y eut un tel tollé dans le milieu des marchands, des financiers et des courtiers indigènes qu'il renonça à en faire poursuivre la destruction et promit même de la remettre en état, la paix revenue.

Il dut de même renoncer à détruire la mosquée, de crainte de voir les cipayes, pour la plupart de confession musulmane, mettre l'arme au pied.

Les événements n'allaient pas tarder à se précipiter.

Dupleix assigna à ses officiers leur poste de combat aux portes principales de la ville. Je fus affecté, sous les ordres du capitaine de Mainville, à la défense de celle de Goudelour. Quelques officiers furent tenus en réserve dans l'église Notre-Dame-des-Anges, que Louis Paradis avait fait protéger jusqu'aux vitraux par des balles de coton humide et des troncs de cocotiers.

Jusqu'au 10 septembre, à part quelques coups de main de nos auxiliaires indigènes contre des postes ennemis, aucun événement digne d'être relaté ne se déroula côté terre. Il en fut autrement côté mer, où des galiotes, des sloops et des boots lâchèrent quelques boulets destinés à jeter la panique dans la ville plus qu'à causer pertes et dégâts. Ces lourds projectiles montaient si haut et si lentement dans le ciel, avec un miaulement sinistre, qu'on avait le temps de s'en protéger avant qu'ils ne touchent le sol.

Je n'avais pas revu Sophia de quelques jours, pris que j'étais par des occupations pressantes. Je la rencontrai dans le jardin de l'église Notre-Dame-des-Anges, où une bombe avait creusé un cratère dans lequel jouaient des enfants. Elle était en compagnie de la dernière fille de Jeanne Dupleix, la petite Chonchon, et de sa *mosse*. Vêtue d'une robe sobre mais seyante, sans le moindre bijou, elle ne paraissait nullement inquiète du tour que prenaient les événements.

Elle me dit, en me prenant familièrement le bras et en m'abritant sous son ombrelle :

— Je viens de terminer la lecture du *Promenoir*. C'est loin de valoir les poèmes de Malherbe. Il y a trop de maniérisme dans ces vers, malgré quelques beaux éclats. La préciosité du temps des femmes savantes de Molière, c'est du passé, Dieu merci. D'ailleurs...

Elle fut interrompue par le vol, au-dessus de nos têtes, d'une bombe qui nous laissa le temps de trouver refuge dans l'église avant d'aller s'écraser dans un jardin du voisinage en soulevant un geyser de terre. Sophia consola Chonchon qui pleurnichait, et poursuivit :

— D'ailleurs, je vous dois une confidence : je préfère les romans à la poésie. Je viens de lire *La Princesse de Clèves*, de madame de La Fayette. Vous le lirez vous-même et nous en discuterons... Mais qu'est-ce encore ?

Un vieil Indien bousculé par le souffle du projectile venait, en se traînant, une jambe brisée et couverte de sang, d'entrer dans le jardin en réclamant de l'aide. Sophia le confia à la *mosse*, qui le soutint jusqu'à l'entrée de l'église. Elle reprit :

— Que vous disais-je ? Ah oui, *La Princesse de Clèves*... J'ai relu trois fois le récit de la rencontre au bal et des derniers jours de ce personnage, si bien que je connais ces passages par cœur : « Madame de Clèves avait ouï parler de ce prince... »

Je lui coupai cavalièrement la parole, ce qui ne parut pas la vexer :

— Pardonnez-moi, mon amie, mais le lieu me paraît mal choisi pour disserter de littérature. D'autre part, j'ai à faire auprès du gouverneur.

— C'est à vous de me pardonner, Olivier ! Suis-je sotte ! J'oubliais que vous aviez des obligations, alors que moi...

Elle avait appris la destruction de ma chauderie et la regrettait presque autant que moi. Elle avait envisagé, me dit-elle, d'en faire un lieu de rendez-vous, et patatras...

— Olivier, quand nous reverrons-nous ? Je veux dire autrement qu'entre deux bombes. Vous n'allez pas tarder à me manquer, je le devine, et je supporte mal d'être séparée de ceux que j'aime. Je risque alors de faire des imprudences, des sottises...

Elle me jeta un baiser au coin des lèvres et me dit à l'oreille :

— Trouvez-vous ici demain, à la même heure, je le veux. Manquer ce rendez-vous signifiera que vous ne m'aimez pas. M'aimez-vous, monsieur de La Vermondie ?

J'allais lui répondre quand un nouveau miaulement crépita dans le ciel et m'évita une réponse embarrassante.

La situation allait très vite empirer.

Dans la nuit du 11 au 12 septembre, les forces anglaises cantonnées dans les parages des monts Oulgaret vinrent prendre position dans la plaine, autour du village de Pacamodiampet, et ouvrirent des tranchées jusqu'à environ un quart de lieue de nos portes.

— Nous allons leur envoyer nos cipayes, dit Dupleix, au cours d'une réunion de son état-major. Ils seront appuyés par une compagnie de dragons que vous commanderez, mon cher Paradis. Il faudra attaquer à trois heures de relevée, alors qu'ils seront abattus par la chaleur et les travaux de creusement.

Il ne lésina pas sur les récompenses anticipées : des coupons d'étoffe précieuse pour les chefs, des roupies pour leurs hommes.

La progression de la troupe fut entravée par l'état des sentiers séparant les rizières, où nos canons s'embourbaient. Pour comble d'embarras, les Anglais et leurs auxiliaires étaient en nombre plus important que les espions de Jeanne ne nous l'avaient laissé prévoir. Notre colonne avait dû reculer pour éviter d'être submergée. Elle avait laissé sur place une dizaine de morts et trois canons.

On nous ramena Louis Paradis qui, blessé d'une balle dans la tête, n'allait survivre que quelques heures. Nous perdions avec lui un ingénieur de qualité, un meneur d'hommes, et moi un ami.

Il m'avait dit, au début du siège, qu'il avait trouvé aux Indes une patrie capable de lui faire oublier ses montagnes d'Helvétie et que, si Dieu et la Compagnie en étaient d'accord, il y finirait ses jours. Cela eut lieu dans la boue d'une rizière, par une balle anglaise, et sur un échec.

Cet échec, qui n'était pas un désastre, nous avait appris qu'il ne fallait pas attaquer à la légère et dans de mauvaises conditions.

Dans la semaine qui suivit, nos cipayes furent de nouveau mis à l'épreuve pour des opérations nocturnes contre les terrassiers. Ils se glissaient comme des ombres dans le camp, pénétraient dans les tentes ouvertes d'un coup de sabre et nous revenaient avec des têtes coupées accrochées à leur ceinture. Dupleix faisait jeter ces trophées par-dessus l'enceinte, histoire de démoraliser l'ennemi. Par précaution, les Anglais laissèrent brûler des feux tout au long des nuits et se firent plus vigilants, ce qui nous priva de ces coups de main.

Nos ennemis avaient d'autres adversaires à affronter, dont une lettre de Boscawen, adressée à un capitaine de vaisseau et que nous avions interceptée, faisait état. L'amiral écrivait qu'il ne comptait pas rester plus d'une semaine devant Pondichéry, et que les orages de la mousson, qui n'allaient pas tarder à éclater, l'inquiétaient. Il irait, disait-il, refaire ses forces en l'île de Ceylan et, quelques mois plus tard, avec la volonté de Dieu, il reprendrait le siège.

Dupleix, après avoir pris connaissance de ce message, était au comble du bonheur. Il n'ignorait pas que l'ennemi souffrait de la disette, des maladies tropicales, de la fatigue et de l'ennui.

— Eh bien, s'écria-t-il, nous allons en rajouter ! Je veux que la vie leur devienne infernale. Ils éprouvent de l'ennui ? Nous allons leur donner de la distraction. Ils souffrent de la disette ? Nous allons couper leurs voies de ravitaillement. Ils ont de nombreux malades ? Nous allons laisser la nature faire son œuvre !

A quelques jours de là, aux premiers feux de l'aube, un groupe de nos cipayes surprit un convoi de vivres et de munitions arrivant de Goudelour, qu'ils nous rapportèrent triomphalement, après avoir fait un massacre de l'escorte. A Pondichéry, on cria victoire. C'en était une, avec pour nous peu de pertes et un profit non négligeable. Convoqué par Jeanne Dupleix, un astrologue lui annonça que le repli des Anglais se ferait « le jour où le soleil entrerait dans le signe de la Balance », soit dans les premiers jours d'octobre. Cette date était proche.

La confiance en Dupleix augmentait de jour en jour. Il était reconnu des Indiens comme une sorte de héros mythologique et par les Européens comme un grand capitaine.

Ananda disait de lui, avec les excès de langage dignes de la *Ramayana*, qui lui étaient coutumiers : « Après Madras, il a brillé comme un soleil. Aujourd'hui il brille comme un million de soleils ! »

Moi qui n'ai jamais ménagé mes critiques à ce vieil ami, je dois convenir, que, durant le siège, il s'est comporté avec un courage, une intelligence, une âpreté qui méritent l'admiration. Face à des forces écrasantes, il a fait front, gardé confiance, défié la fatalité. Un *grand homme*, quoi que ses adversaires aient pu en dire plus tard.

Opportunistes, égoïstes, coutumiers du double jeu, les princes d'Arcate avaient promis de s'en tenir, dans ce conflit, à une prudente neutralité. La chute d'Ariancoupan les avait rapprochés des Anglais, auxquels ils avaient envoyé de la troupe. La situation présente les ramena à leur réserve initiale.

Les pluies abondantes de la mousson vinrent à notre aide. Nous étions à l'abri ; les Anglais non. Les pieds dans la boue de leurs retranchements, le ventre vide, grelottant dans leurs tuniques rouges, harcelés de nuit par les coupeurs de têtes, ils crevaient comme des mouches.

Pour annoncer sa retraite, l'amiral Edward Boscawen s'offrit une fête qui avait le goût amer de la revanche : un feu d'artifice dont nous allions longtemps garder le souvenir. Il mit en batterie tout ce qui lui restait de canons et, par mer et par terre, arrosa la ville, durant plusieurs jours et autant de nuits, de projectiles de toute nature : bombes, boulets, grenades, avec un dernier espoir : que sous ce déluge de feu la ville finirait par capituler.

L'épreuve, pour nous, fut terrible. Si la population n'en souffrit guère, le gouverneur ayant fait construire des casemates sur les places et dans les jardins, nos remparts ne furent pas épargnés. Nous devions, au risque de nous voir assaillis par un assaut désespéré, réparer les brèches sous la pluie et riposter au feu de l'ennemi. Négligeant ses repas, son sommeil et sa santé, Dupleix, au risque de sa vie, courait les chemins de ronde pour soutenir le moral de la troupe.

Le pilonnage, qui avait débuté le 7 octobre, dura cinq jours et cinq nuits. Nombre de maisons furent écrasées et nous eûmes, dans la population blanche, plusieurs dizaines de victimes qui avaient négligé de s'abriter.

Au terme de ces cinq jours d'enfer, nous vîmes avec une surprise heureuse le feu décroître puis s'interrompre. Les Anglais n'utilisaient plus que des pièces de campagne ne causant que des dégâts négligeables. Nous assistâmes à leur rembarquement sous des bourrasques de pluie accompagnées d'éclairs et de coups de tonnerre.

Des officiers suggérèrent à Dupleix d'effectuer une sortie pour les harceler et leur enlever quelques pièces d'artillerie. Il en était d'accord, mais les cipayes restèrent l'arme au pied, eu égard à leurs convictions religieuses : ce jour-là était néfaste…

Je surpris un soir Sophia campée dans son manteau de pluie, sur un chemin de ronde, près de la porte de Madras, en discussion avec un sergent de dragons qui lui intimait l'ordre de vider les lieux. Elle regimbait avec vigueur, arguant d'une permission imaginaire du gouverneur. Elle avait reçu à la pommette un éclat de pierre qui avait failli l'éborgner. Je lui fis comprendre que sa place n'était pas là, qu'outre qu'elle ne pouvait être d'aucune utilité l'endroit était dangereux. Au cours de cette seule journée, nous avions perdu six hommes à ce poste. Elle riposta vertement :

— Monsieur de La Vermondie, je n'ai pas d'ordre à recevoir de vous. Appelez donc vos hommes, si vous l'osez ! J'ai de quoi me défendre.

Elle écarta son manteau. Il y avait deux pistolets dans sa ceinture. L'heure n'étant plus à la controverse littéraire, je la laissai en faire à sa guise et lui lançai :

— Eh bien, faites-vous tuer si cela vous chante, sotte que vous êtes ! Je vous abandonne à votre caprice.

Elle me rit au nez et me tourna le dos.

Le siège de Pondichéry s'achevait par une victoire indiscutable, malgré les dégâts que la ville avait subis. Il avait duré quarante jours. Au dire d'Ananda, comptable dans l'âme pour toutes choses, nous avions perdu près de quatre cents hommes, dont plus de la moitié parmi nos auxiliaires, mais les Anglais beaucoup plus, si l'on comptait les victimes des fièvres et de la disette. J'ignore quelles furent les pertes des Hollandais, qui avaient envoyé un millier de combattants en renfort à Boscawen.

Les cavaliers de la nababie d'Arcate, dont un fort détachement avait participé aux derniers combats, s'en étaient tirés avec des pertes légères. Dupleix les vomissait. Il dit un jour à un chef de nos cipayes, par manière de boutade :

— Si le destin me reste favorable, je te ferai nabab d'Arcate !

Ce à quoi le chef avait répondu :

— Pourquoi attendre, *sahib* ? Donne-moi une centaine de cavaliers, des canons et des fusils, et avec mes cipayes je me rendrai maître de tout le Carnatic et tu resteras mon ami...

Lors de la messe de *Te Deum* dite le lendemain du départ de l'escadre anglaise, j'entendis des voix crier : « Vive le roi ! Longue vie à notre bien-aimé souverain ! » Le soir, dans la salle de vérification des toiles, Dupleix donna un banquet d'une centaine de couverts.

On ne tarissait pas d'éloges sur lui et son épouse. Quoi qu'en eût dit Ananda, la bégum n'avait pas ménagé sa peine, toujours présente dans les moments difficiles, tenant l'infirmerie de main de maître, attentive à donner des soins aux indigents. A cette occasion, cette forte femme avait donné sa mesure sans épargner sa santé. Un écrivain allait écrire plus tard à son propos : « Elle tenait à paraître, mais les étoiles les plus discrètes sont celles que l'on doit souvent chercher dans les brumes de la nuit... »

Ananda avait tort d'affirmer que Dupleix ne prenait de décisions qu'après l'avoir consultée. Il ne le faisait que pour des affaires délicates, mais ne tenait pas toujours compte de ses avis.

Alors, Joseph Dupleix, gouverneur des Indes françaises, allait-il devenir maître de ce pays ?

Il semblait qu'il en eût pris le chemin.

Livre II

1

Les temps héroïques

Récit d'Olivier de La Vermondie,
Ile de France, octobre 1770

Voilà qui est fait. Depuis ce matin, l'île est débarrassée de ce trublion au nom bizarre : Jacques-Henri Bernardin de Saint-Pierre.

Nous avons bien cru, l'intendant Pierre Poivre et moi, qu'il allait s'incruster dans nos îles, malgré l'aversion que parfois il leur vouait, comme si quelque mauvais démon l'y avait poussé et tenu captif. Il était de ces personnages qui critiquent certains autres par crainte de les aimer trop et d'en être subjugués. Il revenait de ses promenades dans l'île en faisant mine d'être épuisé et de souffrir de la chaleur. Cela ne l'empêchait pas, le soir venu, en savourant sous la véranda un julep mêlé à une variété de haschisch, le *bângh*, qui lui donnait de doux délires, de se laisser aller aux confidences.

Il nous a laissé entendre qu'il envisageait l'écriture d'un roman qui aurait nos îles pour théâtre et des esclaves pour personnages, en plus des Blancs. J'avais haussé les épaules : introduire des esclaves dans un roman, quelle idée absurde ! Il allait se faire brocarder dans les salons parisiens. Il est pourtant convaincu que le premier de ces livres aura un retentissement universel. Il ne lui reste qu'à découvrir une intrigue, des personnages et un titre. Pour les décors, il lui suffira de puiser dans ses souvenirs...

Au fond, qu'il reste ou parte m'importait peu, car il ne tenait guère de place dans ma vie. Je craignais surtout qu'il n'occasionnât un drame dans la famille qui l'hébergeait. Il courtisait, avec une assiduité qui frôlait la provocation, la femme de Pierre.

Jusqu'où a-t-il poussé l'audace ? A-t-elle cédé à ses avances ? Je n'en ai jamais rien su. Ils étaient jeunes, beaux, alors que Pierre, usé par les campagnes, voûté et malingre, présentait l'image parfaite d'un Sganarelle des tropiques.

Pierre jouait l'indifférence, mais en jouait mal. Il m'a dit, en me montrant l'étrier où il rangeait ses armes à feu :

— Que Dieu me pardonne et retienne ma main... J'ai plus d'une fois été sur le point de mettre du plomb dans les fesses de cet olibrius, malgré les titres qu'il fait sonner comme des grelots d'argent.

Les titres de Bernardin ? Je ne lui en ai connu qu'un, et qui n'avait rien de bien reluisant : ingénieur surnuméraire hors cadre en demi-solde, avec un niveau de maître maçon... Pas de quoi faire tinter des grelots, même de bronze.

— Quand je pense, a soupiré Pierre, que j'ai sacrifié des journées pour lui servir de guide, l'informer de la flore et de la faune de nos îles, que je l'ai hébergé au début de son séjour, et qu'il va nous quitter sans un mouvement de gratitude, peut-être sans un merci...

Pierre ne m'a jamais parlé, sinon par propos

allusifs, de ses doutes ou de ses certitudes, mais je sais qu'il en était obsédé, avec une crainte : qu'en provoquant une explication il ne laissât son bel oiseau quitter sa cage pour suivre le bellâtre. Il me dit, avec un triste sourire :

— Ce qui peut-être a séduit ma femme, c'est que Bernardin peut la serrer entre ses bras, alors que moi...

Pierre Poivre était manchot à la suite d'un combat naval contre les Anglais.

Si j'ai paru donner au personnage de Bernardin et à cette anecdote plus d'importance qu'ils ne le méritent, c'est que, dans cette île, le moindre événement est exploité pour donner de la pâture aux commères, entre la place d'Armes et le palais du Gouvernement.

J'ai rencontré Pierre Poivre il y a vingt ans, l'année 1750, à Pondichéry. Il revenait d'un voyage au long cours à travers les mers de Chine, des Indes, du Daï-Viet, et les îles Moluques, avec mille histoires à raconter, dont je me régalais.

Sa carrière s'est arrêtée aux Mascareignes, avec le titre d'intendant et un projet : faire de ces terres des îles aux épices. Il a tenté, avec un succès bridé par les guerres d'Europe et la concurrence des Indes, d'implanter dans ces deux îles le girofle, la noix muscade et celle d'acajou, la cannelle... et le poivre. La botanique est sa passion, et le *Genera plantarum*, du naturaliste suédois Carl von Linné, sa bible.

Il voue une vénération inconditionnelle à l'un de ses illustres prédécesseurs, La Bourdonnais, l'ennemi intime de Joseph Dupleix. Rappelé en France en l'année 1748, à la suite de malversations notoires, d'actes de piratage et de trahison, embastillé, le Malouin était mort quatre ans plus tard, réconcilié avec l'histoire par jugement royal. Une dernière mais suprême revanche contre son ennemi irréconciliable.

Je détestais ce personnage de pirate mal dégrossi, de ruffian sans scrupules et prétentieux, autant que Pierre l'admirait. Nos discussions à son sujet, à la veillée, tournaient à l'affrontement verbal mais s'achevaient par une libation de bière, de sirop de canne ou d'eaux-de-vie de France.

Bernardin se préparait à quitter Port-Louis quand Pierre Poivre fit arrêter son palanquin porté par des Cafres sur le seuil de mon pavillon des Pamplemousses. Il faisait grise mine en me tendant sa main.

— J'espérais, me dit-il, que la Compagnie allait m'oublier. Il n'en est rien. Je viens de recevoir un courrier m'annonçant mon rappel en France. Vous êtes le premier, après mon épouse et mon secrétaire, à l'apprendre.

— J'en suis désolé. Quand partez-vous ?

— Je devrais faire déjà mes préparatifs, mais je vais m'efforcer de retarder mon départ le temps de voir pousser les champs de girofle et de trouver des débouchés pour ces épices. Peut-être dans un an ou deux...

— Ce délai me réjouit. Il va nous laisser le temps de vider quelques querelles sur La Bourdonnais... et quelques bouteilles.

Nous sommes au cœur de la saison dite fraîche, qui va de mai à novembre. Elle est tissée de longues journées de soleil et d'alizés, exempte, sous les bourrelets de nuages accrochés au Piton de la Découverte, de cyclones et de pluies. Les cyclones, ce n'est que de janvier à mars qu'ils sont à redouter. Le dernier a emporté l'un des champs de manioc et de millet où je puise la nourriture de mes esclaves, mais j'ai reçu de Bourbon et de Madagascar de quoi éviter une disette.

Ce matin, après avoir fait à Bernardin des adieux sans effusion et sans regret, ma main frémissait en relatant le siège de Pondichéry. A mon âge, soixante-quatorze ans aux Pâques prochaines, la moindre émotion me bouleverse. Quand je songe au récit des jours glorieux et tragiques auxquels je vais être confronté par le souvenir, je me sens en proie d'avance au découragement. Je me rassure en me disant que rien, sinon une grave maladie ou une chute en montagne, ne pourrait interrompre la mission à laquelle je me suis voué : ce devoir d'amitié qu'en dépit de la disparité de nos natures et de la divergence de nos jugements je dois à mon ami Joseph Dupleix.

Je voyais dans mes premiers rapports avec Sophia les prémices d'une fertile amitié. Je ne tardai pas à comprendre qu'un courant irrésistible entraînait nos barques et que, croisant au large de Lesbos, nous allions accoster à Cythère.

Etait-ce la surexcitation où m'avait plongé le siège de Pondichéry ou une compensation à nos épreuves, moins banale que les festins et les bals ? Toujours est-il que Sophia devint bientôt ma maîtresse.

Sous le prétexte fallacieux de me prêter le roman dont elle raffolait, *La Princesse de Clèves*, elle m'invita à la retrouver chez elle, en observant quelques précautions pour ne pas prêter le flanc aux commérages. Après s'être arrachée, par souci d'indépendance et de confort moral, au logement mis à sa disposition dans la citadelle, elle avait loué dans la ville une maison de brique, de dimensions modestes, entourée d'un jardin planté d'un énorme palmier que les singes disputaient aux écureuils et aux perruches.

Sa nouvelle résidence se situait devant une petite place ombragée de rangées de tamariniers et entourée de petits commerces indigènes, où jouaient des enfants nus, sous le regard absent de vieilles Indiennes mâchant leur bétel et de vieillards squelettiques grattant la poussière de la pointe de leur canne.

La nuit de préférence, je poussais le portillon qui ouvrait sur l'allée menant à la varangue où, sauf par les grandes chaleurs, elle passait le plus clair de son temps.

Il régnait en ces lieux un aimable désordre, dans lequel Sophia semblait se complaire. Elle détestait l'Inde, mais moins qu'elle ne voulait le faire croire. Passionnée par les objets d'art, elle s'était constitué un bric-à-brac avec des articles sans valeur marchande pour la plupart, mais qui témoignaient d'un art millénaire auquel elle était aussi sensible que moi : statuettes dérobées aux temples et aux pagodes, tapis âprement marchandés dans les bazars de la Ville noire, cassolettes, crachoirs à bétel, peintures naïves, armes anciennes ayant appartenu à des rajahs ruinés...

Je savais peu de choses d'elle, d'autant qu'elle se montrait, même avec moi, d'une discrétion qui aurait pu me paraître suspecte si je ne l'avais autant aimée, et à laquelle je répondais par la mienne. Elle ne m'apprit qu'à la longue qu'elle avait une fille, Marie-Rose, que Jeanne Dupleix avait envoyée en France, adolescente, pour lui donner une bonne éducation dans un couvent. Avait-elle été mariée ? Elle me confia qu'il n'en était rien, et que cette fille était née d'une histoire d'amour sans lendemain, dont elle ne souhaitait pas m'entretenir.

Elle me fit une autre confidence, mais avec moins de réserve :

— Je sais ce que l'on dit de moi : que je suis une adepte de mœurs réprouvées par la morale et la religion. Je ne te cache pas que j'ai jadis aimé des femmes, mais sans rompre jamais avec ma véritable nature, qui est féminine. On m'a jeté la pierre, comme à une lépreuse, mais si l'on pouvait faire le compte des bardaches qui hantent la cour de Versailles, les dortoirs des couvents et même notre petite société, on aurait des surprises. Qu'en dis-tu ?

Que lui répondre ? J'ai vécu assez longtemps pour admettre qu'en marge des décrets moraux et religieux chacun peut organiser son existence de la manière qui lui convient, à condition de ne pas en faire ostentation et de laisser la même liberté aux autres. C'est ce que je lui dis, en ajoutant que nous nous étions choisis, que je ne regrettais pas de l'avoir connue, de l'aimer, et que sentir qu'elle partageait ce sentiment faisait de moi un homme comblé.

Elle fronça les sourcils et recula d'un pas.

— Olivier, je préfère te mettre en garde sans plus tarder. Si je suis venue vers toi, c'est parce que la solitude me pesait. Informée de la tienne, je pensais qu'à deux nous pourrions mieux supporter cet état. N'attends pas de moi une grande passion romanesque. Je ne suis pas la princesse de Clèves et tu n'es pas le prince de Nemours. Si cela t'agrée, arrachons à la vie quelques moments de bonheur sans y mêler une trop forte dose de sentiment et sans nous interroger sur l'avenir.

— Cet homme dont tu as eu un enfant, l'as-tu aimé ?

Elle parut embarrassée, fit quelques pas à travers son capharnaüm avant de revenir vers moi.

— Aimé... Aimé... Peut-être, mais mal, puisque, aujourd'hui, je l'ai oublié. Il a passé dans ma vie comme une comète. Il avait envisagé de m'enlever, comme dans les romans, mais Jeanne y a mis le holà. Il a repris sans moi son bateau pour la France. Tout ce dont je me souviens c'est qu'il était lieutenant, s'appelait Frédéric, et qu'il était beau, comme jadis notre roi. Ma fille lui ressemble...

Elle me prit contre elle et me dit à l'oreille :

— Olivier, aime-moi, mais garde ton âme pour les grandes causes que tu défends avec tant de conviction. Le jour où tu te lasseras de moi, j'en serai la première informée. Les femmes ont un sens particulier pour deviner ces choses-là. Ma porte te sera interdite avant même que tu aies eu le temps de la franchir.

Eberlué par une franchise aussi brutale, je me le tins pour dit et m'efforçai de rayer les mots amour et passion de mon vocabulaire, avec d'autant moins de regret, je l'avoue, que je n'éprouvais pour elle qu'un attrait physique, sans être obsédé par une éventuelle dérive vers les grands sentiments.

Lorsque Sophia jouissait entre mes bras, ses lèvres et ses yeux se fermaient sur l'orage qui grondait en elle, comme si elle souhaitait ne rien laisser deviner de son plaisir.

Alors que l'armée d'Edward Boscawen campait sous nos murs, le soleil de la paix venait de se lever sur l'Europe. Un traité avait été signé à Aix-la-Chapelle le 18 octobre de l'année 1748, mais la nouvelle ne nous en parvint que des mois plus tard, avec de cruelles déceptions.

Le roi avait bradé notre conquête de Madras contre l'île de Cap-Breton et sa capitale, Louisbourg, sur la côte orientale de la Nouvelle-France, que les Anglais occupaient depuis trois ans. Un marché de dupes ! Nous nous étions battus, si l'on peut dire, pour le roi de Prusse qui, lui, est sorti de cette guerre les mains pleines, en arrachant la Silésie à l'Autriche.

Désespoir de Dupleix… Il me prit dans ses bras et me dit, avec des graviers dans la voix :

— Olivier, mon ami, peux-tu me dire à quoi sert notre présence dans ce pays ? Et à quoi ont servi nos sacrifices ? Nous n'en avons tiré qu'indifférence et ingratitude. J'ai bien envie de demander mon rappel…

Je le lui déconseillai :

— La paix revenue, lui dis-je, nous allons pouvoir remiser nos armes et nous attacher à développer notre négoce. Nos magasins sont vides ? Nous allons les remplir et envoyer de la marchandise à Lorient en quantité plus importante que jamais. Je regrette que Madras nous échappe, surtout après ce qu'elle nous a coûté, mais que pouvons-nous y faire ? La Compagnie…

— Au diable la Compagnie ! s'écria-t-il. Je vais écrire aux directeurs pour leur dire ce que je pense d'eux. Je vais soulever une telle tempête que le roi lui-même en sera informé !

— Cela ne nous rendra pas Madras. Ce que Sa Majesté voit de plus clair, c'est que la fin du conflit va soulager ses finances. Elle va pouvoir acheter quelques beaux diamants à la Pompadour et couvrir de bijoux les petites sultanes du Parc-aux-Cerfs…

Peu après, nouvelle surprise pour le gouverneur, à la lecture d'une lettre de son frère Bacquencourt. La

Compagnie le couvrait de louanges destinées à lui faire oublier la perte de Madras et à stimuler son énergie. Il n'avait pas eu à combattre des hordes de Maures et de Marathes mais une armée anglaise puissante. Il avait contraint « la flotte la plus nombreuse qui ait jamais paru dans l'Océan oriental à se retirer avec confusion ». Son frère ajoutait : « Quel honneur pour toi et notre famille !... »

— Ces compliments m'honorent, bougonna Dupleix, mais ils viennent un peu tard. Quant à la marine anglaise, si ces messieurs reconnaissent sa puissance, ils ne font rien ou peu de chose pour nous permettre de lui donner la réplique !

Un autre courrier lui mit du baume au cœur, plus que ces compliments fallacieux : il était admis dans l'ordre de Saint-Louis, avec le titre de commandeur. Cette distinction faisait de lui un personnage important.

Dupleix n'eut pas à solliciter son rappel : la Compagnie le lui proposa, mais seulement à titre de congé, afin de lui remettre, outre le cordon rouge, un fauteuil de directeur surnuméraire de la Compagnie. Son ami Charles Godeheu, qu'il avait rencontré dix ans auparavant, à Chandernagor, s'offrait de l'héberger à Lorient. Des réceptions étaient prévues pour lui à Paris. On comptait le présenter au roi...

— Réflexion faite, me dit-il, je ne partirai pas. Ces messieurs de Paris se passeront de ma présence. D'ailleurs, mon frère, Bacquencourt, me représentera. Il adore ce genre d'honneurs...

Je lui reprochai cette attitude, qui aurait pu passer pour du mépris et le desservir. Repousser la perche qu'on lui tendait était risquer de se déconsidérer aux yeux de la Compagnie, des ministres et du roi lui-même. Ce serait surtout manquer une occasion de plaider sa cause. Il regimba :

— Nous avons trop de travail, Olivier ! Nous allons devoir nous battre sur un autre terrain : celui du commerce. La guerre n'est pas finie pour nous : elle ne fera que changer de visage…

Je me plongeai sans réticence dans la période de folle activité qui allait succéder à la paix.

Nos réserves en marchandises diverses, entreposées depuis trop longtemps dans nos magasins, avaient été gâtées par la chaleur, l'humidité et la négligence. Il fallut jeter ou vendre à bas prix des coupons de soie, de coton, de mousseline et de toile, des ballots d'épices, d'opium et de tabac. Jamais nous n'avions éprouvé des pertes aussi lourdes.

Dupleix convoqua une sorte de conseil de guerre réunissant les employés, les courtiers, les marchands, pour les conditionner à une reprise générale de nos activités de prospection.

— Il est à prévoir, nous dit-il, que les Anglais ont la même idée. Nous allons leur couper l'herbe sous les pieds. Je veux que nous leur livrions une guerre impitoyable, où tous les moyens seront bons, à défaut des armes. Notre victoire sur Boscawen nous vaut la considération des princes. Il va donc falloir les mettre à l'épreuve sans lésiner sur les présents. Je veux que, dans les mois qui viennent, nos magasins regorgent de marchandises !

Il nourrissait l'espoir de voir surgir des navires de la Compagnie, porteurs des subsides qui nous faisaient défaut pour l'achat des produits. Avec la majesté d'un empereur romain face au sénat, il conclut :

— Si Dieu et la Compagnie le veulent, nous allons entrer dans une période de prospérité jamais égalée. Nous allons envoyer nos navires jusqu'en Chine et dans les îles de la Sonde. Plus loin encore, si cela est nécessaire. Nous allons prospecter le Cachemire, le Népal, l'Assam, le royaume de Perse. L'avenir est à notre porte et la fortune nous sourit. Courage, mes amis !

Pour lui donner une prestance impériale, il ne lui manquait que la toge et le diadème de laurier.

Ce qu'il n'avait pas prévu, ou avait fait mine d'ignorer, c'était qu'il fallait compter avec la situation politique des Indes. Aux querelles de palais, aux susceptibilités et à la voracité des princes, allait s'ajouter l'affaire de Madras, cette cité maudite qui nous empoisonnait à petit feu comme un abcès.

Le traité de paix stipulait que cette cité devait être remise aux Anglais dans son état premier, à savoir qu'il faudrait redresser l'enceinte, réparer les maisons particulières et les bâtiments publics, nous livrer aux exigences des princes d'Arcate... Un chantier où nous risquions de voir disparaître nos ressources en roupies, présentes et à venir.

Un jour d'automne de l'année 1749, Louis Barthélemy, administrateur de Madras, remettait solennellement les clés de la ville à l'amiral Edward Boscawen, avant que notre garnison s'en fût retirée. On n'attendait pas de regrets et de lamentations de la population indienne ; il n'y en eut pas. En revanche, elle dressa des arcs de triomphe et brandit des palmes pour les nouveaux occupants. On nous reprochait d'avoir réduit cette cité à l'état de ruine, d'avoir rasé la Ville noire et contraint les marchands à s'installer à Pondichéry.

Dupleix allait se faire tirer l'oreille. Procédurier dans l'âme, il fit tant traîner son accord que les représentants de l'East Indian Company renoncèrent à lui faire supporter ces dommages de guerre.

En bons réformés qu'ils étaient, ils se vengèrent de ces chicaneries par des tracasseries : brimades envers les prêtres, expulsion des religieux, affectation des sanctuaires catholiques à des pasteurs anglais, danois et hollandais... Ces mesures étaient contraires aux termes du traité ? Bah, les Français, disaient-ils, auraient fait pire...

Cette affaire de Madras nous fit comprendre que, si les Anglais avaient renoncé à faire usage de leurs armes, ils n'avaient pas abandonné, eux non plus, l'idée d'une guerre de conquête commerciale et qu'ils y mettraient moins de formes.

L'affaire de Davicota surgit alors que l'annonce de la paix en Europe ne nous était pas encore parvenue.

Les Anglais avaient reçu la visite d'un prince de Tanjore, Sahaji, condamné à fuir sa famille à la suite d'une querelle de succession qui l'avait opposé à ses frères. Il venait leur demander leur appui pour la conquête d'une petite ville côtière de Coromandel, Davicota, dans le delta du fleuve Koléron, au sud de Goudelour. Les Français, auprès de qui il avait effectué la même démarche, avaient refusé de s'immiscer dans cette affaire de famille. Les Anglais, eux, s'étaient empressés d'accepter, quitte à ne promettre que du bout des lèvres et à ne s'avancer que sur la pointe des pieds.

A peu de temps de là, le prince en titre de Tanjore, le nabab Prapet Sing, tenta de faire échouer ce projet. Les Anglais faisant la sourde oreille, il se tourna vers nous. Dupleix accepta de soutenir sa cause, ce qui laissait craindre un nouveau conflit.

Lorsqu'une colonne anglaise, soutenue par une

escadre, tenta d'occuper Davicota, elle se trouva en présence de deux adversaires : la mer démontée, qui dispersa la flotte, et les cavaliers de Prapet Sing, qui la contraignirent à la retraite. Loin de se décourager, les Anglais revinrent avec une armée, bousculèrent celle du prince et occupèrent la ville avant que nous ayons eu le temps d'intervenir.

Sur ces entrefaites, l'annonce de la paix en Europe et en Inde nous contraignit, en renonçant à notre accord avec le prince de Tanjore, à mettre bas les armes. La guerre allait prendre une nouvelle forme : pour maintenir et accroître nos conquêtes commerciales, nous allions entreprendre des manœuvres diplomatiques auprès des princes et, bon gré mal gré, nous impliquer dans leurs querelles, au risque de perdre, dans ces dédales, honneur, argent et prestige.

Je passerai sur les détails de ces intrigues inextricables, où même Ananda n'avançait qu'en tâtonnant.

En manière de comparaison, il suffit d'imaginer l'Inde comme une vaste demeure occupée par une multitude de familles vivant en mauvais rapports les unes avec les autres et incapables de faire régner la paix dans leur propre maison. Il nous était impossible d'ignorer leurs différends, du fait que nous étions dépendants de leur volonté pour exercer notre commerce à l'intérieur de la Péninsule. Contre certaines facilités, qu'ils ne nous accordaient pas de gaieté de cœur, nous leur devions assistance pour le règlement de leurs querelles.

L'exemple le plus typique de ces situations dangereuses nous fut donné, alors que le siège de Pondichéry battait son plein.

Le soubab du Deccan, Nizam el-Moulouk, venait de s'éteindre de mort naturelle, âgé de près de cent ans, dans son palais d'Hyderabad. Il avait comme héritiers trois fils : Naser Sing, Salabet Sing et Gazendi Khan. Convaincu de leur incapacité à lui succéder, et afin d'éviter une sanglante compétition entre eux, il avait décidé de placer sur le trône, à sa mort, un de ses petits-fils, Musafer Sing. Un choix dicté non par la raison, ce personnage étant aussi inapte à régner que les trois postulants, mais par un mouvement du cœur.

Vif, emporté, ambitieux, Naser Sing, prenant cette décision pour une insulte, avait détrôné le jeune soubab et prit sa place.

On aurait pu tirer le rideau sur ce drame, mais c'eût été sans compter avec un troisième personnage : Chanda Sahib. Parent de la famille du défunt soubab, tout aussi ambitieux et violent que l'usurpateur mais plus subtil, il prit fait et cause pour son neveu Musafer Sing, avec un projet audacieux : faire du soubab évincé le maître des Indes avec, dans sa corbeille, la nababie du Carnatic.

Chanda Sahib pouvait se prévaloir d'un double soutien : celui de Dupleix, avec qui il avait noué des relations courtoises, et celui des Marathes. Ces derniers, pour qui la guerre était une seconde nature, se tenaient prêts à lâcher leurs hordes sur Hyderabad, mais *quid* de Dupleix ?

Lorsque le gouverneur français reçut la lettre de Musafer Sing lui demandant son concours contre la promesse de vastes concessions, il tergiversa. Intervenir, les armes à la main, dans cette affaire de famille était contraire aux consignes de la Compagnie ; refuser eût été rejeter Musafer Sing dans le camp des Anglais.

Lorsqu'il demanda leur avis à ses conseillers, un

long et lourd silence fut la réponse. La seule décision que l'on prit fut de remettre à plus tard cette affaire délicate, au risque de voir les Anglais la prendre à leur compte. Elle allait resurgir à l'occasion d'un courrier du Grand Moghol de Delhi, qui, prenant le parti de Musafer Sing, nous conjurait de lui accorder notre aide.

Il y eut, lors de la réunion du Conseil qui suivit, des avis discordants.

— Mes amis, conclut Dupleix, nous sommes tous conscients que le Grand Moghol règne sur un fantôme d'empire, mais son prestige est encore considérable, dans toutes les Indes. Repousser sa proposition serait nous interdire de nombreux débouchés au profit de nos concurrents. Mon avis est de ne pas balancer, tout en veillant à ce que notre appui soit sinon symbolique, du moins modéré.

L'affaire décidée, un accord signé en bonne et due forme avec Musafer Sing et Chanda Sahib, un premier présent nous tomba du ciel : une vaste concession riche en rizières, à Villenour, au sud de Pondichéry.

Il fallut songer, pour entrer en campagne contre Naser Sing, à désigner un chef. Le choix de Dupleix se porta sur Hubert Gombault, comte d'Auteuil. Ce vieil homme avait pour lui d'être un parent de Jeanne Dupleix et contre lui d'être une baderne courageuse au combat mais de courte vue en matière de stratégie guerrière.

Je fus le premier à contester cette décision.

— Tout ce que tu pourras me dire, rétorqua Dupleix, je le sais mieux que toi. D'Auteuil est vieux, podagre, presque impotent et imbécile... Soit ! Mais mon épouse, vaguement apparentée à lui, est persuadée qu'il n'attend qu'une occasion pour faire valoir ses qualités au combat. Alors, ce que femme veut... D'ailleurs, lorsque je l'ai mis à l'épreuve, au cours du siège, il ne s'est pas trop mal comporté, comme tu as pu en juger par toi-même.

— Certes ! Comme un chien atteint de la rage. Beaucoup de bruit pour peu de résultats...

C'est ainsi que monsieur d'Auteuil, fier comme Artaban, se trouva, malgré ses crises de goutte, investi du commandement d'une colonne de quatre cents soldats français, mille cipayes, une centaine de *topas* et six canons de campagne.

Dans les derniers jours de juillet, après une marche d'une soixantaine de lieues, par une chaleur de hammam, la colonne rejoignit nos alliés, Musafer Sing et Chanda Sahib, à Ambour, dans une vallée des Ghâts. A quelques jours de là, ils allaient entrer en contact avec l'ennemi, sur une rive du fleuve Paléar, alors à sec.

Naser Sing marchait à la tête d'une armée forte de cinq mille cavaliers, d'autant de fantassins, dont certains armés à l'européenne, et de deux cents éléphants de guerre.

Au début d'août, après deux journées passées à s'observer et à se lancer des défis, les deux armées décidèrent de passer à l'action. Une première charge des éléphants de Naser Sing fit fléchir nos premières lignes et occasionnèrent un mouvement de panique parmi nos alliés.

A la tombée de la nuit, Auteuil rassembla ce qui restait de sa troupe et lui tint un discours d'une éloquence un peu creuse mais digne d'un général romain face aux tribus gauloises. Il redonna à sa légion du cœur au ventre, si bien qu'à l'aube, lorsque se produisit la seconde charge d'éléphants, ce fut au tour de Naser Sing de voir la victoire lui échapper. La consigne donnée par le capitaine d'Auteuil à l'artillerie était de viser les mastodontes et à son infanterie d'attendre que les Indiens surgissent des arrières pour les accabler de salves de mousquets.

Rendus fous par leurs blessures, les éléphants, trompe levée, tournaient sur eux-mêmes avec des barrissements épouvantables, ou prenaient la fuite en piétinant les fantassins qui s'abritaient derrière eux.

Ce n'est qu'après une heure de combat d'une extrême confusion, que nos cipayes transformèrent en massacre, qu'un *topa* couvert de sang vint nous informer d'un événement qui allait nous donner la victoire. Il avait vu le nabab Anaverdi Khan, allié de Naser Sing, touché par une balle de mousquet, tomber de l'éléphant somptueusement caparaçonné où il était juché et disparaître dans la mêlée.

Des lamentations montant des lignes arrière de l'ennemi nous confirmèrent cette nouvelle, cachée durant près d'une heure pour ne pas risquer de voir se relâcher l'élan des soldats indiens. Dès lors, nous restions maîtres de la place, avec un énorme butin à piller, au milieu des pachydermes fauchés par nos canons, les uns morts, les autres à l'agonie.

En elle-même, cette victoire ne présentait qu'une importance relative, malgré l'énormité des pertes ennemies en hommes, en éléphants, en chevaux et en bagages, mais elle avait démontré que notre puissance de feu et l'élan de nos soldats avaient pu accomplir des prodiges dont toute l'Inde allait retentir.

L'armée des deux princes, nos alliés, était restée sur la défensive, avec une mission : n'intervenir que pour protéger notre retraite, et un avantage en cas de victoire : s'attribuer le butin, ce dont elle ne se priva pas.

La satisfaction de Dupleix, à l'annonce de cette victoire somme toute relativement aisée – des éléphants contre des canons... –, n'allait pas sans une certaine inquiétude, qui se transforma en stupeur. Il avait recommandé à d'Auteuil de ne se faire accompagner, à son retour, que d'une délégation d'une cinquantaine d'officiers de l'armée des princes. Quelle ne fut pas sa surprise en voyant les portes de la ville s'ouvrir en fanfare pour livrer passage à toute la troupe, éléphants et cavaliers en tête !

On fit refluer ces dizaines de milliers d'hommes sur les rives du Gingy pour y dresser leur campement et y célébrer leur victoire par des festins, des chants et des danses. Dupleix ne consentit à recevoir dans le palais que les deux princes et leur suite. Musafer Sing traversa la ville sur son éléphant blanc, saluant la populace du haut de sa selle de parade, un *howdah* aux montants d'ivoire, tendu de brocarts, avec, près de lui, son fils, un enfant de sept ou huit ans. Il était accompagné de son protecteur, Chanda Sahib, d'une fanfare indienne et d'un corps de cavalerie.

Frustré d'honneurs dus à lui seul et à sa petite armée, Auteuil allait garder de cette réception une rancœur légitime. Il bouda les festivités qui accompagnaient le triomphe de nos alliés et n'assista que de sa fenêtre au feu d'artifice qui embrasa le ciel et l'océan, aux canonnades qui ébranlèrent ses murs, au festin donné dans la cour d'honneur de la citadelle.

Le lendemain, en revanche, sur ordre du gouverneur, il fut contraint de commander la montre, sur la place d'Armes, avec le faste inhabituel.

Les princes ne se montrèrent pas ingrats envers la puissance tutélaire que nous étions pour eux. Inconsistant mais d'un naturel aimable et généreux, Musafer Sing nous abandonna la concession d'aldées à Bahour et, dans l'île de Divy, celle que guignaient les Anglais et qui, à elle seule, pourrait nous assurer un revenu annuel de près d'un million de roupies. De quoi faire pousser des soupirs d'aise aux actionnaires de la Compagnie.

Ces fêtes furent endeuillées par la mort de la dame Elisabeth-Rose de Castro, veuve du chirurgien Albert et mère de Jeanne. J'ose dire que les afflictions qu'elle entraîna n'eurent qu'une apparence de sincérité, cette virago, insupportable de vulgarité, d'autorité et de prétention, étant honnie de tous. Jeanne avait exigé des funérailles officielles ; elles furent dignes d'un chef d'Etat : journées de deuil et drapeaux en berne, cercueil porté par de jeunes officiers en grand uniforme, messe funèbre avec chœur et harmonium à Notre-Dame-des-Anges...

Avant le départ de nos alliés, le gouverneur reçut de Musafer Sing une requête singulière : il demandait la main de Chonchon, fille de Jeanne, pour le Grand Moghol.

Partagé entre colère et hilarité, Dupleix me dit, quelques heures plus tard :

— Je me suis retenu pour ne pas lui rire au nez ! Tu vois notre petite chérie enfermée à treize ans dans un harem avec d'autres épouses, trois, quatre, dix peut-être ? Et tu nous vois, Jeanne et moi, devenus les beaux-parents d'un *padischa* adorateur d'Allah et de Mahomet ? Quand on apprendra ça à Versailles...

— Comment Musafer Sing a-t-il pris ton refus ?

— Je lui ai fait comprendre que, malgré l'immense

honneur qui nous était fait, nos convictions religieuses s'opposaient à cette union. Il a fait la grimace mais a fini par convenir de mes raisons. Ouf... L'essentiel est sauf : j'ai ménagé sa susceptibilité.

Tous ces événements me privèrent de rencontrer Sophia aussi régulièrement que je l'eusse souhaité. Durant une semaine de fêtes puis une autre de deuil, nous n'avions fait que nous croiser, avec de brefs et discrets entretiens entre deux portes.

Lorsque je la retrouvai enfin dans sa maison, la colère lui sortait des yeux et lui colorait le visage. Elle me rassura : je n'étais pour rien dans cet état. Je lui répondis sur un ton de badinage :

— Ne t'excuse pas ! La colère te va si bien... En soulignant tes paupières de khôl, en badigeonnant tes joues de vermillon et en te dessinant un *koum-koum* entre les sourcils, tu ressemblerais à une déesse indienne en furie...

Elle rugit :

— Moque-toi de moi, Olivier ! Nom de Dieu ! Ne vois-tu pas dans quel état les épouses de Chanda Sahib ont mis ma maison ? Tout est sens dessus dessous. Je ne m'y retrouve plus ! Qu'est devenue mon estampe chinoise de Wuang Hui ? Disparue ! Et mon vase de l'époque Quin ? Envolé !

— Tu pourrais demander un dédommagement...

Elle haussa les épaules avec un air de compassion pour ma naïveté. Puis elle me prit dans ses bras et, ravalant ses larmes, posa sa tête dans le creux de mon épaule. Je promis de lui rapporter d'une prochaine expédition en terre chinoise de quoi la consoler de ses pertes.

— Je te remercie, mon chéri. Tu es plus compatissant que Jeanne. Lorsque je suis allée me plaindre de ces vols et lui en demander réparation, sais-tu ce qu'elle m'a répondu ? Que le gouverneur avait assez de souci sans avoir à se mêler de ces broutilles !

Elle ajouta, avec un rire complice :

— Heureusement que ces garces n'ont pas emporté notre lit ! Il nous attend. Viens...

Elle renvoya la *mosse* qui agitait inlassablement le *panka*. Il faisait dans sa chambre, bouleversée comme par un ouragan, avec des tapis de travers et des cadres de guingois, une chaleur atroce. L'air sentait la citronnelle répandue pour chasser les insectes. Une voix de femme psalmodiait aigrement sur la place.

Elle fit glisser jusqu'au sol le sari sous lequel elle était nue. Plaqué contre le mien, son corps avait une fraîcheur de source.

Sophia faisait de chacune de nos rencontres une fête sensuelle propre à me faire oublier les caresses et les postures savantes des bayadères de la Ville noire et des filles des maisons de plaisir. A croire qu'elle avait puisé cette science dans la lecture du *Kama-Sutra* de Vatsyayana illustré par Boucher. Aucune vulgarité dans les postures qu'elle me suggérait, et même une certaine élégance, comme pour composer une œuvre d'art. Ces jeux érotiques pouvaient durer deux à trois heures malgré la chaleur et les moustiques. Ils me ravissaient.

Alors que nous étions en train d'élaborer une posture savante, elle s'arracha à moi et, le corps luisant d'une sueur lourdement odorante, une perle suspendue à ses narines, elle soupira :

— Cette chaleur me tue. Je vais rappeler Asha pour nous éventer.

— Cette gamine témoin de nos ébats ? Tu plaisantes ?

— Rassure-toi, mon chéri : elle ne nous regardera même pas !

J'apportai à la suite de nos ébats une réticence dont Sophia parvint sans peine à me distraire. Quant à Asha, les yeux perdus dans les verdures du jardin, un orteil passé dans un nœud de la cordelette, elle mâchait son bétel d'un air indifférent.

2

Une « chimère de princerie »

Après la bataille d'Ambour et la mort d'Anaverdi Khan, qui avaient consommé la défaite de l'usurpateur Naser Sing, et les réceptions qui avaient accompagné les vainqueurs, Pondichéry avait retrouvé son calme de ville vouée aux affaires, avec une noria de navires venus de France ou y retournant.

Le gouverneur m'avait confié le soin de veiller à l'installation des comptoirs sur les concessions que nous avions reçues de Musafer Sing en récompense de notre soutien. Il me fallut, durant des semaines, courir de Villenour à Bahour et de Mazulipatam à l'île de Divy, faire établir et reconnaître par les fonctionnaires du prince les limites de ces concessions et le nombre des aldées d'où nous aurions à tirer des ressources.

Je n'avais pas de peine à deviner, derrière la satisfaction matérielle que ces dons procuraient à Dupleix, une ambition plus secrète mais plus ferme : établir dans le Carnatic, en attendant des concessions plus étendues, un protectorat, sinon une colonie, comme nous l'avions fait dans le nord de l'Amérique. Il ne s'en ouvrit jamais à nous, mais cela transpirait de certains propos et, pour moi qui me flatte de l'avoir connu mieux que quiconque, de sa nature profonde, pétrie d'ambition. Venu aux Indes comme simple conseiller et responsable des forces armées, devenu gouverneur de tous nos établissements, il aspirait déjà à la vice-royauté, malgré l'absence de titres de noblesse aptes à lui faire conférer ce titre. Il me rappelait un mot féroce de Saint-Simon : « Une chimère de princerie ».

Pour justifier cette perspective audacieuse mais non démesurée, il devait se dire que les Anglais raisonnaient comme lui et que, le moment venu, avec l'esprit de conquête qu'ils manifestaient dans les territoires d'outre-mer, ils n'auraient pas ses scrupules.

Des scrupules, me disais-je, pourquoi aurait-il dû en avoir pour les affaires qui nous préoccupaient ? Soutenu moralement par le prestige du Grand Moghol de Delhi, militairement par les Français, Musafer Sing avait retrouvé le trône usurpé par Naser Sing. Nous ne faisions que soutenir contre les Anglais une cause légitime.

Le gouverneur résumait son comportement en quelques mots :

— Mon but est de rendre le nom de Français respectable et respecté à jamais dans ce pays, tout en procurant des avantages à la Compagnie.

On ne saurait être plus explicite. Restait que la capitale de la nababie, Arcate, ville de l'intérieur, sur la rivière Paléar, occupée par des fidèles de Naser Sing, restait interdite au prince légitime. Il fallut un siège en règle pour que Musafer Sing et Chanda Sahib s'y fissent reconnaître.

Ananda avait bien jugé ces deux princes. Il me dit, au retour de ma mission, dans son bureau de courtier encombré d'échantillons et baignant dans de fortes odeurs d'épices, avec le style volontiers symbolique et fleuri qui lui était familier :

— Musafer et son oncle Chanda ne seraient rien et ne pourraient rien sans votre appui. Ils ne sont que des cordons parfumés pour avoir touché des fleurs. Ils savent piller mais pas se battre...

Ce comportement des princes indiens évoque pour moi ces spectacles de marionnettes que des artistes présentent sur les marchés de Pondichéry, où l'on voit des personnages scintillants d'étoffes précieuses et de joyaux jouer du sabre ou de la lance dans un concert tonitruant de clarinettes et de tambours.

Le fils du vaincu d'Ambour, Mohamed Ali, avait assisté, impuissant, à la bataille, à la mort d'Anaverdi et à la débandade qui avait suivi. Il avait choisi de se réfugier non à Arcate, que les vainqueurs n'allaient pas tarder à investir, mais dans une ville du Sud, Trichinopoly, à peu de distance du delta du Kaveri, où il allait attendre l'aide des Anglais, lesquels étaient persuadés que cette victoire trop facile ne ferait pas de leurs concurrents les maîtres du Carnatic.

L'amiral Boscawen avait reçu de la *Company* londonienne une consigne stricte : éviter une guerre ouverte avec les Français. Ils avaient gardé l'arme à la bretelle et n'avaient envoyé à Mohamed Ali, dans sa retraite, qu'un faible contingent de conseillers.

A la mi-octobre, les nouveaux maîtres d'Arcate, Musafer Sing et Chanda Sahib, s'arrachant à la vie de plaisir qu'ils menaient dans leur capitale, rassemblèrent leurs troupes pour marcher en ordre dispersé sur Trichinopoly. Sous prétexte de se procurer des subsistances et profiter de la fraîcheur des brises de mer, ils musardèrent sur la côte de Coromandel.

En cours de route, éprouvée par cette interminable chevauchée, l'armée de Chanda Sahib s'arrêta à Tanjore, au sud du delta du Kaveri et à l'est de

Trichinopoly. Capitale d'une principauté pacifique, cette ville était le lieu de résidence du nabab Prapet Sing, débiteur envers les princes, depuis des lustres, d'une somme importante. Ils comptaient bien lui réclamer le paiement de cette dette, capital et intérêts compris.

Un matin de décembre, alors que je sortais à peine du lit de Sophia pour regagner mes pénates, le gouverneur me convoqua d'urgence dans ses appartements.

Assis sur la terrasse, face à la mer, sous un auvent de toile, il achevait son déjeuner. Il me fit signe de m'asseoir. Les dernières brumes de la nuit laissaient subsister sur la houle une vapeur légère traversée par des vols criards d'oiseaux de mer. Allongée sur un sofa de vannerie, Chonchon jouait avec son singe favori, Baba, qui portait un grelot d'argent à son collier. Elle se leva pour venir m'embrasser et me quitta aussitôt, appelée par son précepteur.

Dupleix me fit servir une tasse de thé noir de Saotchaon et des pâtisseries croustillantes. Ces attentions me semblèrent destinées à me préparer à l'annonce d'une nouvelle importante.

— Olivier, me dit-il, tu t'es bien acquitté de ta dernière mission : la mise en place de nos nouveaux comptoirs. C'est pourquoi je vais de nouveau faire appel à tes services pour une expédition dans le Sud, vers Tanjore.

— Tanjore ? Pour aller soutenir encore nos alliés et nous faire de nouveau berner par eux ?

— Surtout pour m'informer de ce qui s'y passe. Tu partiras avec environ huit cents hommes et trois cents Noirs, commandés par le capitaine Duquesne. Tu es le seul en qui j'aie une confiance absolue. Je veux être tenu au courant, jour après jour, de ce qui se passe là-bas. D'après les agents de Jeanne, les Anglais ne vont pas tarder à montrer le bout de leur nez dans le pays.

Partir en campagne à la saison la plus chaude de l'année et à des centaines de lieues de Pondichéry ne m'enchantait guère. Dupleix ajouta :

— J'ignore ce que vont faire à Tanjore nos deux hurluberlus d'Arcate, mais je crains le pire. S'ils s'engageaient dans une opération de guerre, et qu'ils soient vaincus, nous serions dans de beaux draps. Il faudra, dans la mesure du possible, éviter les affrontements et des opérations de siège trop longues, coûteuses et aléatoires. Avec Duquesne comme capitaine et toi pour d'éventuelles négociations, cette mission devrait réussir. Un voilier rapide sera à ta disposition sur la côte pour l'acheminement du courrier ou, ce qu'à Dieu ne plaise, au cas où vous seriez contraints de plier bagage.

Il se fit servir une nouvelle tasse de café, s'essuya les lèvres, toussa bruyamment et ajouta en se levant :

— Je suis désolé de te séparer de nouveau de ta maîtresse. J'espère que vous ne souffrirez pas longtemps de cette absence et qu'elle te restera fidèle. Allons, ne fais pas cette tête ! Comment as-tu pu songer que j'ignorerais longtemps cette idylle ? Ici, tout se sait, et très vite.

— Et ton épouse ?

— Je crois qu'elle l'ignore, sinon elle m'en aurait déjà parlé. Sacrée Sophia ! Moi qui croyais qu'elle avait renoncé aux hommes...

Je préparai mon départ dans la fièvre. Monter une expédition n'est pas une sinécure : il faut veiller aux moindres détails, tenir le compte des effectifs, vérifier l'armement et la tenue de la troupe, amasser vivres et véhicules, prévoir, sur des cartes incertaines, les étapes pour le bivouac avec le concours de guides fiables...

Sophia prit cette nouvelle mission avec un mouvement de rancœur.

— Tu aurais dû refuser ! me dit-elle. Dupleix abuse de ta bonne volonté et de tes compétences. Il aurait une idée derrière la tête que je n'en serais pas surprise.

— Une idée ? Laquelle ?

— Te séparer de moi.

— Allons donc. Au courant de nos relations, il ne s'en est pas montré fâché.

Elle me passa autour du cou un talisman sous la forme d'un sachet de cuir contenant je ne sais quelle poudre de perlimpinpin, que lui avait vendu un sorcier de la Ville noire et qui était censé protéger de tous les dangers. Elle me fit promettre de ne pas m'en défaire. Je m'empressai de le jeter dans mon bagage et de l'oublier.

L'expédition prit la mer au soleil levant, à la mi-octobre, sur des navires à voiles triangulaires, réputés pour leur vitesse, qui cabotaient en permanence sur la côte de Coromandel. Après plusieurs jours de mer, nous débarquâmes dans notre comptoir de Karikal. Il nous fallut une journée de plus, en remontant par la terre un bras du fleuve Kaveri, pour arriver dans les parages de Tanjore, épuisés par une chaleur oppressante et une marche difficile sur des terres fangeuses.

La ville émergeait des marécages et des rizières au milieu d'une immense plaine bordée au couchant par des chaînes de montagnes bleuâtres. La dimension de l'enceinte m'impressionna. Il en émergeait, dans une brume de chaleur, haut comme une montagne, le plus grand temple de l'Inde, le Brihadishvara, bâti sur un socle monolithique. Vestige des fastes de l'ancien empire Cola, il abritait, m'avait-on dit, un *lingam* colossal et une statue démesurée du taureau sacré Nandi, monture favorite du dieu Shiva.

Il nous fallut des jours pour retrouver l'armée de Chanda Sahib, arrivée la première sur les lieux. Celle de Musafer Sing baguenaudait dans la montagne, pillant les villages pour assurer sa subsistance.

J'avais de bons rapports avec le capitaine Duquesne. Ce gros garçon jovial avait su très vite se faire aimer de la troupe par sa bonne humeur et son goût pour la chanson. Il avait une préférence pour *Cadet Rousselle*, accommodé à sa façon :

Le Père Duquesne a trois maisons
Qui n'ont ni poutres ni chevrons...

Outre qu'il avait à son répertoire des histoires salaces et des chansons de corps de garde réservées aux soirées sous la tente avec ses intimes, il racontait volontiers ses exploits guerriers, et notamment ceux de la célèbre bataille de Fontenoy, où nous avions défait les Anglais.

Chanda Sahib tint, le soir même de notre rencontre, à nous faire les honneurs de sa tente, un labyrinthe de toile digne des *Mille et Une Nuits*, avec ses tapis de Perse, ses divans de velours à ramages de fleurs et d'oiseaux, ses paravents de Chine, sa collection de boules de cristal du Tibet, ses épouses et ses bayadères.

Ce jeune prince au visage blafard, prématurément

ridé et barré d'une lourde moustache brune, me laissa une impression équivoque qu'un mot peut résumer : méfiance.

Après un premier courrier adressé par la côte à Dupleix, je me dis qu'il était temps de passer aux choses sérieuses.

Malgré la consigne du gouverneur d'éviter un siège, Duquesne, persuadé que le nabab Prapet Sing nous ouvrirait ses portes aux premiers coups de canon, s'était mis ce projet en tête. J'avoue que l'idée était à considérer. Mohamed Ali et ses conseillers anglais se trouvaient dans les murs de Trichinopoly, mais, avec Tanjore en notre possession, nous leur coupions la route de la mer. Je m'opposai pourtant à ce projet.

— J'ai pris soin de consulter nos officiers, me répondit Duquesne. Presque tous, Dancy, Brenier, Bussy notamment, sont d'accord pour que nous agissions rapidement, avant l'arrivée, qui ne saurait tarder, de Naser Sing et des Anglais.

Je dus m'incliner et laisser Duquesne agir à sa guise. Il envoya un corps de cipayes nettoyer les postes protégeant les abords de la cité. Ils revinrent, trépignant de joie et brandissant des têtes coupées. Maître des abords de l'enceinte, Duquesne fit installer nos batteries et ouvrir le feu.

Duquesne avait vu juste. Avant la fin de la journée, la porte principale s'ouvrit sur une délégation de cavaliers demandant à négocier. Chanda Sahib exigea que la somme due lui fût remise dès le lendemain. Prapet Sing demanda une semaine pour rassembler les fonds. On lui accorda trois jours. Et la porte se referma...

Le quatrième jour, alors que le nabab ne donnait pas signe de vie, Duquesne laissa éclater sa colère :

— Je sais bien ce qu'il attend, ce vieux rat !

L'arrivée des renforts. Il a avalé sa promesse. Je vais la lui faire vomir.

Quelques heures plus tard, un nouveau déluge de feu s'abattait sur la ville. La porte s'ouvrit de nouveau. Prapet Sing n'avait pu réunir que la moitié de la somme due et proposait de remettre le reliquat à plus tard. Bien que pressé d'en finir, Chanda Sahib refusa de transiger. Nous exigeâmes pour notre compte l'attribution, entre Tanjore et la côte, d'une concession, qui nous fut refusée. Je ne pus m'opposer à de nouveaux bombardements qui décidèrent le nabab à céder, après qu'un boulet eut endommagé le temple.

Au cours de ce siège, plus long que ne l'avaient prévu les officiers, nous avions subi des pertes importantes dues à la malaria qui sévissait dans notre camp et dans celui des Indiens. J'étais moi-même dans un état pitoyable, au point que la rédaction des messages destinés à Dupleix me devenait pénible.

Le capitaine Duquesne n'avait pas échappé à la maladie. Un matin, l'un de ses officiers vint me prévenir qu'il était au plus mal. Je le fis embarquer par une barque de pêcheur jusqu'à la côte et, de là, vers Karikal, où nous avions un hôpital. Il supporta mal le voyage et mourut peu de temps après son transfert.

Notre tort fut de n'avoir pas exigé la reddition pure et simple de Prapet Sing, que nous tenions à la gorge mais qui se jouait de nous. Le temps nous était mesuré. Nous ne pouvions ignorer, outre l'imminence de l'arrivée de l'armée ennemie, la menace que le chef des Marathes, Shao Raja, parent du roitelet de

Tanjore, faisait peser sur nous. A diverses reprises, sur les lointains contreforts des Ghâts, nous avions vu se profiler leurs avant-gardes et entendu leurs trompettes de guerre.

L'année tirait à sa fin sans que le prince de Tanjore eût honoré ses promesses, sinon en nous faisant parvenir des babioles pour nous faire patienter, ou nous narguer.

Le capitaine Duquesne avait été remplacé par Dancy, officier timoré et médiocre meneur d'hommes. Il ne sut pas réagir, en dépit de mes instances, lorsque Chanda Sahib décida, devant une menace plus précise des Marathes, de se retirer de quelques lieues pour aller rejoindre Musafer Sing.

Je rappelai au capitaine Dancy que nous n'avions plus rien à faire devant cette ville, à supposer que notre présence ait eu quelque utilité pour nous. Autant m'adresser à un mur. J'insistai : c'était devant Trichinopoly, où Mohamed Ali s'était retiré après sa défaite d'Ambour, que nous devions dresser nos tentes. Si cette expédition avait un sens, ce dont il m'arrivait de douter, c'est là que se déciderait notre sort. Par chance, un événement nous laissait une marge de temps : le chef des Marathes venait de mourir.

Dupleix s'impatientait. Dans ses courriers, il me rendait en partie responsable des atermoiements que je m'attachais à combattre, nos officiers et leur troupe n'attendant l'ouverture des portes que pour se livrer au pillage. Bussy était le seul à partager mon avis, mais cela ne suffisait pas à les dissuader de poursuivre leur chimère.

Nos conditions de vie devenaient difficiles. Chaque jour, nous perdions quelques hommes, des Blancs surtout, mal préparés à ce climat impitoyable. Les cipayes, privés de leur solde depuis des mois, nous menacèrent d'une mutinerie, prirent Musafer Sing en otage et ne le libérèrent qu'en échange d'une partie de leur dû.

Dupleix m'écrivit : « Quand donc finira ce siège ? Voilà bientôt trois mois que vous êtes devant Tanjore, et pour quel résultat ? Qu'attendez-vous ? L'arrivée des Anglais ? Une attaque des Marathes ? »

Je lui répondis que la situation militaire ne dépendait pas de moi et que le prince de Tanjore repoussait mes demandes de négociation. Qu'aurais-je pu faire ? Prier le Ciel ? Même cela m'était refusé.

Eprouvé à son tour par la malaria, Dancy venait de nous quitter pour Karikal. Dupleix nous envoya, pour le remplacer, le capitaine Goupil. Une semaine plus tard, à son tour hors de service, il était remplacé par le capitaine Prévost de La Touche.

Naser Sing était devenu pour nous tous une sorte de mythe terrifiant. Il jouait avec ses rivaux un jeu de cache-cache à travers le Carnatic. Dupleix m'informa qu'il avait reçu de lui des messages lui demandant de renoncer au conflit qui l'opposait aux deux princes « rebelles », dans lequel il avait eu tort de s'immiscer. Dupleix rétorquait qu'il n'accepterait une discussion que lorsque « l'usurpateur » qu'il était consentirait à se retirer. Dialogue de sourds...

Le jour où une patrouille nous apprit que l'armée de Naser Sing n'était qu'à une journée de marche de Tanjore, la panique succéda dans notre armée à la consternation. Nous vîmes avec stupeur nos auxiliaires reprendre la route de Pondichéry et nos soldats exiger de leurs officiers qu'ils renoncent à ce siège inutile et dangereux, qui rimait avec piège.

Force nous fut de céder à cette exigence. Notre départ fut salué, du haut de l'enceinte, par des sarcasmes et des clameurs guerrières. Nous dûmes faire face avec de lourdes pertes à une sortie des assiégés et, durant des lieues, résister au harcèlement de nos arrières et de nos chariots. En arrivant sur la côte où nous attendaient nos voiliers, nous apprîmes que nos auxiliaires avaient été écrasés dans leur fuite par un autre chef des Marathes, Mora-Rao, dont le seul nom, nous dit-on, inspirait la terreur.

Nous avions échappé de justesse à l'affrontement avec l'armée de Naser Sing, que les Anglais suivaient de peu. Cette marche harassante, sous un soleil de plomb, malade que j'étais, faillit m'être fatale. Par un mouvement de superstition, que je ne m'explique pas, je retrouvai le talisman de Sophia et le remis à mon cou.

Au cours du siège, comme durant cette pitoyable retraite, j'eus maintes fois l'occasion de mesurer la valeur des jeunes officiers que nous avait confiés Dupleix. Ce n'étaient, pour la plupart, que des mercenaires, des aventuriers venus en Inde pour tenter la fortune et non pour y défendre une présence française et les intérêts de la Compagnie, ce dont ils se moquaient. Ce reliquat des guerres européennes manquait de conviction plus que d'expérience et de courage.

L'attaque-surprise d'une avant-garde des cavaliers marathes, vigoureusement repoussée par le capitaine de Bussy, nous laissa la voie libre. Je faillis, en arrivant en vue de la côte, pousser le fameux cri des Dix Mille apercevant la mer dans les parages de Trébizonde, à l'issue de leur retraite : « *Thalassa ! Thalassa !* »

Les hordes que Musafer Sing et Chanda Sahib traînèrent sur nos traces jusqu'à Pondichéry ne furent pas accueillies par des salves de salut. Dupleix leur réclama d'un ton âpre le règlement de leur contribution, négocié au départ de cette campagne. Non seulement ils étaient incapables d'honorer leur parole, les subsides qu'ils attendaient du roi de Tanjore leur ayant fait défaut, mais ils réclamèrent une rallonge ! Dupleix ne put la leur refuser, quitte à emprunter aux marchands. On était loin des fastes qui, l'automne précédent, avaient marqué leur réception...

Mon état de santé me donnant de sérieuses inquiétudes, j'avais envisagé d'observer un long repos. Dupleix ne l'entendait pas de cette oreille. Il me fit quelques compliments mais aussi beaucoup de reproches, contre lesquels je me défendis âprement.

— Ta santé ! me dit-il. Ta santé ! Ne me raconte pas de balivernes. Tu as la mine d'un adolescent qui sort d'un hammam. Je t'accorde une semaine de repos. Pas un jour de plus. Je vais encore avoir besoin de tes services. Mon médecin va s'occuper de toi.

L'avance des troupes de Naser Sing et de la cavalerie marathe lui donnait des inquiétudes. A ma requête, il avait renouvelé le corps des officiers, dont je lui avais signalé la conduite déplorable devant Tanjore et au cours de notre retraite. Il en choisit d'autres et les confia à Auteuil. Nous allions devoir arrêter l'avance de l'armée ennemie sur Pondichéry, afin d'éviter un nouveau siège.

Je retrouvai Sophia, pantelante d'émotion. Elle m'avoua que, durant mon absence, elle avait demandé chaque jour de mes nouvelles au gouverneur, et s'attendait au pire. Elle avait occupé une partie de son temps à s'exercer au duel dans la salle d'armes. On lui reconnaissait des qualités d'adresse, d'agilité et de hargne.

— Cette science, me dit-elle, n'a plus de secrets pour moi. Quand tu auras retrouvé tes forces, je t'inviterai à quelques passes dans le jardin. Tu seras surpris...

Je lui dis en plaisantant :

— Que comptes-tu faire ? Prendre un engagement dans l'armée ?

Elle haussa les épaules.

— Lorsque Naser Sing sera à nos portes et si l'on veut de moi, pourquoi pas ? Je suis persuadée que je ferais bonne figure. Je rêve de me battre à ton côté, Olivier ! En attendant, c'est à un autre engagement que je te convie, si tu t'en sens la force...

Les débuts de notre campagne furent peu glorieux. Ils tenaient de la chasse plus que de la guerre. Nous passâmes des jours à traquer les cavaliers marathes et à leur tailler des croupières, sans en venir à une bataille rangée, ce qu'ils évitaient prudemment, incapables qu'ils eussent été de résister à notre artillerie.

Ces groupes épars, toujours en mouvement, ne se tenaient jamais très éloignés du gros de l'armée de Naser Sing, installée dans les parages de Valdaour. Ils ne se trouvaient jamais où nous comptions les surprendre, ce qui causait des colères noires au vieil Auteuil, qui se disait trompé par nos guides. Il les menaçait de sa canne et fustigeait les plus douteux, en les traitant de traîtres et d'espions.

L'un de ces auxiliaires nous informa de la présence du gros de l'ennemi à quelques lieues de nos positions, sur la rivière Gingy, dont l'estuaire s'ouvre à environ deux journées de marche au sud de Pondichéry. Leur troupe était forte, nous dit-il, de trois cent mille hommes et couvrait un immense espace de plaine. Il n'y avait pas lieu de s'en inquiéter outre mesure, les Indiens ayant la manie de l'exagération, surtout dans l'évaluation des forces armées. Il fallait compter, dans ce chiffre digne des hordes de Gengis Khan, les domestiques, les esclaves, les marchands et les femmes...

Plus grave, en revanche : Mohamed Ali avait envoyé de sa retraite de Trichinopoly un corps de trois mille cavaliers, et les Anglais deux cents soldats, en attendant des renforts.

Le gouverneur se trouvait confronté à un dilemme qu'il devait partager avec les Anglais, et qui lui donnait des nuits blanches.

Le traité d'Aix-la-Chapelle interdisait le recours aux armes, en quelque endroit du monde que ce fût. Nous aurions dû, dès lors, refuser de participer aux querelles des princes, mais c'eût été les rejeter dans le clan des Anglais et nous interdire de nouvelles conquêtes commerciales, sous forme de concessions.

Et voilà qu'à brève échéance nous allions nous trouver pour la première fois, Français et Anglais, face à face comme à Fontenoy, mais nous avec une conscience moins chargée que la leur : ils avaient occupé *manu militari* des aldées qui nous revenaient de droit et répondaient par le mépris à nos protestations. Ils étaient d'autre part dans une situation inconfortable : Naser Sing était loin d'être pour eux un allié fiable ; il se montrait distant et entretenait des relations secrètes avec le gouverneur français. A supposer que ce prince prît notre parti, ils seraient chassés du Carnatic et auraient des comptes à rendre aux marchands de Londres.

Nous parvînmes à tourner la difficulté et à nous mettre à l'abri de tout reproche. Si nous prêtions notre concours aux princes, ce ne pourrait être qu'à titre d'... *auxiliaires*. Un trait de génie, dont j'ignore l'auteur, mais qui mériterait une médaille.

Nous avions un choix des plus sommaires : livrer bataille, demander à faire la paix, mais il ne fallait en aucun cas rester l'arme au pied en attendant la mousson. Simpliste ? Voire... Dupleix me confia le soin de négocier secrètement avec Naser, de manière que les deux princes, nos alliés, n'en fussent pas informés, au risque de perdre sur les deux tableaux.

Alors que l'affaire allait son train avec un échange d'émissaires, une tempête souffla sur notre armée. Pas la mousson, ni un combat malheureux : une mutinerie parmi nos officiers.

Mécontents de la manière dont Auteuil menait la campagne, trop mollement à leur goût, et d'un retard de solde de plusieurs mois, certains avaient, comme on dit, mis la crosse en l'air. Parmi eux figuraient quelques gentilshommes : Saint-Cyr, La Renaudière, Dumorin de Vaux, des Essarts, Sainte-Colombe... Ce qu'on appelle la « fleur de la noblesse française », qui, à la suite d'un revers et gagnée par la panique, pouvait devenir la « lie de l'armée ».

C'est ce qui eut lieu, sans que nous ayons eu à livrer un vrai combat. Les mutins décidèrent un beau matin de retourner à Pondichéry de leur plein gré. Pour justifier leur crime, ils arrivèrent à bride abattue, criant qu'ils étaient harcelés par une horde de Marathes qui allaient bientôt être à nos portes. La supercherie dévoilée par un courrier parti quelques heures après eux, Dupleix les fit arrêter et jeter dans les geôles du fort.

En d'autres circonstances, un conseil de guerre les eût condamnés au gibet ou au billot, mais c'eût été se priver d'une élite qui avait failli mais pourrait se racheter, le cas échéant.

Il faut dire que parmi ces rebelles se trouvait le chevalier François de Shonamille, qui, sept ans auparavant, avait épousé Suzon, une fille de Jeanne Dupleix. Ce gentil garçon, timoré, influençable, mal à l'aise dans sa tunique bleue, n'avait pas les qualités requises pour mener ses hommes au combat, mais en possédait une autre, particulièrement appréciée du gouverneur : il jouait avec talent de la flûte traversière. Ils donnaient souvent des concerts en duo dans le salon de Jeanne.

Au retour de notre campagne, je me trouvais dans le cabinet de Dupleix pour entendre la déposition de Shonamille, lorsque Jeanne fit son entrée. Elle envoya un jet de salive rose dans le crachoir à bétel et passa devant le petit chevalier en faisant mine de ne pas le reconnaître. Elle lui tourna le dos et, les deux poings plantés sur la table, lança à Dupleix :

— Vous semblez prendre cette mutinerie à la légère, monsieur le gouverneur, alors qu'il faudrait faire un exemple. Faut-il vous rappeler le prix d'une désertion en temps de guerre ?

— Madame, bredouilla Dupleix, nous ne sommes pas en guerre, du moins officiellement... Laissez-moi traiter cette affaire, je vous prie. Votre place n'est pas dans ce cabinet !

— Ma place, monsieur, est partout où est la vôtre. J'affirme, moi, Jeanne Dupleix, que ce pleutre qui est en train de faire dans ses braies doit être puni en temps que déserteur, tout comme un simple soldat ! Il est la honte de l'armée et de notre famille !

— Madame, s'écria le pauvre Shonamille, vous m'insultez ! Ma cause...

Jeanne se retourna et le foudroya du regard.

— Ta cause, morveux, est indéfendable ! Oui ou non, as-tu désobéi aux ordres et pris la fuite ?

— Oui et non, mère.

— Je ne suis plus ta mère et je regretterais de l'avoir été ! rugit Jeanne. Je te renie. Explique-toi, et debout s'il te plaît devant moi...

Shonamille se leva lentement, appuyé d'une main à l'accoudoir de son fauteuil. Il faisait pitié avec sa pâleur, son regard égaré, sa main qui tremblait en tenant son chapeau. Il expliqua d'une voix hésitante qu'il avait été victime d'une conjuration de fortes têtes, qu'il avait résisté, qu'on l'avait menacé, molesté même.

— Je réprouvais cette rébellion, monsieur le gouverneur, dit-il, je le jure, mais on m'a mis le cul en selle et on a fouetté la croupe de mon cheval. Qu'aurais-je pu faire d'autre que suivre le mouvement ?

Je crus que Jeanne allait le souffleter quand elle s'avança vers lui, le poing tendu.

— Rester à ton poste, grand lâche, pour te battre et mourir comme un brave ! Je t'aurais pardonné si, à l'issue d'une bataille, tu avais été prisonnier, mais trahir comme tu l'as fait mérite la mort !

Frémissante, elle se retourna vers Dupleix et lui lança :

— Monsieur le gouverneur, je requiers contre le chevalier François de Shonamille la peine réglementaire : dégradation sur le front des troupes et pendaison. Le billot n'est pas digne de lui.

Dupleix ne tenait plus en place. Il se levait, retombait dans son fauteuil, tripotait sa pipe, ses plumes, pianotait sur le bord de la table.

— Madame, s'écria-t-il, nous ne sommes pas devant un conseil de guerre et vous n'êtes pas le procureur ! Autant je considère votre opinion justifiée, autant je regrette vos écarts de langage et votre sévérité. Ce réquisitoire est nul et non avenu. Retirez-vous sur-le-champ, je vous prie. Quant à vous, monsieur de Shonamille, vous ne serez ni pendu ni décapité, mais tenu en détention le temps que je jugerai utile, de même que vos pairs. Il faudra, lorsque vous serez réintégré, prêter serment de défendre la Compagnie et le roi, quoi qu'il vous en coûte. J'ai dit.

Jeanne n'avait pas attendu la fin de cet exorde : elle était partie en faisant claquer la porte.

Le repli de notre armée devant les forces combinées de Naser Sing et des hordes marathes s'était poursuivi jusqu'aux abords de Pondichéry. Nous avions pu assister, du haut des remparts, à la cavalcade sauvage des cavaliers de Mora-Rao hurlant des imprécations.

Ce qui restait des officiers loyaux, groupés autour du vieil Auteuil, débordant d'ardeur comme au temps de sa jeunesse, avait formé des carrés pour résister à cette marée humaine qui les débordait de toutes parts.

L'un d'eux, Saint-Roman, me raconta le duel, digne d'un combat de gladiateurs, qu'il avait mené contre un éléphant de guerre. Après que, d'un coup de sabre, il lui eut tranché l'extrémité de la trompe, le pachyderme, devenu furieux, s'était mis à tournoyer. Une double décharge de pistolet lui avait crevé un œil, un coup de sabre dans la gorge, où l'arme était restée plantée, l'avait immobilisé. Il avait ployé les genoux, s'était couché, battant l'air de ses lourdes pattes, tandis que son cornac prenait la fuite. Lorsque l'officier du soubab, étourdi par sa chute, s'était relevé, monsieur de Saint-Roman lui avait ouvert la gorge avec son poignard.

Je m'enquis de la manière dont s'étaient comportés nos deux alliés.

— Musafer, me dit-il, n'a pas attendu la fin du combat pour prendre la fuite avec ses éléphants et ses cavaliers. Chanda Sahib s'est montré plus vaillant : il s'est battu pied à pied pour fermer la marche, cerné par les Marathes qui le harcelaient de toutes parts. Nos hommes n'ont pas laissé refroidir leurs fusils. J'ignore combien d'entre eux sont restés sur le terrain, mais je puis vous dire que Naser Sing et ses auxiliaires marathes n'ont pas fini de compter leurs morts...

Je lui demandai s'il avait constaté la présence des Anglais.

— Ils étaient sur place, me dit-il, mais en petit nombre, et ils ne sont pas intervenus. Ils n'étaient là qu'à titre de conseillers et se sont contentés de marquer les points...

Au dire des agents secrets de Jeanne Dupleix, le soubab Naser Sing était rongé par des doutes et des angoisses.

Il se demandait à quoi rimait sa présence et celle de son armée dans cette campagne qui n'avait ni queue ni tête et l'obligeait à errer interminablement à travers plaines et montagnes en traînant à sa suite une horde de pillards, contraint un jour à se battre et l'autre à négocier.

Il avait reçu de sa capitale, Hyderabad, des nouvelles inquiétantes. Profitant de son absence, d'autres tribus marathes se livraient sur les limites de sa soubabie à des raids sauvages, alors que leur roi avait fait alliance avec lui.

Il se tenait avec ses officiers à Valdaour, à une ou deux journées de marche à l'ouest de Pondichéry, indécis sur le comportement à observer vis-à-vis des Européens. Fondre sur cette ville, y mettre le siège, c'était courir le risque de voir son armée, déjà éprouvée, fondre sous le feu des canons, comme celle des Anglais deux ans auparavant. Tenter de rétablir des rapports de confiance avec le gouverneur, dont il appréciait les mérites et la droiture, eût été s'aliéner les Anglais, dont il détestait l'arrogance et la cautèle mais dont il louait l'esprit d'entreprise et la générosité.

Naser Sing n'avait pas tort de se méfier de ces derniers.

Alors que le soubab regroupait ses unités éparses dans la province pour des besoins de subsistance, et s'apprêtait à regagner ses terres du Deccan, Dupleix reçut un courrier insolite signé de deux officiers anglais, Stringer Lawrence et William Westcote, qui se disaient pompeusement « ambassadeurs et plénipotentiaires extraordinaires pour le Conseil de Fort Saint David et la nation anglaise ». Ils lui proposaient leur médiation pour le conflit en cours. « C'est, écrivaient-ils, le devoir de tout homme qui fait profession de chrétien que de prévenir les effusions de sang... »

Dupleix jeta la lettre sur sa table comme on se débarrasse d'une tarentule et lâcha d'un ton dédaigneux :

— Que répondre à cette manœuvre hypocrite ? Autant vaudrait s'entretenir avec un portefaix ou un balayeur ! A tout prendre, je préfère négocier avec Nascr Sing !

Plutôt que d'entamer une correspondance faussement courtoise, stérile et dangereuse, il décida d'envoyer des émissaires au soubab du Deccan. Je sentis une sueur froide me perler au front lorsqu'il ajouta :

— J'ai fait mon choix, Olivier. Apprête-toi à partir à la rencontre de Naser Sing, avant qu'il n'ait quitté le Carnatic. Je te ferai accompagner par deux marchands, du Bausset et de Larche, pour faire la paix et négocier des concessions. Tu connais ces deux hommes : ce sont des modèles de compétence et de loyauté.

Il me fallut une nouvelle fois, comme un chien fidèle, répondre à l'appel de mon maître. Il me trouvait toujours prêt à lui obéir, bon gré ou mal gré, se servait souvent de cette disponibilité, en abusait parfois.

Pierre du Bausset de Roquefort, homme de forte carrure, doté d'une moustache et d'une barbiche de mousquetaire, était un négociant irréprochable et un joyeux compagnon porté sur le vin et les liqueurs fortes. Originaire d'une bourgade du Bas-Limousin, monsieur de Larche avait épousé une Arménienne de mère tamoule qui l'avait initié aux langues du pays. De plus, il maîtrisait le persan que l'on parlait à la cour d'Hyderabad. Tête bien pleine mais peu d'épaules, il contrastait, par son caractère taciturne, avec du Bausset.

Notre escorte, outre une vingtaine de Blancs, se composait d'une centaine de cipayes dont j'avais éprouvé la loyauté et le courage dans les escarmouches autour de Tanjore et au cours de notre retraite. Dupleix nous confia des présents destinés au soubab, dont nous chargeâmes deux chariots traînés par des buffles de rizière : rondache de bronze représentant le sacrifice volontaire du chevalier romain Marcus Curtius, masse d'armes en cristal ornée de rubis du Tibet, selle de cheval à la turque brodée d'or et d'argent, miroir façon Venise et coffre de pacotille parisienne…

Avec le concours d'Ananda, Dupleix n'avait pas lésiné sur la qualité et la quantité. Il savait le soubab pointilleux dans ce domaine et capable, si les présents lui semblaient indignes de lui, d'envoyer une de ses babouches à la figure de l'émissaire.

Afin de nous présenter dans de bonnes conditions physiques, nous choisîmes de voyager « à la mongole », en prenant notre temps. Malgré les raids fréquents des guerriers marathes ou indiens et leurs ravages, le trafic des caravanes avait repris. Nous croisâmes des files de chariots de sel et de riz, des théories de religieux se rendant en pèlerinage dans les lieux saints du Deccan, des troupeaux d'éléphants entravés, capturés dans la montagne et la jungle, et de chameaux lourdement chargés.

En évitant de marcher aux heures les plus chaudes, nous mîmes une semaine à rejoindre le soubab. Naser Sing avait quitté Valdaour quelques jours avant et avait dressé sa tente dans une haute vallée dominée par des falaises de schiste roux, au bord d'une rivière et à proximité de dévideurs de soie.

La tente où il daigna recevoir notre ambassade était d'une sobriété toute militaire, ornée d'armes plus que d'objets d'art ou de tapis précieux. Entouré d'officiers aux mines patibulaires, appuyés sur la garde de leur sabre, il était assis sur un coussin, en compagnie de son fils, un garçonnet joufflu aux yeux de biche. Ce gros homme aux lèvres épaisses et rouges, au visage rude sous une barbe couleur de miel sillonnée de traînées blanches, était vêtu d'une tunique couleur d'ambre, boutonnée de rubis jusqu'au col, et coiffé d'un énorme turban violet orné d'un diamant gros comme un œuf de caille.

Il nous salua dans un français approximatif et, après avoir fait déballer nos coffres de présents, montra sa satisfaction par un hochement de tête et un mince sourire. Je lui présentai nos lettres de créance et celles du gouverneur, fleuries des formules alambiquées dont Ananda, qui les avait concoctées, connaissait la recette. Il se les fit traduire par un de ses officiers, en hochant la tête à plusieurs reprises. Après nous avoir fait comprendre que ce message le touchait, il observa un long silence, les yeux clos, en tirant à petits coups sur l'embouchure de sa pipe à eau, le *hooka*, qui répandait une odeur opiacée.

Il nous donna d'un ton sec rendez-vous pour le repas du soir. Lequel fut morne et spartiate : platées de riz, ragoût de tortue au beurre bouilli, *chapatis* plâtreux et fruits... Pour boisson, de l'eau de riz parfumée au gingembre.

De tout le temps que dura ce repas qui nous laissa sur notre faim, le soubab n'eut de mots que pour gourmander les esclaves affectés aux émouchoirs et aux *pankas* lorsqu'ils somnolaient. Nous montrer offusqués de cet accueil eût été absurde : nous n'étions pour ce prince que des employés, caste pour lui aussi méprisable que celle des intouchables. Je déconseillai à monsieur du Bausset de faire la moindre démarche en vue d'obtenir une femme pour la nuit. Nous avions frôlé de peu le scandale.

Durant les deux jours que nous passâmes dans le camp de Naser Sing, nous n'eûmes d'entretiens qu'avec des sous-fifres. Il nous fallut une patience infinie pour confronter les propositions du soubab à celles du gouverneur. La connaissance de monsieur de Larche en langue persane nous évita des lenteurs insupportables, des redites et des quiproquos dangereux.

La pierre d'achoppement résidait dans la libération de notre allié, Musafer Sing, capturé durant la retraite de Tanjore et qui constituait pour le soubab une précieuse monnaie d'échange. On nous fit comprendre que cette capture pouvait être considérée comme la fin du conflit et le début d'une ère nouvelle. J'objectai que notre alliance avec le captif était conforme aux souhaits du Grand Moghol, seigneur et maître de toutes les Indes, mais que le désir de paix du soubab, son suzerain, nous agréait.

Ces pourparlers s'achevèrent sur une lourde déception. Le dernier jour, l'un des ministres de Naser Sing y mit fin abruptement :

— Tous ces entretiens ont été inutiles. Le prince Musafer Sing ne vous sera pas rendu. Telle est la volonté de mon maître.

C'était une déclaration de guerre à peine masquée. Notre retour à Pondichéry, sous de lourdes pluies de mousson, fut pitoyable. Nous étions partis avec des espoirs ; nous revenions avec des désillusions.

Colère de Dupleix :

— Eh quoi ! ? La guerre, encore la guerre ? Nous n'en finirons donc jamais ? Ces princes n'ont aucune conscience, aucune morale politique. Ils ne connaissent que la force. Eh bien, le dialogue va reprendre à la pointe des fusils, mais ils s'en mordront les poings !

Il n'attendit guère pour envoyer un corps d'armée conduit par Auteuil nettoyer les parages de Valdaour des troupes que Naser Sing y avait laissées pour assurer ses arrières. Profitant d'une nuit sans lune, il lança ses hommes à l'attaque du camp. La surprise fut totale. Conduits par Prévost de La Touche, nos hommes traversèrent comme une bourrasque le village de toile, sabrant à tort et à travers, tirant au jugé sur les tentes, les incendiant avec des grenades « royales », libérant les chevaux, les buffles et les chameaux.

Effectué et réussi sans déclaration de guerre confirmée, ce coup de main fit sensation dans toute l'Inde. J'imagine la colère de Naser Sing en apprenant ce rude coup. Il avait semé le vent ; il récoltait la tempête.

Je retrouvai Sophia préoccupée et boudeuse, des dispositions inhabituelles dans nos rapports ordinaires. Je me dis qu'elle était fâchée de mes longues absences, passées pour elle à se morfondre et à s'inquiéter. Je voulus en avoir le cœur net :

— Je ne suis pas responsable, lui dis-je. Il faut bien que j'assume mes fonctions, même si, parfois, elles dépassent mes compétences, et...

Elle posa une main sur ma bouche et me fit asseoir sur le bord du lit.

— Olivier, me dit-elle, j'ai une grave nouvelle à t'apprendre : je suis enceinte de quatre mois. J'ai tout fait pour éviter de l'être, puis pour me débarrasser de ce souci, avec les potions et les herbes des sorcières de la Ville noire, mais sans résultat.

En proie à la confusion plus qu'à la joie, je me levai et arpentai la chambre en silence. Elle s'écria :

— Tu ne dis rien ? Tu vas être père, et c'est comme si tu venais d'apprendre qu'on va t'arracher une dent ou que ton cheval est malade ! Que comptes-tu faire ?

Je me laissai tomber sur le lit et lui pris les mains.

— Pardonne-moi, lui dis-je. C'est une nouvelle tellement bouleversante que j'en suis resté sans voix. Tu me demandes ce que je compte faire ? Eh bien, tout bonnement, te demander de devenir ma femme.

Elle éclata d'un mauvais rire.

— M'épouser, moi ? Imagines-tu le scandale lorsque ma cousine apprendra que j'ai eu un enfant hors mariage, le deuxième qui plus est ? J'aurais mon billet pour la France par le prochain navire...

— Que proposes-tu ? As-tu pensé que je pourrais t'abandonner à ton sort ? C'est cela que tu craignais ?

Elle poussa, comme si je l'avais blessée, un

contre-ut à faire éclater les vitres, puis m'avoua que l'idée lui était venue d'accoucher en secret et d'abandonner l'enfant à l'orphelinat en veillant à ce qu'il fût élevé correctement, en attendant de le reprendre.

— Ce serait absurde, Sophia, absurde et inhumain. Veux-tu, oui ou non, de moi comme mari ?

Elle ne répondit pas et me demanda de la laisser seule afin de lui permettre de réfléchir. Lorsque je la retrouvai, le lendemain, elle avait pris sa décision : elle serait ma femme.

Nous n'en avions pas fini avec Naser Sing.

En proie à une âpre rancune après le coup de main d'Auteuil sur son camp de Valdaour, il s'était juré de prendre sa revanche. Il avait échoué contre les Français sur la côte de Coromandel ? Il allait réussir sur celle de l'Orissa, au sud du golfe du Bengale, où nous avions deux comptoirs de moyenne importance concédés par Musafer Sing : Mazulipatam et Yanaon.

La première de ces loges était tenue par Coquet, assisté de quelques employés armés. Une nuit, un groupe de cavaliers du Deccan surgit, s'en empara sans tirer un coup de feu et fit prisonnier le tenancier, n'acceptant de le libérer que contre une rançon que ce pauvre homme était incapable d'honorer.

A Yanaon, en revanche, les Indiens trouvèrent de la résistance.

Le comptoir était tenu par Lenoir, membre du Conseil supérieur. Il vivait là en compagnie de son épouse, fille d'une esclave tamoule, sous la protection d'une dizaine de cipayes. Attaqué par une nuée de guerriers, il défendit son logis et ses magasins avec âpreté, faisant le coup de feu au milieu de ses gardes. A la faveur de la nuit, incapable de résister plus longtemps par manque de munitions, il parvint à se retirer, avec sa femme et les derniers combattants, sur une île proche de la côte, d'où il eut la tristesse d'assister à l'incendie de son établissement.

La réplique de Dupleix ne se fit pas attendre. Il décida de reprendre ces deux loges par où l'on ne l'attendrait pas : la mer, avec un soutien par l'intérieur.

L'affaire ne prit que trois jours, avec des navires du Bengale d'une part et, de l'autre, un contingent d'une centaine de cipayes menés par le capitaine Prévost de La Touche. Après des échanges qui ne méritent pas le nom de batailles, le drapeau du roi flotta de nouveau sur ces deux établissements. Le butin que nous fîmes était loin d'être négligeable ; il allait nous permettre de construire des locaux d'habitation plus confortables et des magasins plus vastes qu'ils ne l'étaient auparavant.

Un matin, en me rendant au cabinet du gouverneur pour y régler un différend entre un courtier et le capitaine d'un navire retour des mers de Chine, l'huissier me fit signe d'attendre. A travers la porte me parvint le timbre triste et cuivré de la viole de gambe.

On ne me permit d'entrer que lorsque la dernière note se fut évanouie dans une coda pathétique. Joseph, face à sa fenêtre, le regard perdu dans le lointain orageux de l'océan, me tournait le dos, son archet en suspens. Il se leva, plaça son instrument contre sa table et se retourna pour me dire, en bâillant et en balayant sa poitrine du plat de ses mains :

— As-tu entendu la partition que je viens d'interpréter ? As-tu reconnu un passage de l'*Oratorio de Noël*, une des pièces de Bach que je préfère ? J'ai reçu ce cahier de mon frère Bacquencourt. Une pure merveille ! Cette musique me rappelle les messes de Noël dans la chapelle du collège de Quimper, avec la neige, le grand silence des nuits d'hiver, et ces chœurs en langue bretonne, avec accompagnement d'orgues...

Il s'ébroua, comme pour faire tomber de ses épaules cette neige de nostalgie, et, s'essuyant furtivement les yeux, ajouta :

— Parlons de choses plus sérieuses ! J'ai reçu hier au soir des nouvelles de la nababie d'Arcate, où s'est retiré Naser Sing. Eh bien, mon cher, tout va pour lui de mal en pis, ce qui me réjouit, comme tu peux le penser. Il semble que l'on complote dans son entourage, que l'on hésite à le déposer ou mieux à l'assassiner, ce qui serait bien dans la manière du pays. Ses ministres, demeurés pour une large part fidèles à Musafer Sing, insistent pour qu'il le libère. Après tout, il est son oncle, et il doit rester en lui quelque trace de l'esprit de famille... Il regimbe, le bougre, et n'a pas tort : accepter serait risquer de voir son neveu se dresser contre lui et le repousser dans ses montagnes du Deccan. Oui, mon ami, nous allons sans doute assister à une révolution de palais ! Tâchons de tirer les marrons du feu...

— Et les Anglais, dans ce remue-ménage ?

— Ils soutiennent Naser Sing mais lui ne les aime guère, comme tu le sais, et il se méfie d'une alliance dont il serait seul à assumer les contraintes.

Lors de ma mission auprès de ce prince, en compagnie des deux marchands, j'avais compris, d'après certains propos équivoques lâchés lors de nos entretiens avec les fonctionnaires, que le soubab filait un mauvais coton. Il menait une vie déréglée, entre ses femmes et ses courtisanes, abusait de l'opium et des boissons fortes, laissait aller ses affaires à vau-l'eau et n'avait plus tous ses esprits.

Assiégé en permanence par les émissaires des Anglais, il ne parvenait pas à choisir son camp ou, s'il le faisait, s'empressait de revenir sur sa décision. Il lanternait ses visiteurs sans parvenir à les décourager, et eux guettaient la moindre défaillance pour en tirer avantage.

Chanda Sahib, quant à lui, ne se laissait pas aller au farniente. La captivité de Musafer Sing lui était trop sensible pour qu'il acceptât de mettre bas les armes.

— Sais-tu, me dit Dupleix, ce qu'il vient de me proposer, histoire de profiter de l'ambiance trouble qui règne dans le palais d'Arcate ? De l'aider à s'emparer de deux villes de l'intérieur : Villapouram et Trivady. Ce projet est à retenir. Nous pourrions en tirer profit en y exploitant de nouvelles concessions. Je vais en parler au Conseil. Qu'en penses-tu, toi ?

Je trouvais ces propos en contradiction avec ceux qu'il m'avait tenus quelques semaines auparavant : « La guerre... Encore la guerre... », mais je me gardai d'en faire état.

— Tu dois convenir, lui répondis-je, que cette entreprise comporte des risques. L'armée de Chanda Sahib est affaiblie et il manque de ressources pour la reconstituer. Celle de Naser Sing, en revanche, est encore puissante. De plus, il a des réserves dans le Deccan et l'alliance des chefs marathes. Mais mon avis est de peu d'importance. A toi et au Conseil de décider.

La réunion qui suivit aboutit à une acceptation du projet de Chanda Sahib. Les conseillers voyaient dans cette conquête et dans l'alliance avec ce prince l'acquisition de nouvelles concessions, au nez et à la barbe de nos concurrents.

Les opérations, qui débutèrent à la mi-juin, furent d'une facilité si déconcertante que tous en furent surpris, moi le premier. La colonne d'un millier de cipayes conduite par un officier indigène, Cheik Haasem, s'empara sans coup férir des deux localités, une simple sommation ayant suffi pour que les portes s'ouvrent.

Cette victoire facile donna des idées noires à Mohamed Ali. Ce fils d'Anaverdi Khan, le nabab tué à la bataille d'Ambour, avait réussi à prendre la fuite avant la fin des combats, pour se replier sur Arcate sous la protection de son oncle Naser Sing. Dans cette nababie que lui contestaient Musafer Sing et Chanda Sahib, il avait laissé mûrir sa haine contre ces deux princes et leurs alliés français. C'était, disait-on, une nature d'homme énergique, bien trempée. Nous allions devoir compter avec lui.

Si la prise de Villapouram et de Trivady exaspérait Mohamed Ali, elle donnait à réfléchir à Naser Sing qui, sortant de ses brumes, souhaitait tenter un rapprochement avec ces diables de *Firanguis*, ces Français à qui rien ne résistait. Il sonda nos intentions, mais les conditions que nous lui proposâmes lui parurent inacceptables : on exigeait la libération de Musafer Sing et son accession à la nababie d'Arcate. Il revint furibond à Arcate et reprit ses entretiens avec les Anglais.

A Fort Saint David, la forteresse de Goudelour, l'ambiance était au pessimisme. L'empiétement des Français dans l'arrière-pays du Coromandel et la conquête de deux nouveaux comptoirs laissaient pantois le gouverneur de l'East Indian Company, le capitaine Cope. Comment, se disait-il, arrêter cette montée en puissance et faire comprendre à ces ambitieux qu'ils n'étaient pas les maîtres des Indes ? Le traité d'Aix-la-Chapelle leur interdisant d'user de leurs armes contre d'autres Européens, il ne leur restait qu'à utiliser, comme ils l'avaient déjà fait et comme les Français ne s'en privaient pas, les éléments indigènes.

Il y avait parfois, entre les troupes ennemies et entre leurs chefs, lorsque les chiens de guerre retournaient à leurs niches, des élans de fraternisation insolites rappelant les civilités qui avaient préludé à la bataille de Fontenoy : « Tirez les premiers, messieurs les Anglais... » On échangeait des nouvelles sur la santé des uns et des autres, on s'apprenait des mots étrangers, on chantait des chansons de France et d'Angleterre en buvant du vin ou de la bière. Un jour, le capitaine Prévost de La Touche envoya au gouverneur Charles Floyer une caisse de vin de Bordeaux ; il reçut en retour un tonnelet de whisky, avec un mot de remerciement et le souhait que l'on fêtât Noël ensemble autour d'une dinde.

Je souhaitais ardemment, par simple humanisme, pour le bien de nos deux compagnies et notre salut commun, que ces bons rapports devinssent une habitude consensuelle. Autant de vœux pieux que Dupleix réprouvait et que les événements n'allaient pas tarder à condamner.

Dans le camp des Anglais, après quelques semaines de paix, d'où vinrent les ordres de rallumer la mèche ? Je l'ignore.

Toujours est-il qu'à la mi-juillet le gouverneur de Fort Saint David, Charles Floyer, envoya sa troupe rejoindre l'armée de Mohamed Ali, partie réoccuper Villapouram et Trivady. A peine en marche, les officiers anglais reçurent l'ordre de faire demi-tour : la

Company venait d'envoyer un nouveau gouverneur général, Thomas Saunders, pour remplacer Floyer, rappelé à Londres.

Ce n'était que partie remise. Quelques semaines plus tard, il nous fallut reprendre les armes, mais, cette fois-ci, avec une confiance nouvelle : le torchon brûlait entre Mohamed Ali et les autorités anglaises, le premier reprochant à ses alliés de s'être cantonnés dans un rôle d'observateurs et de conseillers, et les Anglais se plaignant de n'avoir pas reçu les compensations promises.

L'incertitude, pour nous, venait surtout de l'importance de l'armée du nabab comparée à la nôtre. Nous avions, certes, le meilleur armement, surtout en matière d'artillerie, mais ils avaient la multitude, dont la seule vue donnait des sueurs froides aux plus courageux de nos officiers et de nos hommes. Nous étions meilleurs stratèges, la plupart de nos officiers ayant combattu en Europe, mais, par la force des choses, les Indiens connaissaient ce pays mieux que nous. Notre souci était d'épargner à notre armée des pertes en vies humaines ; la gloire suprême était pour eux de rejoindre au plus tôt leur paradis avec la palme des héros.

La rencontre eut lieu le 31 du mois d'août dans les parages de Trivady, à quelques dizaines de lieues à l'ouest de la côte et de Goudelour. Les soldats français occupaient le centre du front de bataille, sous le commandement des capitaines Prévost de La Touche, Auteuil et Bussy, nos auxiliaires indigènes disposés sur les ailes et les arrières, avec les bagages.

A la première charge de la cavalerie indienne répondit une salve qui en brisa l'élan. Regroupés autour de leurs éléphants, fonçant de nouveau avec une rage accrue, nos ennemis furent cueillis en pleine course par une canonnade serrée qui leur fit rebrousser chemin en désordre vers la rivière, où beaucoup se noyèrent, les eaux étant fortes.

Il n'y eut pas de récidive. La horde qui accompagnait les cavaliers se dispersa, entraînant avec elle les éléphants, blessés pour la plupart et fous de douleur.

Une victoire facile, de nouveau, mais qui allait nous apporter un regain de prestige dans toute la Péninsule et nous laisser un butin considérable : des canons et des mortiers anglais, notamment. Nos officiers abandonnèrent aux cipayes le pillage du camp et le soin d'achever les blessés, de les dépouiller et de leur couper la tête, qu'ils suspendaient à leur ceinture. Pour terminer la fête, ils mirent le feu aux tentes qui brûlèrent durant toute la nuit.

A quelques jours de là, Dupleix reçut de Chanda Sahib une lettre dithyrambique. Après les salutations traditionnelles, il écrivait : « Votre victoire brille comme le soleil ! Même le Grand Moghol n'aurait pas fait mieux... »

Nous n'en étions pas restés là. Bien que peu éprouvée par cette bataille, notre armée avait observé une semaine de repos à Pondichéry avant de prendre la route d'Arcate pour montrer à Mohamed Ali et à son protecteur, Naser Sing, qu'il était temps de choisir leur camp.

Au début de septembre, nos troupes s'arrêtèrent devant Gingy, au bord de la rivière du même nom, au nord-ouest de Valdaour. Cette ville se situe entre trois pitons d'une hauteur prodigieuse, dotés de défenses crénelées. Le plus important, celui de Rajagui, est couronné d'un temple, d'un réservoir d'eau, d'un grenier à riz et d'une batterie de canons. On ne pouvait accéder au sommet de ce temple-forteresse, à l'abri de tout assaut, que par une porte monumentale donnant accès à un chemin étroit bordé de précipices, et par des ponts branlants jetés sur un vide vertigineux.

Nos troupes se trouvaient pour la première fois en face d'un dispositif de défense aussi impressionnant. A l'impossibilité d'attaquer de front cette montagne s'ajoutait une appréhension : le retour en force de Mohamed Ali. Quelques jours plus tard, elle se révéla justifiée.

Un matin, nos officiers constatèrent que les Indiens avaient mis la nuit à profit pour s'interposer entre nos premiers postes et les murailles. Lorsque nous attaquâmes, quelques heures plus tard, il n'y eut qu'un semblant d'affrontement. Rompant ses lignes de défense, l'ennemi se rua dans la ville qui venait de lui ouvrir ses portes. Nous y entrâmes du même élan, sous les feux des batteries de la forteresse, qui tuaient indistinctement Français et Indiens.

Durant des heures, quartier par quartier, maison par maison, il fallut se battre, le plus souvent à l'arme blanche, pour se rendre maître de la ville.

Persuadé que cette prise serait inutile et néfaste tant que nous ne serions pas maîtres du temple-forteresse et de ses canons, Auteuil, qui commandait en chef, donna l'ordre à Bussy de tenter un assaut. Il fallut toute une nuit pour dresser le plan de l'attaque. Précaution inutile. Après qu'un énorme pétard eut fait voler la porte en éclats, nos hommes s'y engouffrèrent et ne trouvèrent au sommet qu'une poignée de soldats qui, après un simulacre de résistance, jetèrent leurs armes en voyant surgir les nôtres.

Cette affaire nous coûta une dizaine d'hommes, dont

deux périrent en chutant dans un précipice. Ce qui restait de l'armée ennemie, abandonnant chevaux et bagages, s'était réfugié sur les deux autres pitons dominant la ville. Peu de jours plus tard, à la faveur de la nuit, ils se retirèrent de Gingy pour gagner la montagne.

Pour Dupleix, il n'y avait pas eu de faits d'armes notables, pas de miracle non plus.

— Nous avons eu affaire, me dit-il, à des gens qui voulaient bien se laisser battre. Je dois pourtant convenir, d'après les récits qui m'ont été rapportés, que nos officiers se sont vaillamment conduits, monsieur de Bussy notamment. Sur un champ de bataille d'Europe, son exploit lui aurait valu le grade de colonel, ou même de général. C'est sans conteste le meilleur de nos officiers. Nous pouvons en attendre de grandes choses...

Il m'avoua qu'il aurait aimé faire de cet officier le gouverneur de Gingy, cette ville importante, bien placée sur les chemins des caravanes, à quelques jours de marche à l'ouest de Pondichéry, mais c'eût été créer un précédent dangereux et susciter la jalousie de ses pairs.

— Nous ne sommes pas dans ce pays, ajouta-t-il, pour réaliser des conquêtes au nom du roi, mais pour ouvrir des voies au commerce au nom de la Compagnie. Tout au plus pourrons-nous ouvrir un comptoir à Gingy, avec l'assentiment du soubab du Deccan.

C'était jouer sur les mots, il en avait bien conscience. Il ajouta :

— L'empire du Grand Moghol, le padischa de Delhi, est en pleine déliquescence, dois-je te le rappeler ? Ses sujets reprennent peu à peu leur indépendance, se font la guerre et entretiennent l'anarchie dans toute la Péninsule. Notre rôle de civilisateurs devrait être défini une fois pour toutes : rétablir l'ordre afin que les opérations commerciales se déroulent dans de meilleures conditions. Pour cela, nous devrons faire usage de nos armes, mais nous avons scrupule à le faire sans y être provoqués ou contraints. Il n'en est pas de même de nos concurrents. Le jour où ils auront des forces suffisantes, menées par des chefs éprouvés, ils feront des Indes un protectorat, peut-être une colonie à laquelle ils imposeront leurs lois, sinon leurs mœurs. Ce jour-là, Olivier, nous n'aurons plus qu'à plier bagage...

— Faire de ce pays une colonie ? Je n'y crois pas. Ce qui fut possible aux Caraïbes, au Canada et en Louisiane ne peut l'être aux Indes. D'une part des territoires à prendre à des sauvages incapables de les exploiter ; d'autre part un pays de haute et ancienne civilisation, auquel nous n'avons rien à apprendre...

— Redescends sur terre, Olivier ! Les Anglais n'auraient pas ces scrupules. Ils ont pour ces gens le même mépris que les Grecs et les Romains pour ceux qu'ils appelaient les Barbares, et dont certains auraient pu leur en remontrer sur bien des chapitres. Ils n'en sont pas là, heureusement, et je souhaite qu'avec l'aide de Dieu, du roi et de la Compagnie nous leur coupions l'herbe sous les pieds !

Mon ami Joseph rêvait, lui aussi, en laissant percer des ambitions irrépressibles. S'il ne se voyait pas vice-roi des Indes orientales, trop lucide qu'il était (encore que...), il n'avait pas exclu la perspective d'un protectorat français du Bengale à l'île de Ceylan et sur la côte occidentale du Malabar. Seul... avec des forces suffisantes, il aurait pu réaliser ce rêve.

C'eût été compter sans les Anglais.

Dupleix attendait sans trop d'impatience de Naser Sing, subjugué par la puissance de nos armes, une proposition de paix. Moins d'une semaine après la prise de Gingy, nous recevions ses émissaires montés sur des éléphants de parade et fort cérémonieux. Ils nous firent comprendre que le soubab était prêt à accéder à nos requêtes sur tout, ou à peu près tout.

Il y eut des réticences dans le Conseil. La paix et une alliance avec Naser Sing étaient à considérer, mais il y avait le revers de la médaille : nous avions affaire à un interlocuteur versatile, malade, et qui, peut-être, avait perdu sa lucidité, ce qui, Musafer Sing dénonçant cet accord, risquait de nous entraîner dans un piège.

Autre obstacle : cette paix confirmée, nous risquions de provoquer la colère de nos deux alliés, dont la fidélité s'était confirmée. On décida prudemment de mettre cette affaire sous le boisseau en attendant la mort de Naser Sing, sa destitution ou une réaction d'impatience capable d'engendrer une guerre.

Cantonné à Gingy, en proie à des crises de goutte l'obligeant à ne se déplacer qu'en palanquin, Auteuil s'apprêtait à jouer les nababs, quand il reçut l'ordre de Dupleix de diriger ses troupes vers la ville de Chetipet, où Mohamed Ali, descendu de ses montagnes d'Arcate en compagnie de Naser Sing, avait regroupé les siennes pour nous attendre.

Dupleix me convoqua dans son cabinet et me dit :

— Cette nouvelle campagne me laisse perplexe. Tu connais Auteuil ? Bon meneur d'hommes mais tête creuse. Je te confie le soin de le surveiller de près.

— Je vais donc...

— Oui, rejoindre notre armée. De quoi te plaindrais-tu ? Tu vas voir de nouveaux pays, goûter à d'autres aventures, herboriser dans la montagne à temps perdu...

Jugeant cette ironie blessante, je protestai, disant que ma place était à Pondichéry, où je souhaitais poursuivre ma tâche. Il fit la sourde oreille. La mort dans l'âme, je dus en passer une nouvelle fois par sa volonté, abandonner mon cabinet à ses embrouilles et ma maîtresse à ses inquiétudes, enceinte qu'elle était de plusieurs mois.

Quelques heures plus tard, j'annonçai mon départ à Sophia en lui demandant de prendre son mal en patience, tout comme moi, et de ne plus rien faire pour se débarrasser de l'enfant qu'elle portait et que je souhaitais tenir dans mes bras à mon retour. Elle me rassura : sa décision était prise, elle serait mère.

Son teint s'était marbré, sa démarche alourdie, et son ventre avait pris sous le sari un arrondi généreux. Mon bagage prêt pour le départ, quand je la serrai contre moi, elle essuya nerveusement ses larmes d'un revers de poignet et me dit, avec un air de défi et un triste sourire :

— Pars, Olivier, mais dis-toi qu'à ton retour je ne serai peut-être plus là...

Lorsque, à la mi-septembre de l'année 1750, je me mis en route, la saison des pluies avait débuté par des averses diluviennes. La dernière image de ma maîtresse, debout entre deux merlons de la porte de Valdaour, immobile sous son manteau de pluie, allait me poursuivre longtemps. J'avais brandi mon chapeau en signe d'adieu, mais elle n'avait pas daigné répondre à mon salut. Perverse, elle avait fait passer ses doutes en moi. Ils n'allaient cesser de m'obséder durant des semaines.

Entre Gingy et Chetipet, je retrouvai l'armée inactive et d'humeur morose.

Nous progressions à petites journées à travers des

immensités de rizières et de marécages inondés, par des pistes que même nos guides avaient du mal à reconnaître. Il fallait à toute heure faire arrêter la colonne pour désembourber les canons et les chariots. Chanda, qui attendait notre venue, fulminait contre cette lenteur ; Dupleix lui répondait que ses hommes n'étaient pas des poissons.

Auteuil était à bout de forces et démoralisé, sa goutte lui infligeant une torture permanente. Il avait essayé des remèdes à base de soufre, sans obtenir le moindre répit. Seul l'opium lui donnait quelque rémission, mais diminuait son énergie. Il souffrait en outre d'un flux hémorroïdal qu'un remède indien préconisé par un de nos guides, du « beurre de cochon », soulageait partiellement.

Je pris l'habitude de lui rendre des visites quotidiennes, le matin, avant le départ de la colonne. Je le trouvais chaque fois inerte, la pensée floue et l'élocution incertaine, incapable de faire sa toilette et de revêtir seul son uniforme. Sa barbe, dont il ne prenait plus soin, était devenue hirsute et son visage émacié s'était couvert de pustules.

Il me dit un matin, alors que son état empirait :

— Je devine la mort toute proche, mon ami. Elle vient me flairer la nuit, repart avec le soleil, mais ne s'éloigne jamais. Je sens parfois sur ma peau son souffle qui empeste. Dieu me préserve de mourir dans ce désert et cette boue, loin de ma famille. C'est la seule faveur que j'attends de Lui.

Il avait ajouté, d'une voix brisée :

— Monsieur de La Vermondie, ne faites pas comme moi : revenez en France dès que possible. Ce pays est un enfer. Un jour c'est l'eau, le lendemain le feu...

Le chevalier d'Auteuil avait demandé au gouverneur d'être relevé de ses fonctions et de confier l'intérim au commandant de la colonne, le capitaine Prévost de La Touche. La réponse qu'il attendait chaque matin tardait à venir. Il fallut s'en passer.

Le climat ne m'avait pas épargné. Je souffrais d'une dysenterie qui me donnait, dix fois par jour, des tranchées que je soignais à l'indienne, par de l'eau de riz et des bains froids. Mon corps s'était couvert de dartres occasionnés par une nourriture dont les chiens n'auraient pas voulu.

Respectueux des consignes de Dupleix, je lui adressais un courrier chaque jour, sans être certain qu'il lui parvienne. Je veillais à ce que nos cipayes et nos *topas*, coutumiers du pillage, épargnent les paysans lorsque nous traversions des villages. Soumis comme nous, et pire encore, à un régime de famine, il leur arrivait de tromper ma vigilance et de faire bombance, au bivouac, de moutons, de chèvres ou de bovins.

Ce calvaire allait durer des semaines.

A la fin du mois de novembre, alors que nous approchions de Chetipet, à travers des paysages d'une grande sauvagerie, le ciel se dégagea. Un soir, comme nous arrivions en vue d'un affluent du fleuve Paléar, la rivière Cheyar, des montagnards nous informèrent de la présence, à moins d'une journée de marche, de l'armée ennemie conduite par Mohamed Ali et Naser Sing.

— Nous allons l'attendre ici, nous dit le capitaine Prévost de La Touche. L'endroit est favorable au campement et à la bataille. Nous allons passer le temps qui nous reste avant le coucher du soleil à inspecter le terrain, et la nuit à nous reposer.

S'adressant à moi, il ajouta :

— Monsieur de La Vermondie, écrivez au gouverneur, dans votre courrier, que le moral de la troupe est au plus haut et que nous attendons l'ennemi de pied ferme. Donnez-lui de même des nouvelles de monsieur le chevalier d'Auteuil, qui se porte de mieux en mieux.

Il faisait, dans cette vallée, entre des falaises de basalte aux formes fantastiques, une chaleur moite, presque palpable, comme de la poix fondue. Qui serait sorti sans chapeau de sa tente ou de l'ombre d'un arbre eût risqué l'insolation. Pour le dire comme Auteuil : on était passé de l'eau au feu, sans transition ou presque.

D'après ce que des patrouilles nous rapportèrent, les forces ennemies étaient infiniment supérieures aux nôtres, ce qui n'était pas fait pour nous surprendre. De plus, habitués au climat et en souffrant moins que nous, leurs combattants avaient davantage de résistance. On pouvait, dans le silence de la nuit, entendre, répercutés par les falaises, les échos de leurs concerts propitiatoires. Où Mohamed Ali avait-il trouvé des contingents d'une telle importance, cinquante mille cavaliers, deux à trois cents éléphants de guerre, une nuée de gens de pied qui n'étaient redoutables que par leur nombre ? Avait-il, comme César, fait naître ses légions en frappant le sol du talon ?

Nous comptions sur la puissance de feu de nos deux cents canons de tous calibres, les charges violentes de nos auxiliaires indigènes et la réserve que constituait l'armée de Chanda, pour faire front avec succès à cette marée humaine.

A peine le jour levé, alors que je me faisais la barbe sous un tamarinier, nos soldats commencèrent à s'agiter autour de ma tente. Une rumeur de vociférations, de chants et de fanfares guerrières montait des lointains de la vallée, avec des barrissements d'éléphants affolés par la drogue mêlée à leur boisson. En escaladant une éminence, j'aperçus, le cœur serré, un grouillement confus qui, envahissant la vallée d'un bord à l'autre, progressait vers nous comme une invasion de fourmis.

La bataille allait durer plus de quatre heures, avec pour nous une alternance d'offensives foudroyantes et de reculs précipités. Le capitaine Prévost de La Touche m'avait invité à rester sur les arrières pour tenir compagnie à Auteuil, mais j'avais insisté pour participer à la bataille. La première sonnerie de trompette me trouva, ivre d'arak et de fièvre guerrière, le cul en selle et le sabre au poing.

Rude bataille que celle de Chetipet, avec, d'un bout à l'autre, une issue incertaine. Dix fois je vis se dessiner la victoire et dix fois je dus déchanter. Ecrasées, déchirées, encombrées par des éléphants affolés, les lignes ennemies, prises de panique, se reformaient inlassablement. Il aurait fallu des semaines, des milliers d'hommes, des centaines de canons pour venir à bout de ces guerriers qui semblaient sortir de terre. Je dus abattre mon cheval d'un coup de pistolet, car, le museau arraché par un boulet, il s'était couché sans pouvoir se relever. Après avoir vidé les fontes de ma selle de leur contenu, je sautai sur le premier cheval sans cavalier passant à ma portée : celui d'un dragon tué d'un coup de lance, dont le cadavre traînait à terre, encore lié par un étrier. Sabre au clair, je fonçai dans la mêlée.

Mieux servie, alimentée plus rapidement que celle de l'ennemi, notre artillerie profitait du recul de ce qui restait de la ligne des éléphants caparaçonnés d'or et de sang pour donner son plein. Elle ouvrit enfin une brèche où, baïonnette au canon, les nôtres se ruèrent, en proie à cette *furia francese* dont les troupes italiennes avaient subi le choc, au temps du roi François Ier.

En face, reculade générale, dans un concert de lamentations qui semblaient annoncer un événement insolite. Le chef d'un groupe de cipayes qui harcelait les flancs de l'ennemi nous révéla, quelques minutes plus tard, les raisons de ce mouvement désordonné : le soubab Naser Sing avait été jeté au bas de son éléphant, tué par deux balles, alors qu'il se trouvait à distance de la ligne de feu. Il ajouta que ses officiers s'étaient précipités sur lui pour l'achever et lui trancher la tête, qu'ils avaient promenée au bout d'une lance avec des cris de joie.

D'où venaient ces deux coups de feu ? On allait parler de balles perdues, une explication qui ne pouvait tromper personne.

La bataille s'acheva dans la plus grande confusion, sous un soleil ardent. J'avais la tête et le corps en feu. Couvert d'écume, blessé au flanc, le cheval du dragon menaçait à tout moment de s'abattre. Je tentai de me rapprocher de la rivière, pas à pas, sans cesser de batailler contre un groupe de Noirs qui, un à un, finirent par plonger dans l'eau et se laisser entraîner par le courant. Ma dernière victime, un vieil homme simplement vêtu d'un *langouti* qui couvrait sa taille, avait, avec sa faucille liée à une perche, l'apparence d'un paysan plus que d'un soldat. Il jeta son arme. Je portai la pointe de mon sabre contre sa gorge, et, le forçant à reculer, je lui fis signe d'aller rejoindre les fuyards.

Je laissai mon cheval s'abreuver, de l'eau jusqu'au poitrail, puis, abandonnant ma selle, me laissai tomber comme une masse dans la rivière.

Alors que la chaleur atteignait un point d'incandescence insoutenable, nous n'avions plus en face de nous qu'un reliquat de fanatiques qui se laissaient tuer sur place en criant les noms d'Allah et de je ne sais quelle autre divinité du paradis ou de l'enfer.

Le capitaine Prévost de La Touche dut laisser nos hommes et nos auxiliaires, ivres de fureur et de joie, piller les bagages et les morts, achever les blessés, couper des têtes, violer les femmes qui accompagnaient l'armée vaincue et, vidant des tonnelets d'arak, poursuivre toute la nuit leur fête orgiaque.

Alors que le soir tombait sous un ciel assombri de nuées orageuses, je m'assis sur un rocher, près de Bussy, qui portait au visage un pansement d'où suintait une sérosité rosâtre. Il fumait la pipe près de la tente que son ordonnance venait de dresser et qu'il m'avait invité à partager, ainsi que son souper de riz et de galettes de mil, mis à cuire entre deux pierres.

— J'imagine, me dit-il entre deux bouffées, la joie du gouverneur en apprenant cette victoire. Avez-vous fait partir votre courrier ?

— Il y a quelques instants. Avec un peu de chance, il sera informé avant trois jours.

Nous parlâmes de l'événement qui avait hâté la fin de la bataille et auquel nous devions peut-être la victoire.

— Je ne vais pas pleurer la mort du soubab Naser Sing, me dit-il, mais il reste que cette affaire est mystérieuse. Je ne crois pas à des balles perdues. Une seule, peut-être, mais deux en même temps... Cet acte est sans doute le résultat de la conjuration organisée pour le supprimer. Pensez-vous que notre gouverneur aurait pu y prêter secrètement la main ? Beau sujet de controverse pour nos futurs historiens...

Je ne le croyais pas, encore que Dupleix en fût capable.

— Il aurait pu mener un jeu à la manière indienne, ajoutai-je, en faisant fi de l'honneur, notion sans valeur dans ce pays. A mon avis, les assassins du soubab n'ont fait que dissiper un fantôme encombrant. Naser Sing ne laissera guère de regret, même chez les Anglais. Ce qui m'inquiète, c'est le comportement de Mohamed Ali après cette défaite. Restera-t-il à Arcate, quitte à subir un siège ? Va-t-il se réfugier dans son fief de Trichinopoly ? De toute manière, nous avons tout à redouter de lui. Il est d'une autre trempe que Naser Sing et sait ce qu'il veut : nous chasser du Carnatic, avec le concours des Anglais.

— Je partage cette inquiétude, monsieur de La Vermondie, et vais vous faire un aveu : je suis las de massacrer des Indiens comme on tire aux pigeons. Mon intention est de demander mon retour en France. Je ne vais d'ailleurs pas tarder à adresser ma demande à la Compagnie.

Bussy aurait eu tort. Agé d'à peine trente ans, belle nature d'homme et de soldat, d'un courage et d'un élan exemplaires, d'une intelligence raffinée, il allait, au cours des années à venir, connaître gloire et fortune dans les montagnes du Deccan...

3

Le nabab de Pondichéry

Notre retour à Pondichéry prit l'allure d'un triomphe romain et d'un carnaval vénitien. Je ne m'y laissai pas entraîner.

Mon premier soin, passé la porte de Valdaour, fut de prendre des nouvelles de Sophia. Je l'avais tenue régulièrement au courant de ma situation et de mes actes mais n'avais pas reçu d'elle le moindre signe de vie. Et ce n'était pas de Dupleix que j'aurais pu en attendre...

Je trouvai devant sa porte deux Indiennes accroupies et un gringalet, torse nu, qui, s'arrêtant de jouer de la flûte à bec, fit l'important en prétendant m'interdire l'entrée : « Ordre de madame ! » Je le bousculai et chassai les femmes, qui se dispersèrent avec des criailleries de vieilles pies.

Sophia me fit entrer sans paraître éprouver la moindre émotion, comme si nous nous étions quittés la veille. Je la retrouvai amaigrie, le teint cireux, les yeux cernés... et le ventre plat. Je remarquai quelques cicatrices au front et aux joues.

— Notre enfant ? Qu'est-il arrivé ? Tu n'aurais pas dû accoucher avant un mois...

Elle me tourna le dos, éclata d'un rire amer et me

dit, en faisant papillonner une main au-dessus de sa tête :

— L'enfant ? Plus d'enfant ? Envolé, au paradis, avec les anges ! Pfuittt...

Je la pris aux épaules et la forçai à me faire face.

— Réponds à ma question, Sophia ! Que t'est-il arrivé ?

Elle se dégagea d'un geste brusque.

— Olivier, j'aurais préféré que nous ne nous revoyions pas. Je n'aurais pas dû accepter de te recevoir. Je n'en ai plus le droit.

— Le droit ? Que me racontes-tu là ? De quel droit s'agit-il ?

Comme elle se taisait, je hurlai :

— Vas-tu me répondre ? Pourquoi notre enfant a-t-il disparu ? Qui t'a frappée ? Qui ? je veux le savoir, et je le saurai !

Elle s'enfonça dans un fauteuil, renvoya d'un geste de la main sa nouvelle *mosse* qui, alertée par mes cris, venait de surgir. Elle me désigna un tabouret, me demanda de m'approcher d'elle et de parler à voix basse :

— Je dois me méfier de tout le monde, Olivier. Les murs ont des oreilles, et ceux-ci sont fort minces.

Je m'assis, mon sabre entre les genoux, et répétai mes questions.

— Réponds-moi, je t'en conjure. Qui a osé porter la main sur toi ?

Elle s'essuya le visage avec un pan de son sari, et me dit dans un souffle :

— Jeanne. Ma cousine Jeanne...

Madame Dupleix n'avait pas tardé à apprendre par la jeune servante, stipendiée par ses soins, que Sophia n'avait plus ses fleurs depuis plusieurs mois et que son ventre avait pris du volume. Elle lui avait rendu visite pour entendre d'elle la confirmation de cette nouvelle. Sophia n'avait rien pu lui cacher.

— Elle m'a demandé qui était le père. Quand je le lui ai avoué, elle s'est mise dans une colère noire. Intimes comme nous l'étions, j'aurais dû la tenir au courant de nos rapports et lui demander conseil ! C'est là que l'affaire a tourné à l'aigre. J'ai répondu que j'étais majeure, que je me comportais à ma guise et n'avais pas à lui rendre compte de mes décisions et de mes actes...

— C'était courageux de ta part.

— Dangereux, surtout. Elle a redoublé de colère, disant qu'elle tenait à être informée de tout ce qui touchait notre famille, que je le savais et méritais un châtiment. Je lui ai ri au nez. Alors elle ne s'est plus contrôlée et m'a frappée au visage avec sa cravate. Je n'ai pas bronché. Au deuxième cinglon, j'ai tenté de me défendre, mais elle est plus forte que moi, tu le sais. Elle m'a bousculée, jetée à terre et rouée de coups de pied, en visant le ventre. Elle y mettait une telle violence que je me suis évanouie. Quand ma *mosse* m'a ranimée, Jeanne était partie, et moi je baignais dans mon sang.

Elle prit ma main, la serra contre sa poitrine et ajouta :

— C'est ainsi que j'ai perdu notre enfant, une fille. Je le regrette. Le regrettes-tu autant que moi ?

— Oui et non. J'étais fier, je l'avoue, d'être père, mais, à la réflexion, qu'avais-je à vous proposer ? Une carrière de modeste employé de la Compagnie sans avenir, une vie terne, alors que toi, parente du gouverneur, tu aurais pu aspirer à une existence plus brillante en épousant un homme de ton milieu...

— C'est un raisonnement absurde ! Tu oublies que je t'ai choisi en connaissance de cause, et tu me connais assez pour savoir que je reviens rarement sur mes décisions. Cet enfant, que j'avais prévu de garder, scellait notre union. Une sorte de sacrement. Et aujourd'hui...

— Aujourd'hui, si tu en as la volonté, nous pouvons décider de faire front, d'unir nos destinées, d'avoir un autre enfant. Personne ne pourra s'y opposer. Pas même Jeanne. J'aimerais d'ailleurs lui dire deux mots. Cela ne devrait pas tarder.

Sophia me parla d'Asha, la *mosse* qu'elle avait jetée dehors à coups de pied, en guise de gratification, pour l'avoir trahie. La nouvelle servante, choisie avec soin, était une Tamoule très noire de peau, délurée et simplette, mais fidèle à sa maîtresse, du moins en apparence. Elle s'appelait Kamala, ce qui signifie « Lumineuse Beauté ».

J'allais me retirer quand une rumeur venue du dehors, qui n'était pas celle de la fête, me fit dresser l'oreille. On frappa lourdement à la porte. Sur un signe de sa maîtresse, Kamala l'ouvrit. Un sergent de hussards s'avança et, d'un air gêné, me pria de le suivre. Je lui en demandai le motif ; il me répondit qu'il l'ignorait. De qui venait cet ordre ? De madame Dupleix.

J'allais protester que je n'avais pas d'ordre à recevoir d'elle. Sophia me devança :

— Allez dire à cette dame que je suis libre de recevoir qui me plaît ! Monsieur de La Vermondie est mon hôte et le restera aussi longtemps qu'il le jugera bon.

Le sergent le prit de haut. Il avait reçu des ordres, et toute résistance de ma part serait vaine. On lui avait confié, pour me conduire à la citadelle, une escorte de dix *topas*. C'était beaucoup d'honneur qu'on me faisait...

Je rassurai Sophia.

— Il faut laisser ce sergent faire son devoir, ma chérie. Tu n'auras pas longtemps à m'attendre.

Je ne pus prendre part aux festivités qui agitèrent la ville durant deux jours. De la cellule de la prison où l'on m'avait enfermé avec quelques déserteurs et détenus de droit commun, je n'en perçus que les rumeurs, le grondement du feu d'artifice et, la nuit venue, les flonflons du bal dans la salle de vérification des toiles.

Après deux jours et deux nuits passés à me reposer et à dormir, deux jeunes hussards vinrent m'extraire de ma cellule pour me conduire au cabinet du gouverneur.

Dupleix interrompit la sonate de Couperin qu'il interprétait à la viole de gambe, posa son instrument contre sa table et me désigna le fauteuil proche du sien. Puis, d'un air crispé et faussement cérémonieux, il me dit en faisant quelques pas, ses mains jouant dans son dos avec ses basques :

— Monsieur de La Vermondie, je vous dois des compliments pour la célérité avec laquelle vous m'avez rendu compte des événements qui ont précédé et suivi la bataille de Chetipet. Monsieur Prévost de La Touche m'a fait l'éloge de votre conduite au combat et tout au long de cette expédition.

Certain que notre entretien n'allait pas tarder à changer de ton, je me gardai de réagir à ces compliments. Le gouverneur s'assit à sa table, croisa ses mains sur un dossier et me dit, sur un registre plus intime et en s'animant peu à peu :

— Mon ami, nous venons, mon épouse et moi, de traverser des moments difficiles. Informé ce matin même de ton incarcération, je lui en ai demandé la raison. Seigneur Dieu ! Les murs ont tremblé. Elle s'imagine que le titre factice de bégum lui donne tous les droits ! Ce comportement est insupportable, et je ne le lui ai pas envoyé dire. Elle a fini par convenir qu'elle avait abusé de ses pouvoirs et qu'elle aurait dû m'informer sinon de sa décision, du moins de son intention. J'ignorais que Sophia attend un enfant de toi...

— *Attendait*... Ton épouse aurait pu pousser plus loin ses aveux, reconnaître que ce sont les mauvais traitements qu'elle a fait subir à sa cousine qui ont déclenché une fausse couche !

— Par exemple ! Que me dis-tu là ?

— La vérité, Joseph. Sophia a failli mourir, elle aussi. Elle porte encore les traces de ces coups au visage et sur le corps.

— J'ignorais cela, je le jure ! Mon épouse va devoir me rendre des comptes, et, cette fois-ci...

— Mieux vaut y renoncer, je t'en prie. Ce qui est fait est fait. Tu ne pourrais qu'envenimer cette situation.

— Soit. Pourtant, j'aimerais savoir ce que tu comptes faire.

— Légaliser notre union. Sophia y est prête. Ce serait chose faite si tu ne m'avais pas envoyé à Chetipet. Ce que je crains, c'est l'opposition de ton épouse...

— Ce serait un comble ! Tu épouseras donc Sophia. C'est ma volonté autant que la tienne. Je lui assurerai une dot et une rente. Si tu y consens, je serai ton témoin et Jeanne celui de Sophia, pour lui montrer qu'elle a autant d'ordres à recevoir qu'à donner. Nous pourrions même être parrain et marraine de votre premier enfant. Qu'en dis-tu ?

Je ne pouvais que me montrer flatté de cette proposition, mais j'objectai que si notre entente était stable, exempte de jalousie et de rancœur, divers obstacles s'opposaient à cette union : la précarité de ma situation, le danger de mes missions, le risque d'un rappel...

— Balivernes ! s'écria-t-il. Je vais augmenter tes émoluments et t'éviter dans la mesure du possible les missions dangereuses. Quant à ton rappel, il ne pourrait se faire sans mon accord, et tu m'es trop précieux pour que j'envisage de me séparer de tes services, de tes conseils et de ton amitié.

La campagne qui venait de s'achever par un drame : la mort de Naser Sing, et par une victoire : la déroute de Mohamed Ali, avait eu pour nous des conséquences favorables. Notre allié fidèle, Musafer Sing, libéré de sa geôle d'Arcate, devenait soubab du Deccan, avec Hyderabad comme capitale, et Chanda Sahib nabab du Carnatic. C'était pour nous l'assurance d'une période de sécurité, la promesse de nouvelles concessions et d'une indemnité de guerre à puiser dans le trésor des vaincus, en compensation du soutien décisif que nous avions apporté à ces deux princes.

Les Anglais allaient en crever de jalousie...

Dans les derniers jours de décembre de cette année 1750, Musafer Sing et Chanda Sahib, montés sur des éléphants blancs richement caparaçonnés, escortés d'un détachement vêtu et armé à l'européenne, nous rendirent une visite solennelle.

La rencontre au palais du gouverneur fut un moment d'intense émotion, qui faillit me tirer les larmes, de même que la traversée de la ville entre la porte de Valdaour et celle de la Mer. Les trois hommes étaient montés dans le même palanquin, au milieu d'un déchaînement de musique qui ne rappelait en rien Rameau ou Couperin.

Je ne m'attarderai pas sur les cérémonies et les festivités qui marquèrent cette réception, la plus somptueuse que Pondichéry ait jamais connue. J'en venais presque à oublier que tout cela pourrait bien n'être qu'illusion, les sentiments d'amitié, de fidélité et d'honneur, dans ce pays, étant aussi légers et fugaces que des fumées d'encens.

J'avais croisé à plusieurs reprises la bégum Dupleix, resplendissante dans sa beauté mûre, constellée de rubis de Birmanie et de ces colliers de perles noires de Manaré, dont elle était fière. Aux regards dont elle m'avait foudroyé, je pouvais mesurer l'intensité de sa rancœur, voire de sa haine. Conviée à participer à ces festivités, Sophia s'était récusée pour ne pas sembler céder à un mouvement de provocation.

Je dissimulai mal mon hilarité lorsque, pour le banquet de clôture, le gouverneur apparut revêtu du *serpeau*, ce vêtement de cérémonie, don de Musafer Sing, qui lui donnait l'allure du Mamamouchi dans *Le Bourgeois gentilhomme* de Molière : tunique à la maure boutonnée jusqu'au col, agrémentée de brocarts et de pierres précieuses, culottes de soie, babouches recourbées à la poulaine, ceinture brodée d'or portant un sabre au fourreau damasquiné, énorme turban orné d'un gros diamant de Golconde, qui lui amaigrissait le visage...

Y avait-il de quoi, me disais-je, se réjouir de ces témoignages de faveur de la part d'un prince dont désormais dépendait l'avenir de notre commerce ? Dupleix était devenu l'obligé du soubab et du nabab, leur lieutenant général en quelque sorte, leur *naëb*. Il leur devait le soutien de nos armes et ils pouvaient, en cas de divergences graves, lui retirer cette délégation.

Pour effacer cette impression équivoque de dépendance, Musafer Sing avait nommé Dupleix gouverneur général des Indes du Sud, avec le titre de « mansébar aux sept mille chevaux », avec un revenu annuel de cent mille roupies, ce qui effaçait bien des susceptibilités...

Quelques jours après ces festivités, Dupleix me dicta une lettre à la Compagnie, confirmant son intention de garnir ses caisses de « subsides immenses », et de veiller à la sécurité de nos établissements, même à supposer qu'on ne reçoive pas des directeurs les secours attendus.

Il concluait par ces mots : « Je connais mieux que tout autre les peines que la guerre nous a occasionnées, d'autant que tout le fardeau a été pour mon compte... »

Le fardeau, sans doute. Les bénéfices, à coup sûr. Dupleix avait amassé, au gré de dons personnels et de trafics divers, une fortune digne de celle d'un nabab. On n'allait pas tarder, à Paris, où tout se savait, à lui reprocher, avec quelque exagération, ses « mœurs indiennes », son goût pour la parade et le faste, pour les titres honorifiques qui faisaient de lui un subordonné du nabab du Carnatic et du soubab du Deccan. Il semblait, il est vrai, se plaire dans cette comédie et y tenir le rôle principal avec une complaisance qui frisait la fatuité.

Lorsque je le taquinais à ce propos, sans y ajouter du venin, il répliquait :

— Je vis dans ce pays depuis près de trente ans, Olivier. Il est devenu ma seconde patrie. Quoi de plus normal que je m'attache à ses coutumes, à ses mœurs, et que j'y adhère à l'occasion ? Il n'y a pas de moyen plus efficace pour se faire aimer et respecter des indigènes. On m'appelle le nabab de Pondichéry, et j'en suis fier. Si les Anglais évitent cette précaution, c'est par orgueil et par mépris pour ce pays.

Il ajoutait, en riant :

— Je tiens à te rassurer : je n'ai pas l'intention de me convertir à Shiva, à Mahomet ou à Bouddha, de m'enfermer dans un palais avec des eunuques et un harem, ce que Jeanne n'apprécierait guère...

La bégum Dupleix n'avait pas été oubliée dans les générosités que les deux princes avaient répandues sur leurs hôtes. Elle avait hérité, à titre personnel, de quelques aldées florissantes. De quoi enrichir sa collection de perles noires.

Je n'avais pas été oublié, de même que nos officiers et nos soldats, dans cette manne providentielle. La gratification dont je fus doté, une somme importante, me permit d'offrir à Sophia une de ces perles noires dont raffolait sa cousine. J'achetai chez un marchand tamoul la plus grosse, de l'orient le plus somptueux.

— Il faudra porter ce bijou, lui dis-je, lors des repas et des réceptions. Je veux voir la bégum Dupleix pâlir de jalousie...

En quittant Pondichéry pour regagner ses montagnes du Deccan, Musafer Sing sollicita et obtint de Dupleix une escorte armée, le trajet pouvant se révéler dangereux, du fait des reliquats de troupes de Mohamed Ali qui erraient encore dans le pays. Prévost de La Touche fut désigné pour commander cette mission, mais il se heurta à Bussy, qui revendiquait lui aussi cet honneur, en raison de faits d'armes notoires lors de la bataille de Chetipet.

Je connaissais bien ces deux hommes et la disparité de leur nature. Le premier, petit de taille, d'allure rustaude, taciturne et ombrageux ; le second, bâti en hercule, élégant, séduisant et spirituel. A l'issue d'un affrontement courtois mais sévère, Bussy l'emporta. C'était pour lui le début d'une longue et passionnante aventure.

L'escorte du soubab s'ébranla le 15 janvier, sur la fin de l'après-midi en raison de la chaleur. Des vents de terre soulevaient des tourbillons de poussière jaune dans la steppe précédant les monts Oulgaret. Je la regardai partir avec une impression de soulagement, après avoir de justesse échappé à une nouvelle réquisition de Dupleix. J'allais devoir songer à mon mariage...

Dans la liesse qui avait accompagné la visite des princes à Pondichéry, on avait un peu oublié Mohamed Ali.

Le vaincu de Chetipet avait trouvé refuge dans sa forteresse de Trichinopoly, dans le sud du Carnatic, à peu de distance du delta du fleuve Kaveri et de la côte de Coromandel. Il avait ainsi anticipé l'ultimatum de Chanda Sahib lui intimant l'ordre de renoncer à son titre et d'évacuer le pays.

Diplomate avisé, il avait décidé de mener un jeu serré entre Français et Anglais. Sans renoncer à son alliance avec le gouverneur de Fort Saint David, Thomas Saunders, il tentait de négocier avec celui de Pondichéry. Le premier répugnait à soutenir un prince vaincu, dont les forces armées, décimées à Chetipet, étaient négligeables ; le second temporisait.

Confrontés à nos succès militaires et au prestige incomparable que nous en avions tiré, les Anglais faisaient grise mine. Si leurs établissements du Bengale et de la côte du Malabar étaient florissants, ceux de Coromandel périclitaient. Leur orgueil en pâtissait à la mesure de leurs intérêts.

C'est sans enthousiasme que Thomas Saunders se résolut à soutenir la cause quasi désespérée de Mohamed Ali, en attendant que Londres lui eût donné son accord. Sa colère éclata lorsqu'il apprit que l'un des frères du défunt Naser Sing, Salabet Sing, personnage inconsistant et dangereux, venait de rejoindre la colonne française de Bussy, qui conduisait Musafer Sing à Hyderabad. Il voyait se refermer autour de lui un jeu d'alliances dont il était exclu.

Je tiens de Bussy le récit de son voyage et de son séjour dans le Deccan, qui allait vite tourner à la tragédie.

Il évoqua la lente traversée par sa colonne des immenses déserts de montagnes et de plateaux sur lesquels pesait le lourd été indien. Ses soldats, suivis d'un corps de cipayes et d'une caravane de chariots tirés par des buffles et des zébus, avaient bien supporté cette épreuve. Pour se donner du cœur au ventre, on chantait *Malbrough s'en va-t-en guerre* et *En passant par la Lorraine*, on tirait des plans sur la façon dont on utiliserait le supplément de solde promis par le soubab... A l'étape du soir, l'arak coulait à flots et la nourriture était généreuse.

Bussy s'attarda, avec sa verve fleurie, à me parler des splendeurs dont sa route était semée : des montagnes vertigineuses coiffées par des forteresses, des villages accrochés aux pitons de basalte roux, des temples et des pagodes vers lesquels s'acheminaient des pèlerins et des moines, des jungles où l'on faisait halte pour chasser le tigre...

A posteriori, ces évocations le grisaient comme une fumée d'opium. L'envers du paradis de l'Inde centrale, c'était pour lui la côte de Coromandel, avec ses étendues plates et monotones, ses rizières et ses marécages. Ananda, qui connaissait bien ces deux parties de la Péninsule, était d'avis contraire : le Deccan était un pays maudit, repaire des dieux malfaisants, et le Carnatic une terre de promission.

— Je dois avouer, me dit Bussy, que je n'avais pas entrepris ce voyage sans appréhension. Tout me paraissait trop simple, trop convenu, somme toute. La nuit, je ne dormais que d'un œil, malgré les cipayes qui se relayaient autour de ma tente. Je savais que Musafer Sing n'avait pas que des alliés dans les parages et que nous risquions d'être assaillis dans un défilé par d'anciens alliés de Naser Sing, demeurés fidèles à Mohamed Ali. Les nababs de Cudapah, de Carnoul ou de Savanour n'avaient pas désarmé. J'avais même la conviction qu'ils avaient introduit dans nos rangs des espions et des hommes de main...

Ses craintes n'allaient pas tarder à se confirmer.

Un mois après son départ de Pondichéry, alors que la colonne arrivait en vue d'une bourgade des montagnes, Rachioty, il avait trouvé en travers de son chemin un corps d'une centaine d'Indiens demandant à être incorporés à l'escorte. En dépit de son opposition, Musafer Sing les accueillit avec faveur, sous prétexte que le nabab dont ils relevaient n'était pas de ses ennemis.

— Je dus m'incliner, poursuivit monsieur de Bussy, mais fis doubler jour et nuit, autour de nos tentes, la garde des cipayes. Un soir, après une marche éprouvante sous la pluie, le soubab se détendait avec ses femmes et son poète favori en fumant son *hooka*, lorsque je vins le prévenir que des hommes du nabab de Savanour étaient en train de piller ses bagages. Je lui demandai de ne pas bouger, de crainte qu'il ne s'agisse d'un piège. Il protesta, disant que sa place était au combat, et il s'y précipita après s'être fait armer en guerre. C'était la dernière fois que je le voyais vivant. Peu après, on ramenait son corps avec une flèche dans la gorge. Ce soir-là, nous avons perdu une dizaine de soldats et de cipayes qui s'étaient battus comme des lions. J'appris que les éléments incorporés par le soubab avaient déclenché la bataille et avaient été rejoints au premier signal par des hommes des trois nababs. Maigre consolation, pas un de ces derniers ne survécut à cette attaque.

Musafer Sing disparu, son corps cousu dans des peaux de chèvre, Salabet Sing allait le remplacer à la soubabie du Deccan, en attendant que le Conseil d'Hyderabad eût entériné cet état de fait.

— Je ne savais que faire. Ma mission allait-elle s'achever avec ce drame ou devais-je protéger Salabet Sing jusqu'à sa capitale et veiller à ce que son intronisation se passât sans encombre ? C'est à cette dernière solution que je me résolus. En « faisant un roi », comme certains ministres l'avaient fait en France, je violais les consignes de la Compagnie, mais nécessité fait loi. Si j'avais renoncé à assumer ma mission, le Deccan aurait sombré dans l'anarchie, Salabet Sing étant incapable de faire face à une conjuration. Je lui arrachai d'ailleurs, pour prix de mon soutien et au bénéfice de la Compagnie, la promesse de quelques concessions.

Lorsque je demandai à Bussy comment son protégé s'était comporté au cours de cette affaire, il parut embarrassé.

— Mon protégé... mon protégé... Que pourrais-je en dire ? C'est un homme charmant, un peu artiste, généreux, mais de nature faible, influençable, dénué de la moindre compétence pour assurer ses nouvelles fonctions. J'ose dire que sans ma présence et celle de quelques volontaires qui avaient accepté de poursuivre avec moi cette aventure, il ne serait pas resté longtemps sur son trône. Ce n'est qu'une pâle copie de Musafer Sing...

C'est ainsi que Bussy allait, avec l'accord du gouverneur, puis de la Compagnie, demeurer à la cour du soubab du Deccan, et passer fréquemment, pour les besoins de son service, d'Hyderabad à Aurangabad, les deux villes principales de la soubabie.

— Des lettres patentes de la Compagnie confirmèrent mes fonctions de lieutenant général auprès de Salabet Sing. Elles consistaient à veiller à la sécurité des palais et des grands chemins, à l'entretien des forteresses, à faire respecter la religion, à étouffer dans l'œuf les complots, à faire de ma petite armée un modèle de tenue et de discipline... Je devais tenir des propos fermes à mon protégé pour lui éviter des bévues, le traiter en quelque sorte comme un père le ferait de son fils...

— A la fois généralissime, ministre, intendant... Ce n'était pas une situation de tout repos, je suppose ?

— Certes, mais qui comportait des avantages : une vie large, avec, ce qui n'était pas pour me déplaire, une part d'aventure, dans une contrée d'une beauté fabuleuse. J'avais en outre la satisfaction de faire œuvre utile pour la Compagnie, dont je suis demeuré l'employé et le représentant. Cette mission, je crois m'en être acquitté avec succès. J'ai ramené la paix dans cette contrée, naguère soumise à la loi de quelques chefs de brigands à demi sauvages, que j'ai dû soumettre, souvent par les armes.

Il me confia qu'avant sa venue la cour palatine était un petit monde clos, où l'on respirait les miasmes de la corruption et de la conjuration.

— Imaginez un de ces marécages où se trouve tout

ce qui nage, rampe, coasse et mord. Un peuple de reptiles et de batraciens. J'ai si souvent échappé au poignard et au poison que je suis surpris d'être encore en vie. La cour de la reine Catherine de Médicis et celle des Borgia devaient être des monastères, comparées à ce palais !

Nous n'allions pas tarder à regretter d'avoir consenti à ce que Bussy restât dans le Deccan. C'était nous priver du meilleur officier que nous ayons jamais eu, alors que les orages de la guerre montaient à l'horizon.

— Pour sacrifier à la coutume, poursuivit Bussy, il m'a été pénible, au début de mon séjour à Hyderabad, de m'habiller et de vivre à l'indienne. J'avais l'impression, en me faisant vêtir chaque matin, par mes domestiques, de me préparer pour un bal costumé à Versailles ! Je dus apprendre la langue du pays, me familiariser avec les *salams* et éviter les écueils du protocole. J'ai même dû, pour ne pas faire planer des doutes sur ma virilité, me constituer un harem. Il me fut de même difficile de me mettre à chiquer du bétel, à fumer le *hooka*, à participer à d'interminables jeux de société, dont certains duraient des jours et des nuits. J'ai même été contraint d'entretenir une troupe de musiciens et de bayadères...

— Que de sacrifices, en effet ! Mais je ne parviens pas à vous plaindre, car vous ne faites que des envieux. Un gynécée abondamment pourvu, des plaisirs, des jeux, des spectacles...

— Les spectacles ? Parlons-en ! Avez-vous jamais assisté à des combats entre éléphants, entre éléphants et rhinocéros, entre tigres et buffles, ou même entre hommes ? Oui, mon cher, comme à Rome au temps des gladiateurs, avec mort d'homme, ce qui pimente le spectacle !

— Il ne vous restait plus, en somme, qu'à vous convertir à l'islam...

— Ne plaisantez pas, monsieur de La Vermondie. J'ai dû m'en défendre, au risque de voir pâlir mon prestige...

Les compétences militaires de Bussy n'allaient pas tarder à être mises à l'épreuve.

Au mois de novembre de cette même année, une agitation inquiétante se manifesta aux limites occidentales du Deccan. Un chef marathe, le peishwa Bagy-Rao, persuadé que la disparition tragique de Naser Sing et de Musafer Sing lui ouvrait une brèche en direction d'Hyderabad, avait rassemblé ses tribus en vue d'une invasion de la soubabie. C'était compter sans Bussy.

Il me parla, dans un langage digne de l'Ancien Testament, de cette horde incommensurable de cavaliers et de piétons, véritable marée humaine qui submergeait l'immensité des plateaux et grouillait dans le fond des vallées. Dotés d'armes rudimentaires, parfois de simples gourdins, ils étaient animés par une violence innée, persuadés, depuis leur enfance, que la mort leur ouvrirait le paradis d'Allah et les cuisses des vierges. Sacrifier leur vie était un devoir et la promesse d'une existence meilleure dans l'au-delà. Ils venaient pour la plupart du royaume de Poona, au nord-ouest du Deccan, non loin de la concession anglaise de Bombay.

— Je n'ai pas hésité à me porter à leurs devants. Quelles étaient leurs forces ? Evaluation difficile, voire impossible. Au jugé, une centaine de mille, peut-être davantage, mais parmi eux beaucoup de non-combattants, des serviteurs, des femmes et des enfants qui suivaient leur tribu.

— Et vous, de combien d'hommes disposiez-vous ?

— Environ six mille, pour la plupart des auxiliaires

mais formés, équipés et armés à la française, encadrés par mes grenadiers, avec une vingtaine de canons de tous calibres.

La rencontre eut lieu le 4 décembre, après une semaine de marche harassante, dans les parages d'Ahmenagar, pays de hautes montagnes.

— J'eus des sueurs froides lorsque, me hissant sur un piton, j'aperçus dans toute son ampleur cette mer humaine d'où montaient des musiques, des chants et des vociférations. Je me dis que nous allions être balayés, écrasés, laminés. La nuit suivante, le spectacle était terrifiant. Sur des lieues carrées, l'espace était constellé de feux. Les musiques et les chants barbares qui parvenaient jusqu'à notre camp nous donnaient des frissons d'angoisse.

Un événement imprévu allait décider du sort de la bataille, avant même qu'elle n'eût éclaté.

— Un officier des cipayes vint me réveiller au milieu de la nuit pour m'annoncer une nouvelle qui me fit bondir le cœur de joie. Si les Marathes manifestaient une telle agitation, hurlant leurs chants de guerre, frappant sur des tambours et des cymbales, c'était en raison d'une éclipse de lune, afin d'éloigner le Grand Dragon qui s'apprêtait à dévorer l'astre des nuits. Le cipaye m'apprit que les Marathes, pris de terreur, avaient négligé de faire garder les abords de leur camp.

— C'était, ce me semble, une occasion à ne pas manquer...

— Et que je ne manquai pas ! Je fis battre le rappel et pousser les canons aux limites de notre camp. Mes grenadiers sautèrent en selle sans se faire prier. Il fallut une bonne heure, à travers la pénombre, avec le concours de nos guides, pour parvenir aux avant-postes de la horde. Une reconnaissance nous informa qu'ils étaient sans surveillance. Le reste, mon cher, je vous le laisse imaginer...

C'était chose facile : une salve de canons, l'invasion du camp par les grenadiers à cheval et leurs auxiliaires, les tentes marathes incendiées, une panique générale, comme si le Grand Dragon, changeant de proie, s'abattait sur le camp ennemi... Puis la déroute, le pillage, le viol, le massacre : les violences ordinaires des fins de combat...

— Cette victoire qui, pour ainsi dire, nous tombait du ciel découragea l'ennemi. Au petit jour, une scène de carnage nous attendait : des centaines de cadavres, des tentes incendiées, des chariots vidés de leur contenu, des femmes et des enfants qui pleuraient leurs morts... On a beau en avoir l'habitude, on ne peut rester indifférent devant ce spectacle d'apocalypse...

Le lendemain de ce grand massacre, des émissaires de Bagy-Rao vinrent demander la paix.

— Depuis ce jour, conclut Bussy, les Marathes ne se sont plus hasardés à violer nos frontières.

« Nos frontières »... Il s'exprimait comme si cette contrée était devenue pour lui sa vraie patrie.

A l'époque où se situaient ces événements, Charles Joseph Pâtissier, marquis de Bussy-Castelnau, s'était pris de passion pour une fille de Jeanne, Marie-Gertrude Vincent, plus connue sous le surnom de Chonchon. Agée de quinze ans, pas vraiment séduisante mais fraîche et vive, elle lui avait tourné la tête.

Sa mission dans le Deccan avait interrompu une idylle concrétisée par des fiançailles et qui se serait terminée par un mariage si le fiancé ne s'était laissé entraîner par une nouvelle passion. S'il ne put donner suite à la première, rien ne dit qu'il n'y songea point.

4

L'île de la détresse

La lettre que le nouveau gouverneur des établissements anglais des Indes, Thomas Saunders, remplaçant d'un Charles Floyer frileux et temporisateur, reçut de Londres, lui mit du baume au cœur : il allait devoir, à tout prix, faire obstacle aux avancées impudentes des Français, qui risquaient de condamner le commerce de la *Company* sur la côte de Coromandel. Une perspective que ces vieilles perruques ne pouvaient envisager sérieusement.

Et Thomas Saunders moins que quiconque... Il avait misé sur cette mission la suite de sa carrière. Renoncer à se battre contre les prétentions des Français eût été se renier lui-même.

Si Dupleix était maître du jeu, il lui restait à lui, Thomas Saunders, quelques cartes à jouer à bon escient. Le chef marathe Mora-Rao demeurait son allié... Les princes de Mysore et de Tanjore lui accordaient leurs bonnes grâces et la promesse de leur soutien éventuel... Sa meilleure carte était Mohamed Ali, le vaincu de Chetipet, la victime de Chanda Sahib ; il tenait ferme, dans le sud du Carnatic, la ville et la forteresse de Trichinopoly, avec le concours de quelques conseillers anglais.

Le gouverneur de Fort Saint David, à Goudelour, portait en lui une arme plus redoutable encore : la haine viscérale, héritée des guerres européennes et des conflits religieux, qu'il vouait à la France et aux Français. Ce sentiment inaliénable habitait un homme de nature puissante, sanguine, à l'aspect un peu vulgaire de fort des halles et aux mines de dogue.

Son second, le baron Robert Clive de Plassey, lui ressemblait comme le jour ressemble à la nuit. Bon soldat, excellent administrateur, toujours vêtu avec une élégance stricte, il faisait penser, par ses silences, ses propos mesurés et la vivacité de ses ripostes, à un cobra.

Nous avions eu affaire à ce Clive lors du siège de Madras, alors qu'il occupait le poste subalterne d'écrivain de la *Company*, et une autre fois sous les murs de Pondichéry, où il portait le grade d'enseigne et de commissaire aux vivres. Il venait, avec l'arrivée de Saunders, de recevoir le grade de capitaine, chargé d'une double mission : surveiller le comportement des Français et garder un contact permanent avec Trichinopoly.

Sur les conseils de Mohamed Ali, Saunders décida de lancer une offensive contre Arcate, domaine de Chanda Sahib. Comme il ne pouvait engager ouvertement son armée dans cette entreprise, ce qui eût été contraire aux consignes de Londres, il s'efforça de rameuter ce qui restait des forces alliées dispersées dans le Carnatic, après la débâcle de Chetipet.

Il mit des semaines à reconstituer une armée, avec les troupes que Mohamed Ali lui envoya de Trichinopoly et celles des princes restés fidèles aux Anglais.

Tandis que Bussy s'avançait à petites journées vers Hyderabad, Saunders fonçait sur Arcate. Il trouva des défenses démantelées, ouvertes de brèches énormes, et une ville occupée seulement par une poignée d'hommes, dont trois canonniers français. Les portes s'ouvrirent à la première semonce.

Cette prise facile ne pouvant être assimilée à une victoire susceptible de redonner du prestige à ses armes, il lui en fallait une à brève échéance, et qui fût irréfutable. Sous une pluie diluvienne, il prit la route de Timery, où les défenseurs d'Arcate s'étaient réfugiés auprès de Chanda Sahib, lequel avait établi ses quartiers dans cette ville. Il y eut un affrontement qui tourna à l'avantage des Anglais. Là encore, rien de bien glorieux.

Pour éviter que les Français et leurs alliés ne reprissent Arcate, Saunders y retourna précipitamment, s'enferma dans la forteresse et commença à faire redresser ses défenses. Il n'eut pas à attendre longtemps. Une armée franco-indienne envoyée par Dupleix entra dans la ville sans coup férir, par les brèches non encore comblées, et entreprit le blocus de la forteresse.

Dupleix avait confié cette expédition à deux officiers aussi incapables l'un que l'autre de mener une guerre de siège : le capitaine du Saussay, forte tête d'aventurier ivrogne et jouisseur, et un fils de Chanda Sahib, Raza, qui n'avait rien connu de la guerre depuis les soldats de plomb de son enfance.

Après avoir fait la démonstration de son incompétence, du Saussay fut remplacé au pied levé par le capitaine Goupil, qui, lui, savait parler aux hommes, se battre avec courage, et qui, de plus, arrivait avec des canons.

Sous sa conduite le siège, qui allait durer deux mois, prit une autre tournure. Il était mené à un train d'enfer, les canons crachant leur mitraille contre des murailles vétustes que les assiégés devaient relever après chaque bordée. On s'attendait à voir l'ennemi brandir le drapeau blanc, quand des paysans vinrent annoncer au capitaine Goupil que deux groupes armés ennemis convergeaient vers Arcate : des Indiens encadrés par les Anglais du capitaine Kilpatrick et les cavaliers marathes du chef Mora-Rao.

Ces derniers, arrivés avant leurs alliés devant Arcate, débutèrent les opérations en enlevant à nos troupes un convoi de buffles et de zébus destinés à la subsistance des hommes. Goupil jugea prudent de lever le siège avant d'entendre résonner les cornemuses et de voir surgir les tuniques rouges. Il dépensa dans les dernières salves tout ce qui lui restait de poudre et de boulets avant de repartir en entraînant Raza Sahib, que ces opérations de siège amusaient follement, et qui, dans sa fuite, oublia son trésor aux mains des Marathes.

On ne m'ôtera pas de l'idée que, Bussy présent, nous serions restés maîtres des lieux. Cette ville, distante de nos établissements de la côte de Coromandel, n'avait pas une grande importance stratégique, mais il s'attachait à elle une sorte de prestige : les princes y avaient leur palais, leurs lieux saints, leurs magasins, un vaste caravansérail, et la corporation des marchands y était florissante.

A Fort Saint David on fêta l'événement, aussi peu glorieux qu'il eût été. Désormais, c'est vers Trichinopoly qu'allaient se tourner les regards du gouverneur Thomas Saunders.

J'épousai Sophia quelques semaines après mon retour et peu avant le départ de l'expédition de Bussy pour le Deccan.

La cérémonie religieuse en l'église Notre-Dame-des-Anges et les agapes qui suivirent se déroulèrent dans l'intimité, comme nous l'avions tous souhaité. Contrairement à ce que j'avais redouté, il n'y eut pas le moindre incident : guère de sourires de la part de Jeanne, mais pas de gestes ou de propos déplacés. Tout se passa dans une atmosphère convenue, car nous ne faisions qu'entériner une situation de fait. Dupleix tint ses promesses à notre égard, y alla de sa larme dans la délicate allocution qu'il nous dédia et joua pour nous, un peu trop *vivace*, la chaconne des *Indes galantes*, de Rameau.

Je fis sans trop de regret mon deuil de ma vie de célibataire, de mes nuits dans les bordels, des passades avec les petites servantes du palais et les bayadères que j'allais retrouver en compagnie d'Ananda chez les riches marchands de la Ville noire.

Sophia et Jeanne s'étant réconciliées, comme Dupleix l'avait exigé avant même qu'il fût question de notre mariage, ma maîtresse fut de nouveau invitée au palais, conviée aux banquets et aux repas de famille du dimanche, après la messe. Jeanne l'aida même à renouveler sa garde-robe. Elle était des plus sommaires, sa cousine ne faisant pas étalage de sa toilette et n'ayant d'ailleurs pas les moyens de le faire. Sophia consentit même à se farder et à porter des bijoux, dont la perle noire que je lui avais offerte et devant laquelle Jeanne pâmait d'envie, au point de proposer à Jeanne de la lui racheter. Elle se heurta à un refus.

Deux mois avaient passé lorsque la baronne Sophia de La Vermondie, débouchant une bouteille, m'annonça qu'elle était de nouveau enceinte…

Le prestige du nabab Dupleix, à la fin de cette année 1751, était à son empyrée.

Il régnait sur le sud de la Péninsule et les côtes du

Coromandel et du Bengale, où son nom était respecté et sa puissance redoutée. Chaque jour, ou presque, des émissaires des princes venaient déverser des cadeaux dans sa corbeille, lui demander conseil ou lui proposer des marchés, l'assurant de leur amitié et de leur concours éventuel pour financer des opérations moins pacifiques. Les affaires ayant repris de plus belle, les lettres de la Compagnie le couvraient d'éloges et débordaient de promesses plus ou moins fallacieuses.

Il lui restait une épine dans le talon. Ce n'était pas Arcate, dont la prise ne lui avait guère causé de tracas et qu'il récupérerait, disait-il, quand il l'aurait décidé, mais Trichinopoly. Et là, c'était une affaire d'une autre importance et qu'on ne pouvait considérer à la légère.

Il me confia le soin d'aider le capitaine John Law de Lauriston à préparer minutieusement une expédition contre Mohamed Ali qui nous narguait dans cette ville.

Agé de vingt-huit ans, de belle taille et roux de poil, avec des yeux d'un bleu métallique, John Law était le neveu du célèbre financier de la Régence, qui avait sombré dans une fracassante faillite, avant d'aller mourir dans la misère, à Venise.

Dix-huit mois auparavant, il avait fait parler de lui au cours du siège de Tanjore, auprès de Musafer Sing et de Duquesne. Envoyé à Pondichéry comme gratte-papier, il avait très vite pris goût aux armes, avant de vivoter dans les grades subalternes, puis de faire valoir ses qualités comme capitaine. Je n'aimais guère ce personnage autoritaire, prétentieux, d'une extrême susceptibilité, et je crois qu'il me le rendait bien.

John Law avait une aversion générale pour la petite société de Pondichéry, et particulière pour Auteuil. Il me le confia dès que nous eûmes des relations familières, sinon intimes :

— Cette vieille baderne, me dit-il en reprenant l'expression chère à Dupleix, devrait comprendre qu'elle a fait son temps. Comment notre gouverneur peut-il encore lui faire confiance ? Ce bonhomme traînera avec lui une image de défaitiste jusqu'à sa mort, qui, selon toute apparence, ne tardera guère. Paix à son âme au paradis des incapables !

Lui, John Law, était d'une autre étoffe. Il en avait conscience et rêvait de la grande bataille qui confirmerait jusqu'à Paris, où il avait laissé de bons amis et quelques maîtresses, ses qualités martiales.

Je ne m'étais hasardé qu'une fois à tenter de lui faire raconter la surprenante aventure financière de son oncle. Il m'avait sèchement coupé la parole :

— Laissons-le en paix, je vous prie ! Tout ce que je pourrais vous en dire, c'est que la société a rejeté un génie qui aurait pu, sans l'ingratitude du roi et l'appétit du gain de quelques rapaces, faire de la France la nation la plus prospère d'Europe. L'avenir lui rendra justice. Pour l'heure, je répugne à en parler.

Je me le tins pour dit et ne lui en parlai plus, même par allusion.

Les préparatifs de cette expédition nous demandèrent des semaines.

John Law avait des vues justes quant à la stratégie et de la réticence pour les projets audacieux conçus dans la précipitation. Il passait des heures à examiner les plans de Trichinopoly et de la région entre le delta du fleuve Kaveri et les montagnes, qu'il avait fait relever ou collecter. Il attachait de l'importance au moindre détail du relief, aux variations du climat, aux facilités d'approvisionnement. Rien ne lui échappait, mais il se montrait rarement satisfait.

Lorsqu'il achoppait sur un point précis, il s'en prenait à moi, me reprochant d'être, après tant d'années passées dans ce pays, si mal informé. Je lui reprochais son esprit tatillon de gratte-papier. Nous nous querellions souvent, mais la rigueur de notre tâche, à laquelle nous associons fréquemment Ananda et des marchands nomades, nous interdisait d'approfondir nos divergences jusqu'à la rupture.

Dupleix avait sollicité ma participation à cette campagne. J'aurais volontiers accédé à sa requête, mais je souffrais d'une raideur des membres à la suite d'une chute de cheval lors d'une mission à Karikal. D'autre part, je tenais à rester auprès de Sophia pour veiller à sa santé, qui me donnait des inquiétudes : elle supportait mal sa grossesse, à la suite de sa fausse couche.

L'armée conduite par John Law arriva dans les parages de Trichinopoly au mois de septembre.

Située entre Davicota et la pointe Calimer, cette ville occupe une vaste étendue de plaine fertile produisant deux récoltes de riz par an, d'où la convoitise des compagnies. Dominée par une forteresse installée sur un piton aux falaises verticales, d'un brun roux, elle est enfermée dans une enceinte faite d'un double rempart flanqué de tours rondes à demi engagées, et protégée par un fossé de trente pieds de large entre les deux murailles. Elle s'étale au cœur d'une immense plaine d'où surgissent d'étranges éminences rocheuses occupées par des postes.

A proximité, entre deux bras du Kaveri, s'étend l'île de Sriningam.

C'est un des hauts lieux sacrés de l'Inde. On y vient

en pèlerinage à la pagode de Jambakistna, un sanctuaire en forme de pyramide tronquée, la plus vaste de l'Inde, dit-on. Autour d'elle s'est développée depuis des siècles une cité religieuse fréquentée par des pèlerins venus de tous les coins de la Péninsule. Au dire d'Ananda, véritable encyclopédie de l'hindouisme, cet établissement religieux remonterait au déluge ! On y célèbre un symbole cosmique, le dieu Vishnou, assis sur un nœud de cobras. Il faut, avant d'accéder à la pagode, franchir une quadruple enceinte où s'incruste un pandémonium de statues et de fresques aux couleurs éclatantes.

A peine l'expédition eut-elle franchi les limites de notre concession que Dupleix commença à s'inquiéter de l'issue de cette campagne.

Nous étions privés d'une partie de nos troupes envoyées au Deccan, dont une moitié seulement était revenue. Quelques éléments traînaient encore dans le Carnatic, conduits par Saussay, pour une guérilla contre des éléments rebelles à l'autorité du nabab Chanda Sahib. Malgré son importance et l'appui de contingents indigènes, la troupe du capitaine John Law serait-elle en mesure de faire face avec honneur aux Indiens de Mohamed Ali et à leurs alliés anglais ? C'est pourtant sur elle que nous comptions pour nous rendre maîtres du commerce des Indes.

Je me trouvais dans le cabinet du gouverneur lorsqu'il avait confié à John Law ses dernières consignes :

« Je vous rappelle, capitaine, qu'il n'y a que trois moyens de vous rendre maître de cette place. Un assaut général ? Vous n'êtes pas en nombre suffisant.

Un siège en règle ? Il risquerait de durer des mois et d'user votre résistance. La trahison ? Aléatoire, mieux vaut ne pas trop y compter... A vous de faire votre choix selon les circonstances. »

Il avait ajouté :

« Informé de notre projet, Thomas Saunders ne va pas rester les deux pieds dans le même sabot et attendre pour intervenir que son allié Mohamed Ali en soit réduit à ronger le cuir de ses babouches pour ne pas mourir de faim. Ils ont reçu récemment de Londres un renfort de cinq cents hommes. Voilà qui donne à réfléchir. Quoi qu'il en soit, capitaine, ramenez-nous une belle victoire et votre fortune est faite. Le roi entendra parler de vous et Versailles vous portera aux nues. »

C'était là le langage que John Law comprenait le mieux...

Une navette par mer nous tenait au courant, quoique d'une façon irrégulière, des péripéties de l'expédition.

Elle avait passé le Koléron, bras septentrional du fleuve Kaveri, au début d'octobre, traversé l'île de Sriningam et installé son camp près de Chukley-polam, à deux lieues de Trichinopoly. Les pluies de mousson avaient débuté peu après. Le fleuve, sorti de son lit, obligea nos hommes à quitter le leur, souvent en pleine nuit, lorsque l'eau venait lécher la base de leurs tentes. Ces intempéries faisaient de cette contrée un désert. Les seules alertes étaient occasionnées par des bandes de pillards qui s'en prenaient à nos bagages, volant nos chevaux et nos bœufs.

Un matin, une reconnaissance était revenue en trombe pour signaler une troupe venant à nous. Law crut qu'il s'agissait d'un premier détachement anglais ; ce n'était qu'une caravane de chameliers descendue des Ghâts et se dirigeant vers Nagapatam, pour y livrer un chargement d'ivoire, de peaux d'ours et de tigre.

A Pondichéry, on trépignait d'impatience. Nous n'avions de nouvelles qu'une fois par semaine, depuis notre comptoir de Karikal, et Dupleix rongeait son frein.

— Je crains, me dit-il, d'avoir fait un mauvais choix en confiant cette campagne à ce blanc-bec de John Law. Avec Bussy, les choses n'auraient pas traîné, et nous aurions déjà des résultats. Bussy... Il se prélasse dans son palais alors que nous sommes sur les charbons ! Qu'en penses-tu, toi, le sage, notre saint Jean Bouche-d'Or ?

— Qu'il ne faut pas attendre de miracle. Notre situation serait meilleure si ces messieurs de Paris se montraient aussi généreux en hommes, en matériel et en argent que ceux de Londres, et s'ils nous envoyaient de vrais officiers, au lieu du rebut de l'armée...

C'était retourner le couteau dans la plaie. Dupleix se laissa tomber dans son fauteuil et me dit, en agitant une plume sous son nez :

— Dis-moi, Olivier, il semble que tu sois rétabli. Cela me réjouit. Cette mine fraîche et rose, cette démarche pimpante de jeune homme... Il semble même que tu aies repris du poids...

— Tu te trompes. Ma santé, au contraire, me donne du souci. Les douleurs me réveillent la nuit. Cette chute de cheval...

— Ta ta ta ! Tu te portes comme un charme. J'ai bien envie...

Je devançai sa pensée par un « non » ferme. Il laissa tomber sa main à plat sur la table et s'écria :

— Non quoi ? Tu refuserais de me rendre ce service ? ! Dois-je te rappeler que tu es le seul qui puisse me renseigner sans a priori et sans parti pris ? Tu vas faire tes bagages et me raconter tout ce qui se passe dans ce foutu bazar ! Tu travailleras au corps ce matamore de Law, qui en a moins dans sa culotte qu'il ne le dit !

Il se leva, tendit vers moi un index autoritaire, ajoutant :

— Je te donne trois jours pour faire tes bagages. Ne te tracasse pas pour ton épouse. Jeanne veillera sur elle...

Lorsque j'annonçai la nouvelle de mon départ à Sophia, je m'attendais à une algarade et ne fus pas déçu. Elle s'écria :

— Tu aurais dû jouer les éclopés, marcher avec une canne, comme le vieil Auteuil ! Au lieu de ça, monsieur fait des excès de zèle ! Avoue que ça te fait plaisir de repartir ! Si tu étouffes, si ma présence te pèse, il faut me le dire...

Je la pris dans mes bras.

— Comment peux-tu penser cela de moi, ma chérie ? Partir me brise le cœur. J'ai refusé de me rendre à Arcate. Il m'est difficile de faire de même cette fois-ci.

— Je vais en parler à Jeanne. Elle convaincra Joseph d'annuler cette mission.

— Ce serait inutile. Quand il a une idée dans la tête... Je ne resterai d'ailleurs que peu de temps absent. Je procéderai à une inspection et je reviendrai aussitôt rendre compte.

Je ne cherchais qu'à la rassurer. Cette absence, je le

craignais, allait durer des semaines, peut-être des mois. Dupleix me maintiendrait sur place, quoi qu'il dût m'en coûter.

Ce qu'il me confirma dès le lendemain...

— Tu vas, me dit-il, surveiller de près les opérations. Tu diras à cette chiffe molle de Law que je veux des résultats, que je considérerais ses atermoiements comme une trahison pendable. Je dis bien *pendable*, au sens propre du mot !

Il ajouta :

— Je vais te donner un compagnon de route : le chevalier d'Auteuil. Il a de l'expérience, lui, s'il n'est pas d'une santé florissante.

Je crus m'étrangler d'indignation.

— Auteuil ? Mais il est vieux, podagre, fistuleux, et j'en passe ! Il ne supportera pas la vie de camp et le climat du Sud. De plus, lui et Law s'entendent comme chien et chat...

— Allons donc ! Il va mieux que tu ne crois. Il fallait voir comment il a dansé la gaillarde, l'autre soir, avec madame de Laurens... Il n'a guère de cervelle, j'en conviens, mais c'est un bon stratège et un redoutable meneur d'hommes. Quant à ce qu'en pense Law, mon cher, je m'en balance !

A notre arrivée, nous trouvâmes nos effectifs en bonne forme, et pour cause ! Bien nourris, bien que sans illusion, se demandant ce qu'ils faisaient là, les pieds dans la boue. Ils n'attendaient pas le déluge : ils l'avaient connu.

John Law semblait abattu. Lorsque je lui fis part des récriminations du gouverneur, il haussa les épaules et soupira :

— Que voulez-vous que je fasse ? Il pleut depuis des semaines, ce qui nous prive d'effectuer la moindre tentative d'attaque contre cette ville. Il nous faudrait dix fois plus d'hommes et de canons ! Ma seule satisfaction est que les Anglais ne nous ont pas encore pris à revers. Mais cette chance ne durera guère. Et alors...

— L'inaction est la pire des choses pour vos hommes. Il faut les occuper à tout prix, inquiéter Mohamed Ali en lançant des attaques par surprise sur ses postes extérieurs, couper ses voies de ravitaillement...

— Pas de convois en vue, monsieur de La Vermondie. Cette place est pourvue pour tenir des mois. Croyez-vous que nous n'ayons pas tenté d'escalader ses remparts ? Chaque fois ce fut un échec. Vous avez vu leurs dimensions ? Un fossé, deux remparts, des canons... Tenter un assaut général serait une dangereuse illusion. Je ne vais pas m'y risquer.

Il ajouta, avec un rire amer :

— Dans votre prochain courrier au gouverneur, remerciez-le de nous avoir envoyé monsieur d'Auteuil. Avec sa canne comme bâton magique, il fera sûrement des miracles du haut de son palanquin...

— Le maréchal de Saxe n'était pas dans un meilleur état de santé, au matin de la bataille de Fontenoy.

— C'était un génie, monsieur, le premier de la classe, et Auteuil, lui, est un cancre...

J'étais excédé de cette ambiance de défaitisme que le vieil Auteuil était impuissant à dissiper, quand un message de Dupleix me pria de me rendre à Tanjore et à Maïpour, afin de tenter un rapprochement avec les princes, sinon dans le but d'obtenir leur concours, du moins de m'assurer de leur neutralité.

Je me pliai à cette requête. Ambassadeur du nabab de Pondichéry et de la bégum Jeanne, je fus accueilli avec des courbettes et des sourires, mais ne tirai de ces entrevues que de vagues promesses. Une seule proposition ferme émergea de ce salmigondis : le nabab de Tanjore nous assurait de sa neutralité à une condition : que nous lui remettions Trichinopoly lorsque nous l'aurions conquise.

Je fis part de ce marché à Dupleix. La réponse tenait dans un seul mot : « Inacceptable ! »

J'appris du rajah de Maïpour qu'une délégation anglaise était passée avant moi et lui avait promis, en échange du libre passage pour leurs troupes et leurs convois de ravitaillement, de lui abandonner Trichinopoly. Promesse de Gascon !

Plutôt que de leur montrer bonne figure, mes deux ambassades n'avaient fait que convaincre les princes que nous étions en mauvaise posture et que, lorsque les Anglais seraient à pied d'œuvre, nous les aurions contre nous.

Comme lors de ma précédente mission, mes lettres à Sophia restaient sans réponse. Je me dis qu'elle se vengeait de ma défection et j'en souffrais. Elle devait arriver au terme de sa grossesse et je ne serais pas présent lorsqu'elle accoucherait. Les douleurs qui ne cessaient de me harceler me faisaient passer des nuits blanches et m'ôtaient une partie de mon énergie. Le temps passait et rien ne venait bouleverser notre attente. Les reconnaissances que nous envoyions dans l'intérieur et sur la côte ne trouvaient devant elles que le désert et le vent.

Début février, un message de Dupleix nous informa que les Anglais étaient en route pour Trichinopoly et que nous devions nous préparer à les recevoir. Il venait de nous envoyer en renfort une troupe stationnée à Gingy, sous le commandement du capitaine du Saussay. Un post-scriptum m'informait que Sophia avait accouché et m'avait donné une fille : Julie. J'en éprouvai une grande joie.

Débarqués à Davicota, les Anglais remontaient vers Trichinopoly par une rive du Koléron, l'affluent du Kaveri. Je m'entretins avec Law et Auteuil de la décision à prendre : les attendre de pied ferme ou tenter de leur couper la route ? Auteuil était partisan de nous porter à leurs devants ; Law se refusait à dégarnir ses positions, au risque de voir Mohamed Ali faire sortir ses troupes et massacrer ceux qui resteraient sur place. Je crus qu'Auteuil allait lui sauter à la gorge :

— Vous êtes un lâche et un traître ! Lorsque le gouverneur apprendra votre comportement, vous pourrez faire votre bagage pour la France !

— Je me moque de l'avis d'une vieille ganache qui n'a pas le moindre titre de gloire à son actif et a plus souvent montré son cul que son visage à l'ennemi !

Puis Law nous exposa sa stratégie : un repli général dans l'île de Sriningam.

Nous échangeâmes des regards consternés, en nous demandant s'il n'était pas victime d'un accès de malaria qui le faisait divaguer. Il justifia ainsi sa décision :

— C'est la seule solution, mes amis. Rester sous les murs de cette ville, c'est risquer, lorsque les Anglais arriveront, d'être pris en tenaille et de nous voir couper les voies d'une retraite...

— Vous parlez de retraite avant même d'avoir combattu ! lui lança Auteuil. C'est le comble de la lâcheté !

Un tollé soutint cet avis péremptoire.

— Nous allons nous enfermer volontairement dans un piège !

— La saison des pluies va débuter et nous risquons d'avoir les pieds dans l'eau !

— Nous allons donner à l'ennemi l'impression que nous effectuons une retraite. Ça va l'encourager !

Ces protestations parurent laisser l'Ecossais indifférent. Il se contenta d'ajouter que si une autre décision que la sienne était adoptée il donnerait sa démission. Saussay donna le premier, en bougonnant, le signe que la séance était levée. Law, resté seul, me prit par la manche de ma veste pour me retenir et me demander un avis que, simple observateur, je n'avais pas eu à formuler.

— Vous savez ce que je pense de la situation, lui dis-je, et vous n'avez pas oublié les observations que j'ai adressées au gouverneur. Je n'ai pas changé d'avis et je crains que votre décision de nous replier dans l'île ne soit interprétée non comme une précaution mais comme une faiblesse. Une retraite sans avoir combattu, c'est un comble !

Il s'emporta, disant que j'étais comme les autres : de courte vue ! Lui, il savait et voyait loin ! Campés dans cette île qui pouvait fournir des vivres en suffisance, nous serions à même de tenir tête aux Anglais et aux Indiens, des mois s'il le fallait. Il renversait la situation et, d'assiégeant, se faisait volontairement assiégé. C'était, lui rétorquai-je, la pire des solutions.

— Etes-vous conscient de vous attirer les foudres du gouverneur ?

— Je le suis, mais je maintiens ma décision. Vous verrez qu'un jour on me rendra justice.

— Je vous le souhaite, capitaine, mais rien n'est moins sûr.

Il le prit de haut :

— Je vous rappelle, monsieur de La Vermondie, que je suis responsable de cette expédition et que mes ordres ne peuvent être contestés, pas même par vous !

La lettre que John Law reçut de Dupleix, à la suite du courrier où je lui annonçais cette décision, n'était pas piquée des vers. Il reprochait au chef de l'expédition son attentisme et critiquait sévèrement sa décision de se replier dans l'île, alors qu'il aurait dû se porter au devant des Anglais. Leurs forces, argumentait-il, étaient inférieures aux nôtres et composées pour une bonne part de jeunes recrues mal préparées au climat et aux conditions difficiles de cette guerre.

Rien n'y fit. John Law allait poursuivre sa chimère.

Le 30 mars, les tuniques rouges avaient débarqué. Le 6 avril, après une marche pénible, elles étaient à Tanjore, à environ deux journées de Trichinopoly, avec à leur tête deux excellents officiers : Stringer Lawrence et Robert Clive, les égaux de Duquesne et de Bussy.

Conscient de déborder les limites de ma mission, je ne pus m'empêcher de revenir à la charge avant qu'une mutinerie ne risquât de se produire parmi les officiers et la troupe.

— L'ennemi est en train de patauger dans les marécages, dis-je au capitaine. Nom de Dieu, qu'attendez-vous pour lui tomber dessus ? Un signe du Ciel, un miracle ?

— Le réformé que je suis ne croit pas aux miracles, monsieur, répondit-il d'un ton sec. J'ai bien réfléchi cette nuit, et je conviens qu'avant de nous replier nous devrons nous battre, mais pas à des dizaines de lieues de nos positions. Plus l'ennemi sera proche de nous, plus nous aurons de chances de le vaincre, éloigné qu'il sera de ses bases.

— Ma foi, c'est un bon calcul. Pourquoi n'y avoir pas songé plus tôt ?

— L'essentiel, monsieur, est qu'il ne soit pas trop tard...

Immobiliser la colonne anglaise et la contraindre à rebrousser chemin eût été une ambition illusoire. Law demanda des volontaires qu'il groupa sous le commandement d'un capitaine anglais déserteur, Murray, pour les envoyer à la rencontre de la colonne anglaise et tomber sur elle par surprise, avec des canons. L'affaire réussit. Sous le feu nourri de nos pièces dissimulées derrière des bouquets d'épineux, l'avant-garde de Lawrence fléchit et se disloqua. Nous la poursuivîmes, l'épée dans les reins, jusque sous les murs d'une bourgade, Colhady, où elle se replia, avec le gros de la troupe.

Nos volontaires revinrent au camp de base sous les vivats, chargés de bagages et tirant trois pièces de canon prises à l'ennemi. Une petite victoire, mais qui avait de quoi nous rassurer quant aux prochaines épreuves.

Le danger nous vint, le lendemain, d'où nous ne l'attendions pas : d'une sortie des assiégés. Ils étaient conduits par deux officiers anglais, Clarke et Dalton, qui séjournaient au palais de Mohamed Ali à titre de conseillers. Une première vague de nos cipayes se porta à leur rencontre, à un quart de lieue des remparts. Ils allaient les balayer lorsqu'une balle arracha leur chef, Alem Khab, de sa selle. Ils se replièrent en désordre...

Cette brève mais sanglante bataille réveilla chez John Law son intention de ramener toutes nos forces dans l'île de Sriningam. Il prétexta, pour nous convaincre, que nous avions fait une démonstration éloquente de nos forces, mais n'arriva pas à dissuader la plupart des officiers que nous risquions de nous enfermer volontairement dans un traquenard. J'en venais à penser que le plus sage eût été de laisser les choses en plan et de retourner à Pondichéry, quitte à endurer les foudres du gouverneur.

Notre retraite se fit dans la fièvre et en plein jour. Chanda Sahib refusa la permission que Law lui avait donnée de se retirer avec ses troupes. A cette occasion, le capitaine commit deux fautes, aussi inexplicables l'une que l'autre : il fit brûler quelques chariots de vivres et sacrifia, pour protéger notre retraite, un détachement qui, dès le lendemain, fut anéanti par un groupe d'Indiens commandés par Dalton.

Le passage du Kaveri se fit sans encombre. Les premiers jours qui succédèrent à l'installation du camp dans une palmeraie, à une demi-lieue de la ville et du sanctuaire, j'éprouvai une singulière impression de sérénité. Nous pouvions évoluer durant des heures sans risquer de tomber sur des groupes d'Indiens, de ceux qui, la nuit, pillaient nos bagages et volaient nos chevaux.

On respirait dans ces lieux une atmosphère paradisiaque. Je passais plusieurs heures chaque jour à visiter l'immense sanctuaire, émerveillé par les découvertes que je faisais à chaque pas, comme si je venais d'ouvrir un de ces gros manuscrits illustrés qu'Ananda gardait dans sa bibliothèque et que parfois il me confiait.

Les oratoires, les statues, les fresques me causaient une émotion sans cesse renouvelée, mais je ne m'en intéressais pas moins au milieu humain qui grouillait dans les temples et les cours.

Un matin, je m'arrêtai devant le temple de Ranganath Swami, intrigué par un vieillard accroupi à demi nu, squelettique, barbu jusqu'aux genoux, qui tenait un bras tendu à la verticale. Un brahme m'expliqua que ce *shadou*, cet ascète, dont l'âge dépassait le siècle, se trouvait depuis cinquante ans à la même place et dans la même position. Les ongles de son poing fermé avaient fini par s'incruster dans la paume. Les moines lui apportaient chaque jour un bol de riz et une cruche d'eau. Une heure de sommeil lui suffisait.

Au cours de mes missions, jadis, au Bengale, j'avais rencontré toutes sortes de charlatans, d'illusionnistes, de fous de dieux, de faiseurs de miracles au comportement étrange. Certains se barbouillaient le corps de bouse de vache sacrée, d'autres regardaient fixement le soleil pendant des heures, dormaient avec des cobras comme compagnons de nuit, tiraient des chariots par des cordes reliées à leur poitrine par des crochets de fer, avalaient des sabres et des serpents, marchaient sur de la braise...

Ces marques sauvages de dévotion ne rappelaient que de loin, et avec des outrances, les macérations de nos fidèles occidentaux. Elles marquaient une volonté d'approcher les dieux par le sacrifice, de leur offrir, outre les fleurs et l'encens, une souffrance volontaire ouvrant la voie du nirvana et de la sérénité suprême.

Le fleuve en crue, les pistes inondées, j'éprouvais de plus en plus de difficultés à transmettre à Pondichéry le courrier qu'attendait Dupleix. Je ne me faisais pas faute de mentionner les erreurs de John Law et la situation quasi désespérée dans laquelle nous nous trouvions en grande partie par sa faute.

Dupleix était à ce point persuadé que cette expédition se solderait par un échec qu'un des courriers qui nous parvinrent faisait état de l'éventualité acceptée d'une suspension d'armes et de négociations avec l'ennemi. Dieu merci, nous n'en étions pas encore là. Les quelques escarmouches qui nous opposèrent à des groupes d'Indiens encadrés de tuniques rouges ne présentaient aucun caractère décisif de victoire ou de défaite.

Nous éprouvâmes pourtant quelques revers. Au cours d'une opération à proximité d'un poste tenu par les Anglais, Auteuil avait été fait prisonnier avec une cinquantaine d'hommes. Lorsqu'on avait entrepris de le fouiller, il avait protesté avec véhémence et menacé ses agresseurs de sa canne. On avait fini par relâcher ce vieux fou avec la promesse qu'il ne porterait plus les armes contre les sujets de Sa Majesté britannique.

A quelques jours de là, nous apprîmes avec stupéfaction que le capitaine Murray, désertant à rebours, s'était rendu à Stringer Lawrence avec le corps de cipayes qu'il commandait. Law fut d'autant plus sensible à cette trahison qu'ils étaient amis de longue date.

Une épreuve d'un autre ordre nous attendait : la disette. En mesurant les rations de riz et de viande au plus juste, il nous en restait pour une semaine. Nous avions épuisé les ressources de l'île, vidé les magasins des marchands, effectué des réquisitions dans les monastères et chez de riches particuliers. Nous n'avions jamais autant regretté que John Law eût sacrifié inutilement plusieurs chariots de vivres. L'arak nous manquait de même cruellement. Des auxiliaires qui ne supportaient pas ces privations nous faussèrent compagnie.

Il fallut, la mort dans l'âme, nous séparer des quelques centaines d'hommes qui composaient la troupe de Chanda Sahib, comme on se débarrasse des bouches inutiles durant un siège. Car c'était bien un siège que nous subissions, et volontaire de surcroît !

Pour assurer la sécurité de ce prince fidèle, Law décida de le confier au nabab de Tanjore, Manogy. Cet allié des Anglais passait pour un homme loyal. La négociation, que Law me confia, assortie d'un présent en roupies et en armes, suffit à ouvrir à notre allié les portes de Tanjore, sous la protection d'une escorte du nabab. J'avais obtenu la promesse que Chanda Sahib serait traité non comme un prisonnier mais comme un hôte. Il allait en être tout autrement.

Les Anglais insistèrent pour libérer ce personnage important dont ils pourraient utiliser l'appui. Mohamed Ali était partisan de le garder à vie dans une geôle de Trichinopoly. Manogy avait une autre idée. Il le confia à son bourreau, avec l'ordre de le tuer et de faire porter sa tête à Lawrence.

Après Musafer Sing, nous perdions là un de nos plus fidèles alliés, un ami sincère, et le soutien de son armée.

A la mi-juin, les entretiens préalables à une capitulation se déroulèrent entre Trichinopoly et l'île de Sriningam, sous une tente gardée par des tuniques rouges. Nous dûmes abandonner à l'ennemi nos canons et nos fusils. Les soldats furent considérés comme prisonniers de guerre et les officiers libérés sur parole. Nous dûmes livrer à Lawrence les quelques déserteurs anglais qui nous avaient rejoints et qui furent réincorporés sans aucune sanction.

5

La fin des illusions

A peine le bateau parti de Karikal avait-il mouillé à Pondichéry, le capitaine John Law, après un bref séjour dans les geôles de Trichinopoly, fut mis aux arrêts dans celles de Pondichéry. Une menace planait sur sa tête : le conseil de guerre, avec le châtiment réservé aux traîtres.

Lorsque j'intervins auprès du gouverneur pour réclamer sa clémence, il monta sur ses grands chevaux :

— Ne me parle pas de conditions difficiles, du climat, des inondations, de la disette et de je ne sais quelles excuses tout aussi fallacieuses ! Law est un incapable, un pleutre et un traître. Il aura la punition qu'il mérite !

Je faillis répliquer que, dans cette pénible affaire, tous les torts ne reposaient pas sur ce seul officier, que Dupleix lui-même avait parlé d'une suspension d'armes possible. C'eût été provoquer inutilement une de ses violentes colères, qui aurait risqué de m'envoyer rejoindre le prisonnier.

Il m'annonça qu'il allait confier l'enquête préliminaire au conseil de guerre à Jacques Maissin. Cet ancien aide-major des armées royales venait de débarquer de la *Diane* avec une mission précise : tenir la Compagnie informée de la situation de nos établissements.

— Je fais pleine confiance, ajouta Dupleix, à ce commissaire enquêteur. C'est un militaire franc, loyal et, qui plus est, sans a priori dans l'affaire qui nous concerne.

Cette confiance, le capitaine Maissin n'était pas, semble-t-il, disposé à la partager. Dès les premiers entretiens avec le gouverneur, le torchon brûlait. L'envoyé de la Compagnie n'avait pas tardé à comprendre que, si John Law méritait de passer en justice, Dupleix pourrait bien se retrouver au banc des accusés à côté de lui.

Alors que je montrais à ce bel homme un peu guindé et portant perruque malgré la chaleur les curiosités de la ville, il me livra une confidence, en buvant du thé dans le bazar :

— Mon cher, je ne suis pas dupe des sourires, des amabilités et des présents de votre gouverneur. Les présents, d'ailleurs, je les lui ai retournés. S'il souhaite me mettre dans sa poche, il se trompe. Vous qui le connaissez, m'a-t-on dit, mieux que quiconque, devez comprendre mes réticences...

Ce que je compris surtout, c'est que Maissin cherchait à obtenir de moi quelques informations utiles à son enquête. Je me gardai de lui donner satisfaction, en évitant de lui révéler, par exemple, que Dupleix avait tenté de circonvenir l'ordonnance de Law, Lambert, pour l'inciter à déposer contre son maître. Cette manœuvre absurde témoignait de son désarroi.

Il n'y eut pas de conseil de guerre et l'enquête de Maissin tourna court. Dupleix laissa entendre benoîtement que John Law avait joué de malchance dans l'affaire de Trichinopoly : il avait été victime du climat et des conditions éprouvantes dans lesquelles s'était déroulée cette malheureuse expédition, plus que de ses incapacités. Rien, dans sa conduite, ajouta-t-il, n'avait été contraire aux lois de l'honneur et aux intérêts de la Compagnie. Tout juste pouvait-on lui reprocher quelques maladresses, mais il manquait d'expérience et se montrait parfois trop sûr de lui. Dupleix faisait de celui qui avait été sa bête noire une victime plus qu'un coupable.

Maissin, jetant les armes, se contenta d'entériner ces conclusions. On rendit à ce pauvre Law sa liberté et son honneur. Les deux adversaires scellèrent par une embrassade une fin heureuse. Cette réconciliation insolite ne souleva aucune vague, comme si tous souhaitaient oublier notre humiliation…

Sophia me prit la main pour m'attirer vers sa chambre, comme elle le faisait jadis en me conviant à nos joutes amoureuses, sauf que la pièce était déjà occupée par un personnage qui allait prendre une place importante dans notre couple.

— Olivier, me dit-elle, je te présente ta fille. Je l'ai appelée Julie, comme ma mère.

— Un joli prénom… Je suppose qu'elle l'est aussi.

Elle écarta la moustiquaire, sortit le nourrisson du berceau et me le tendit.

J'eus l'impression que le parquet se dérobait sous moi. J'avais quitté Pondichéry depuis environ un an et avais rêvé chaque jour de tenir dans mes bras le fruit de mes amours avec Sophia. Ce fruit était léger, tendre et rose, à l'image de ces chérubins ailés qui volettent dans les toiles de maîtres.

J'avais abandonné une épouse enceinte, amaigrie, déprimée, en proie à l'angoisse, pour ne garder en moi que l'image de cette femme sous son manteau de pluie, immobile sur le chemin de ronde, le jour de mon départ. Je la retrouvais, par un matin éclatant de lumière, potelée et radieuse. De quoi me faire oublier ma fatigue, ma mauvaise santé et les moments pénibles que je venais de traverser.

— Promets-moi, me dit-elle, que tu feras tout pour ne plus me quitter. Si tu savais ce que j'ai souffert de ton absence, malgré la présence et les soins de Jeanne... Je me rendais chaque jour dans le cabinet du gouverneur pour attendre le courrier. Tes lettres ou le moindre billet me comblaient de joie. Dupleix s'amusait de mon impatience, me demandait un baiser pour chaque courrier que tu avais joint au sien. Tu ne repartiras pas, dis ? Promets-le-moi.

— Je ne puis rien te promettre, tu le sais, mais je ferai tout pour ne plus te quitter. Tu as ma parole.

Je lui reprochai d'avoir été – c'est le moins qu'on puisse dire – avare de nouvelles. Elle marmonna :

— Je n'aime pas écrire, tu le sais. Tu te moques de mes fautes. Et puis... et puis je voulais te faire payer ton absence, voilà !

J'eus maintes fois l'occasion de disserter avec Dupleix de l'affaire de Trichinopoly, qui n'allait pas tarder à susciter des réactions violentes des directeurs, lorsqu'ils apprendraient la nouvelle.

— Nous avons perdu, me dit-il, notre influence dans le sud du Carnatic, et laissé la porte ouverte aux gens de Londres. C'est une défaite, je l'admets, et elle m'est sensible, mais pas un désastre, comme les gens de Fort Saint David voudraient le laisser croire. Nous n'avons eu que des pertes modestes en hommes. Les officiers ont été libérés et les autres prisonniers ne tarderont pas à l'être, leur maintien en prison risquant d'assimiler leur capture à un fait de guerre. Il nous reste des forces suffisantes, quelques solides alliances pour tenir tête à nos concurrents, et monsieur de Bussy tient ferme sa position dans le Deccan.

Bussy... Il donnait parfois de ses nouvelles. Lieutenant général du soubab, il veillait à la sécurité des frontières et tenait à distance les hordes marathes.

Il m'écrivit : « Je regrette de n'avoir pas été présent dans la déplorable affaire de Trichinopoly. Sans me flatter, je crois que j'aurais pu tenir en respect Mohamed Ali et ses alliés. Que de fautes commises par impéritie ou par sottise ! Que d'occasions manquées ! » Il ajoutait en post-scriptum : « Viendrez-vous me rendre visite ? J'attends avec impatience le jour où je pourrai vous embrasser... »

Il me parlait dans une autre lettre de la vie fastueuse qu'il menait à Hyderabad et à Aurangabad, de sa fortune due aux libéralités du soubab, de la fierté que lui inspirait sa troupe équipée et armée à la française, où régnait une discipline librement consentie. Elle aurait pu, disait-il, figurer dans les troupes royales.

Il n'avait pas oublié l'objet de ses amours. « Lorsque vous daignerez me donner des nouvelles de Pondichéry, dites-moi quelques mots de mademoiselle Ch... [Chonchon]. Est-elle mariée ? Compte-t-elle convoler ? Et avec qui ? Je ne puis vous cacher, mon cher ami, que lorsque je pense à elle mon cœur saigne... »

D'accord avec son épouse, Dupleix avait tenu ses promesses de doter généreusement Sophia et d'améliorer mes émoluments. Jeanne y avait joint des cadeaux en roupies, en mobilier et en bibelots, pour la plupart importés de Chine. L'appartement qui nous fut attribué dans la citadelle était vaste, lumineux, dépourvu de jardin, mais donnait sur la vaste esplanade de la place d'Armes d'où montaient le matin les flonflons de musique qui accompagnaient la relève de la garde et la revue des troupes.

Sophia partageait son temps entre sa fille, confiée à une nourrice indienne et à la servante, Kamala, et la vie de famille que Jeanne lui imposait. Elle m'avoua que cette contrainte l'indisposait mais qu'elle y glissait « comme un catimaron sur les vagues », en évitant de se montrer trop liante ou trop rebelle.

Elle avait parfois des mots sévères pour la famille du gouverneur et la petite société provinciale qui l'entourait, le flattait et l'exploitait.

— Je n'ai que mépris pour ces parasites ! me disait-elle. Dupleix sacrifie des fortunes pour combler leurs appétits. Il ronchonne mais les satisfait. Moi, je me suis fait une règle d'accepter mais de ne rien réclamer. Je dois passer aux yeux de certains pour une sotte, mais je m'en moque ! Nous ne sommes pas à Versailles, et Joseph Ier n'est que le roi des boutiquiers !

La comparaison du palais de Pondichéry avec celui de Versailles était juste, encore que les dimensions ne fussent pas comparables. Dans le palais du roi Louis, les rapports humains se diluaient dans la multitude de la courtisanerie. A Pondichéry, où l'on vivait en vase clos, ils montraient davantage leur perversité, et la moindre médisance faisait mouche.

Sophia se livrait, sur ces courtisans au petit pied, en habit, en robe ou en soutane, à un jeu de massacre impitoyable. Lorsque je lui reprochais sa sévérité, elle protestait :

— Mon pauvre ami, ton indulgence frise la naïveté ! Si tu savais les médisances que l'on colporte dans les salons, sur nous et surtout sur moi… Si tu entendais, comme cela m'arrive fréquemment, les ragots de ces pécores qui viennent prendre le thé chez la bégum… Elles racontent de quoi faire se battre des montagnes ! Jeanne écoute et se tait. Un véritable sphinx... Elle observe sans souffler mot, comme du bord d'un marécage, les reptiles et les batraciens qui grouillent dans la vase...

Lors de notre premier repas en tête à tête, Sophia me donna des nouvelles de sa famille, de Chonchon notamment :

— Elle ressemble de plus en plus à son véritable père – tu sais de qui je veux parler... Le même nez un peu long, la même vivacité dans le regard et dans les gestes, la même autorité et la même tendance à reconnaître rarement ses torts.

Jeanne avait décidé de la marier à un gentilhomme, le marquis de Montlezun, venu en Inde pour reconstituer sa fortune évanouie sur les tables de jeu d'Europe, mais Chonchon regimbait. C'est monsieur de Bussy qu'elle rêvait d'épouser, et pas ce gros homme joufflu, poussif, dont la sueur abondante l'indisposait. Elle cachait sa détresse sous un comportement agressif envers ceux qui faisaient barrage à ses vœux.

Elle n'allait pas tarder à manifester, avec sa nature indépendante, l'intensité de sa passion.

Sophia et moi n'avions en commun que peu d'affinités mais si nos disparités entretenaient des querelles, elles n'ouvraient jamais sur l'irrémédiable.

Nous engagions le fer, au propre et au figuré, pour des vétilles. Nous avions décidé de régler certains de nos différends dans la salle d'armes, l'épée mouchetée au poing. Piètre bretteur, je dus souvent m'avouer vaincu, moins par sa science que par la vigueur qu'elle mettait dans ses assauts, comme au temps de nos premières étreintes dans ma chauderie. Parfois, après une victoire, elle me sautait au cou et demandait mon pardon.

Certaines de nos relations disaient de nous : « Monsieur de La Vermondie et son épouse n'ont guère de points communs mais s'accordent sur tout... »

L'amour accomplit de ces miracles...

Sophia me dit un jour, quelques semaines après mon retour de Trichinopoly :

— Olivier, j'étouffe dans cet appartement. Nous y sommes trop près du gouverneur et de Jeanne, trop mêlés à leur vie et à leurs obligations, et trop peu souvent en tête à tête. J'en viens à regretter ma demeure précédente et notre chauderie.

Nous réinstaller en ville eût blessé Jeanne et le gouverneur. D'ailleurs, la maison de Sophia était occupée depuis plus d'un an par l'écuyer Louis Carloman d'Arboulin, beau-frère de Jeanne. Il vivait là avec son épouse, la grosse Rose-Eléonore, et sa fille, Suzanne, née d'un premier mariage, dans une ambiance d'orages matrimoniaux dont la courtisanerie palatine se délectait.

Sophia avait gardé un souvenir romanesque de ma chauderie, détruite lors du siège de Pondichéry et que je n'avais pas songé à faire reconstruire. Elle, si... Nous eûmes à ce propos nombre d'échanges et de querelles. Je ne me sentais pas le courage et n'avais guère le temps de faire renaître cette bicoque de ses cendres. Sophia finit par en convenir, mais trouva la parade. Ce que femme veut...

— Je viens d'apprendre, me dit-elle, que monsieur de Larche se propose de quitter Pondichéry pour un poste à l'île Bourbon. Il souhaite se défaire de sa chauderie. Elle ferait bien notre affaire, ne crois-tu pas ?

— C'est à voir. Je vais lui rendre visite, lui demander ses conditions pour l'acheter ou la louer.

— C'est déjà fait, mon chéri...

Mis au pied du mur, je me rendis avec elle, en palanquin, visiter les lieux. La chauderie se dressait sur le bord d'une modeste rivière qui, sortant des marécages, alimentait les fossés de la ville. Sans être pittoresque, l'endroit, situé sur une éminence ombragée de palmiers et de cocotiers, entouré à bonne distance par les alignements de huttes du village, était agréable.

A première vue, la bicoque, où monsieur de Larche n'avait fait que de brefs séjours, était quelque peu délabrée. Son toit avait été en partie enlevé par la dernière mousson, la peinture des murs s'écaillait et le jardin était envahi par une végétation sauvage.

Les exigences de monsieur de Larche, avec qui j'avais eu d'excellents rapports, étaient modérées. Je me contentai d'une location qui pourrait à la longue, si nous étions satisfaits, se conclure par une acquisition pure et simple.

Sophia était aux anges. Elle dressait des plans, organisait le jardin, décorait la varangue de plantes grimpantes et, à l'intérieur, distribuait les trois pièces... Elle m'assura qu'elle s'occuperait de tout avec quelques ouvriers, veillerait sur ce chantier, au besoin y mettrait la main.

En moins d'un mois, la chauderie était de nouveau habitable. Nous y installâmes un mobilier sommaire et quelques superfluités. L'une des trois pièces fut consacrée à la déesse de ce sanctuaire familial : Julie.

Nous avons suspendu la crémaillère fictive en octobre, avec quelques amis et relations. Cette petite fête s'est déroulée sous la varangue que Sophia avait organisée comme un jardin d'hiver, avec des plantes grimpantes sur tous les montants. Jeanne nous a honorés de sa présence et s'est montrée joviale et communicative. Nous avons chanté et dansé la gavotte et la gaillarde sur la pelouse jusqu'après minuit. Monsieur Maissin nous a charmés d'une aria jouée sur son violon et, à la demande de nos convives, j'ai débité une vieille chanson de Noël du Périgord. Habillée d'un sari chamarré, scintillant de perles factices, Sophia nous a divertis avec une danse de bayadère. Nous avions comme spectateurs la population du village, accroupie, muette, contre la palissade. Je lui ai fait distribuer les reliefs du festin.

La date avait été bien choisie. Trois jours plus tard, la première pluie de la mousson s'abattait sur la ville.

Nous nous attendions à voir Maissin, mission terminée, reprendre la route de France, précédé par les documents secrets de son rapport adressés à la Compagnie. Un jour où nous chevauchions botte à botte, le long du Gingy, il me dit :

— Le gouverneur a paru médusé lorsque je lui ai confié que rien ne m'obligeait à revenir en France, mon enquête terminée. Je vais peut-être vous surprendre aussi en vous annonçant que ma décision est prise de me fixer dans ce pays pour quelques mois, quelques années peut-être. Avec mes bons états de service dans les armées royales, je pourrais me rendre utile en cas de guerre ouverte contre les Anglais.

— Je suis surpris de cette décision, mais je m'en réjouis. Nous manquons de bons officiers et d'administrateurs compétents. Comptez-vous rester à Pondichéry ou vous fixer au Bengale ?

— Je l'ignore encore. Ce qui est certain, c'est que ce pays me fascine et que je compte bien y approfondir mes connaissances. Pour tout vous dire, mon intention est de me lancer dans une prospection des mœurs, des coutumes, des religions, et, comme j'ai, dit-on, une bonne plume, de rédiger un ouvrage que je compte présenter, à mon retour en France, à l'Académie des belles-lettres.

Avec le concours d'Ananda comme traducteur, il se lança dans la lecture des livres et des manuscrits anciens, et entreprit d'apprendre la langue tamoule. Je la parlais moi-même assez bien et proposai de lui donner quelques leçons. Il se plongeait avec délectation dans l'étude de cette civilisation vieille comme le monde, touffue comme une forêt tropicale et baignée parfois de lumières de paradis.

Il semblait que rien ne le laissât indifférent. Il s'intéressait même à la botanique. Et là, j'étais à même de l'éclairer. Il passa une nuit à feuilleter mon herbier et à lire les notes qui s'y rattachent.

— Cette passion de jeunesse, me dit-il, s'est réveillée, après des années à me battre à travers l'Europe, qui l'avaient étouffée. La guerre, monsieur, est l'ennemie des passions.

La guerre, puisqu'il faut l'appeler par son nom, nous nous serions trompés si nous avions cru en avoir fini avec elle. La retraite de Trichinopoly n'y avait apporté qu'une trêve.

Encouragé par cette victoire peu glorieuse, le gouverneur Thomas Saunders tournait ses regards vers ce point noir : Arcate, capitale de la nababie de Chanda Sahib, où, après sa mort, régnait un de ses fils, le jeune Raza Sahib.

Tandis que la colonne anglaise s'acheminait vers Trichinopoly, c'est au capitaine Robert Clive qu'avait été confié le soin de réduire cette place.

Parti de Madras au début de septembre, il avait mis une semaine pour parcourir les quarante lieues qui séparent les deux cités. Arrivé sous une pluie fracassante, il constata avec stupéfaction que les portes de la ville étaient ouvertes. Il la traversa, se dirigea vers la citadelle, persuadé qu'on lui tendait un piège. Elle était déserte. Seuls restaient les habitants, enfermés dans leurs maisons.

Un vieux fonctionnaire chargé de la garde du palais dit à Clive :

— Vous trouverez les Français à quelques lieues de là, à Timery. Trois canonniers et quelques centaines de cipayes. Notre seigneur a préféré quitter son palais plutôt que de voir sa ville souffrir des combats et être pillée.

Informé de la situation, Dupleix envoya sur Arcate une colonne commandée par le capitaine Goupil qui, à ce jour, n'avait exercé sa stratégie que dans les salles de jeux. Il entra dans la ville aussi facilement que l'avaient fait les Anglais, mais le faible contingent que Clive avait laissé dans le fort, avec des vivres en suffisance pour des mois, allait résister farouchement. Au bout de trois semaines, pour éviter d'être pris entre les assiégés et la petite armée anglaise de Kilpatrick qui se dirigeait vers lui, Goupil préféra lever le siège et se retirer dans la montagne.

C'était, devant Arcate comme dans les parages de Trichinopoly, la même guerre sans véritables batailles et la même gabegie, accompagnées d'une telle confusion que je dois renoncer à entrer dans le détail.

Durant des mois, dans tout le Carnatic, allait se dérouler un inextricable chassé-croisé entre les deux armées et leurs alliés. Elles s'épiaient, se poursuivaient, se tendaient des pièges, s'arrachaient leurs prises. Tel qui, un soir, criait victoire fuyait le lendemain, comme poursuivi par une harde de loups. On aurait pu croire à un spectacle de marionnettes plus qu'à une tragédie en mille actes, si les conditions n'avaient été aussi rudes et les pertes en hommes aussi élevées.

— Cette situation, me dit Jacques Maissin, si l'on excepte l'importance des effectifs et les batailles rangées, me rappelle nos guerres européennes : une sorte d'échiquier infernal, où les pièces ne sont pas de bois ou de métal mais de chair vivante. Tu me prends ma tour... Je te prends ton cavalier... Mais, derrière ce jeu, des montagnes de cadavres !

Cette guerre larvée avait accru l'insécurité dans les territoires de l'intérieur. On ne se déplaçait jamais, même sur quelques lieues, sans une escorte solidement armée. Le pillage systématique des villages avait jeté les paysans dans une effroyable misère. Privés de leurs réserves de riz, ils se pressaient aux portes de Pondichéry et de nos établissements de Coromandel. Impuissants à les secourir, nous les laissions crever.

Dès le premier jour, Jacques Maissin avait été surpris par la nature d'un conflit qui contrevenait aux règles communes édictées par les compagnies de Londres et de Paris.

— Que faire ? lui répondait Dupleix. Nous sommes entraînés malgré nous dans une situation inextricable où les règles et les lois élaborées par les directeurs n'ont plus cours. Je suis le premier à souhaiter la paix, sans laquelle il n'y a pas de prospérité possible pour le commerce, mais nous sommes confrontés à des concurrents pour qui tous les moyens sont bons...

— Pourquoi ne pas avoir abandonné les princes à leurs querelles et à leurs révolutions de palais ?

Ce sont eux les responsables de cette guerre, il me semble.

— Détrompez-vous. Refuser de soutenir leur cause, au besoin par les armes, serait renoncer à les voir nous attribuer des concessions. Et sans elles, pas de commerce possible ! Cette vérité brutale, je vous saurai gré d'en informer les messieurs de la Compagnie dans votre courrier et à votre retour. S'ils parviennent à résoudre ce dilemme, je leur tire mon chapeau...

Sollicité de prendre les armes, Maissin avait d'abord refusé, au nom des sacro-saintes consignes de la Compagnie, puis, se souvenant des batailles qu'il avait livrées en Europe, il décida de passer outre.

Dupleix lui confia un corps de *topas*, avec le grade d'aide-major. Après quelques manœuvres dans la plaine, entre la ville et les monts Oulgaret, il avait bien en main une troupe disciplinée, redoutable, qui avait fait son idole de cet officier de haute taille, mince comme une lame de baïonnette, d'une rigueur implacable en matière de discipline, devenu grand amateur d'arak et de bétel.

Maissin ne tarda pas à se mettre en campagne. Il m'avoua un jour qu'il aimait dans cette guerre la part d'aventure et de surprise qu'elle comportait. Pas de grand état-major pour lui imposer des directives, mais une part d'improvisation qui lui permettait de donner cours à sa liberté de mouvement, et à ses hommes de dépenser sans les mesurer leur énergie et leur esprit de sacrifice.

Lorsqu'il retournait à Pondichéry, épuisé, hâve, son uniforme troué par des balles ou des flèches, parfois blessé mais toujours radieux, il s'enfermait dans sa chambre pendant deux jours et deux nuits et en ressortait frais comme un nouveau-né. Au dîner, en compagnie du gouverneur et de sa suite, il s'accordait le plaisir d'un duo de violon et de viole de gambe avec Son Excellence.

Il ne restait guère plus d'une semaine en repos. Un beau matin, on le voyait à cheval, dans un uniforme remis en état, rassembler sa troupe pour une brève revue et, une chanson aux lèvres, reprendre le chemin de la guerre, comme s'il avait rendez-vous avec une maîtresse exigeante.

Je dois rendre à Dupleix un hommage que personne ne pourra contester.

Durant cette année 1752, fertile en incidents, favorables ou non, il mena des intrigues diplomatiques avec une subtilité tout asiatique qui, associée à une connaissance de la nature humaine, à une vue précise des événements même les plus confus et à une science militaire innée, imposait aux princes et aux Anglais.

Il m'avoua qu'il gardait de notre retraite de Trichinopoly comme une arête dans la gorge et qu'il songeait à prendre au plus tôt sa revanche de cette humiliation. Il avait fini par convenir que cette affaire avait été mal engagée et que John Law n'était pas le seul responsable.

Je lui demandai s'il avait l'intention de reprendre cette affaire à la base, avec une stratégie mieux élaborée et des moyens plus importants. Il me répondit par un sourire et une claque sur l'épaule qui en disaient plus long qu'un discours.

A l'automne, les Anglais se trouvaient en difficulté. En raison d'une mer houleuse et des tempêtes de la mousson, les renforts attendus du Bengale et d'Europe avaient du retard. A ces inconvénients s'ajoutaient les pertes qu'ils avaient subies dans le Sud et dans le Carnatic. Incapables d'assumer les promesses de soutien faites aux princes, ils avaient enregistré des défections et se retrouvaient pratiquement isolés.

L'année allait s'achever comme elle avait débuté : dans un mélange d'espoirs et de déceptions, une morosité dont rien ne pouvait nous distraire. Nous gardions notre confiance au gouverneur et à ses conseillers, mais leur navire était battu de telles tempêtes que, perdu dans les brumes et les embruns, il semblait sur le point de sombrer.

Au début de l'année suivante, la santé de Bussy donna lieu à des inquiétudes.

Il nous adressa un courrier pour nous annoncer sa venue. Souffrant d'un abcès au foie, compliqué de dysenterie et de malaria, il avait décidé, peu convaincu de l'efficacité de la médecine et de la chirurgie des sorciers du palais, de se faire soigner à Pondichéry. La fatigue d'une longue marche le contraignit à faire halte dans notre comptoir de Mazulipatam, dont Musafer nous avait cédé l'exploitation cinq ans auparavant.

Dupleix me demanda d'aller m'enquérir de ses nouvelles et de la situation qu'il avait laissée au Deccan.

Il était entouré d'une dizaine d'hommes de sa garde personnelle d'Hyderabad, en grande tenue et fort sourcilleux. Je faillis ne pas le reconnaître. Alité dans le logement du tenancier, moite de fièvre, il semblait, avec son visage émacié, son regard éteint et ses mains décharnées, à l'article de la mort.

Il me remercia de ma visite d'une voix faible, ajoutant qu'il lui tardait de se rendre à Pondichéry pour se débarrasser de l'abcès qui lui faisait souffrir le martyre. Il me raconta, avec une gêne dans la gorge, qu'il avait eu beaucoup de difficultés, ces temps derniers, avec les cavaliers marathes. Excédé par leurs razzias, qui avaient repris de plus belle, il avait lancé une expédition vers leur capitale, Poona, afin de rappeler à Bagy-Rao les accords de paix qu'il avait violés. Il avait dû livrer bataille, former des carrés et faire donner le canon, pour contraindre le roi à renoncer à ces harcèlements. Il avait eu un autre sujet d'inquiétude : un complot, ourdi par un frère du soubab Salabet Sing, avait été déjoué à temps, mais l'avait obligé à ne dormir que d'un œil, un pistolet sous son oreiller.

Je songeai à la déception et à la détresse de Dupleix si Bussy venait à mourir. Il m'avait entretenu récemment des espoirs et des projets qu'il fondait sur cet officier hors de pair :

« Il ne peut rester jusqu'à la fin de ses jours dans le Deccan. Un autre avenir l'attend, dans les années qui viennent. Je veux qu'il fasse figure de conquérant, traverse la Péninsule de part en part et porte nos armes jusqu'à Surat ! »

Jusqu'à Surat ? Cette ville fabuleuse se situait à l'extrême nord de la côte du Malabar, au-delà de Bombay, où les Anglais étaient implantés depuis des lustres et sans concurrents sérieux. Je me demandai si le nabab de Pondichéry, à certains moments, ne se prenait pas pour Alexandre et s'il ne voyait pas en Bussy un double investi d'ambitions auxquelles lui-même n'osait prétendre.

Pour pallier toute surprise, il avait envoyé à Hyderabad le capitaine Goupil, avec la mission de veiller à la sécurité du soubab.

Malgré son état, Bussy ne pouvait manquer de me demander des nouvelles de Chonchon. Il n'avait pas renoncé à elle mais doutait qu'elle se souvînt encore de lui. Je le rassurai. Quant au projet de mariage avec monsieur de Montlezun, elle le faisait traîner.

— Croyez-vous, me demanda-t-il, qu'une fois guéri je pourrai obtenir sa main ?

— Je l'ignore, mais je doute que Jeanne laisse sa fille partir pour Hyderabad. D'ailleurs, elle vise haut. Il lui faut du marquis pour sa fille...

— Mais je porte ce titre, Olivier !

— ... du marquis avec des biens.

— J'ai amassé une fortune, vous le savez !

— Alors, tentez votre chance. Il se peut que le vent tourne. C'est la grâce que je vous souhaite.

Bussy est resté une semaine à Mazulipatam avant de se rendre par un caboteur à Pondichéry. Le médecin de la concession parvint à éliminer sa dysenterie et à faire tomber sa fièvre, mais il restait à le débarrasser de son abcès. L'intervention par un chirurgien militaire se déroula dans d'excellentes conditions, si bien qu'une quinzaine plus tard le patient était en état de reprendre la route d'Hyderabad. Il m'exprima, avant son départ, son regret de n'avoir pu s'entretenir avec Chonchon. Il l'avait eue non loin de lui au cours d'un dîner mais, surveillés de près par Jeanne, ils n'avaient pu échanger que des regards. Il m'affirma qu'ils en disaient long...

Trois semaines après son départ, Dupleix recevait de lui une lettre qui elle-même en disait long, mais d'une manière plus explicite : « Je sors, écrivait-il, d'une querelle avec le capitaine Goupil. J'en ai encore le feu aux joues et la main qui tremble. »

Goupil s'était conduit, disait-il, comme un goujat. Il avait transformé ses appartements en lupanar, indisposé ses domestiques par ses façons vulgaires et d'une familiarité blessante, braqué contre lui le soubab, ses conseillers, ses eunuques et jusqu'aux officiers de sa garde. Il s'était mêlé sans discernement à des querelles de cour, prenant parti à tort et à travers pour les uns ou pour les autres.

Cette chienlit arrivait à point nommé pour favoriser les ambitions d'un candidat au trône du faible Salabet Sing : Lasker Khan, ami des Anglais. Cet ambitieux avait adressé au gouverneur de Fort Saint David une lettre que monsieur de Bussy avait fait intercepter et dont il joignait une copie à la sienne, laquelle nous annonçait le prochain départ de Goupil, « s'il n'est pas trop ivre pour prendre la route »...

— Il y a une lettre marquée *personnelle* pour toi, me dit Dupleix. Je suppose que Bussy doit t'entretenir de ses amours contrariées...

— Simple affaire de finances. Il m'a prêté de l'argent et il doit, je pense, me le réclamer.

C'était un billet très bref. Il me disait : « Mon cher ami, j'ai le cœur en charpie de n'avoir pu m'entretenir avec mademoiselle Chonchon, mais elle est toujours aussi bien gardée. Je compte sur votre amitié complice pour lui dire que je l'aime toujours autant et que jamais aucune femme ne tiendra une telle place dans ma vie... »

Quelques mois plus tard, nous eûmes une heureuse surprise.

Une nouvelle lettre de monsieur de Bussy nous annonçait qu'il avait obtenu de Salabet Sing, en récompense de ses victoires contre les Marathes, quatre nouvelles concessions sur la côte de Coromandel. Nous pourrions en tirer du fer, des bois précieux, des diamants, pour un revenu évalué à environ dix millions de livres. Un pactole...

Par ce même courrier, monsieur de Bussy nous

annonçait une nouvelle tout aussi importante, de par les horizons qu'elle nous ouvrait. Il avait décidé que, dorénavant, son palais n'aurait comme gardes que des soldats français.

C'était, il ne fallait pas se le cacher, une nouvelle étape symbolique vers un protectorat. Dupleix en rêvait confusément ; Bussy le lui confirmait. Nous étions loin du temps où nous devions, au prix de démarches souvent humiliantes, de courbettes et de présents, implorer des concessions de seigneurs indigènes cupides et méprisants.

Bussy nous envoya la copie de la lettre qu'il comptait adresser à la Compagnie, avec la permission du gouverneur. Il y faisait, sur plusieurs pages, un historique de notre présence en Inde.

Il écrivait notamment : « Quelques centaines de Français ont traversé de vastes provinces où jamais un Européen n'avait pénétré... Jamais je n'ai perdu de vue que je suis au service d'une compagnie qui ne se contente pas de lauriers stériles, à qui les succès militaires ne sont nécessaires qu'autant qu'ils peuvent rendre son commerce plus étendu et plus florissant... »

Un soir de printemps de l'année 1753, la chaleur, en ville, étant insupportable, j'attendais Sophia à notre chauderie, allongé dans le hamac de la varangue, en lisant, un cigare aux lèvres, au milieu d'un concert de petits singes gris et noirs. Elle sauta de son palanquin, courut vers moi en relevant sa jupe d'une main et en agitant de l'autre son éventail.

— Chonchon, me dit-elle. Cette pauvre enfant...

— Que lui est-il arrivé ? Malade ? Morte ?

— Il aurait peut-être mieux valu qu'elle meure. Elle a... elle a disparu !

— Comment est-ce possible ?

— On a constaté ce matin qu'elle n'était ni dans sa chambre ni dans une autre, et nulle part dans le palais. On l'a cherchée jusque dans la salle d'armes, où elle se rend parfois, et dans les églises, où elle va souvent.

Elle ajouta :

— Comment se fait-il que tu ne sois pas au courant ? Personne ne t'a informé de cet événement dont tout le monde parle ?

— Personne. Il est vrai que j'ai passé la journée chez Ananda, avec des marchands d'Arabie.

Elle se mit à tourner comme une toupie en faisant papillonner son éventail autour de son visage rose de chaleur et d'émotion, et me raconta que Dupleix avait envoyé en vain des patrouilles aux portes, sur le port, le long des canaux, jusque dans la Ville noire. Personne n'avait remarqué sa présence.

— Mon Dieu, qu'a-t-elle fait ? Quelle mouche l'a piquée ?

J'avais quelque idée quant à la nature de cette mouche. Je murmurai :

— Bussy…

— Eh bien quoi, Bussy ? Quel rapport avec cette disparition ?

— Ils sont épris l'un de l'autre, tu le sais. Si Chonchon fait traîner son mariage avec Montlezun, c'est qu'elle espère qu'il finira par se lasser de ses hésitations et qu'elle pourra enfin épouser celui qu'elle aime. Quant à Bussy, il n'a pas perdu espoir.

— Tu penses qu'elle aurait pu le rejoindre ?

— J'en mettrais ma main au feu.

— Il est vrai que son cheval n'est plus à l'écurie, que sa *mosse* et son garde du corps ont également disparu… Alors c'est sur la route d'Hyderabad qu'il va falloir la chercher !

Je me trouvais, une heure plus tard, dans le cabinet de Dupleix, au milieu d'une sorte de conseil de famille, Jeanne en larmes et lui au comble de la nervosité.

— Te voilà enfin ! me lança-t-il. Où étais-tu passé ?

Je lui parlai des marchands arabes. Il me coupa la parole :

— J'ai besoin de tes services. Tu es sans doute au courant de la disparition de Chonchon ? Bien... Alors tu vas te lancer à sa recherche et nous ramener cette folle enfant. Tu prendras avec toi une dizaine de cipayes. Je vais envoyer des patrouilles le long de la côte, et...

— Ce serait inutile. C'est la route du Deccan qu'elle a prise. Et tu sais bien pourquoi...

— Soit ! Mais fais vite.

Je partis avec mon escorte à la nuit tombante, dans une bourrasque de pluie, droit vers Valdaour, que nous atteignîmes au petit matin. Le ciel s'était dégagé, ce qui nous permit de forcer l'allure, sans omettre de nous informer auprès des paysans. Un dévideur de soie d'un village proche de Villapouram avait vu passer, quelques heures avant, un groupe de trois cavaliers qui paraissaient pressés.

Quelques heures... Cette précision me donna l'espoir de les atteindre avant la tombée de la nuit. Nous repartîmes au galop puis au trot à travers une zone de steppes désertes où un âpre vent de terre soufflait une haleine de fournaise. Je crus que nous avions perdu la trace de la fugitive. Aucun des paysans que nous interrogions n'avait observé de passage de cavaliers depuis plusieurs jours.

Nos chevaux étaient fourbus et couverts d'écume lorsque, peu avant la tombée du jour, nous nous arrêtâmes dans une oasis pour les abreuver. En approchant du puits, j'aperçus, sous un bouquet de palmiers, trois cavaliers en train de faire boire leurs chevaux.

Lorsqu'elle aperçut notre escorte, Chonchon sauta sur sa monture et, sans attendre les deux cavaliers qui l'accompagnaient, fonça à travers la palmeraie. Me lancer à sa poursuite sur un cheval épuisé et assoiffé étant illusoire, je sautai sur l'une de nos montures de réserve et lui emboîtai le pas. Elle n'était pas très bonne cavalière, si bien qu'après une course folle à travers des champs d'épineux je parvins à la rejoindre, à la dépasser et à m'arrêter en travers de sa route. Son cheval cabra si violemment qu'elle n'évita la chute qu'en s'accrochant au pommeau de sa selle. Elle descendit de sa monture, saisit un pistolet dans une de ses fontes et s'écria :

— Laissez-moi passer, monsieur de La Vermondie ! Si vous avancez d'un pas, je n'hésiterai pas à vous abattre !

— Vous n'en ferez rien, lui répondis-je en mettant à mon tour pied à terre. Mes cipayes ne tarderaient pas à vous rejoindre. Regardez derrière vous. Ils seront là dans un instant. De toute manière, vous ne pouvez nous échapper...

J'avançai de trois pas. Elle arma, visa. Le coup arracha mon chapeau. Je me jetai sur elle, la maîtrisai en la prenant à bras le corps et lui arrachai son arme.

— Ce n'est pas de gaieté de cœur, lui dis-je, que j'arrête votre fugue. Je ne fais qu'obéir aux ordres de votre beau-père. S'il n'avait tenu qu'à moi, je vous aurais laissée reprendre votre route et vous aurais même escortée jusqu'à Hyderabad. Je suis un ami de monsieur de Bussy, vous le savez, et il m'a fait des confidences sur vos relations...

— Si vous êtes vraiment son ami, laissez-moi le

rejoindre ! Je sais qu'il m'attend. Vous serez récompensé. J'ai mille roupies dans mes fontes. Elles sont à vous.

— Vous vous méprenez, mademoiselle ! Pardonnez-moi, mais je dois accomplir ma mission. Ne m'obligez pas à vous lier les mains et à tenir votre cheval en laisse. Toute résistance serait inutile, vous le voyez bien...

J'envoyai un de nos cipayes à Pondichéry afin d'annoncer le succès de ma mission, et nous fîmes demi-tour, encadrés par notre escorte.

Durant le trajet du retour, que nous fîmes à petite allure, nous eûmes, Chonchon et moi, le temps de bavarder.

Me sachant l'ami de Bussy, elle se livra à des confidences pathétiques. Devant l'intransigeance de sa mère, elle s'était laissée dépérir et avait même songé à mettre fin à ses jours en se jetant dans le canal. Elle était sur le point de perdre tout espoir, lorsque l'idée lui était venue de se porter à la rencontre de Bussy et de se donner à lui pour la vie. Elle était aussi certaine de son attachement que du sien propre, mais il était plus sage qu'elle, et disposé à faire confiance à Dieu ou au destin. Cette idée, me dit-elle, lui était devenue insupportable. Je me gardai de ranimer l'espoir en elle. Les jeux étaient faits...

— Comment expliquer, me dit-elle, que toutes les traverses que l'on oppose à mes sentiments m'apparaissent comme de simples péripéties, des obstacles dérisoires qui, loin de me décourager, ne me font que l'aimer davantage, au point d'aller jusqu'au bout du monde pour le retrouver, ce que je m'apprêtais d'ailleurs à faire et que j'aurais réussi si vous n'étiez pas intervenu ?

— Si je ne l'avais fait, c'eût été un autre, et qui vous aurait témoigné moins de compassion.

S'exprimant comme on lit un roman à haute voix, elle poussa sa confiance jusqu'à me proposer de lire la longue lettre qu'elle avait dans ses bagages, dans laquelle Bussy lui disait que, quoi qu'il arrive et quel que soit le sacrifice que lui impose sa famille, elle ne devait pas désespérer et qu'ils finiraient bien par se retrouver et donner libre cours à leur passion commune.

Par discrétion, je refusai ce témoignage de confiance qui me flattait mais m'indisposait, me contentant du résumé qu'elle m'en fit. Je ne trouve rien de plus ennuyeux que ces lettres d'amour qui ne sont le plus souvent que les copies factices et savamment élaborées des vrais sentiments.

Les quelques jours qui nous séparaient de notre arrivée à Pondichéry me parurent brefs. Chonchon n'était pas dépourvue d'esprit et, au contact de sa mère, avait appris à observer la petite faune qui grouillait dans la citadelle. J'en parlai avec elle aussi librement qu'avec Sophia, et, à plusieurs reprises, je la surpris à rire de bon cœur, ce qui me rassura sur ses états d'âme.

Un matin, en pénétrant dans son cabinet, je surpris le gouverneur fou de joie, balayant l'air de ses bras, faisant cliqueter au-dessus de sa tête, comme des castagnettes andalouses, un rouleau d'où pendaient des cachets de cire rouge.

Il s'immobilisa et me dit d'un air faussement pompeux, comme une tirade :

— Monsieur Olivier de La Vermondie, à genoux et le front dans la poussière ! Interdiction de relever la tête avant que je vous y autorise. Vous avez devant vous le nouveau nabab du Carnatic...

Croyant à une boutade, je pris le parti d'en rire.

— Quelle scène de comédie es-tu en train de me jouer, Joseph ? Tu te prends pour le Mamamouchi ?

— Mesurez vos propos, monsieur l'impertinent ! Rien n'est plus sérieux. Ce document est un *firman*, un décret de Sa Majesté impériale, le Grand Moghol de Delhi, signé de sa main !

Il m'expliqua que, Chanda Sahib assassiné à Trichinopoly et Mohamed Ali, trop affilié aux Anglais, n'étant pas en odeur de sainteté à la cour de Delhi, il avait été investi de cette dignité. Il ajouta, en entourant mes épaules de son bras, dans un geste qui lui était coutumier :

— Ne te méprends pas sur ma réaction, mon ami. Certes, cette distinction m'honore, mais ma satisfaction tient surtout au regain de prestige et d'autorité que j'en retire. J'imagine la tête de nos amis de Fort Saint David et des directeurs de Londres en apprenant la nouvelle...

— ... et celle des messieurs de la Compagnie ! Après les déboires de l'année passée, tu vas remonter dans leur estime, et ils n'auront rien à te refuser.

— Ce qui m'embête, ajouta-t-il en se grattant la joue, c'est que nous allons devoir organiser une cérémonie grandiose pour recevoir l'envoyé spécial du Grand Moghol et sa suite. Tu vas t'en charger, avec Jeanne et Sophia. Et puis, tiens, tu te feras aider aussi par Chonchon ! Ça lui changera les idées. Mais attention : pas de fausse note dans ce concert.

Jeanne, Sophia et Chonchon, avec mon aide et celle de quelques employés, avaient mis dans ces préparatifs une ardeur mêlée à de la fièvre. Le gouverneur n'avait rien à leur refuser. Elles voulaient cinquante éléphants ? Elles les auraient. Les meilleurs bayadères, chanteuses et musiciens du Carnatic ? Aucun problème.

Durant trois jours, la Ville blanche et sa sœur noire furent agitées par un vent de folie. Il n'y eut jamais autant de monde pour accueillir la délégation impériale, jamais autant de canonnades et de feux d'artifice pour la saluer. Des bardes chantèrent la gloire de ce lointain fantôme : le Grand Empereur, successeur de Gengis Khan et de Tamerlan.

Ainsi fut célébrée l'alliance entre l'Empire moghol et le nouveau nabab du Carnatic, représentant du roi de France. Avec le temps, le souvenir de ces festivités prend l'aspect d'une grande messe funèbre. Nous allions, quelques mois plus tard, entrer dans une période pleine de bruit et de fureur, comme l'écrivait Shakespeare.

Dupleix ne changea rien à son comportement ordinaire. Ceux qui se seraient attendus à le voir revêtir la tenue des dignitaires impériaux, passer dans sa ceinture un sabre damasquiné et coiffer le turban, furent déçus.

Le gouverneur allait d'une allure plus confiante entreprendre de grandes manœuvres diplomatiques destinées à confirmer son prestige.

Il chargea Bussy d'une démarche auprès du roi des Marathes, pour tenter d'obtenir au moins sa neutralité. Avec ce barbare, il était inutile de finasser : il se contenterait d'une part du butin qu'on retirerait de la prise de Trichinopoly.

En revanche, avec le prince de Mysore, allié des Anglais qui lui avaient promis monts et merveilles, on allait devoir marcher comme sur des œufs. Les agents de Jeanne durent faire un siège serré de ce personnage susceptible et vindicatif, lui faire comprendre que les

Anglais étaient des virtuoses du parjure, que leurs promesses n'étaient que billevesées. Il céda à ces arguties... et au don d'un *lack* de roupies.

Il fallut agir de même avec le nabab de Tanjore, personnage fluctuant et chimérique. Ses liens avec le gouverneur Thomas Saunders étaient si lâches qu'ils cédèrent au premier effort. Une pluie de présents pour lui et sa nombreuse famille en fit notre allié.

Cette offensive diplomatique réussie créait à notre avantage, autour de Trichinopoly, une zone de neutralité qui faciliterait le mouvement de nos troupes.

Novembre tirait à sa fin lorsque je faillis perdre à la fois mon épouse et notre fille.

Jeanne avait eu des mots avec Sophia. Elle lui reprochait ses absences répétées lors des cérémonies et des banquets à la citadelle, et son désintérêt pour les œuvres paroissiales. Sophia avait regimbé avec sa vivacité coutumière, prétextant des soins à donner à sa fille.

Pour ne pas envenimer ces rapports, elle avait consenti un sacrifice : rester deux jours par semaine auprès de Jeanne, à papoter, à jouer au trictrac ou aux dominos, à boire du thé, à préparer des colis de nourriture pour les familles blanches les plus éprouvées et les orphelins.

Il lui en coûtait de quitter son logis. Elle qui, naguère, ne manifestait que dédain pour la qualité du mobilier, l'ordre et même la propreté, était devenue exigeante. Rien n'était trop beau ni trop cher pour rendre son intérieur confortable et luxueux.

Après le succès de la mission destinée à ramener Chonchon au bercail, Dupleix m'avait gratifié d'une somme importante que Sophia avait employée à l'achat d'une grande armoire chinoise, de tentures de Calcutta et de tapis de Perse. Je la laissais donner libre cours à ses caprices.

Elle avait ses propres journées, recevait une fois par semaine des femmes de fonctionnaires et d'officiers triées sur le volet et qui ne se nourrissaient pas de ragots. Entre deux parties de *caupat*, un jeu indien de petits chevaux, on faisait la lecture à haute voix, comme dans les salons parisiens, et de la musique à l'épinette. Un soir ou deux par semaine, nous recevions nos amis pour des veillées littéraires et musicales au cours desquelles on chantait un peu et buvait beaucoup.

Un après-midi, alors que je revenais à cheval d'un entretien avec un courtier tamoul, je constatai qu'un groupe d'éléphants qui se baignaient dans une mare se comportaient étrangement : ils restaient peu de temps dans l'eau et la boue et remontaient sur la rive avec des piétinements et des barrissements lamentables.

Lorsque je demandai à leur gardien à quoi attribuer ce phénomène, il me montra le ciel du bout de son bâton ferré.

— *Tofan, sahib...*

En langue indienne, *tofan* signifie « orage ». Il ajouta que celui qui se préparait allait être sérieux. Quelques gouttes lourdes comme du mercure tombaient déjà d'un ciel assailli par des nuages violâtres comme des entrailles, illuminés par une foudre aveuglante et accompagnés de roulements de tonnerre.

Arrivé à la chauderie, je demandai à Sophia de déguerpir au plus vite pour se replier sur la citadelle. Elle haussa les épaules.

— Bah ! Ce ne sera pas le premier orage que j'aurai à affronter. Il faut que je reste. Je te rappelle que ce soir nous recevons des amis. Si ça se gâte, il sera toujours temps d'aviser.

Je la quittai en marmonnant et poussai jusqu'au port. Les navires avaient hissé leur pavillon de tempête et prenaient le large pour éviter d'être drossés à la côte. Des mariniers et des pêcheurs tiraient leurs catimarons sur la grève. Aux remparts, où des gens s'étaient massés, des canons donnaient l'alerte.

J'avais du mal à respirer l'air devenu épais comme de la poix et brûlant. Mon cheval encensait et manifestait son inquiétude par des mouvements nerveux.

En retournant en ville par la porte de la Mer, j'entendis, entre deux bourrasques, sonner le tocsin. Dans les rues et sur les places, à travers des tourbillons de poussière et de palmes sèches, des gens se hâtaient vers un refuge.

J'allais retourner à la chauderie pour en ramener Sophia, Julie et nos deux servantes, quand, du porche de la citadelle, le gouverneur m'interpella pour me demander de m'assurer de la sécurité du magasin des poudres, au cas où se produirait une inondation. J'allais lui répondre que je devais m'occuper de ma famille, mais il venait de s'éloigner en courant pour se mettre à l'abri.

En l'espace de quelques instants, le cyclone s'était emparé de la ville avec une force torrentielle et des hululements sinistres. Je confiai mon cheval à un palefrenier, me rendis au magasin des poudres et constatai que toutes les précautions avaient été prises par les officiers de service. Puis je montai rendre compte au gouverneur de ma mission. Il se tenait devant la fenêtre de son cabinet, entouré de Jeanne et de quelques secrétaires, observant à la lorgnette les manœuvres des navires qui, à peine distincts à travers la brume et les embruns, tiraient des bordées à pleines voiles.

— Dieu merci, dit-il, ils s'en tireront sans trop de dommages !

Jeanne, la joue gonflée de bétel, me demanda où se trouvait Sophia. Lorsque je lui dis que je l'avais laissée avec Julie à la chauderie, elle laissa éclater sa colère.

— Vous êtes inconscient, mon pauvre ami ! A la chauderie ! Cette bicoque ne résistera pas à l'ouragan. Partez tout de suite et tâchez de nous les ramener saines et sauves, sinon gare à vous !

Je regagnai les écuries. Lorsque je voulus monter en selle, mon cheval renâcla, hennit avec force et refusa de franchir la porte, malgré les coups de cravache dont je cinglais sa croupe. Je dus partir à pied, plié en deux, luttant contre la bourrasque et peinant pour avancer.

La Ville noire était en proie à la panique. Des gens couraient en tous sens, affolés. Une vieille femme, emportée par un coup de vent, alla rouler dans une mare. Autour de moi des fragments de toitures arrachés, des oiseaux affolés, des palmes mortes et des linges déchirés rendaient ma marche périlleuse, d'autant que j'avançais dans une sorte de pénombre balayée d'éclairs. Le chemin était transformé en une sorte de vivier où grouillaient des crapauds, des grenouilles, des serpents vomis par les rives bourbeuses de la rivière.

J'arrivai à la chauderie à bout de souffle. Dans l'énorme capharnaüm qu'était le village indien, je finis par la retrouver, du moins ce que l'ouragan avait épargné : quelques poutres, des parcelles de la toiture et, sur ce qui restait de la varangue, mon hamac battant comme un pavillon de détresse.

Je chassai une grosse couleuvre qui se prélassait sur les marches et pénétrai dans la ruine à ciel ouvert sur laquelle l'averse tombait à seaux, en criant le nom de

Sophia, sans autre écho que le sifflement de la tornade qui semblait faiblir, avec au loin, au-dessus des monts Oulgaret, un pan de ciel lumineux.

Un gamin surgi je ne sais d'où me fit signe de le suivre. Il me conduisit jusqu'à une grande bâche étalée au milieu de la palmeraie, où s'entassait toute une famille. Sophia, Julie, nos deux servantes se trouvaient là, frissonnantes mais indemnes.

Sophia se leva et tomba en larmes dans mes bras.

— Pardonne-moi, me dit-elle. J'ai été stupide. J'aurais dû t'obéir. C'est un miracle que nous soyons encore en vie.

Elle m'expliqua qu'elles n'avaient évité la chute du toit que grâce à l'armoire chinoise contre laquelle elles s'étaient blotties.

— Tu me raconteras ça plus tard, ma chérie. L'essentiel est que vous soyez saines et sauves. L'ouragan se calme. Il faut regagner la citadelle. Jeanne s'inquiète de votre sort. Il faut la rassurer. Peux-tu marcher ?

Elle le pouvait. Je laissai à la famille qui l'avait recueillie et abritée les quelques roupies que j'avais dans ma bourse, et, sous une pluie tiède et paisible, nous prîmes le chemin de la citadelle à travers le champ de ruines du village.

Après un moment consacré aux effusions et au récit du drame, je me rendis sur le port, que l'ouragan n'avait pas épargné, et assistai à un spectacle insolite. Dans sa violence, la tempête avait jeté sur le toit des masures quantité de poissons que les pêcheurs ramassaient à pleins paniers.

La citadelle n'avait subi que des dégâts anodins : un serviteur tamoul blessé par la chute d'un arbre, les tentes du jardin emportées, quelques tuiles arrachées, des caves inondées... Dieu merci, l'eau avait épargné nos poudres.

— Je crois, me dit Dupleix, que nous n'avons jamais connu, même dans le Bengale, un ouragan d'une telle puissance. Nous allons avoir du pain sur la planche dans les jours qui viennent.

Une tempête d'une tout autre nature allait déferler sur nous…

Les événements auxquels nous allions être confrontés, les Anglais furent les premiers à les prévoir, sinon à les déclencher.

S'ils avaient massé de nouvelles troupes, en nombre important, dans leurs établissements du Coromandel, c'était, pensions-nous, dans l'intention de se lancer dans un nouveau siège de Pondichéry. Il y avait eu parmi leurs chefs quelques mouvements : Robert Clive et Stringer Lawrence avait été rappelés à Londres et en étaient revenus avec des recrues, des fonds et, semblait-il, de nouvelles consignes.

Nous avions pour leur tenir tête environ cinq cents soldats qui, joints aux troupes qui guerroyaient dans le Carnatic et à celles de la garnison, pourraient constituer un corps d'armée propre à faire bonne figure en face des tuniques rouges.

Nous ne tardâmes pas à apprendre que si la guerre se réveillait, ce que tout laissait prévoir, l'essentiel des opérations se passerait non devant Pondichéry, mais de nouveau dans le sud du Carnatic, sur les rives du fleuve Kaveri.

Au début de l'année 1754, Dupleix rassembla ses officiers pour leur faire part de ses projets d'une nouvelle tentative sur Trichinopoly. Il souhaitait susciter sinon notre enthousiasme, ce qui eût été prématuré, du moins notre intérêt pour cette campagne qui, disait-il, se déroulerait dans de meilleures conditions que la première. Grande nouveauté : il dirigerait lui-même une partie des opérations.

Il avait fait le compte approximatif des forces qui allaient s'opposer. Les nôtres étaient inférieures à celles de l'ennemi, mais nous avions de meilleurs soldats et les Anglais rechignaient à se battre, préférant laisser à leurs alliés l'honneur de défendre la couronne et la livre anglaises. Les princes du Sud, ceux de Tanjore et de Mysore, subjugués par Jeanne, se manifesteraient si nous étions en péril, du moins l'avaient-ils promis.

Le bel optimisme de Dupleix ne me rassurait qu'à demi. Tout miser sur la reddition de Mohamed Ali et la remise de sa capitale entre nos mains était dangereux. En cas de nouvelle défaite, l'existence de tous nos établissements, sauf le Deccan, devenu inexpugnable entre les mains de Bussy, était mise en jeu.

Ce n'est pas dans le sud du Carnatic que débutèrent les hostilités, mais dans les parages de Trivady, une localité importante, à l'ouest de Fort Saint David, tenue par le capitaine Stringer Lawrence. Un jour, parti en reconnaissance pour surprendre une de nos colonnes en marche vers le sud, Lawrence ne laissa qu'une poignée d'hommes dans la ville. Pour une raison que j'ignore, soldats et officiers profitèrent de son absence pour se mutiner. Prévenu de cette situation par un agent de Jeanne, Dupleix envoya un détachement sur Trivady. Après un simulacre de résistance, les mutins ouvrirent leurs portes et la ville changea de mains.

Une semaine plus tard, à Chilambaram, cité célèbre pour détenir l'une des plus célèbres pagodes des

Indes, une démonstration de force et quelques bordées de canons suffirent à nous livrer la ville, avec sa garnison anglaise, que nous fîmes prisonnière. Cette nouvelle conquête nous permettait d'intercepter les liaisons de l'ennemi entre Goudelour et le sud du Carnatic.

Elle allait surtout donner une nouvelle impulsion au projet majeur de Dupleix de prendre Trichinopoly. Le moment était favorable, le rajah de Mysore ayant, à la suite d'une querelle, chassé les Anglais de son territoire.

La fleur au fusil, une chanson aux lèvres, nos troupes prirent la route du Sud, escortées par la cavalerie marathe. Moins d'une semaine plus tard, à marche forcée, elles se joignaient à l'armée de Mysore. Le 8 mai, le capitaine Astruc, qui avait le commandement de cette colonne, installait dans l'île de Sriningam le camp de base de nos opérations.

Ce jeune officier n'avait que peu de faits d'armes à son crédit, mais ne manquait ni d'allant ni de panache. Avant son départ de Pondichéry, il avait recueilli les consignes de Dupleix, qui semblait avoir remis à plus tard sa participation à cette campagne :

— Il faudra envisager une attaque de la ville plus qu'un siège, le dernier nous ayant laissé un souvenir détestable. La longueur de l'enceinte est telle que vous trouverez sûrement un point faible, une brèche, une poterne entrebâillée, que sais-je encore ! Je veux de l'action et des résultats. Ne laissez pas passer un jour sans prendre les armes. Souvenez-vous de ce que nous a coûté l'attentisme de votre prédécesseur, John Law…

Astruc n'attendit guère pour faire preuve d'audace. En l'espace de quelques jours, il avait pris d'assaut quelques-uns des postes installés sur les collines abruptes dominant la plaine et en avait chassé les Anglais.

Il aurait poursuivi l'encerclement de la ville sans la nouvelle alarmante lui annonçant que le prince de Mysore, Nandi Rajah, ses coffres étant vides, ne pouvait assumer la solde de nos troupes, comme il s'y était engagé. La situation devenait dramatique. Sans une roupie en poche, les hommes répugnent à se battre, restent l'arme au pied ou désertent.

J'étais présent dans le cabinet de Dupleix quand un navire lui avait apporté cette nouvelle. Il s'était écrié :

« Je savais bien qu'il était hasardeux de placer sa confiance dans ces renégats ! Ce rajah de merde, si je le rencontre, je lui tordrai le cou de mes mains ! »

Quelques minutes plus tard, rasséréné, il nous avait dit, en s'épongeant le front :

« Après tout, cette défection est moins grave que je ne le craignais. Pour prix de son concours, nous avions promis de lui livrer Trichinopoly. Eh bien, puisqu'il trahit sa promesse, nous disposerons de cette conquête à notre guise. »

Nous évitâmes le pire. Nandi Rajah, en réponse aux suppliques d'Astruc, avait promis, je ne sais par quel tour de passe-passe, de trouver l'argent nécessaire pour verser au moins un acompte à ses alliés. Ce serait appliquer un emplâtre sur une jambe de bois, mais cela permettrait au commandant de faire patienter la troupe et de poursuivre l'investissement de la ville.

Les avances ne vinrent qu'au compte-gouttes, puis cessèrent. Relancé par Astruc, le rajah avoua que, couvert de dettes, sans une roupie, il était contraint de renier sa promesse...

Les opérations se poursuivirent avec des grimaces. Astruc lança ses troupes sur l'opulent village de Tondaman, où les assiégés puisaient une part de leurs ressources. Il l'emporta et le livra au pillage.

Quelques jours plus tard, le chef de notre expédition n'en crut pas ses yeux lorsqu'il apprit que le nabab de Tanjore, reniant les promesses dont il nous avait abreuvés, avait cédé aux sirènes de Fort Saint David et pris les armes contre nous. Astruc dut, le cœur en berne, abandonner ses conquêtes pour se retirer dans l'île de Sriningam, selon les consignes du gouverneur.

Je protestai auprès de Dupleix. Avait-il vraiment conseillé cette manœuvre absurde et dangereuse ? Il reconnut qu'il l'avait fait mais que « cet imbécile d'Astruc » avait mal interprété son message : il lui avait simplement suggéré de faire semblant de se retirer pour donner une fausse joie à l'ennemi.

— Je présume, ajouta-t-il, qu'il va me falloir de nouveau puiser dans mes propres fonds pour relancer l'action. Je ne suis pas un banquier. C'est insupportable, à la fin !

Je lui rappelai son intention initiale de prendre lui-même, sur place, les rênes de l'expédition. Il grommela :

— Crois-tu que j'aie abandonné cette idée ? Tu oublies que mon départ de Pondichéry donnerait aux Anglais de Fort Saint David une occasion de reprendre leur projet de siège. Je n'y consentirai que si la situation tourne au désastre. Nous n'en sommes pas encore là, Dieu merci…

Il ajouta, après un moment de réflexion :

— Je crois que la bonne solution serait que tu te rendes toi-même aux armées. Tu connais la situation aussi bien que moi, et les lieux mieux encore. Fais en sorte qu'Astruc apprenne à lire mes messages entre les lignes, qu'il revienne sur ses positions et reprenne le combat. Tu partiras en compagnie de Joseph Brenier, et avec des fonds propres à satisfaire nos combattants.

— Joseph Brenier ?

— Eh oui ! J'ai confiance en lui plus qu'en ce sot d'Astruc. Il relève d'une grave maladie, mais il est prêt à se battre.

— Il n'a pas la réputation d'un foudre de guerre. Auteuil, auprès de qui il a combattu, n'en dit pas le plus grand bien.

— Je me fous de ce que pense Auteuil ! Crois-tu que j'aie le choix ? La Compagnie, tu le sais, ne nous envoie que le rebut de ses officiers et considère les Indes comme un simple champ de manœuvre. Brenier n'est pas le maréchal de Saxe, mais c'est le moins mauvais de tous nos officiers, Bussy excepté...

Après avoir essuyé une nouvelle algarade de Sophia, je m'embarquai, le cœur chargé d'amertume, en compagnie de Brenier, lesté d'un coffre de roupies et escorté d'un renfort d'une centaine d'hommes prélevés sur la garnison.

Moins sot que ne l'avait dit Dupleix, Astruc n'avait fait que reculer de quelques lieues, en attendant des instructions plus précises. Il prit très mal la venue de Brenier, avec qui il avait eu des mots dans le passé. Persuadé qu'il venait pour le relever de son commandement, il repartit pour Pondichéry en dépit de mes injonctions et de mes menaces contre un acte aussi grave, assimilable à une désertion.

Alors que nous remontions en chaloupes le fleuve Koléron, Joseph Brenier s'était confié à moi. Modeste et lucide, il m'avoua qu'il était mal guéri de sa malaria, que cette mission dépassait ses compétences et qu'il ne se sentait pas de force à prendre la direction des opérations. Il comptait sur moi pour le soutenir.

L'incompétence dont Brenier m'avait fait l'aveu se confirma dans les jours qui suivirent. A la tête d'un détachement de grenadiers à cheval, il se révéla impuissant à arrêter un convoi ennemi de vivres et de munitions, et perdit dans cet engagement une vingtaine d'hommes. Il tenta, avec le même insuccès, de reprendre les positions réoccupées par les Anglais.

C'est dire dans quelles dispositions d'esprit je me trouvais, alors que les événements allaient gagner en intensité. Je n'avais jamais pensé que ce pauvre Brenier allait accomplir des miracles. Il ne parvint pas à me détromper.

Le 9 août, à la suite de mes rapports, un message de Dupleix m'annonça que Brenier, suspendu de ses fonctions, serait remplacé par Jacques Maissin. Je sentis l'espoir renaître en moi.

A peine débarqué, le nouveau chef me confia ses inquiétudes :

— En me jetant dans cette pétaudière, Son Excellence m'a fait un cadeau empoisonné ! Je me suis informé de la situation avant mon départ : elle est loin d'être brillante. Les Anglais ont reçu de nouveaux renforts et les troupes de Tanjore sont prêtes à en découdre avec nous. Le mieux serait de nous replier dans l'île en laissant un détachement en observation à l'extérieur.

C'était bien mon avis. Maissin était un sage et n'entreprenait rien qui ne fût réfléchi.

Je retrouvai sans plaisir l'ambiance lénifiante de l'île, où je croisais des groupes de soldats qui faisaient grise mine et commentaient, dans leur patois breton ou provençal, des mesures qui les déconcertaient.

Je passais mon temps libre à trotter à travers les immenses forêts de manguiers et de cocotiers, à flâner dans les sanctuaires, à m'entretenir avec les indigènes qui, au milieu de la tourmente, vivaient dans une sérénité inébranlable, que je leur enviais.

Dupleix ne semblait pas se rendre compte de notre situation. Il m'écrivait : « Dis à nos officiers et à nos hommes qu'il faut faire bonne figure à mauvais jeu... »

A des centaines de lieues de là, c'est un conseil qui lui coûtait peu.

Malade d'avoir consommé de la viande de crocodile avariée, Maissin nous quitta. Astruc, revenu tout feu tout flamme, lança quelques étincelles et disparut, fait prisonnier au cours de la reprise d'un poste. Une fois guéri, Maissin dut reprendre la barre sans conviction, mais, Dupleix lui ayant demandé de lancer une opération avec le concours des Marathes et des éléphants de Nandi Rajah, il protesta qu'il n'allait pas coopérer avec « ces sauvages et ce prince d'opéra ». Il laissa tout en plan et revint au bercail.

Cette noria dans le commandement allait amener sur le devant de la scène un jeune officier, Louis Mainville. Je pensais que Dupleix l'avait trouvé en fouillant ses fonds de tiroirs, mais je me trompais. Retour du Deccan, où il avait fait la démonstration de sa bravoure, il nous arrivait plein de bonnes résolutions. Je ne tardai pas à le voir à l'œuvre. Il eut à son actif quelques beaux coups et à son passif quelques revers, notamment dans ses rapports avec Nandi Rajah, toujours aussi impécunieux.

Il réunit ses officiers, alors que les pluies de la

mousson apportaient une trêve aux combats, et leur dit :

— Je suis las de jouer les Sisyphe, de perdre aujourd'hui ce que nous avons gagné hier, sans obtenir de résultat probant. Nous allons tenter une manœuvre décisive : un assaut de nuit. J'ai étudié un plan. Le voici...

Il déploya un rouleau sur sa table, maintint les coins avec des pierres et expliqua sa stratégie. Elle était sans grande originalité, mais audacieuse et astucieuse :

— Une première vague d'assaut franchira ce fossé peu profond. Il protège la première enceinte, qui sera enlevée facilement Les hommes descendront dans le deuxième fossé, à l'endroit où un rocher plat permet d'accéder à l'enceinte principale et à cette poterne laissée sans surveillance, signalée par un de nos agents... Un groupe posera les échelles et commencera l'escalade, tandis qu'un autre forcera la poterne. Je vous rassure : les sentinelles, pour la plupart, passent leur quart à dormir ou à s'enivrer. Si nous parvenons à prendre pied sur le chemin de ronde, le reste ne sera qu'un jeu. Au lever du jour, nous devrions être maîtres de Trichinopoly.

Il ajouta, en roulant son plan :

— J'insiste pour que vous exigiez de vos hommes le plus grand silence durant cette première partie de l'opération. C'est de lui que dépend notre succès.

Il avait prévu d'engager des forces importantes : huit cents hommes, y compris les cipayes, qui feraient partie de la deuxième vague. Ces effectifs seraient suffisants, disait-il, pour réussir l'opération en quelques heures. Ensuite, libre à nos soldats et à nos auxiliaires de se livrer au pillage.

— Les Anglais sont peu nombreux dans la ville, dis-je, mais ils ont de l'artillerie.

— Les Anglais, je les connais. Leur premier réflexe sera de se réfugier dans la forteresse. Nous pourrons aisément les réduire par la famine.

Un mouvement spontané me poussa à solliciter l'honneur de participer à cette attaque. J'avais retrouvé tous mes moyens physiques et tenais, un peu par gloriole et beaucoup pour rompre avec une inactivité qui me rongeait, à être l'un des premiers à entrer dans Trichinopoly. Mainville me le déconseilla en raison de mon âge, mais je tins bon.

Pour plus de sûreté, il ordonna au lieutenant Godard, chargé de commander ce premier assaut, de faire barbouiller le visage de ses hommes au noir de fumée. Au soir du 28 novembre, date de l'assaut, j'eus l'impression d'être inclus dans un groupe de Cafres. Cette mascarade nous donna le moment de bonne humeur et de détente dont nous avions besoin avant l'épreuve.

En me préparant à marcher sur l'enceinte, je songeai au célèbre alexandrin de Racine, dans *Athalie* : « C'était pendant l'horreur d'une profonde nuit... » Profonde, cette nuit l'était sans conteste, ce qui faciliterait l'opération.

Le Kaveri franchi sans encombre, notre colonne se déploya le long des remparts, prête, la première section ayant réussi son assaut, à envahir à son tour les remparts. Par chance, le premier fossé était pratiquement à sec, et nous pûmes franchir aux échelles, sans opposition, la première enceinte.

Malgré le rocher qui faisait office de pont, il fallut patauger dans le second fossé pour poser nos échelles contre la muraille, sans troubler le sommeil des sentinelles.

Tout semblait devoir se dérouler sans anicroche, quand un de nos hommes, presque arrivé au sommet de l'échelle, brandit son bonnet et lança un retentissant

« Vive le roi ! », repris en chœur par les autres attaquants, ivres d'arak comme il l'était lui-même. Il s'y mêla les clameurs de rage de Godard et l'ordre prématuré qu'il dut lancer de presser le mouvement, afin de ne pas nous laisser surprendre, alors que l'opération était sur le point de réussir.

Nos pétardiers s'apprêtaient à faire sauter la poterne quand des coups de feu partirent au-dessus de nos têtes, sans interrompre l'escalade et les vociférations des forcenés. Godard, qui me précédait, venait de s'engager dans un merlon et de décharger son pistolet quand je le vis disparaître en hurlant au milieu d'un groupe de défenseurs. Les hommes qui le suivaient subirent le même sort.

Je m'apprêtais à tenter ma chance quand une douleur fulgurante, me déchirant l'épaule, me donna l'impression de m'envoler.

De ce qui se passa dans les heures qui suivirent, rien ne reste dans ma mémoire, et pour cause.

Alors que le jour venait de poindre, je me trouvais dans ma tente, incapable de me mouvoir, un bandeau autour de la tête, l'épaule gauche fracassée par une balle et le corps meurtri par ma chute dans le fossé.

Mainville me rendit visite au cours de l'après-midi. Il était d'une humeur de chien.

— Quand je pense, me dit-il, que nous étions sur le point de réussir, et que tout a échoué par la faute d'un ivrogne... Non seulement cette attaque a échoué, mais nous avons perdu près de quatre-vingts hommes, dont près de la moitié faits prisonniers. J'en fais faire le recensement. Nous aurons des surprises...

Pour comble de malchance, alors que nous faisions retraite vers l'île, au jour levant, nous avions été pris à partie par un détachement de tuniques rouges commandé par le capitaine Kilpatrick.

— Votre vie n'est pas en danger, me dit Mainville. Notre chirurgien a réussi à extraire la balle qui vous a brisé l'épaule. Lorsque vous serez en état de voyager, je vous ferai ramener à Pondichéry.

Il ajouta :

— Monsieur de La Vermondie, j'ai beaucoup apprécié votre esprit de sacrifice et votre courage.

Je me disais que Louis Mainville, après cet échec cinglant, demanderait son rappel à Pondichéry. Il n'en fit rien et même tenta, dans un courrier à Dupleix, de minimiser les conséquences de cette opération manquée : « Elles seront de peu d'importance. S'il plaît à Dieu, nous serons plus heureux quand nous affronterons l'ennemi en rase campagne... »

C'était se voiler pudiquement la face. Outre nos pertes, notre prestige s'effondrait et nous allions devoir renoncer à prendre cette maudite cité.

Mainville tenta de se reprendre en battant la campagne à tort et à travers. Cette guérilla ne nous offrit que de maigres revanches mais releva le moral de la troupe. Son coup d'éclat fut de faire rompre les digues du fleuve Kaveri pour inonder, par vengeance, les terres du nabab de Tanjore.

Au retour de ces coups de main, il pavoisait. Nous allions entreprendre une guerre d'usure, réduire Trichinopoly à la famine, capturer les convois des Anglais, leur enlever leurs postes un à un... Il délirait et refusait l'enlisement qui nous guettait. La vérité est que nous manquions de soldats, qu'ils étaient payés avec retard, que les cipayes menaçaient de nous fausser compagnie et que la troupe était lasse du ballet des officiers, qui rappelait un spectacle de marionnettes.

A qui imputer la faute de cet échec ? A cet ivrogne qui n'avait pu retenir un cri de triomphe prématuré ? Précipité au bas de son échelle, percé de balles, il était mort et ne méritait pas un meilleur sort. A Mainville ? La situation lui avait échappé. A Dupleix ? Il n'avait pu engager dans cette campagne que ce dont il pouvait disposer et, sur place, n'aurait sans doute pu faire mieux.

Nous avions pourtant un avantage sur les Anglais : si elle en avait eu le choix, la population nous aurait préférés à eux. Brutaux, cyniques avec les indigènes, qu'ils considéraient comme des êtres inférieurs, ils usaient avec les princes d'intimidation plus que de courtoisie.

Un seul homme aurait pu rétablir la situation à notre avantage : Bussy. Tous les regards se tournaient vers lui, mais il occupait dans le Deccan une place inamovible. Autant demander à Dieu de quitter ses nuages pour combattre à nos côtés.

De retour à Pondichéry, une quinzaine après l'assaut manqué, je fus l'objet, de la part des médecins et de Sophia, de soins constants. Peu à peu mon bras gauche retrouvait sa motricité, et je pouvais me déplacer sans trop souffrir. Je jouais à la poupée avec Julie et l'entendais avec joie gazouiller ses premiers mots. Profitant de mon immobilisation, je lus des ouvrages empruntés à Dupleix, mis mes notes personnelles à jour, expédiai du courrier en retard et, avec l'aide de Louis Mainville, enrichis mon herbier de quelques plantes rares.

La mousson s'étant retirée après avoir accompli son œuvre de fertilité, le soleil resplendissait de nouveau sur une campagne radieuse, riche d'une gamme infinie de verdures. Du haut des remparts de la citadelle, je suivais à la lorgnette le mouvement des navires de France sur une mer resplendissante, et les manœuvres des catimarons franchissant la barre.

Au cours d'une des visites quotidiennes qu'il faisait à son vieil ami, Dupleix m'informa qu'il venait d'accueillir un « personnage important », envoyé par la Compagnie : Charles Godeheu de Zaimont...

— Je suis heureux de le revoir, me dit-il. Tu te souviens que nous nous sommes quittés bons amis, et avons correspondu durant des années. Pourquoi revient-il ? Il ne m'a pas encore présenté ses lettres de créance...

— A mon avis, ce n'est pas pour te congratuler.

— Bah... Nous verrons bien.

L'année précédente, Auteuil, renonçant à ses exploits guerriers, avait été envoyé en France par Son Excellence le gouverneur, son parent. A défaut de briller par ses qualités militaires, ce vieillard podagre avait l'éloquence nécessaire pour plaider notre cause auprès de la Compagnie et l'inciter à revoir son aide à la hausse.

Cette visite faisait suite à des mémoires que Dupleix avait fait parvenir aux directeurs, avec un souci du détail superflu, parlant du tarif des chandelles et du salpêtre, de la portée des mortiers, avec autant de soin que de la situation de notre armée.

Dupleix faisait la guerre à contrecœur, même s'il se réjouissait de nos victoires et se lamentait sur nos échecs. La paix demeurait son souci permanent. Il avait même, après notre second échec devant

Trichinopoly, tenté de se réconcilier avec le gouverneur de Fort Saint David. Il lui proposait non de faire la paix, ce qui eût été reconnaître que nous étions en guerre, mais de susciter un esprit de concurrence dépourvu de jalousie et d'animosité.

Thomas Saunders accepta le principe d'une conférence. Elle eut lieu à Sadras, à égale distance de Pondichéry et de Madras. Dupleix me demanda d'y assister pour lui fournir à point nommé des arguments nécessaires aux débats.

Je compris, dès l'ouverture, en dépit de sourires et de compliments biseautés, que les entretiens seraient difficiles, chacun étant bien décidé à camper sur ses positions et à conserver ses avantages. Dupleix voyait dans cette rencontre une occasion de démontrer à ses adversaires qu'il ne venait pas la corde au cou, comme les bourgeois de Calais. Saunders se tenait sur ses gardes en se disant que son rival, subtil et retors comme un courtier tamoul, allait tenter de l'« amuser » et de l'abuser.

J'assistai, en m'efforçant d'arrondir les angles, à ce choc de deux intransigeances. Je me garderai d'en révéler les détails, de crainte d'alourdir mon récit. L'essentiel, pour l'heure, était que cette rencontre eût pu se produire.

Ce dialogue de sourds se poursuivit durant une quinzaine, faisant alterner banquets et parties de plaisir avec des tempêtes dont je redoutais qu'elles ne fissent sombrer le navire. On se sépara sur un échange de toasts portés aux souverains de France et d'Angleterre, mais le champagne et le whisky avaient un goût amer.

Un mémoire adressé à la Compagnie par un membre du Conseil supérieur de Pondichéry, Louis Barthélemy, personnage grincheux et inflexible, bête noire du gouverneur et ancien administrateur de Madras, allait jeter le discrédit sur notre action. Cet individu, après la conquête de cette ville, avait des comptes à régler avec Dupleix. Il s'en libéra d'un coup.

Dans ce document, dont j'eus connaissance quelques années plus tard, il se montrait sceptique quant à la démarche d'Auteuil, que son lien de parenté avec le gouverneur rendait selon lui suspecte. Ses arguments, écrivait-il, allaient sûrement dissimuler « l'insatiable cupidité, l'ambition démesurée, la vanité de Dupleix d'éterniser son nom... ». Il accusait son rival d'avoir fait entrer dans ses coffres plus de cinquante millions de livres, et de se comporter comme un satrape et un vice-roi.

Plus injuste et plus grave, il dressait un état déplorable de notre armée : selon lui, elle aurait été incapable de résister à une attaque générale des Anglais ou à un second siège de Pondichéry.

Il ajoutait en conclusion : « Voilà les funestes effets d'un pouvoir despotique. Que de victimes sacrifiées à des projets ambitieux, qui visaient à disposer à notre gré des Etats du Grand Moghol. La Providence nous a fait sentir la vanité de ces projets en permettant à l'ennemi de piller, ravager, incendier nos aldées, sans que nous puissions nous y opposer. »

Afin de me rassurer, je me disais que la malveillance de ce brûlot, la jalousie et la rancune dont il était empreint ne tromperaient pas les directeurs.

Fut-ce la conséquence de cet odieux mémoire ? Toujours est-il que, lorsque le roi d'Angleterre invita le roi Louis à une conférence sur les troubles de l'Inde, l'idée en fut acceptée. C'était demander à des gens qui n'avaient qu'une connaissance indirecte et confuse des problèmes et des conditions de vie dans la Péninsule de juger de problèmes qui leur échappaient. Devant ce nœud gordien, n'ayant pas l'esprit de décision d'Alexandre, ils s'obstinèrent en vain à le dénouer au lieu de le trancher.

Ils avaient fini par admettre que les affaires des Indes ne pouvaient se traiter à Londres ou à Paris. C'est ce qui décida la Compagnie, en réponse aux arguments contradictoires d'Auteuil et au mémoire de Barthélemy, à nous envoyer un commissaire du roi, Charles Godeheu de Zaimont.

Ce personnage avait déjà effectué un séjour d'une année aux Indes, au retour d'un voyage en Chine, ce qui lui donnait un certain crédit. Alors que nous résidions à Chandernagor, Dupleix l'avait hébergé et avait partagé avec lui le bon pain de l'amitié.

Au cours de son séjour au Bengale, il avait courtisé une fille de Jeanne Dupleix, Suzanne, qu'on appelait Suzon. L'idylle aurait pu se conclure par un mariage s'il n'avait été rappelé en France. Peut-être par dépit amoureux, Suzon avait accepté de s'unir à Shonamille, personnage séduisant mais inconsistant.

J'avais eu l'occasion de constater et d'apprécier les qualités de ce jeune homme de famille honorable, dont Dupleix disait qu'il était « bon Français et pensait juste ». Il avait été surtout pour nous un compagnon un peu maniéré, partagé entre deux passions : la chasse aux grands fauves et les bayadères un peu grasses.

Quelques jours après que Godeheu eut embarqué, Dupleix avait essuyé une larme et lui avait écrit :

« Donnez-moi souvent de vos nouvelles, rendez-moi justice à l'occasion (auprès de la Compagnie), et ne manquez pas de lier amitié avec mon frère (Charles Dupleix de Bacquencourt). Entre lui et vous, je ne mets pas de différence... »

Suivait ce qui ressemblait à une lettre d'amour, ou peu s'en fallait... Divulguée, elle eût prêté à confusion, et certains en auraient fait usage sans scrupule.

Godeheu allait « rendre justice » à son ancien ami, mais à sa manière. Il n'allait plus être question de chasser le tigre ou l'éléphant sauvage, ni de regarder danser les bayadères...

Livre III

1

« Un jour, un navire de France... »

L'échec du second siège de Trichinopoly avait plongé Dupleix dans le désespoir.

La semonce qu'il adressa au capitaine Astruc aurait pu concerner les responsables précédents de ces opérations malchanceuses. Il n'avait pas ménagé sa vindicte : « Je me suis trompé en vous confiant la direction de nos troupes. Vous n'avez fait aucun cas de mes ordres et ne me faites part que de ce qui vous convient. Vous vous êtes arrogé une autorité et des pouvoirs que vous n'aviez pas... »

La retraite de nos troupes, qui avait mis fin à cette expédition, aurait dû faire l'objet d'un courrier immédiat à la Compagnie. Dans sa confusion et son affliction, Dupleix temporisa et trouva un prétexte fallacieux pour excuser ce retard : l'absence de navires en partance pour la France.

Ce n'est que quelques mois après ces tristes événements, en octobre de l'année 1753, qu'il se décida enfin, avec l'intention de laisser croire à une simple péripétie dans une campagne sujette à de nombreuses surprises. C'était vouloir ignorer que la Compagnie ne serait pas longtemps dupe.

C'est par des gazettes d'Angleterre et de Hollande

que la nouvelle fut connue en France, les compagnies de ces deux pays ayant des moyens de communication, par l'intérieur des continents, plus rapides que les nôtres.

Ce fut l'occasion pour les directeurs de nous rappeler hypocritement que les troupes qu'ils nous envoyaient étaient destinées uniquement à des guerres défensives, menées sans esprit de conquête. Lorsque nous leur adressions des bulletins de victoire, ils ne cherchaient pas la petite bête, mais au moindre échec ils nous fustigeaient ! Ils avaient obtenu pour le gouverneur, afin de récompenser ses réussites précédentes, la croix de Saint-Michel, le grand cordon de l'ordre de Saint-Louis et le titre de marquis. Un échec, et il recevait une volée de bois vert...

Je me souviens de son trouble lorsqu'il me dicta la lettre annonçant à la Compagnie nos déboires devant Trichinopoly. Il me fit remplacer le mot *défaite*, qui faisait un peu trop militaire, par *catastrophe*, qui impliquait des éléments extérieurs. Cet euphémisme ne pouvait tromper ces messieurs de Paris ; ils décidèrent de nous envoyer un commissaire du roi.

Charles Godeheu de Zaimont, venu à bord du *Duc-de-Bourgogne*, débarqua donc à Pondichéry le 1er août de l'année 1754.

Averti de son arrivée par la lettre que le commissaire lui avait fait tenir avant de passer sous Ceylan, Dupleix m'avait dicté sa réponse : « Venez, monsieur ! Je vous attends avec impatience et vous témoignerai combien je suis flatté du choix que le roi a fait de vous... Vous trouverez chez moi le zèle et la confiance que j'ai pour un ami auquel je n'aurai rien à cacher... La saison presse pour les expéditions du Bengale...

Ma femme et sa fille vous conservent les mêmes sentiments que jadis... »

A peine le navire avait-il accosté, Godeheu se fit conduire aux appartements prévus pour lui et ses gens. Le lendemain, accompagné de son frère, monsieur d'Igoville, et de ses secrétaires, Clouet et Arnaud, il se rendit au siège du gouvernement, nanti de consignes péremptoires : ramener la paix et la prospérité dans nos établissements et redresser la situation des finances : fonds, revenus et dépenses du commerce.

Cela pour ce qui concernait les ordres officiels ; c'est dire qu'il y en avait d'officieux. Petit mystère : on avait remis au commissaire, au moment de son départ, une lettre portant la mention « A n'ouvrir qu'une fois au large ». Elle contenait un ordre concernant Dupleix : il devait remettre son gouvernement à Godeheu, lequel, en cas de résistance, devrait le faire arrêter et embarquer pour la France avec sa famille.

Dupleix, se souvenant de leur ancienne amitié, ne voyait pas dans sa présence une démarche susceptible de le troubler. Et d'ailleurs, rien, dans la lettre que le commissaire lui avait adressée au cours de son escale aux Mascareignes, n'était de nature à lui causer du souci.

C'est donc sans surprise et sans inquiétude que nous vîmes le *Duc-de-Bourgogne* jeter l'ancre devant Pondichéry, accueilli par les bordées de canon réservées aux visiteurs illustres. Dupleix, entouré de sa famille et de quelques employés, l'attendait devant la Porte de la Mer et lui dit, en le pressant contre sa poitrine :

— Heureux de vous revoir enfin, Charles, mon bon ami ! Avez-vous fait bon voyage ? Pas de gros temps ni d'ennuis à bord ? Comment se porte votre famille ?

Et blablabla...

Godeheu, visage figé, égrena à son tour les banalités d'usage, mais, lorsque le gouverneur se proposa de l'héberger dans ses appartements, afin de retrouver l'intimité d'autrefois, il refusa poliment :

— Pardonnez-moi, monsieur, mais, lorsque vous aurez eu connaissance de la lettre dont je suis porteur à votre intention, vous comprendrez ma réserve, et j'espère que vous ne m'en tiendrez pas rigueur.

Je vis Dupleix blêmir, chanceler, bredouiller quelques mots :

— Quoi qu'il en soit, vous êtes le bienvenu. Au moins, accepterez-vous de souper ce soir à ma table ?

— Hélas, monsieur, je dois y renoncer. Ce long voyage m'a fatigué et je souhaite remonter à bord pour me reposer. Nous aurons tout le temps, demain et dans les jours qui viennent, de nous entretenir de nos affaires.

Il lui tendit la lettre confidentielle, salua sèchement et repartit, entouré de ses gens, sans répondre aux vivats montant de la foule.

De retour à son cabinet, Dupleix s'effondra dans son fauteuil, s'épongea le visage et jeta la lettre sur sa table comme s'il se débarrassait d'un scorpion qui aurait élu domicile dans sa poche. Il me dit, d'une voix blanche :

— Ouvre et lis. Moi, je n'en ai pas le courage.

La lettre était signée du roi et du ministre de la Marine, le comte Antoine Louis de Rouillé, ancien commissaire royal à la Compagnie des Indes. Ma voix faillit s'étrangler : c'était un ordre de retour en France, exprimé en termes brefs et d'une affligeante sécheresse. Le silence tomba sur nous comme une chape de plomb.

Dupleix se leva, s'ébroua et, posté devant sa

fenêtre, me dit, d'une voix qui cachait mal son émotion :

— Je peux comprendre la décision du roi, inspirée sans doute par la Compagnie, mais que Charles ait pu accepter cette mission... Tu le sais : je l'aimais comme un frère. Nous avons tant de souvenirs en commun, du temps de son séjour à Chandernagor... Voir une amitié d'une telle intensité sombrer pour des questions triviales me navre. As-tu remarqué la sécheresse de son comportement ? Pas un sourire, pas un mot d'affection. Il n'a même pas baisé la main de Jeanne et de Chonchon, ce butor !

— Il faut le comprendre, Joseph. Vous n'avez plus eu de rapports depuis des années. Il vient un temps où les sentiments les plus forts s'effritent et disparaissent...

— Charles était un ami, je te le répète, et l'amitié est pour moi un sentiment aussi sacré que l'amour. Oui, Olivier, un ami, un vrai...

— ... mais qui s'apprête à prendre ta place sans le moindre scrupule, à ce qu'il semble ! Que vas-tu faire ?

— Eh ! Que veux-tu que je fasse ? Je ne vais pas le faire saisir par ma garde et l'obliger à rembarquer !

— Il va falloir te défendre, pourtant. Je t'y aiderai et ne serai pas le seul. Tu as de bons soutiens, ici et à Paris. La Compagnie a eu en main le mémoire odieux de Barthélemy, mais aussi celui de Bussy : un réquisitoire contre la Compagnie et un plaidoyer en ta faveur. Et ton frère, Bacquencourt...

— Oh, lui ! Il ne me défendra que si cela ne comporte pas de risques pour sa carrière. Quant aux résidents, tu sais aussi bien que moi que leurs opinions sur mon compte sont partagées...

Je ne le savais que trop bien. Si Dupleix avait des soutiens inconditionnels parmi certains d'entre eux, beaucoup d'autres, poussés le plus souvent par la jalousie, lui reprochaient des ambitions démesurées, un caractère abrupt, des erreurs en matière de diplomatie indigène. Tous eussent dû convenir qu'il était le seul à pouvoir satisfaire aux exigences de la Compagnie et tenir tête aux concurrents.

Son souci de conquêtes territoriales apportait une conception nouvelle de notre présence : l'idée d'un protectorat plus que de la colonisation mise en pratique dans nos territoires d'Amérique et d'Afrique. Certains voyaient dans sa politique un accroissement de notre prestige au niveau de la planète, une riposte à la volonté d'hégémonie manifestée par la Cour et la *Company* de Londres ; d'autres y décelaient les ferments d'une guerre entre ces deux nations.

Les atermoiements de Dupleix et le retard qu'il avait mis à informer Paris de ses déboires avaient joué contre lui : ce long silence était passé pour une tentative de minimiser ces échecs. D'où venait la décision de son rappel ? De la Compagnie ? J'en doutais. A supposer qu'ils ne fussent ni aveugles ni sourds, les directeurs avaient dû se dire que Dupleix n'allait pas en rester sur une défaite due à la maladresse d'un seul homme, et reprendre les armes.

Le principal grief de la Compagnie résidait dans le fait que Dupleix envoyait peu de marchandises depuis quelque temps et réclamait trop d'aide. On pouvait l'accuser de négliger les retours en marchandises correspondant aux fonds qu'il recevait et, disait-on, qu'il détournait pour les besoins de *sa* guerre. Les actionnaires criaient à la ruine. On lui reprochait de trop aimer cette gueuse, ennemie du commerce. Mais de là à demander son rappel...

Peut-être eût-il été plus judicieux de voir dans cette décision une manœuvre de la Cour, soucieuse de ne pas envenimer ses rapports avec celle de Londres.

A la décharge de Godeheu, je devais apprendre, quelques années plus tard, qu'il n'avait cédé à la pression du roi qu'après plusieurs refus. Avant de partir, il s'était confié à Bacquencourt :

« J'accomplis cette mission à contrecœur, avec l'impression de trahir la longue et fidèle amitié qui me lie à votre frère. De toute manière, cette démarche aurait eu lieu. Alors, autant vaut qu'on m'en ait chargé, plutôt qu'un autre, qui aurait pu se montrer plus rigoureux. »

Avant de porter sur ce personnage, comme je fus tenté de le faire, un jugement sans appel, il convient de se mettre un instant à sa place. Imaginez que la police royale vous ordonne d'arrêter votre propre frère... J'imagine sans peine le trouble qui a dû s'emparer de Godeheu quand, en pleine mer, il apprit le rôle qu'on lui avait réservé, alors qu'il croyait à une simple inspection. Entre ses sentiments et le décret qu'il apportait, sa gêne s'était traduite par une attitude empruntée et distante.

Je passai le reste de la journée avec Dupleix, dans son cabinet, à relire les lettres de Charles Godeheu. Dans la dernière, qui remontait à deux ans, il racontait un voyage en Normandie, sa terre natale : « Mon cher ami, cette province, au printemps, c'est le paradis ! Les pommiers et les ajoncs sont en fleurs. Pas de tigres ni d'éléphants sauvages dans ces campagnes, pas de bayadères dans les manoirs où j'ai fait halte, mais, pour la chasse en forêt, des lièvres et des cervidés et, le soir, de jolies servantes bien en chair... Quand aurai-je la joie de vous revoir, mon ami ? Quand ? »

En quittant le cabinet de Dupleix, à la nuit tombante, pour rejoindre ma petite famille, alors que je longeais les appartements du gouverneur, j'entendis fulminer la voix aigre de Jeanne :

— Joseph, tu es victime d'une infamie ! Tes adversaires de Paris ont juré ta perte. Ils sont jaloux de toi, et tu ne réagis pas ! Moi, à ta place, j'aurais mis la pointe de mon épée sur la gorge de ce misérable Godeheu et l'aurais obligé à rembarquer !

— Comme tu y vas ! protestait-il. Je ne puis contester par la force les décrets de la Compagnie, et a fortiori ceux du roi !

— Alors tu repartiras seul ! Moi et ma famille, nous resterons.

— Tu es folle, Jeanne ! Ces ordres te concernent également. Je ne peux tenter de m'y soustraire sans risquer d'être saisi et incarcéré.

Je fis part à Sophia de ces nouvelles. Elle parut surprise, mais non affligée.

— Je n'espérais pas, me dit-elle, que nous finirions nos jours dans ce pays. C'est d'ailleurs ce que tu pensais toi-même, reconnais-le. Je regrette simplement que ce départ ait lieu dans ces conditions. Pauvre Dupleix, il va passer quelques nuits blanches...

Je lui fis part de la querelle dont j'avais été le témoin involontaire. Elle soupira :

— Jeanne est d'un orgueil et d'un égoïsme incommensurables. Je la crois capable de s'en tenir à sa volonté de rester en Inde.

— C'est impossible. Les ordres sont formels, et elle devra s'y soumettre, que ça lui plaise ou non. Godeheu ne transigera pas.

Je lui suggérai de rendre visite à sa cousine, aux premières heures du jour, pour tenter de la raisonner.

— Ce serait inutile, et même dangereux pour moi. Elle serait capable de me molester comme elle le fait avec ses servantes... et avec moi, il n'y a pas si longtemps !

Elle ajouta, en se serrant contre moi :

— Je peux bien t'avouer que je suis heureuse de partir. Il me tarde de revoir ma fille. Ce rapatriement sera un bien pour nous trois. Je veux dire pour nous quatre...

— Quatre, dis-tu ? Comptes-tu partir avec ta servante ?

Elle prit ma main, l'appliqua sur son ventre.

— Le quatrième, mon chéri, me dit-elle, il est là, dans mon ventre. J'en suis sûre depuis ce matin...

Au cours d'un entretien dans le cabinet du gouverneur, le lendemain, Godeheu remit à Dupleix un portefeuille contenant ses lettres de créance et une lettre de la Compagnie destinée à adoucir la rigueur du décret royal.

— On vous laisse, dit-il, une chance de préserver les apparences. Faites donc annoncer que cette décision a été prise de votre plein gré et que vous souhaitez rentrer en France pour des raisons de santé...

La réponse de Dupleix fut fulgurante :

— L'expédient que vous me proposez est indigne de vous ! Je comprends trop bien le but de cette manœuvre : elle exonérerait la Compagnie et le roi d'une mesure inique à mon égard. Monsieur le commissaire, je tiens à ce que les choses soient claires : je ne pars pas de mon plein gré, on me chasse !

— Un bien grand mot ! protesta Godeheu. On vous tend une perche...

— ... pour mieux me battre ! Bas les masques ! Je refuse qu'on cache cette iniquité sous un mensonge. Je vais faire placarder partout le décret du roi. Attendez-vous à une levée de boucliers, à un mouvement de révolte peut-être. La compagnie de grenadiers que vous avez amenée pourrait avoir du pain sur la planche !

Volontairement ou non, Dupleix dramatisait la situation. Godeheu se contenta de sourire en crayonnant sur une feuille, d'une main nerveuse, des images en forme de spirales. Tout ce qui pouvait rester d'amitié ou de sympathie entre ces deux hommes venait de voler en éclats.

Dupleix, après avoir arpenté à grands pas son cabinet, se laissa retomber dans son fauteuil, libéré de sa colère et détendu, semblait-il. Il dit, d'une voix calme :

— Rassurez-vous, monsieur : vous n'aurez pas à faire usage de la force pour me rembarquer. Je souhaite simplement que vous me laissiez le temps d'expédier les affaires courantes et de prendre mes propres dispositions. Je tiens à témoigner ma gratitude aux gens qui me sont restés fidèles.

L'un des secrétaires de Godeheu, Arnaud, donna lecture des documents qui faisaient du commissaire royal le commandant général de nos établissements. Nos conseillers approuvèrent comme un seul homme, la moindre contestation du décret royal risquant de porter préjudice à leur carrière.

Godeheu pria les assistants de les laisser seuls. Je me retirai avec eux. Quelques heures plus tard, au cours d'un souper en famille, j'eus connaissance de leur entretien par Dupleix.

Ils avaient parlé de l'affaire de Trichinopoly, où les

entretiens en vue d'une reddition avaient été remis en cause du fait des exigences des Anglais. Dupleix avait proposé d'envoyer sur place les trois cents grenadiers qui venaient de débarquer, non pour entreprendre une nouvelle campagne mais pour une simple manœuvre d'intimidation. Godeheu avait donné son accord. Le reste de l'entretien avait porté sur le commerce et les finances.

Pour préserver les apparences, Dupleix donna un repas officiel, dans la salle de vérification des toiles, pour l'envoyé du roi et sa suite.

Il eut lieu le lendemain. Tous les membres du Conseil supérieur étaient présents, certains avec leur épouse. Jeanne s'abstint d'y paraître, mais Godeheu ne sembla point s'en formaliser. Dupleix avait tenu à faire servir à ses hôtes des mets indigènes qu'ils apprécièrent ou feignirent d'apprécier : filets de crocodile, grillades de cobra, ragoût de singe au curry, soupe de tortue, goyaves confites... Il avait choisi dans sa cave les meilleurs de ses vins et de ses eaux-de-vie.

Je me suis réjoui de constater, bien qu'assez éloigné d'eux, que la sérénité semblait régner entre les deux hommes. Ils s'étaient bornés, me dit Morancin, un de nos conseillers, à évoquer leurs parties de chasse au Bengale.

Etait-ce l'effet du vin ? Les choses se gâtèrent au moment de passer au fumoir, à propos de la prise d'armes qui devait accompagner la passation de pouvoir. Godeheu avait décidé qu'elle se ferait dès le lendemain. Dupleix lui demanda de la reporter de quelques jours pour permettre à Jeanne, souffrante, d'y assister.

— Je regretterai l'absence de votre épouse, répliqua âprement le commissaire, et je lui souhaite un prompt rétablissement, mais cette cérémonie se fera sans elle. Je ne puis la remettre pour un caprice de femme.

Je crus que Dupleix allait laisser éclater sa colère. Il se contenta de foudroyer son interlocuteur du regard et retrouva son calme pour distribuer des cigares indiens et des liqueurs de France. L'autoritarisme de Godeheu allait peser sur leurs rapports dans les jours qui allaient suivre.

Après la prise d'armes, à laquelle les deux hommes assistèrent côte à côte, le commissaire passa le reste de la journée à examiner les installations de la citadelle, la caserne, les divers offices, jusqu'aux écuries, et se déclara satisfait. Le lendemain fut consacré à l'examen des comptes et à la réception des marchands et des courtiers conduits par Ananda.

Lorsque Godeheu invita nos employés à dîner dans son appartement, il se heurta à des réticences. Cette petite fronde l'irrita.

— Je tiens, dit-il à Dupleix, à ce que mon autorité soit reconnue de tous. Ces abstentions sont inadmissibles. Elles méritent un châtiment.

— Comptez-vous faire emprisonner les rebelles ?

— Il se peut que je le fasse.

Il reconnut qu'afin de dissiper une équivoque le gouverneur avait eu raison de souhaiter faire annoncer ouvertement son licenciement et son départ. De toute manière, la nouvelle n'allait pas tarder à se répandre.

Godeheu et sa suite passèrent une quinzaine en visite dans nos établissements du Coromandel, où il fut parfois accueilli avec des réticences. Il avait envisagé d'aller inspecter nos comptoirs du Bengale, ce qui eût retardé d'autant le départ du gouverneur.

D'ailleurs, le temps, à cette époque de l'année, n'était pas favorable à la navigation.

Le commissaire revint de sa tournée avec un sentiment mitigé.

Les affaires n'étaient pas mauvaises, mais, comparées à celles que faisaient nos concurrents, pas très brillantes non plus. Ses ambitions rejoignaient celles de Dupleix : élargir notre camp de prospection vers l'orient, jusqu'en Cochinchine, en mer de Chine et dans les îles de la Sonde, riches en thé, en riz et en épices.

— Je vous souhaite de réussir, dit Dupleix, mais gare ! Ces contrées sont des nids de pirates qui disposent de gros navires et de canons. Il faudra armer les vôtres comme pour une bataille navale. Demandez donc aux Hollandais ce qu'ils en pensent…

Dupleix semblait avoir pris sans trop de regrets, ni de vindicte, son parti de sa destitution et de son départ, mais je le sentais crispé, tendu, à la façon, pour le dire par image, d'une mèche allumée. Jeanne me confia qu'il parlait à haute voix durant son sommeil, se levait pour faire les cent pas ou trier de la paperasse en marmonnant, si bien qu'elle avait décidé de faire chambre à part.

Elle-même ne décolérait pas. Elle s'interdisait d'adresser la parole à Godeheu, de le saluer, évitant même de se trouver en sa présence.

Je surpris une algarade entre elle et son mari. Elle lui jeta, avec sa flamboyante vulgarité :

— Tu aurais dû faire arrêter cette petite merde de commissaire ! Il t'a trahi, lui qui se disait ton meilleur ami. Tonnerre de Dieu, tu étais en droit de le faire, de par ton titre de nabab du Carnatic et de gouverneur ! Tu aurais pu te proclamer maître de tous nos établissements. Avec Bussy dans le Deccan, l'alliance des Marathes et de quelques princes, tu aurais pu faire figure de vice-roi...

— Et pourquoi pas, répliqua-t-il, me proclamer empereur des Indes à la place du Grand Moghol ? Tu rêves, ma pauvre amie ! Je suis nabab comme tu es bégum ! Tout ça, c'est du vent !

— Tes réserves seraient crédibles à Paris. Dans ce pays, elles n'ont pas cours. Tu aurais dû brandir cette menace au nez de cet avorton de Godeheu. Il chie dans ses braies. Si tu ne le fais pas, je vais m'en charger !

— Fais-le donc et tu te retrouveras en prison !

Il tenta de lui faire comprendre que ce retour au pays avait du bon. Une nouvelle existence les attendait à Paris où ils avaient un hôtel dans un beau quartier. Avec sa fortune et ce que lui devait la Compagnie, en plus des revenus de ses domaines, ils pourraient vivre dans l'opulence, fréquenter la meilleure société, être reçus peut-être à Versailles...

Elle s'obstinait dans sa marotte : Godeheu était devenu sa bête noire. Libre de le faire, elle l'aurait tué.

L'inspection du commissaire royal avait vite tourné à l'inquisition.

Dupleix fut contraint de se soumettre. Il le fit avec l'air désabusé et fataliste qu'il prenait lorsqu'on lui annonçait la perte d'un navire et de sa cargaison. Il condescendait à toutes les réquisitions exigées par son remplaçant, pour ce qui concernait les échanges, les opérations militaires, les rapports avec les princes, l'emploi qu'il avait fait des fonds de la Compagnie.

J'appréciais son habileté à jeter un voile pudique sur certaines opérations commerciales un peu louches, pots-de-vin et trafics d'influence, qu'il me présentait secrètement comme une compensation aux déficiences des aides reçues de Paris.

De la part de Godeheu, aucune agressivité gratuite, mais aucune complaisance. Ce n'était pas un mauvais homme, mais, soucieux de ne pas trahir la confiance qu'on avait mise en lui, il accomplissait ses fonctions avec une rigueur sans faille. Partagé entre l'amitié et le devoir, il avait fait un choix cornélien.

Alors qu'il démêlait l'écheveau enchevêtré des comptes, je ne surpris en lui, à aucun moment, la moindre marque d'ostentation, la moindre tentative pour mettre en avant la subordination de Dupleix. A plusieurs reprises, il s'efforça même d'ajouter du liant à leurs rapports quotidiens, invitant le gouverneur à une promenade en mer, à un repas dans une taverne ou à une soirée à bayadères. Dupleix restait inflexible. Un roc.

Le secrétaire de Godeheu, Arnaud, apparenté à Dupleix, veillait, en accord avec moi, à éviter les points de friction et, avec un bel esprit de conciliation, se portait au feu à la moindre alerte. J'appréciais le concours de ce grand garçon pâlot, timide, réservé mais subtil. Sans son concours et le mien, bien des discordes auraient tourné, au propre, à l'affrontement à couteaux tirés.

Le danger venait de Jeanne. Avec sa verve et sa violence naturelles, elle était passée à l'offensive, se répandait dans son entourage en propos assassins, en souhaitant que Godeheu en fût informé. Le commissaire ne lui en tenait pas rigueur. Il me dit un jour :

— Je connais bien ce genre de femmes, qui raisonnent par leurs nerfs plus que par leur cerveau. Bah, laissons faire. Je ne lui en veux pas. Paroles de femmes, autant en emporte le vent...

J'abrégerai les interminables controverses portant sur la politique indienne et les finances.

Sur le premier point, Dupleix défendait ses positions avec acharnement. On ne pouvait accepter que les Anglais défendent un prince rebelle, Mohamed Ali, qui se prétendait nabab du Carnatic, pas plus qu'on ne pouvait contester la domination de Bussy sur le Deccan. Dupleix jugeait que les négociations que Godeheu souhaitait engager avec Thomas Saunders pour une suspension d'armes ne feraient que brouiller les cartes et démontrer notre infériorité.

Godeheu maintint sa position. Le 6 octobre, peu avant notre départ, il rencontra nos concurrents. C'était un coup d'épée dans l'eau : l'année suivante, la guerre, qui avait éclaté en Amérique du Nord, allait gagner l'Europe. Une escadre anglaise allait faire une démonstration de force devant Pondichéry et contraindre le commandant général à signer un accord, alors que nous avions l'avantage.

L'examen des finances dura des semaines. Malgré le secours de ses secrétaires, Godeheu y perdait son latin. Les comptes étaient rédigés en pagodes, en *laks*, en roupies, en fanons, la valeur de ces monnaies variant d'une région à une autre. Il aurait fallu être indien ou polyglotte pour les déchiffrer.

— Je suis exténué ! me dit-il. Dupleix est un habile homme. Il a réponse à tout, mais je finirai bien par triompher de ses astuces. Il cherche à m'embrouiller, mais le temps travaille pour moi. Un jour, je le forcerai à reconnaître sinon ses erreurs, du moins ses malversations.

— Vous devriez tenir compte, lui répondis-je, du fait que les opérations commerciales sont en Inde plus complexes qu'en France et qu'il faut, avec les marchands et les courtiers, jouer non au plus honnête mais au plus retors.

— J'apprendrai vite, monsieur de La Vermondie. A malin, malin et demi. Croyez-vous que j'aie pu ignorer longtemps l'existence d'une caisse noire gérée par ce personnage diabolique, ce Tamoul qui joue aux Européens dans sa tenue et son langage, cet Ananda Rangapoulé ? Il a refusé de me rendre des comptes. Je vais donc devoir le faire emprisonner.

— Ce que vous appelez une caisse noire n'est qu'une réserve destinée aux frais de guerre. Je connais moi-même son existence. J'ai même aidé mon maître à en tenir les comptes. Allez-vous me jeter en prison pour complicité ?

Il sourit et haussa les épaules. J'ajoutai :

— Je peux témoigner d'un désintéressement certain de la part de mon maître. Il n'hésitait pas à s'endetter pour régler la solde de nos troupes, et à payer de ses propres deniers lorsque les fonds de la Compagnie tardaient à nous parvenir.

— Sans doute, mais avec l'intention de se les faire rembourser avec intérêt ! Ses jérémiades sentent la comédie et ne me touchent guère. S'il est vraiment dans la gêne, qu'il vende les bijoux de la bégum Dupleix ! Elle possède, m'a-t-on dit, une collection de perles noires unique au monde, et des coffrets de diamants. Tout cela, mon cher, se réglera à Paris, et je puis vous dire que les gazetiers vont s'en délecter...

Les conditions étaient loin d'être réunies pour que nous quittions l'Inde dans la sérénité. Certains contrôles s'étaient effectués sans réticences ni animosité de part et d'autre. La plupart ne connaîtraient leur conclusion qu'à Paris, dans les cabinets des directeurs et du Conseil royal. D'autres, enfin, étaient insolubles.

A l'approche de notre départ, Jeanne faisait traîner ses préparatifs, comme si elle attendait le miracle qui remettrait tout en question et renverrait les inquisiteurs en France.

Ce miracle, je l'appris des années plus tard, avait failli se produire. A la suite, je suppose, d'une intervention de Bacquencourt ou de quelque autre ami influent de Dupleix – je n'ose remonter jusqu'à la Pompadour ! – la Compagnie avait décidé de revoir sa décision de rappel. Nous avions dû croiser ce courrier en cours de route.

Dupleix me plaça devant un choix.

— Olivier, ne te crois pas obligé de me suivre en France. Aucun contrat ne nous lie. Tu dépends de la Compagnie et, que je sache, elle n'exige pas ton retour. De plus, j'ai appris que Godeheu avait apprécié ta connaissance du pays et ta compétence dans les affaires, et qu'il souhaiterait te garder à son service.

— Ma décision était prise dès le premier jour, lui répondis-je. Je partirai. Si je décidais de rester, je me trouverais un jour ou l'autre en désaccord avec les méthodes de Godeheu, qui ne sont pas les nôtres. Peut-être, d'ailleurs, m'arrêterai-je en cours de route. J'aimerais finir mes jours aux Mascareignes plutôt qu'à Paris, où je n'ai plus de relations, contrairement à toi. Devenir planteur en l'Ile de France me conviendrait.

— En as-tu parlé à Sophia ?

— Oui, et elle est tombée d'accord avec moi, mais après une longue hésitation. Elle aurait aimé accoucher en France, mais ce sera plutôt, je le crains, à bord du navire ou à l'escale de Port-Louis. Elle avait souhaité revoir sa fille, Marie-Rose, mais, mariée et mère de famille, elle est devenue une étrangère pour elle. Quant à moi, je ne regretterai qu'une chose : mon manoir de La Vermondie. Je vais devoir le vendre, ainsi que ses truffières. Ce que j'en tirerai m'aidera à créer ma plantation et à m'acheter des esclaves.

— Quoi qu'il en soit, dis-toi que tu peux compter sur mon amitié et sur mon soutien en cas de besoin. Si tu décides un jour de retourner en France et si Dieu me prête vie, je serai toujours là pour t'accueillir et te protéger. Ma famille est la tienne...

Quelle idée saugrenue traversa la tête de Godeheu, une quinzaine avant notre départ ? Il écrivit à Jeanne une lettre qui traduisait une singulière disposition à son égard. Jeanne la lut, s'esclaffa, la montra à son mari, lequel me la confia en s'écriant :

— L'imbécile ! Lis donc, Olivier... Il se comporte comme si nos rapports étaient rompus, qu'il veuille m'humilier en me faisant comprendre que Jeanne est le seul interlocuteur valable. Je vais lui dire deux mots, lui flanquer ce poulet à la figure !

Je le conjurai de n'en rien faire.

— Je dois convenir que cette démarche n'a aucun sens. Elle ne fait qu'exprimer le désarroi de Godeheu, peut-être le regret que ton épouse lui soit demeurée hostile. Ce qui est certain, c'est qu'elle est maladroite.

Dans cette lettre, Godeheu annonçait à Jeanne, avec des circonlocutions, que, redoutant des « révolutions ordinaires » (pour parler des menaces de guerre en Europe, et des tempêtes auxquelles on allait s'exposer), il avait décidé d'avancer d'une semaine le départ des deux navires : le *Duc-de-Bourgogne* et le *Centaure*. Il avait écrit qu'il était « bien doux de retourner en France, avec des relâches commodes », et engageait Jeanne à ne pas s'opposer à ce départ. Il avait assez de soucis sans y ajouter les craintes pour elle d'une longue et dangereuse traversée.

Dupleix fit un tel bruit à propos de ce départ avancé que Godeheu céda et maintint la date initiale.

Mes préparatifs et ceux de Sophia nous prirent moins de deux jours, nos biens se réduisant à peu de chose.

La veille de notre départ, je me rendis en palanquin, avec elle et Morancin, à notre chauderie qui, après le passage de l'ouragan, n'était plus qu'une ruine. Le conseiller n'accepta d'en faire l'acquisition que du fait de sa position, du bois de manguiers qui l'entourait et du gigantesque banian qui encadrait la vue sur les rizières et les monts Oulgaret.

Sophia se serra contre moi, muette et en larmes. Je partageais son émotion. C'est au cœur de ce village misérable, qui sentait la bouse, la fumée et le jasmin, que nous avions connu nos premiers émois, que notre premier enfant était mort et que Julie était née. Une maison de famille en quelque sorte, où il nous semblait entendre les échos lointains des rires et des chants de nos amis.

Comme j'avais du temps libre, j'aidai Dupleix et Jeanne à préparer leurs bagages.

Ce n'était pas une mince affaire. Il aurait fallu les cales d'un de nos trois navires pour tout contenir. Jeanne ne cessait de gémir en se séparant du superflu. Elle dut renoncer à embarquer le mobilier le plus encombrant, notamment ses armoires chinoises, son lit de mandarin à colonnades, et confier à Ananda le soin de le revendre à des marchands.

La dernière tâche, et la plus délicate, fut de répertorier, de classer et d'entasser, dans des coffres scellés, les papiers de Dupleix, dont il comptait se servir pour défendre sa cause devant la Compagnie et le Conseil royal. Un travail fastidieux et éprouvant, dans la moiteur gluante des premières averses de la mousson, un peu en avance cette année, comme pour saluer notre départ vers ce qui pouvait passer pour un exil.

J'éprouvai, comme chaque fois, du plaisir à voir ce déluge se déverser sur des terres craquelées et des verdures roussies par la sécheresse. Ce plaisir faisait écho à la joie des paysans. Aux premiers grondements de l'orage, aux premières gouttes, ils sortaient de leurs masures comme des escargots, par familles entières, pour se livrer, avec invocations, chants et musique, à l'ivresse de l'averse, don des dieux et promesse de fertilité.

L'embarquement débuta à la mi-octobre, à trois heures du matin, sous des foucades de pluie et de vent.

Le moment venu de mettre à la voile, le commandant général, en grande tenue, les traits tirés par l'émotion, entouré de son Conseil et de ses employés, vint faire ses adieux. Cette cérémonie triste comme un service funèbre contrastait avec le comportement de la foule qui, massée sur le rivage, criait le nom de Dupleix, gémissait et brandissait des morceaux d'étoffe. Dupleix répondit à ces adieux en agitant son chapeau. Je l'entendis lancer, d'une voix brisée :

— Si Dieu le veut, mes amis, je reviendrai...

Vingt et un coups de canon retentirent aux remparts de la citadelle pour saluer le départ de la flotte qui, toutes ses voiles gonflées par le vent, prit le large à belle allure.

Sophia, Julie encore endormie dans ses bras, se tint près de moi, à la coupée, tout le temps que la terre resta en vue, derrière la crête échevelée de la barre. Un nuage nous cacha les hauteurs des monts Oulgaret, puis tout sombra dans le gris.

Conscients de laisser derrière nous une œuvre inachevée, nous étions partagés, Sophia et moi, entre amertume et regret.

Nous avions, Dupleix et moi, passé sur ce continent trente ans de notre existence, donnant à notre mission le meilleur de nous-mêmes : une vie faite de souffrances et de joies, de déboires et de triomphes. En route pour l'exil, nous laissions derrière nous la ruine de nos espoirs, avec une sorte de soulagement pétri d'amertume.

Je me disais que la guerre qui menaçait de reprendre en Europe, à en croire les augures, allait de nouveau ravager ce merveilleux pays, où les Européens n'auraient pas dû prendre pied, et moins encore se mêler des affaires des princes. Quelle est cette fatalité qui incite l'homme à faire des paradis terrestres des lieux de conflits et des champs de ruines ? La cupidité n'explique pas tout.

Je me disais, alors que Sophia restait blottie contre moi sous un manteau de pluie et que nous regardions la côte du Coromandel se dissoudre dans la brume, qu'après tout ce départ pour l'exil était dans l'ordre des choses, et que notre maintien n'eût fait que le retarder.

Dupleix et moi venions d'avoir cinquante-sept ans.

2

Le bonheur dans l'île

Alors que nos trois navires cinglaient à toute voiles vers les Mascareignes, je me demandais quels avaient pu être les sentiments du commandant général Godeheu devant les témoignages de sympathie et de regret manifestés par la foule au moment où nous avions levé l'ancre. On se serait trompé en imaginant que cette foule, Européens et Indiens mêlés, avait accueilli l'annonce de ce rappel comme une délivrance. Peut-être en fut-il le premier surpris.

Dupleix emportait avec lui, classés à part, des documents, venus pour la plupart des Indiens, princes, marchands, courtiers et employés, témoignant de leur attachement et de leur gratitude. Certains disaient leur espoir de le voir revenir prochainement ; tous éprouvaient de l'inquiétude de voir le nouveau gouverneur bouleverser l'ordre des choses.

Le laxisme que Godeheu avait montré devant l'arrogance des Anglais laissait craindre la perte de nos acquis et l'effondrement de notre prestige.

Un courtier chargé du commerce du tabac avait écrit à Dupleix : « Nous perdons avec vous UNE astre, la plus belle, qui nous éclairait jour et nuit… Tous, à

Pondichéry, ressentent la perte faite en votre personne... »

Le père Lavaur, supérieur général des Jésuites, lui avait écrit : « Vous êtes universellement regretté de tout Pondichéry, y compris des Indiens, et plus que vous ne pourriez l'imaginer... »

Un autre religieux, le père Mathon, exprimait les mêmes regrets : « Après votre départ, il semble que nous soyons exilés. La joie et le plaisir s'en sont allés avec vous... »

Des dizaines de lettres en proie au même lamento lui étaient parvenues, parfois d'une émouvante naïveté. J'en fis pour mon compte une copie que je conserve encore dans un coffret en laque de Chine. En proie à un relent de nostalgie, je les relis de temps à autre.

Au moment d'embarquer, Jeanne avait échangé des propos virulents avec le capitaine du *Duc-de-Bourgogne*, qui n'avait pas prévu une telle quantité de bagages. Il est vrai qu'elle laissait peu d'impedimenta derrière elle. Il avait fallu trouver une place pour la volière de perroquets et d'oiseaux rares, les chats, les singes, toute une basse-cour, avec des ânes, des porcs, un cheval et un chameau (elle avait renoncé à embarquer un éléphant), vingt mille bûches de bois de santal à brûler (j'en ai fait le compte !), des caisses de confitures et d'épices... Il fallait ajouter à cette arche de Noé les garde-robes, les coffres de linge et le mobilier précieux.

J'eus à diverses reprises, aux tables de jeu ou sur le pont par temps calme, l'occasion de bavarder avec Chonchon. Un soir, sous un ciel resplendissant d'étoiles, alors qu'à la table du capitaine nous avions bien mangé, bien bu et fumé un tabac mêlé d'une drogue, le *bângh*, je tentai d'engager la conversation sur Bussy.

Elle me répondit, d'un ton raide :

— Monsieur de La Vermondie, ne me parlez plus de lui, je vous prie. Alors que je cherche à l'oublier, vous tournez le couteau dans la plaie.

L'entretien en resta là, mais, quelques jours plus tard, j'appris par Sophia qu'après son évasion manquée de Pondichéry, pour aller rejoindre l'objet de son amour à Hyderabad, Chonchon avait regretté amèrement qu'il n'eût rien tenté de son côté. Il aurait dû, s'il l'avait vraiment aimée, la faire enlever ou le faire lui-même, comme dans les romans. Personne ne se serait risqué dans les montagnes du Deccan pour la lui ravir.

Chonchon allait, trois ans plus tard, épouser, avec une rente de son père putatif, celui que sa famille lui avait présenté comme le meilleur parti possible : le marquis de Montlezun, premier gentilhomme du comte de Clermont. Le contrat de mariage était signé du roi.

Pauvre Chonchon... Elle mourut deux ans plus tard, au mois de mai de l'année 1759, dans son hôtel particulier, à Paris.

Ce n'est qu'en juin de l'année 1755 que le *Duc-de-Bourgogne* et *le Centaure* jetèrent l'ancre dans le port de Lorient. Le voyage de retour de Dupleix et des siens avait duré huit mois.

Les premières tracasseries l'attendaient à peine à quai. Les bagages descendus à terre et entreposés, la famille subit des formalités superflues parfois humiliantes. Sans attendre qu'on leur en confiât les clés, les contrôleurs firent sauter les serrures pour fouiller jusqu'aux lingeries de Jeanne. Comble de déboires, il fallut attendre l'autorisation du ministre de la Marine pour que ces bagages fussent restitués à leur propriétaire. Cela demanda six mois.

J'ignore ce que devinrent les animaux. Certains, sans doute, ne supportèrent pas les conditions du voyage et durent être sacrifiés à la subsistance des matelots ou abandonnés au cours d'une escale. Si certains sont arrivés indemnes, peut-être ont-ils été confiés à un jardin d'acclimatation.

Quant à moi, j'avais arrêté notre voyage à l'Ile de France, bien décidé à y finir mes jours.

Nous avons débarqué à Port-Louis un peu moins d'un mois après avoir quitté l'Inde, sans essuyer de gros temps. L'escale allait durer une semaine.

Un soir, dans le jardin du gouverneur, monsieur Bouvet de Lozier, alors que nous fumions des *chiroutes* en buvant cette eau-de-vie de canne qu'on appelle « rhum » aux Caraïbes, mon hôte me fit part de ses soucis : il avait dû licencier son secrétaire, un Malgache dont il avait surpris les malversations, et lui cherchait désespérément un remplaçant.

— Cette place est toujours vacante, me dit-il. Puisque vous m'avez confié votre intention de vous fixer dans cette île, pourquoi ne pas vous laisser tenter ? Le salaire n'a rien de mirobolant, mais la tâche n'est pas écrasante. Vous auriez surtout à me remplacer durant les fréquents séjours que je dois faire à Bourbon. Puisque vous souhaitez créer une plantation, le temps ne vous manquerait pas pour mener à bien ce projet. Le marquis Dupleix m'a dit le plus grand bien de vous. Quant à moi, j'ai la réputation d'un honnête homme, peu tracassier et de bonne compagnie, comme l'était mon prédécesseur, que vous avez connu, monsieur Pierre Poivre. Acceptez ma proposition et vous ne le regretterez pas. Cet archipel est plus calme que les Indes, et l'on y voit rarement des Anglais.

Je lui demandai un temps de réflexion et en parlai avec Sophia. Elle se montra indifférente :

— Là ou en France, me répondit-elle, peu m'importe, pourvu que nous restions ensemble. Ici, au moins, tu n'auras pas à t'absenter des semaines et des mois pour des missions ou pour faire la guerre. Et surtout, je pourrai faire mes couches en paix...

Je touchai deux mots de cette proposition à Dupleix.

— Si tu souhaites finir tes jours à la tête d'une plantation et dans la paix du Seigneur, tu ne pourrais trouver un endroit plus favorable. Je te conseille donc d'accepter. Tu n'auras pas à te plaindre de Bouvet. C'est un brave homme, avec un meilleur caractère que moi.

Sa voix se brisa lorsqu'il ajouta, en me prenant dans ses bras :

— Tu vas me manquer, Olivier. Après avoir vécu ensemble une belle aventure, nous allons désormais nous contenter d'égrener nos souvenirs. Je ne t'oublierai pas, mon vieil ami.

Il me demanda comment Sophia avait réagi.

— Elle m'a paru indifférente et préoccupée surtout par sa grossesse. Sa santé me tracasse. Elle est restée malade dans sa cabine tout le temps de la traversée, et a du mal à se rétablir.

— Olivier, me dit Jeanne, veillez bien sur ma cousine. Vous savez que nous avons eu des rapports difficiles, elle et moi, comme souvent entre deux natures excessives. Pour ma part j'ai fait mon *mea culpa*, et je sais qu'elle ne me tient pas rigueur de mes excès d'autorité. C'est une bonne mère, une épouse attentive et fidèle. Donnez de vos nouvelles. Je promets d'y répondre.

Elle ajouta :

— Nous reviendrons à Pondichéry la tête haute, si Dieu le veut, et je souhaite que vous nous y rejoigniez. Dieu, mais surtout la Compagnie...

Lorsque je donnai mon accord à monsieur Bouvet, il exulta comme si j'étais un envoyé de la Providence. Il me confirma, ce dont Dupleix m'avait déjà informé, que mes émoluments me seraient maintenus le temps que je resterais à son service.

— Nous allons faire du bon travail, me dit-il d'un ton jovial, et poursuivre la tâche de La Bourdonnais, fieffé pirate mais administrateur hors de pair. Les gens des deux îles ne jurent que par lui. Sa seule présence aurait pu suffire, à ce qu'on dit dans les villages, à faire pousser le riz, le blé d'Inde et la canne.

Je lui conseillai de ne pas tenir ce langage devant Dupleix. Le seul nom de La Bourdonnais lui donnait de l'urticaire...

J'allais devoir, comme je l'avais envisagé, mettre en vente mon domaine du Périgord, sans en éprouver ni regret ni remords. Après plus de trente ans d'absence, j'avais fait le deuil de mes nostalgies. Vouloir me replier sur ce domaine eût été comme m'endormir sur une branche morte.

De Pondichéry, j'avais correspondu avec maître Lacaze, le notaire de Périgueux, pour lui laisser le soin de liquider le manoir, les truffières, les fermes et la forêt. Il en tirerait ce qu'il pourrait, sans doute peu de chose, mais je rapportais des Indes assez d'argent pour créer ma plantation, vivre et élever dignement nos enfants, et, de plus, mon salaire m'était maintenu.

Le départ de mes amis ne donna lieu ni à des coups de canon ni à des adieux déchirants. Dupleix dut se maîtriser pour ne pas laisser paraître son émotion, mais je la sentais à fleur de peau.

Il me dit, d'un ton faussement badin :

— J'ai bon espoir que la Compagnie revienne sur sa décision au vu des documents que je vais lui présenter. Ces messieurs comprendront vite qu'on ne peut se passer de moi aux Indes, et que Godeheu n'est qu'un gode... lureau. Ah, ah, ah ! Si la guerre reprend, il ne tiendra pas un mois devant les Anglais, tu verras ! Quand il entend la langue de Shakespeare, il fait dans sa culotte. Et à qui fera-t-on appel pour le remplacer ? A ce bon monsieur Dupleix !

Il n'appréhendait qu'une partie de la réalité. La Compagnie, convenant que son rappel était prématuré en raison des menaces de guerre en Europe, était revenue sur sa décision, mais trop tard. Le gouverneur avait obtenu, ces dernières années, en dépit d'une situation difficile, des résultats non négligeables.

L'année suivante, ce n'est pas lui, en raison de son âge, qui fut désigné pour tenir tête aux Anglais, mais un officier d'origine irlandaise, Thomas, baron de Tollendal et comte de Lally.

Lorsque la flotte quitta Port-Louis, un doux matin de novembre, en direction de l'île Bourbon, ce n'est pas le chagrin qui dominait mes sentiments mais l'impression obsédante de me trouver abandonné au bout du monde.

Aux Indes, j'avais été quotidiennement confronté à une fourmilière humaine et, dans la citadelle, à une noria incessante de secrétaires, d'employés et de serviteurs. J'allais devoir m'habituer au silence, à l'absence de mouvement, au spectacle d'un port où les navires accostaient rarement, à une mer vide et à des montagnes désertes. J'appréhendais la fréquentation de la petite société des résidents, une centaine de gens dont j'allais devoir épouser les plaisirs, les soucis... et les querelles.

Déjà, lorsque j'y avais accosté pour la première fois, bien des années auparavant, Port-Louis m'avait déçu.

A l'exception du bazar et du palais du Gouvernement (un bien grand mot), rien n'était fait pour retenir l'attention. Les maisons des « petits Blancs » ne dépassaient pas un étage et n'avaient ni allure ni coquetterie. La large rivière qui se déversait dans le port avait si peu d'eau qu'on aurait pu par endroits, hormis à la saison des pluies, la traverser à pied sec. Elle était enjambée par un pont de bois si vétuste qu'un éléphant n'aurait pu s'y engager et si étroit que deux palanquins pouvaient à peine s'y croiser. Deux autres ponts de pierre endommagés par des crues restaient en chantier, les travaux remis aux calendes.

Une de mes premières visites fut pour le fort en forme de pyramide tronquée qui dominait le palais du Gouvernement. Je fus surpris de n'y trouver qu'une dizaine de Cafres, habillés, équipés et armés à la diable, et autant de Malgaches, sous le commandement d'un sergent débraillé, au visage vultueux d'ivrogne, qui ne s'exprimait que par grognements. Assis à l'ombre des murs, en train de chiquer du bétel, les yeux dans le vague, ils ne daignèrent pas se lever pour me saluer.

J'admirai en revanche la conque de montagnes dans laquelle étaient blottis le port et la ville. Elle développait un ballet de croupes, de pitons et de falaises d'une splendide sauvagerie : le Pouce, le mont Picter-Both, une énorme excroissance en forme de bulbe... Cela me promettait des promenades d'herborisation fertiles en découvertes.

Monsieur Bouvet n'eut pas à se démener pour me trouver un logis : celui que venait d'abandonner son secrétaire indélicat nous convenait, malgré sa saleté et son absence de confort. Basse et d'un seul tenant, cette bicoque était entourée d'un jardinet où les haies d'hibiscus et d'embrezades voisinaient avec des monceaux de détritus et un majestueux flamboyant d'où pendaient une balançoire et un hamac hors d'usage. L'intérieur était facile à aménager et le loyer des plus modestes.

— J'ai le sentiment, dis-je à Sophia, que nous ne ferons pas long feu en cet endroit.

Elle parut surprise.

— Aurais-tu changé d'avis ? Songes-tu à retourner en France ?

Je la détrompai : mon intention était de trouver au plus tôt le terrain nécessaire à notre plantation.

Au cours de ma première escale, qui remontait à une trentaine d'années, j'avais passé une partie de mon temps à me promener à dos d'âne dans la montagne et le long de la côte, occupée par de larges espaces de savane. J'avais découvert, au lieu-dit le Quartier des Pamplemousses, une plantation de canne à sucre en train de péricliter. Elle avait été créée par un Hollandais, qui l'avait cédée à un Français, lequel, l'ayant gérée avec négligence, avait fini par l'abandonner.

Je révélai à Sophia mes projets pour les années à venir. Je resterais au service de la Compagnie le temps de m'imprégner de l'ambiance de cette île, de la nature et du caractère de ses habitants, blancs et noirs, d'étudier les possibilités de son exploitation en matière d'agriculture et de commerce. Nanti de ces notions essentielles, je me lancerais dans la production du sucre et des épices.

Cette idée convenait à Sophia, mais elle y adhéra sans enthousiasme, avec même une sorte de résignation. Je lui en fis l'observation. Elle me répondit :

— Je suis lasse, Olivier, très lasse. Cette grossesse, qui arrive à son terme, m'épuise, après cette traversée que j'ai mal supportée, tu le sais. Alors, tout ce que tu décideras aura mon accord. Ne m'en demande pas plus.

Depuis que nous avions quitté Pondichéry, elle semblait n'être attachée à rien ni à personne, si ce n'est à Julie et à moi. Eussions-nous poursuivi notre route pour la France ou pris celle des antipodes, elle eût marqué la même indifférence. Madame Bouvet avait tenté de l'introduire dans son petit monde, mais elle semblait n'y prendre ni intérêt ni plaisir. J'avais parfois l'impression de n'être moi-même pour elle qu'une apparence ; elle n'entretenait nos conversations que par des monosyllabes ou des silences. Lorsque je m'informais de sa santé, je n'obtenais que des réponses dilatoires. Celle de Julie l'inquiétait davantage que la sienne.

Elle s'alarmait pour le moindre bobo : une légère poussée de fièvre, un bouton sur le nez, des rougeurs aux fesses... En fait, notre fille se portait comme un charme. Débordante de vitalité, elle était déjà sujette à des exigences et à des caprices, ce qui nous laissait craindre un précoce souci d'indépendance rappelant le comportement de sa mère et sa mise au ban de la société, naguère, à Pondichéry.

Changer d'air et de vie tout en restant sur place... Cette idée me poursuivait.

Je ne ménageais ni mon temps ni ma peine au service de monsieur Bouvet, mais j'eus du mal à mettre de l'ordre dans ses registres, moins importants que ceux de Pondichéry, mais tout aussi embrouillés et lacunaires.

Dans cette petite capitale des tropiques, les divertissements étaient rares, l'animation principale ne venant que de l'arrivée et du départ des navires, de toutes nationalités, qui assuraient des liens entre l'Europe et l'Orient. Port-Louis leur offrait la seule rade de cette île, le reste de la côte étant cerné de récifs coralliens. Ils jetaient l'ancre pour faire de l'eau, se réapprovisionner en produits frais, faire soigner et laisser se reposer des équipages malades du scorbut ou du typhus.

En prévision de ces escales, nous veillions à ce que nos magasins fussent bien pourvus en bétail, en volaille, en fruits et légumes. Pour l'aiguade, la mousson remplissait à ras bord nos citernes. Dans la modeste infirmerie, qui ne méritait pas le nom d'hôpital, des infirmiers indiens et malgaches assistaient deux médecins et un chirurgien.

Cette navette maritime apportait à monsieur Bouvet des revenus importants. Il apprit à mener sa barque aussi bien que Pierre Poivre et La Bourdonnais et à mettre, comme il disait, « du beurre dans les épinards ». Tout lui était bon pour grappiller quelque profit. Il me disait :

— Les petits ruisseaux font les grandes rivières. Si un officier de marine m'emprunte une chandelle pour la nuit, je la porte sur son compte. Il n'y a que l'eau que je ne leur fasse pas payer. Pas de petits profits pour la Compagnie. Elle m'en est reconnaissante.

Ce Malouin, mon cadet de dix ans environ, me rappelait, par son gabarit, son franc-parler et sa pétulance, La Bourdonnais. Arrivé au terme de sa carrière, il attendait sans impatience son retour au bercail, après une vie aventureuse qui l'avait conduit sous les latitudes australes, dont il nous faisait le récit à la veillée. Dupleix avait eu avec lui de meilleurs rapports qu'avec La Bourdonnais. Dix ans auparavant, Bouvet avait bravé les escadres anglaises pour lui apporter les fonds de la Compagnie.

Plus que jamais décidé à ne pas finir mes jours, au risque de crever d'ennui, dans cette bourgade somnolente, je parcourais l'île en tous sens et en eus vite fait le tour.

A certains endroits de la zone côtière, notamment dans le Sud, la montagne plonge brusquement dans la mer, avec des franges de terre trop étroites pour y installer une plantation. Il en était de même sur la côte ouest, avec, en plus, une pluviosité plus intense et des risques de cyclones.

C'est au nord de l'île que je trouvai les lieux les plus favorables à mon projet.

Après le Piton de la Découverte et la Butte-aux-Papayers, s'amorce, sur deux à trois lieues, une déclivité qui conduit à la pointe extrême de l'île, un lieu dont le nom inquiétant, le cap Malheureux, perpétue le souvenir d'un naufrage. C'est là que se situait l'ancienne plantation des Hollandais. Tout y était ruine et friche, mais encore en place.

Malgré la tristesse que lui causait mon départ de Port-Louis, le gouverneur se promit d'aider à mon installation.

Il m'aida même à obtenir une concession de la Compagnie, pour un prix modique. Quelques centaines d'acres seraient suffisantes pour débuter. Les Hollandais, puis les Français, avaient vu trop grand et, victimes de leurs ambitions, avaient dû renoncer. Monsieur Bouvet retrouva les documents qui témoignaient de leur présence et de leur activité, mais aucune trace de leur situation présente et de leur domicile. Il me donna son accord écrit pour me permettre d'occuper les lieux et ce qui restait des installations, ce qui ne valait pas grand-chose.

— Il va falloir, me dit-il, nous rendre à Madagascar, au marché d'Antanarivo, pour en ramener des esclaves. A mon avis, une centaine devraient suffire pour débuter. De préférence des nègres du Mozambique, plus travailleurs que les Malgaches, avec des femmes pour maintenir vos effectifs et s'occuper des cultures vivrières.

Il avait aussi songé à l'habitation :

— Vous ne pourrez, avec femme et enfants, vivre dans une cabane en torchis ou sous la tente. La première chose à faire sera de construire une véritable maison de planteur, un *bungalow*, avec une grande varangue et des annexes. Pour les nègres, des huttes de torchis et de bambou suffiront. Dans leur pays, ils ne sont pas mieux lotis.

Quant au matériel nécessaire pour débuter l'exploitation de la canne...

— Il reste quelques éléments sur place, mais bien détériorés. Je connais un planteur hollandais dans l'île Bourbon, qui a tout laissé en plan pour aller tenir un comptoir au sud de l'Inde. Je vous obtiendrai le matériel et son transport pour un prix raisonnable.

Ces perspectives me donnaient le vertige. Monsieur Bouvet m'avait conseillé de ne pas voir trop grand pour débuter, mais lui ne s'en privait pas ! Lorsque je lui faisais part de mes inquiétudes, il me tapait sur l'épaule en riant et me lançait de sa voix stridente, éraillée par l'abus du tabac :

— N'oubliez pas, monsieur de La Vermondie, que la fortune sourit aux audacieux. Je serai là pour veiller au grain. Grâce à nous, on parlera de ce coin de terre comme d'une « Ile au Sucre ». Votre idée et mon aide vont lui apporter la prospérité. Et si la Compagnie veut bien vous soutenir de ses fonds, tous les espoirs vous seront permis, et votre *rhum* fera les délices de la Cour...

Il avait fini par faire sien mon projet, me traitait comme son fils, alors que j'étais son aîné. J'aurais pu protester contre cette mainmise, mais la certitude de ne pouvoir rien mettre sur pied sans ses conseils et son aide me l'interdisait.

Je constatai avec une heureuse surprise que Sophia prenait intérêt à cette affaire et se tenait au courant de ses progrès. Sa grossesse allait à son terme sans trop d'aléas, la chaleur étant plus supportable qu'aux Indes, avec les alizés qui soufflaient du large et la fraîcheur qui, le soir, tombait des montagnes.

Au temps de Pâques de l'année 1755, elle accoucha d'un bel enfant auquel nous donnâmes le prénom de Jean-Baptiste : celui du père de Sylvia. Monsieur Bouvet fut le parrain et son épouse la marraine.

Nous attendîmes des mois des nouvelles de la France et de l'Inde. A chaque navire qui relâchait, je me précipitais sur le courrier parti de Paris ou de Pondichéry. De Paris, rien. De Pondichéry, dont nous n'étions séparés que par un mois de mer, peu de chose.

Ananda Rangapoulé m'avait promis des nouvelles. Ce n'est que deux mois plus tard que je reçus sa première lettre. Une dizaine de feuillets d'une écriture en pattes de mouche...

Rédigée dans un style ampoulé qui eût réjoui les précieuses de Molière, Ananda m'apprenait que le Commandant général, Godeheu de Zaimont, avait regagné la France. La Compagnie avait désigné pour le remplacer Duval de Leyrit, directeur du comptoir de Chandernagor, avec le titre de gouverneur général. Un choix heureux : bon administrateur, il avait de plus une connaissance approfondie et l'amour de ce pays.

L'Inde connaissait une paix précaire. Les Cours de France et d'Angleterre avaient résolu de ne plus s'immiscer dans les querelles des princes et d'évacuer les places conquises par les armes. Nous conservions Pondichéry et Karikal, les Anglais se maintenant à Madras, au Fort Saint-David et à Davicota. Ananda était persuadé que nos concurrents allaient mettre à profit cette trêve pour organiser leurs conquêtes à venir. En témoignait l'escadre qu'ils avaient envoyée faire une démonstration de force sur la côte du Coromandel.

La France avait, me disait-il, été victime d'un jeu de dupes. Avec Dupleix il en eût été autrement. Il faisait état dans sa lettre de la réaction d'un père Jésuite qui lui avait déclaré : « C'est un crime pour la nation », et d'un propos de Bussy : « Des traités de neutralité entre ces deux nations rivales ne sont que chimères... »

Le rappel humiliant de Dupleix avait été considéré

par les soubabs et les nababs comme une faiblesse dont notre prestige avait souffert. Les Anglais en avaient profité pour avancer leurs pions.

Ananda terminait sa lettre par ces mots :

« Beaucoup de gens dans ce pays croient encore en Dupleix. On me harcèle pour me demander la date de son retour, comme on guette la mousson génératrice de fertilité. A l'heure où je vous écris, ami lointain cher à mon cœur, dont le souvenir est comme un parfum de jasmin, ils sont une dizaine à attendre sous la pluie que je leur délivre un message d'espoir. Je me ferai un plaisir et un honneur de déposer à vos pieds, avec mes hommages, les nouvelles que vous attendez avec, je l'imagine, autant d'impatience que moi. »

Il avait joint à son envoi la copie d'une lettre que le Conseil supérieur de Madras avait adressée au soubab du Deccan, Salabet Sing. Son impudence peut se traduire par ce seul extrait : « Le roi de France est sans argent, sans vaisseaux, et ses sujets sont pauvres. Il craint le roi d'Angleterre, prince très puissant, qui a beaucoup d'argent, de vaisseaux, et dont les sujets sont très riches... »

En matière de délicatesse et de style, les Anglais auraient eu des leçons à prendre d'Ananda...

C'est près de deux ans après son retour que je reçus, par un de ses secrétaires, Bernard, des nouvelles de Dupleix.

Nous avions à Pondichéry, Bernard et moi, des relations confiantes, que jamais la moindre querelle ne vint compromettre. Il était d'une honnêteté et d'une conscience professionnelle à toute épreuve. Si je ne l'ai pas mentionné plus tôt dans mon récit, c'est que, l'ayant eu dans mon entourage quotidiennement, j'avais fini par ne plus le voir.

Il allait, durant des années, fidèlement, me témoigner par ses courriers une amitié que j'avais mal payée de retour.

Dupleix s'était installé avec tout son train dans son hôtel de la rue Neuve-des-Capucines, proche de la place Vendôme, l'un des quartiers les plus cossus de la capitale.

« Vous ne pouvez imaginer, mon ami, le souci que cette installation nous a donné ! Mon maître, le Dupleix des Indes, comme on l'appelle pour le différencier de son frère, monsieur de Bacquencourt, n'avait pas revu ce domicile depuis plus de trente ans. Il pleurait d'émotion en retrouvant cette vaste bâtisse soigneusement entretenue par son neveu, Guillaume, qui l'occupe depuis des années et en a pris le plus grand soin… »

Bernard me décrivait méticuleusement cette maison dont le corps principal comporte trois étages, au milieu d'un jardin conçu à la manière de Le Nôtre. Dans un style d'inventaire, il détaillait l'ameublement de la chambre de son maître : lit aux rideaux d'indienne bleue, glace de huit pieds de haut surmontant la cheminée de marbre blanc à volutes, petite tour chinoise en ivoire sculpté, nécessaire à écrire en bois précieux… Les fenêtres donnaient sur le jardin et les murs d'un couvent de moniales. De quoi lui faire oublier le palais du Gouvernement de Pondichéry…

Je passe sur la description qu'il me faisait des appartements de Jeanne, de Chonchon, des neveux et de leur famille, qui faisaient de cet hôtel une ruche bourdonnante de rires d'enfants, de musique et, pour reprendre son expression, de *tintouin*.

Dupleix n'avait pas l'intention de passer son temps à ruminer son humiliation et de s'endormir sur ses lauriers. Il avait des comptes à régler et allait y engager son énergie et sa conviction. « La Compagnie me doit de l'argent, disait-il. Elle devra bien rendre gorge ! » Cette dette présumée se chiffrait en millions de livres...

Les gazetiers de Paris, de Londres et d'Amsterdam allaient faire leurs délices et leurs choux gras de la lutte à laquelle il allait consacrer ses jours et ses nuits, au prix de sa tranquillité et de sa sérénité.

L'opulence dont Dupleix et Jeanne se flattaient, et dont ils faisaient étalage, suscitait l'admiration des uns et la jalousie des autres, les plus nombreux. On parlait avec envie des perles noires, des diamants de Golconde de la bégum Jeanne, du train princier du nabab Dupleix. Leurs réceptions ressuscitaient les grandes soirées de Pondichéry, et l'on en revenait ébloui ou sarcastique.

« En confidence, ajoutait Bernard, j'ai le regret de vous dire que tout ceci n'est que poudre aux yeux. La vérité m'oblige à vous confier que nos finances sont au plus bas. Monsieur n'a retiré que de vagues promesses, autant dire rien, de ses démarches auprès du contrôleur général des Finances, monsieur Moreau de Seychelles, et de la favorite de Sa Majesté, madame la marquise de Pompadour... Nous ne vivons que d'expédients. Nous autres, ses secrétaires, n'avons pas touché nos émoluments depuis des mois, et il en est de même de toute la domesticité. Où cela nous mène-t-il ? »

A l'estime, la prétendue dette de la Compagnie se montait à une somme astronomique qui faisait grincer les dents des directeurs et affolait les actionnaires.

Aux Indes, les créanciers de l'ancien gouverneur s'impatientaient, en premier lieu messieurs Bussy et Kerjean, qui lui avaient confié toute leur fortune.

Dupleix allait de porte en porte, faisait antichambre, quémandait des subsides auprès des particuliers et des banquiers, essuyant plus de camouflets que de secours. Il rédigeait mémoire sur mémoire afin de faire admettre sa bonne foi et la fiabilité de sa cause. Pour le dire en un mot, il était aux abois.

Jamais je ne m'étais autant félicité de ne pas l'avoir accompagné en France. J'avais ainsi échappé à des épreuves qui auraient fait de la fin de mes jours un calvaire. Je plaignais ce pauvre Bernard qui, dans son courrier, gémissait sous le poids des tâches surhumaines que son maître lui imposait.

Si Dupleix traversait sans faillir, et même avec un regain d'énergie, cette passe difficile, il n'en allait pas de même de Jeanne.

Blessée dans son orgueil par cette situation humiliante, percluse de rhumatismes, souffrant de la poitrine à la suite d'un changement brutal de climat, elle allait rester des mois sans quitter sa chambre. Un autre courrier de Bernard, quelques mois après le premier, m'annonçait sa mort, survenue au printemps de l'année 1757.

« Monsieur, m'écrivait Bernard, a été profondément affligé. Il ne pouvait oublier que, malgré quelques maladresses et abus de pouvoir, madame avait été aux Indes un précieux auxiliaire de sa politique, et avait tenu sa maison en perfection. Il s'est quelque peu consolé de cette perte douloureuse avec le mariage de mademoiselle Chonchon. J'admire le courage et la résistance de cet homme dans le combat qu'il mène pour faire triompher la justice et taire les calomnies dont le couvrent les gazettes... »

Une autre lettre de Bernard me laissa pantois.

Incapable de vivre sans une compagne à son côté, Dupleix avait épousé, à soixante-deux ans, une jeune et jolie femme de quarante ans de moins que lui, Claude Chastenay, fille et orpheline d'un maître de camp dans la cavalerie, le marquis de Lanty. Héritière d'une famille bien titrée dont étaient issus une princesse du sang, un évêque et un ambassadeur, elle lui apportait une dot non négligeable.

Au dire de Bernard, qui ne lésinait pas sur les détails, le couple connaissait des heures difficiles, dues, disait-il, « au caractère impérieux de monsieur et au déficit de sentiment de madame ».

« Monsieur, ajoutait-il, se bat comme un vieux lion, mais avec des accès de fatigue et des maux qui trahissent l'usure de son esprit et de son corps. Comment, à son âge, peut-il encore courir les banques, les ministères, les cabinets de la Compagnie, me dicter cinquante lettres par jour et un mémoire par mois ? Il semble habité par un ange ou un démon, qui le soutient ou le mène à sa perte... »

Peu de temps avant son mariage, il allait subir une nouvelle épreuve, plus douloureuse que la précédente. A l'âge de vingt-trois ans, Chonchon expira à la suite d'un mal de poitrine. Dupleix, à juste titre, s'était toujours considéré comme son père.

Il perdait une fille ; il lui en naquit une autre. Moins d'un an après leur mariage, son épouse lui donna une petite Adélaïde.

Après une longue période d'expectative, un mémoire de la Compagnie allait faire le bilan et tirer les conclusions de cette interminable affaire.

Ce document accablait l'ancien gouverneur. On lui reprochait d'avoir entrepris à la légère une guerre, sans qu'on l'y eût autorisé. Il l'avait menée en dépit du bon sens et s'y était perdu. Il n'avait pas obéi aux consignes et avait refusé de reconnaître ses erreurs. Pour conduire les opérations, il n'avait pas hésité à engager des frais considérables, accumulant les dettes et détournant les fonds envoyés par la Compagnie pour le paiement des marchandises. Il avait tout sacrifié à une gloire stérile et risqué de compromettre l'avenir du commerce. La Compagnie n'avait retenu qu'une petite part des centaines d'articles qu'il avait produits, pour un solde de trente-cinq mille livres : une misère...

On l'engageait dans une querelle de chiffres ? Il allait batailler.

Bernard m'écrivit : « Monsieur prépare une réfutation qui devrait faire son effet, s'il existe une justice, ce dont parfois je doute. Monsieur Godeheu nous fait le plus grand tort en nous discréditant auprès de la Compagnie, du Conseil royal et de Sa Majesté. Il semblerait, à l'entendre, que mon maître eût agi avant tout pour son propre compte. En d'autres temps, l'affaire se serait réglée sur le pré... »

Epuisé, discrédité, impuissant à trouver le moindre secours, Dupleix était contraint de garder la chambre, sans cesser de se battre à coups de lettres et de mémoires. Il n'éprouvait de consolation que dans la musique. Il passait des heures à jouer de la viole de gambe, malgré les rhumatismes qui avaient déformé sa main. Il était difficile de comprendre s'il jouait du Rameau ou du Couperin. Le savait-il lui-même ?

Peut-être me taxera-t-on d'ingratitude si j'affirme que Dupleix ne dut qu'à lui-même les terribles épreuves qu'il subissait sur la fin de ses jours.

Tout autre que lui se serait libéré de ses dettes en vendant une partie des biens qu'il rapportait des Indes ou possédait en France, et qui étaient considérables. A eux seuls, les bijoux de la bégum auraient suffi à désintéresser nombre de ses créanciers. Son hôtel aurait comblé ses autres dettes. Il était trop orgueilleux pour consentir à ces sacrifices attentatoires à son prestige. Je conçois pourtant combien il eût été pénible au nabab Dupleix et à la bégum Jeanne, après avoir régné sur une partie des Indes, de vivre comme des petits-bourgeois et de renoncer à recevoir des ministres, des princes de l'Eglise et des gentilshommes. Il aurait gagné en sérénité ce qu'il aurait perdu en prestige, et connu une fin heureuse.

Sous le sceau du secret, Bernard m'informa que l'avoir du couple, à son arrivée en France, se montait à environ treize millions de livres : de quoi vivre à l'aise jusqu'à la fin de leur vie, même après avoir réglé leurs dettes. Dupleix possédait en outre des domaines à Villeneuve-Saint-Georges, à Domfront, à Landrecies, sa ville natale, à Châtellerault...

Il n'y avait pas de quoi me tirer des larmes de compassion.

Un matin, au début de l'été 1764, alors que je livrais au magasin de Port-Louis un chargement de sucre de canne, monsieur Bouvet m'annonça une nouvelle affligeante : il venait d'apprendre, par un navire à l'ancre, la mort de Dupleix. Le capitaine lui avait remis un courrier de Bernard à mon intention.

Joseph Dupleix était décédé le 11 novembre de l'année précédente, en son domicile de la rue Neuve-des-Capucines. L'office funèbre avait été célébré en l'église de la Madeleine, en présence d'une foule plus importante qu'on aurait pu le supposer.

Depuis plusieurs semaines, son épouse avait perdu l'espoir de lui voir finir l'année, accablé de maux qu'il était : gravelle, rhumatismes, ulcère à l'estomac, et surtout le désespoir qui l'assaillait et lui ôtait tout désir de vivre.

« Mon maître, m'écrivit Bernard, a perdu tous les procès qu'il avait engagés. Chaque matin il regagnait son cabinet avec mon aide, s'asseyait à sa table en soupirant, comme sur un banc de galère, et dépouillait le courrier du jour dans l'attente d'une nouvelle humiliation. J'étais le seul de ses secrétaires à avoir supporté ses humeurs et l'arriéré de mon salaire. Les autres avaient pris le large en emportant des bibelots ou de l'argent. Il a dû se passer de ses domestiques, sauf d'une cuisinière. Madame prend soin de lui lorsqu'elle est présente, mais elle s'absente souvent, pour se rendre je ne sais où... »

C'est la dernière lettre que je reçus de Bernard. J'ignore ce que lui-même est devenu.

Cette nouvelle, si elle m'affecta, ne me surprit guère. Je m'attendais, à chaque courrier de Bernard, qu'il m'annonçât la mort de mon ami. Le surprenant était que Dupleix eût pu résister si longtemps au harcèlement dont il était victime, mais qu'il avait provoqué par son intransigeance autant que par son souci de justice.

Un soir d'avril, assis sous la varangue, alors que je regardais, en fumant ma pipe, un gros soleil rouge plonger dans la mer, un souvenir me fit chaud au cœur.

A la fin des années trente, à Chandernagor, au bord du fleuve Hooghly, Dupleix s'était mis à rêver à haute voix :

« Un jour, m'avait-il dit, ce pays sera une grande province de France, comme le Canada, la Louisiane ou le Sénégal. Nous en chasserons les Anglais et en ferons un protectorat exemplaire, où régneront la prospérité et la justice. Sur les ruines de l'ancienne dynastie moghole nous bâtirons le plus grand empire du monde... »

Je l'avoue sans honte. Ce soir-là, dans l'odeur des fumées de bagasse brûlée par mes esclaves, dans leurs chants et leurs rires, j'ai ôté la pipe de mes lèvres et j'ai pleuré.

Fin D9

3

La débâcle

Si je ne reçus plus de nouvelles de Bernard, c'est qu'il avait dû, après la mort de son maître, repartir pour sa Bretagne. En revanche, Ananda Rangapoulé ne m'en a pas laissé manquer. Grâce à ce fidèle ami et à ce précieux auxiliaire, j'avais été tenu informé, mois après mois, par de longues lettres, de la situation en Inde.

Un nom allait s'inscrire sur le fronton de cette épopée : celui du général Lally, baron de Tollendal. Durant quatre ans, il allait mener la vie dure aux Anglais, en réplique aux guerres qui, de nouveau, ravageaient l'Europe.

Ce militaire d'origine irlandaise avait de peu passé la quarantaine lorsque, en l'année 1745, il avait commencé à faire parler de lui à la célèbre bataille de Fontenoy, durant la guerre dite de Succession d'Autriche. Il s'était ensuite distingué en Ecosse, où il avait soutenu le prétendant Charles Edouard pour la reconquête du trône des Stuarts.

L'année suivante, couvert de blessures à la suite de sa conduite héroïque au siège de Maastricht, dans les

Pays-Bas, où il s'était battu sous les ordres du maréchal de Saxe, il était revenu, avec le grade de maréchal de camp, recevoir ses lauriers et se reposer à Paris.

Lorsque avait éclaté la guerre dite de Sept Ans, qui allait de nouveau opposer la France à l'Angleterre à la suite des événements qui avaient bouleversé l'Amérique et les Indes, les regards du ministre et du roi s'étaient tournés vers lui. A cinquante ans passés, sec comme un fagot de genêt, de belle taille, tout en angles et en nœuds, il était de mœurs spartiates, épris de discipline, et ne demandait qu'à reprendre du service, fût-ce dans les Indes.

Le remplaçant de Godeheu, Duval de Leyrit, administrateur émérite, n'avait rien d'un foudre de guerre et se contentait de tenir les Anglais en respect. En accord avec la Compagnie, le ministre d'Argenson avait proposé au capitaine de Lally une fin de carrière honorable dans les Indes, avec le grade de lieutenant général et le titre d'auxiliaire du gouverneur.

— Joseph Dupleix, lui dit un des directeurs de la Compagnie, a commis des erreurs et des fautes graves, dont la plus lourde de conséquences a été d'avoir oublié ou feint d'oublier qu'il était avant tout un agent de notre Compagnie, qu'il n'était en Inde que pour défendre les intérêts des actionnaires, et non pour se livrer à des guerres de conquête. Il avait conçu un projet utopique : faire de l'Empire des Indes un protectorat, après en avoir éliminé les Anglais. Imaginez un peu ! Une marine à construire, les frais exorbitants d'une guerre, la dépréciation du taux des actions, l'abaissement du dividende... Cet hurluberlu nous aurait menés à la ruine et nos actionnaires ne nous l'auraient pas pardonné. Le commerce, monsieur de Lally, ne l'oubliez pas, est l'essentiel de nos préoccupations et doit devenir la vôtre !

C'était paraître oublier que la guerre avait repris en Europe et que les territoires d'outre-mer ne pouvaient y échapper. Lally enregistra ces conseils et prépara ses bagages.

Les avis des directeurs étaient partagés sur son compte. Certains jugeaient qu'en dépit de ses faits d'armes la présence de ce personnage était incompatible avec la situation, et ils redoutaient qu'il ne soit, en abordant la Péninsule, piqué de la tarentule des chimères, comme l'avait été Joseph Dupleix. D'autres voyaient en lui le palladium de notre prestige et le fossoyeur des ambitions anglaises.

Au début du mois de mai de l'année 1757, Lally embarquait à bord du *Centaure*, sous commandement du capitaine Le Brard, dans une escadre commandée par le comte d'Aché. Ce marin ne manquait pas de courage mais eût été plus à l'aise sur une gondole du grand canal de Versailles. Lally était entouré de militaires portant des noms illustres : Crillon, Montmorency, d'Estaing, Conflans, susceptibles de faire oublier le reliquat d'officiers médiocres confiés à Dupleix.

Les navires de guerre incorporés à l'escadre comptaient trois mille hommes, des « pousse-cailloux » du bataillon de Lorraine-Infanterie, et des effectifs prélevés, malgré les besoins de la guerre en Europe, dans diverses autres unités. Trois mille hommes ! On imagine ce que Dupleix aurait pu faire avec un tel contingent...

Le *Centaure*, splendide unité taillée pour la course, armée de cent vingt pièces d'artillerie, avait de quoi, comme on dit dans la marine, « chanter cantique » aux Anglais, au cas où notre escadre croiserait une des leurs.

Je ne m'attarderai pas sur les péripéties de ce voyage qui, longeant les côtes du Sénégal, avec une escale au Cap avant de s'engager dans l'océan Indien, allait durer six mois, ce qui était peu.

Au quatrième mois de navigation, en vue des côtes sud de Madagascar, il fallut livrer bataille à deux navires anglais, le *Burgundy* et le *King Edward.* Elle s'acheva par la défaite de l'ennemi qui, coques éventrées et mâtures brisées, dut prendre le large. Après avoir jeté à la mer une cinquantaine de cadavres, notre escadre reprit sa ligne de file.

Lorsque l'escadre mouilla en rade de Port-Louis, le comte d'Aché et Lally présentèrent leurs civilités à monsieur Bouvet de Lozier, lui demandèrent de soigner les équipages et de les pourvoir en eau et vivres frais.

Impatient d'arriver à Pondichéry, Lally n'eut de cesse, au cours du premier repas à la table du gouverneur, d'apprendre la situation en Inde. Nous lui donnâmes satisfaction : les Anglais sur le pied de guerre, il allait devoir faire parler la poudre.

Informé par monsieur Bouvet de mes rapports avec Joseph Dupleix, il me demanda ce que je pensais des démêlés dans lesquels il s'était fourvoyé.

— Pardonnez ma franchise, lui répondis-je, mais j'ai la conviction que la Compagnie s'est mal comportée avec lui. Contrairement aux bruits que l'on fait courir, mon maître n'aimait pas la guerre. Il ne l'a faite que dans la contrainte, et non par esprit de conquête territoriale, contrairement aux Anglais et à ce que l'on pense. Le procès qu'on lui fait en ce moment est indigne de la Compagnie et, j'ose le dire, du Conseil royal.

Intrigué, il m'avoua qu'il était mal informé de cette

affaire et qu'il aurait aimé, avant d'aborder à Pondichéry, en savoir davantage. Je me fis un plaisir et un devoir de le satisfaire. Nous bavardâmes durant des heures, buvant de la liqueur de canne et fumant des petits cigares indiens.

Quelques jours plus tard, après une prise d'armes devant le palais du Gouvernement, il me dit :

— Monsieur de La Vermondie, vous m'avez agréablement surpris par votre franchise, votre connaissance des Indes et de notre situation dans ce pays. Consentiriez-vous à m'accompagner ? Votre concours me serait précieux.

Je prétextai de ma situation de famille et de l'installation imminente de ma plantation pour récuser cette invite, en dépit de l'envie que j'avais d'accepter. Je lui conseillai de se mettre en rapport avec Ananda. Mieux que personne, ce vieil ami pourrait lui être utile.

L'escadre toucha terre à Pondichéry dans les derniers jours de novembre. Une erreur des canonniers, qui avaient mêlé par inadvertance quelques boulets chargés de mitraille à ceux destinés au salut, causa un début de panique, des dégâts aux navires et blessèrent quelques matelots alignés sur la rambarde du *Centaure*.

Les fonctions de Lally débutaient sous de mauvais auspices.

Le bataillon de Lorraine-Infanterie n'allait pas rester longtemps l'arme au pied.

Lally s'entretint longuement avec le gouverneur puis rendit visite à Ananda, avant d'établir son plan de campagne. Il jugeait judicieux de frapper l'ennemi à la tête en s'attaquant à Madras, mais Leyrit lui fit comprendre qu'il était plus urgent de prendre notre revanche sur l'échec de nos armes devant Trichinopoly et de porter cette première offensive sur Tanjore, dont le souverain était allié aux Anglais. Maîtres de cette ville, nous compromettrions les communications de Trichinopoly avec la côte.

Avant d'engager ses troupes dans cette campagne sur des terres lointaines, il les lança sur Fort Saint David, image symbolique de la puissance anglaise. Un effet de surprise lui livra cette place, dont les occupants parvinrent à prendre la fuite. Il fit une ruine de ce poste et récupéra ses canons.

Lally prit ensuite le temps de la réflexion avant de mettre ses colonnes en marche vers Tanjore, par l'intérieur, de préférence à la côte infestée par les navires anglais. Ce fut un calvaire pour sa troupe, mal préparée à affronter un climat implacable, des immensités de savanes, de jungles et de marécages, avec sur les arrières les attaques de cavaliers pillards : les mêmes inconvénients que nous avions subis quelques années auparavant et dont nous ne nous étions pas relevés.

Lally jouait de malchance. Il avait compté prendre d'assaut cette ville dont les défenses n'avaient rien pour le décourager, mais, ayant parcouru les fossés et constaté qu'ils fourmillaient de crocodiles, il comprit qu'il ne pouvait être envisagé de les faire traverser par ses hommes.

Il installa son camp à proximité. Malgré les protestations véhémentes des moines, pour mettre ses poudres à l'abri il les fit entreposer dans la pagode de Chalambrom, proche de la ville, après l'avoir vidée de ses trésors.

Une nuit, pour une raison inexpliquée, une étincelle déclencha l'explosion des tonnelets qui fendit en deux les voûtes du sanctuaire. On crut qu'il allait s'écrouler, mais, pour une raison tout aussi mystérieuse, les deux pans se rejoignirent, ne laissant qu'une trace insensible de leur séparation.

A l'ultimatum que les Français lui adressèrent, le maître des lieux riposta par des injures, une bordée de coups de canon, une sortie à travers le camp et, contre Lally, une tentative d'attentat qui n'échoua que de justesse.

Le ventre vide, les pieds dans la boue, immobilisées sous leurs tentes ou lancées dans des opérations répressives contre des pillards qui leur échappaient à tout coup, les nouvelles recrues commençaient à murmurer.

Abandonner le siège de Tanjore pour entreprendre celui de Trichinopoly ? Lally envisagea cette perspective, mais ses officiers, dont certains avaient déjà affronté les défenses de cette ville avec Mainville ou Maissin, lui firent observer qu'on trouverait, les fossés aux crocodiles en moins, les mêmes difficultés et qu'on allait s'y briser les dents.

L'expédition reprit donc, par les chemins de la pluie et du vent, la route de Pondichéry.

Ananda m'écrivit :

« Monsieur de Lally m'a rendu visite à plusieurs reprises pour me demander conseil. Sa confiance m'honore, mais m'importune. Je déteste son arrogance, cet air de mépris qu'il prend pour me parler des Noirs, ou des moricauds, dans lesquels il me range. J'ai failli, comme on dit en France, l'envoyer au diable ou à Kali la Noire, mais, par respect pour vous, je ne l'ai pas fait. Il comptait, avec la prise du Fort Saint-David, avoir donné une leçon aux Anglais, mais cela n'a fait que les encourager à se battre. Avec un gouverneur comme Thomas Saunders et des officiers comme Robert Clive et Stringer Lawrence, il aura affaire à forte partie... »

Il ajoutait en marge :

« Un officier de monsieur de Lally, Claude Martin, a déserté pour se rendre aux Anglais, qui lui ont confié un corps d'auxiliaires. Nous nous attendons à voir monsieur de Bussy quitter le Deccan pour prêter main-forte à monsieur de Lally. Je crains qu'ils ne s'entendent comme chien et chat et que notre situation n'en souffre. »

Lally jugea très vite intolérables l'orgueil et la prétention du maître du Deccan. Depuis le départ de Dupleix, Bussy n'avait guère fait parler de lui, au point que l'on se demandait si l'on ne cachait pas la mort de ce mythe incarné de notre prestige.

Ce n'est qu'à la suite d'une pression insistante de Leyrit qu'il avait consenti à revêtir son armure et à descendre de ses montagnes avec une colonne d'environ trois cents hommes vêtus et armés à l'européenne, et un corps d'éléphants de guerre. Il abandonnait avec regret, et pour un temps qu'il souhaitait bref, son protégé, Salabet Sing, sa grande favorite, une princesse de sang impérial, et les délices de son palais.

Il s'inquiétait à la pensée de devoir faire combattre l'élite de son armée botte à botte avec les pousse-cailloux de Lally. D'autre part, s'il connaissait le courage de ce capitaine sur un champ de bataille, il doutait de ses qualités de stratège, dans un pays qui lui était inconnu.

Ce qui l'ulcérait par-dessus tout, c'était que la Compagnie ou le roi n'eussent pas fait appel à lui plutôt qu'à cet Irlandais, pour redresser la situation.

Le pays ? Il y vivait depuis des lustres, y avait fait sa carrière et le connaissait mieux que quiconque. Les Anglais ? Il n'ignorait rien de leurs méthodes d'occupation, de leurs forces et de leurs faiblesses. La guerre à l'indienne ? Elle lui était familière, et il l'avait prouvé, avec une bonne part de succès. Une requête de la Compagnie, ou un ordre de Sa Majesté, l'aurait trouvé prêt à enfourcher sa selle ; une demande de secours de Lally, même présentée par le gouverneur, l'excédait.

Ils se rencontrèrent sur la route de Villapouram, à trois jours de marche à l'ouest de Pondichéry, au milieu d'une savane d'herbes jaunes. Lally, souffrant de fièvres contractées dans le Sud, s'était fait conduire en calèche. Il en descendit pour saluer son sauveur, puis, l'ayant invité à s'asseoir dans son véhicule, lui fit compliment de sa mine et de son allure, ajoutant :

— Vous avez bien de la chance, monsieur, de si bien supporter ce climat. Moi, il me ronge.

— Vous vous y ferez, monsieur. Il en est toujours ainsi pour les nouveaux venus, du moins au début de leur séjour, mais ce pays comporte bien des compensations...

— Dont vous avez su profiter, si j'en crois vos compatriotes.

— A chacun selon ses mérites, monsieur le comte...

En l'honneur du maître du Deccan, Pondichéry avait fait donner les canons et sorti ses girandoles, rangées dans les greniers depuis des années. Le lendemain, au cours de la parade militaire, alors que défilaient les éléphants du Deccan, un vieux mâle faillit causer un drame. A l'approche de la tribune officielle, il fit un écart, brisa les premières ramures d'un manguier, qui s'abattirent sur la tribune. Le fragile édifice de planches s'effondra, ne causant que des contusions à ceux qui l'occupaient.

— Mille regrets, monsieur de Lally, dit monsieur de Bussy en s'époussetant... Je vais faire abattre cet animal qui, avec l'âge, est devenu incontrôlable. Je vous offrirai ses défenses.

— Je crois plutôt que c'est le cornac qu'il faudrait punir ! Je jurerais qu'il y avait de sa part une intention de nous nuire...

— Détrompez-vous ! Je suis sûr de mes hommes, mais moins des réactions de ces mastodontes.

— Pardonnez-moi, mais ce n'est pas la première fois qu'on me tend un piège. Il y a quelques mois, devant Tanjore, on a tenté de m'assassiner, alors que je dormais sous ma tente. Je dois faire goûter par des esclaves les mets que préparent mes cuisiniers, de crainte du poison... Un soir, j'ai trouvé un cobra dans mon lit, et un matin un scorpion dans une de mes bottes... Je dois me méfier de tout et de tous.

— A commencer par moi, voulez-vous dire ? Vous faites appel à mes services. J'accours. Avouez que j'en suis mal récompensé !

Lally dut faire amende honorable. L'affaire en resta là, mais le malaise subsista.

Témoin de cet incident et de l'algarade qui avait suivi, Ananda m'en fit le commentaire suivant :

« Je crains le pire pour les relations entre ces deux officiers. Ils sont comme chien et chat, en dépit des efforts du gouverneur pour les rabibocher. S'ils ne mettent pas leurs talents en commun, si au contraire ils s'opposent, qui sait ce qu'il adviendra de notre cause ? »

Sur le navire qui me conduisait à l'île Bourbon pour en rapporter le matériel de ma sucrerie, je faisais mienne la question que s'était posée Ananda.

A l'évidence, c'est de la bonne entente entre ces deux officiers que dépendait notre présence en Inde. S'ils ajoutaient leurs querelles personnelles à la poursuite de la guerre, le pire était à prévoir. Etourdis par les coups de boutoir que leur avait infligés Dupleix, les Anglais reprenaient force et courage. Le ministre de la Guerre, sir William Pitt, et la *Company* subvenaient largement à leurs besoins, alors que le ministre d'Argenson et nos directeurs se faisaient tirer l'oreille pour envoyer au gouverneur de Pondichéry une centaine d'hommes et quelques milliers de livres.

Nous traversions, monsieur Bouvet et moi, une passe difficile. Nous nous attendions à voir surgir une escadre anglaise qui nous menacerait de ses canons et prendrait facilement possession de nos îles. Avec les quatre pièces du fort et nos trois rafiots vétustes, nous n'aurions pu leur opposer la moindre résistance.

Monsieur Bouvet me dit un jour :

— Si l'ennemi se pointe au large, il n'aura pas à faire parler la poudre. J'ai là, dans mon armoire, pour répondre à la première sommation, un drapeau blanc...

Lorsque Lally lui annonça sa décision de se porter sur Madras, Bussy haussa les épaules.

— Pourquoi pas Madras ? lui demanda Lally. Cela donnera un peu d'exercice à la troupe et montrera notre puissance aux Anglais.

— Alors, va pour Madras !

S'il n'avait tenu qu'à lui, Bussy aurait préféré attendre l'arrivée annoncée de cinq navires de France chargés de huit cents hommes de troupe et de l'argent des soldes, ce qui aurait permis de mener une opération conjointe, par terre et par mer, contre cette ville.

Cette escadre, menée par le comte d'Aché, attendait à Port-Louis, avec une prudence confinant à la lâcheté. Le capitaine, ayant observé la présence de navires anglais dans les parages, se refusait à risquer un combat naval où il pensait avoir tout à perdre.

Tout ce que les deux officiers de Pondichéry reçurent de lui, ce fut une frégate leur apportant une partie de la solde et une vingtaine d'hommes de troupe. Une dérision !

— Attaquer Madras par l'intérieur, dit Bussy, serait une folie. Il nous faudrait dix mille hommes et nous n'en avons pas la moitié ! Je connais bien cette place. Elle est défendue par des centaines de canons. A moins que nous ne fassions appel à nos alliés indiens, nous courons à l'échec.

Lally sursauta.

— Laisser prendre Madras par des moricauds ? Jamais ! Ce serait faillir à notre honneur. D'ailleurs, ce sont de mauvais soldats, lâches et indisciplinés.

— Vous les connaissez bien mal. Si je me mets à leur tête, ils se battront aussi bien que vos grenadiers et vos hussards. Je les ai vus à l'œuvre à maintes reprises.

— Ils ne sont intéressés que par le pillage.

— Pour eux, ce sont les lois de la guerre, et leur seule récompense, car ils n'ont pas de solde, eux. Votre haine des indigènes vous égare !

— Et votre confiance vous aveugle !

Il fallut, pour calmer cet échange, l'intervention du gouverneur. Les deux officiers se tournèrent le dos et se retirèrent sans ajouter un mot.

Un officier anglais, qui se disait déserteur à la suite d'une algarade avec un de ses pairs, se présenta à Lally, alors qu'il préparait, en dépit des réserves de Bussy, l'expédition contre Madras. On voulait s'emparer de cette ville ? C'était, dit l'officier anglais, moins difficile qu'on ne l'imaginait. Il connaissait un endroit des remparts, face à l'océan, dont l'accès était facile et les canons orientés vers le large. Il s'offrit à servir de guide.

Les Français campèrent devant Madras le 13 février et, le lendemain à l'aube, entamèrent un feu nourri contre les remparts, occasionnant quelques brèches et semant la panique dans la ville. Les ripostes anglaises soulevèrent des gerbes de boue dans les rizières, tuèrent deux buffles et un paysan, sans occasionner de victime parmi les nôtres ni endommager nos batteries.

Au cours d'une inspection des défenses, Lally constata que le déserteur anglais qui l'accompagnait avait dit vrai : les canons étaient orientés vers le large et les remparts paraissaient déserts. Il attendit la tombée de la nuit pour faire apporter des échelles et les faire dresser contre la muraille, sans fossé et d'assez faible hauteur à cet endroit.

Pour ne pas faillir à sa réputation de meneur d'hommes, Lally s'avança le premier en s'écriant :

— Courage, mes enfants ! En avant ! Vive le roi !

Aux cris des assaillants répondirent le son d'une cornemuse, les accents de *God Save the King* et les hurlements de centaines de tuniques rouges qui, jaillissant des casemates alignées le long de la côte, fonçaient, baïonnette au canon sur les assaillants.

Il fallut abandonner les échelles et se battre pied à pied, à l'arme blanche, pour repousser cet assaut et éviter de se faire cerner, massacrer ou jeter à la mer.

Resté sur place avec le dernier carré, le lieutenant général parvint à se soustraire au traquenard, après s'être battu à l'épée, avec la certitude qu'on cherchait à le prendre vivant. Il avait perdu dans la bataille une cinquantaine d'hommes et une bonne part de ses illusions.

On chercha en vain le faux déserteur : il avait disparu.

De retour à Pondichéry, Lally n'eut droit ni au canon ni aux honneurs. Sur la foule massée devant la porte de Valdaour planait un silence oppressant, seulement troublé par des imprécations. Il s'enferma dans ses appartements, où il resta trois jours et trois nuits, ne tolérant d'autre présence que celles de son ordonnance et de son secrétaire.

Le bruit courut qu'il comptait demander son rappel, ce qu'Ananda, pourtant au fait de tous les événements et de toutes les rumeurs, ne put me confirmer. Dans ses lettres il se plaignait du mépris dans lequel monsieur de Lally tenait la population indigène, les marchands, les courtiers, les brahmes et lui-même.

Ses relations avec Bussy se gâtèrent, avec de plus en plus d'âpreté de part et d'autre. Lorsque le lieutenant général confia au maître du Deccan son intention de l'envoyer à Mazulipatam, à la limite des golfes du Coromandel et du Bengale, sous prétexte que les Anglais s'apprêtaient à attaquer cette concession, ce dernier regimba violemment.

— Je ne suis donc pour vous rien d'autre qu'un pion sur un échiquier ? Si mon concours vous paraît à ce point négligeable, dites-le-moi, et je retournerai dans le Deccan.

— Eh bien, faites-le donc, si vous souhaitez vraiment retrouver votre Capoue d'Hyderabad ! Je ne vous retiens pas…

— Soit ! C'est ce que je vais faire, mais il me faut un ordre en bonne et due forme, signé de votre main, me signifiant mon congé.

Cet ordre, Lally se garda bien de l'envoyer, et Bussy, n'obéissant qu'à son devoir, resta à son poste. Il ne souhaitait d'ailleurs pas que son adversaire se décidât à le congédier, ce qui eût fait passer ce départ pour une dérobade.

A la suite d'une nouvelle querelle, le lieutenant général faillit mettre Bussy aux arrêts pour indiscipline et rébellion, mais un navire parvint à Pondichéry, avec un message du ministre faisant de Bussy son égal en pouvoir.

« J'ai entendu monsieur de Lally, m'écrivit Ananda, jurer que tous les dieux de l'Inde s'étaient ligués contre lui pour l'humilier, et que l'or du Deccan avait dû amener ce changement. Il s'est écrié, au comble de la fureur : "Ma parole, cet aventurier se prend pour l'Empereur des Indes et un grand général pour avoir écrasé quelques hordes de Marathes ! Décidément, aucune humiliation ne m'aura été épargnée !" Je crains qu'il ne soit pas au bout de ses surprises... »

Un matin, une de ces nouvelles surprises dont parlait Ananda attendait Lally.

Réveillé en sursaut par un roulement de tambour, il se précipita vers la fenêtre de sa chambre et eut un haut-le-cœur, avec l'impression de revivre un de ses cauchemars de la nuit passée. Son cher régiment de Lorraine-Infanterie était massé, compagnie par compagnie, sous ses fenêtres, en bon ordre, mais dans une tenue misérable. La plupart étaient pieds nus, portaient un uniforme en loques et un chapeau de paille...

Lorsque, du haut de sa fenêtre, il interpella le lieutenant qui commandait cette singulière prise d'armes dont il n'avait pas été prévenu, il n'obtint pas de réponse. Les soldats restèrent durant quelques minutes immobiles, l'arme au pied, silencieux, puis, sur un ordre sec, reprirent en bon ordre le chemin de leur camp.

Lally était à sa toilette quand un de ses officiers se présenta, le chapeau sous le bras, et s'inclina.

— Nos hommes, dit-il, m'ont désigné pour vous faire part de leurs doléances. Ils réclament l'arriéré de leur solde, et...

— Leur solde ? s'écria le lieutenant général. Encore faudrait-il qu'ils la méritent ! D'ailleurs, nos coffres sont vides. L'argent ne tombe pas du ciel !

— Ils souhaitent également une meilleure nourriture, des conditions de couchage plus confortables, la permission de se rendre en ville à leur convenance...

— Est-ce tout ?

— C'est tout, monsieur, mais il faut agir vite et leur donner satisfaction, si nous ne voulons pas risquer une mutinerie.

— J'en prends bonne note. Allez dire à ceux qui vous envoient que je ne peux répondre à leur requête que dans la mesure de mes moyens. Ils auront bientôt satisfaction. Nous attendons l'escadre de monsieur d'Aché. Elle ne saurait tarder.

— Je crains qu'ils ne soient déçus et ne se contentent pas de promesses...

— Si nos soldats en viennent à une mutinerie, dites-leur que je la réprimerai selon les règles en vigueur dans l'armée et que je ferai fusiller les meneurs, à commencer par les officiers.

Lally n'eut pas à recourir à cette extrémité. Elle

n'eût rien résolu et aurait donné des résultats inverses à ceux qu'il escomptait. Quelques jours plus tard, l'escadre d'Aché accostait, porteuse de nouvelles recrues, d'équipements et de quelques millions de livres.

« Monsieur de Lally, m'écrivit Ananda, a évité le pire. Les dieux lui ont consenti une trêve, mais pour combien de temps ? »

C'est d'une pierre noire qu'il faudrait marquer l'année 1759.

Un combat naval avait opposé, au large de Tranquebar, au sud de Coromandel, nos navires à ceux de la Navy, et avait tourné à notre perte, ce qui privait l'armée des Indes des secours attendus. Les Anglais nous avaient chassés honteusement de notre comptoir de Mazulipatam et des nombreuses aldées que nous occupions dans les parages. Sur leur élan, ils nous avaient enlevé Vandavachin, Davicota, Valdaour et Karikal.

Les conquêtes réalisées par Dupleix volaient en éclats sous les coups de boutoir des tuniques rouges. Le courage du désespoir déployé par Lally et celui de Bussy furent dépensés en pure perte.

Ananda me rapporta la réflexion prophétique d'un officier, monsieur d'Estaing, catholique de stricte observance : « Pondichéry, cette Sodome des Indes, est condamnée. Si ce n'est pas le feu du Ciel qui la détruira, ce seront les canons des Anglais ! »

Ananda ajoutait : « Monsieur de Lally se démène comme un beau diable, mais il fait preuve d'imprévoyance, dicte des ordres contradictoires, se montre incapable de dominer la situation et de se faire obéir et respecter. Quant à monsieur de Bussy, il se bat comme un héros de l'Antiquité, mais ses exploits ne suffisent pas à nous redonner l'espoir. »

Nous allions apprendre, au cours de cette même année, par le capitaine d'une frégate qui avait réussi à passer à travers les mailles du filet, une nouvelle qui nous bouleversa.

Au cours d'une bataille, au lieu-dit Les Plaines d'Abraham, dans les environs de Québec, le marquis de Montcalm avait été tué. Sa disparition annonçait la perte de cette florissante colonie, et peut-être notre éviction de la Louisiane. Pièce à pièce, notre empire colonial se défaisait devant les canons anglais.

Une autre nouvelle nous consterna. Lors d'une bataille dans les parages de Vandavachin, qu'il tentait de reprendre à l'ennemi, Bussy était tombé aux mains des Anglais. Au cours de la semaine qui suivit, il avait été embarqué pour l'Angleterre, de crainte qu'il ne parvînt à s'évader et à reprendre la lutte. C'était, pour le maître du Deccan, la fin d'une belle aventure.

J'appris par Ananda qu'il avait décidé, poussé par la nécessité, de faire appel, malgré les réticences de Lally, aux troupes indiennes, ces « sauvages », ces « pillards », ces « pouilleux », mais que sa capture avait interrompu ses démarches auprès de nos alliés du Carnatic. Il savait que les Anglais étaient épouvantés à l'idée affronter ces hordes précédées par des éléphants de guerre, qui semaient la panique dans leurs rangs.

Quoi qu'il pût en penser, Lally perdait avec lui son plus précieux auxiliaire. Il était assisté d'officiers de mérite, qui se dépensaient sans compter mais souhaitaient que ce conflit cessât au plus vite pour aller retrouver, à Paris ou à Versailles, leur femme ou leur maîtresse.

Monsieur de Lally, avec la perte de son alter ego, se

sentait plus seul que jamais. Pour tout dire, quel que fût le sentiment qu'on pût éprouver pour lui, il faisait pitié.

Après la capture de Bussy, qui avait entraîné la fin de notre protectorat sur le Deccan, et en dépit de la résistance opiniâtre et courageuse de Lally, que restait-il de nos territoires en Inde ? Quelques comptoirs dispersés sur la côte du Coromandel. Plus rien au Bengale, où Chandernagor était tombée aux mains des Anglais.

Les courriers d'Ananda Rangapoulé, de plus en plus rares, vieux et fatigué qu'il était, traduisaient, avec un lyrisme racinien, la terrible situation de nos troupes et de la population. De temps en temps, il interrompait son lamento pour me raconter des anecdotes et des événements qui se rapportaient plus ou moins directement au conflit.

C'est ainsi qu'il m'apprit que, peu après que les Anglais nous eussent évincés de Chandernagor, un chef indien ennemi des Anglais avait lancé par surprise sa horde sur Calcutta où, durant plusieurs jours, elle avait pillé, violé, massacré la population, Européens comme auxiliaires indiens. Les Anglais avaient appelé cette journée d'épouvante le « Trou noir ».

La petite armée qui restait à Lally allait, peu à peu, se replier sur Pondichéry pour finir par s'y enfermer, face à des forces imposantes commandées par le colonel Cote. Soumise à des marches interminables et à des attaques qui la décimaient, mal nourrie, équipée à la diable, son moral tombé de plus en plus bas, elle ne se battait que pour ne pas être anéantie. Pour comble, un détachement revenu de Gingy avec une fièvre contagieuse avait dû être enfermé dans un lazaret.

En prévision d'un siège, le lieutenant général avait fait évacuer de force les bouches inutiles, femmes, vieillards et enfants, au risque de provoquer des émeutes dans la population indigène, seule à subir cette mesure.

Le deuxième siège de Pondichéry allait durer cinq mois, dans l'attente d'un secours qui ne vint jamais.

Ceux qui, comme moi, se souviennent du premier siège en gardent le souvenir d'une épopée ; ceux qui auront été les témoins du second se souviendront d'un long martyre.

Personne, dix ans auparavant, alors que Dupleix avait pris en main la défense de la ville, ne croyait à une reddition. La certitude de la défaite de l'amiral Boscawen était à tel point ancrée dans la conscience des Blancs comme des Indiens que l'activité de la ville et les projets des marchands n'avaient pas connu la moindre trêve et qu'il y avait eu chaque jour des fêtes et des bals, parfois sous la mitraille.

Je garde en mémoire l'image des Anglais démontant leurs tentes, s'attelant à leurs canons et chargeant leurs chariots pour reprendre, tête basse, sous la pluie, la route de Madras. Je m'étais rendu chaque jour sur le chemin de ronde, Sophia près de moi, pour assister à cette retraite pitoyable.

Lorsque les conseillers, soucieux de préserver leurs familles et leurs biens, demandèrent à Lally de solliciter une paix honorable, il leur rit au nez. Il avait fait placarder des avis menaçant de mort les défaitistes et les traîtres, et fait dresser à cette intention, sur la place d'Armes, une potence et une roue. Devant l'insistance de ses fonctionnaires, dont certains avaient amassé une belle fortune et qui souhaitaient en jouir en France, il avait menacé de renoncer à ses fonctions, de laisser à son état-major le soin de désigner son remplaçant et de continuer la lutte « comme un simple particulier » (Ananda *dixit*).

Bussy prisonnier à Londres, qui donc aurait pu se substituer à lui dans ces heures gravissimes ? Ses officiers avaient des titres et du panache, mais ils étaient novices et mal préparés à une guerre de type colonial, qui les changeait des affrontements dans les plaines des Pays-Bas et d'Allemagne.

On le supplia de rester à son poste ; il y resta.

Le colonel Cote décida de porter un premier assaut à l'ouest de la ville, entre le lac d'Oussoudou et la rivière Oupar, qui alimente les fossés de la ville. Il serait appuyé du côté de la mer par l'escadre de l'amiral Stevens, le cheminement des tuniques rouges et leur attaque-surprise devant s'effectuer par les rizières et les marais. Le projet fut éventé et échoua, le lieutenant général ayant pris soin, comme Dupleix, de raser les masures éparses des Indiens, les buissons et les arbres.

Lally avait compté sur l'aide de ce qui restait du réseau de renseignement indigène organisé par Jeanne Dupleix. Il fut amèrement déçu. Fidèles à leurs anciens maîtres, ces agents se récusaient sous des prétextes fallacieux. Ce pisse-froid d'Irlandais les traitait comme des sous-hommes et n'avait pas su gagner leur confiance. Il trouvait la même réserve dans le corps des cipayes et des *topas* qu'il envoyait en reconnaissance ou sur des coups de main, et qui souvent ne revenaient pas.

Au fur et à mesure que la plaine se garnissait de tuniques rouges, il sentait avec angoisse le piège se refermer sur la ville et, autour de lui, se confirmer un sentiment d'hostilité.

Les premiers éléments du colonel Cote s'occupaient à contourner la redoute de Mautalpet, quand Lally prit la décision d'effectuer une sortie destinée à interrompre la manœuvre. Il réunit sur la place d'Armes ce qui restait de son régiment de Lorraine-Infanterie et ses officiers, pour une prise d'armes accompagnée d'une harangue dans laquelle il exprimait son sentiment que le sort de l'Inde française reposait sur eux et que le roi, informé de leur sacrifice, récompenserait les plus courageux par des grades, des gratifications et des honneurs. Et patati et patata...

Il fit distribuer de l'arak et du tabac, effectua à cheval une ultime revue et par la Porte de Valdaour, sabre à l'épaule, se mit à la tête de la troupe qui entonnait la célèbre chanson *En passant par la Lorraine.*

Pour la première fois sur le sol de l'Inde, des troupes européennes allaient s'affronter sans l'appui de contingents indigènes.

Prévenu de cette offensive, le colonel Cote avait massé ses fantassins derrière ses canons de campagne et se préparait à supporter le choc. Lally prit la tête de l'attaque devant ses grenadiers et ses hussards à cheval, pour une charge héroïque, accueillie par des bordées de canons qui lui coûtèrent autant d'hommes que de chevaux. Il dut se replier, mais, rassemblant ce qui restait de sa cavalerie, fonça de nouveau, avec l'énergie du désespoir, vers les lignes ennemies. Ses cavaliers se frayèrent un chemin, à coups de sabre et de pistolet, dans les premiers rangs des tuniques rouges mais durent reculer sous le nombre vers la ligne des fantassins, qui, sous un feu intense, baïonnette au canon, à pas lents et fièrement, s'avançaient vers l'ennemi.

La bataille fut d'une âpreté sans précédent. Enveloppés par des forces supérieures et disciplinées, nos fantassins luttèrent jusqu'à la limite de leurs forces avant d'amorcer un repli groupé vers la Porte de Valdaour, sous un feu intense auquel ne pouvait répondre celui de nos pièces, restées sur les remparts.

En d'autres circonstances, même avec des forces inférieures mais avec du canon et le renfort des troupes auxiliaires, Lally eût triomphé des Anglais et les eût contraints à la retraite. La guerre se fût poursuivie à notre avantage et, peu à peu, nous eussions retrouvé nos territoires et notre prestige.

Mené par terre et par mer, le siège faisait de Pondichéry un îlot perdu dans l'océan et battu par la tempête.

C'est de ce jour que cessèrent de me parvenir les courriers d'Ananda. Si ce vieil ami avait pu ouvrir une brèche dans ce siège et ce blocus, je suis certain qu'il l'eût fait. J'en suis donc réduit, pour relater ces épisodes navrants, à me contenter des broutilles d'informations recueillies par la suite auprès des capitaines de vaisseaux qui relâchaient à Port-Louis, et à les reconstituer comme un puzzle, avec le risque d'omettre quelques détails.

Plutôt que de risquer de lourdes pertes en s'attaquant à nos défenses, le colonel Cote avait entrepris de réduire la ville par la famine. Cette tactique allait lui demander du temps, mais le temps travaillait pour lui.

Par une frégate qui avait trompé l'ennemi en naviguant de nuit, Lally reçut une lettre de Bussy lui demandant de réunir une rançon, afin que, libéré des prisons anglaises, il pût reprendre le combat. Il refusa. On le lui reprocha. Il maintint sa décision. Outre qu'il pensait pouvoir se passer de son concours, il jugeait impossible de réunir dans ce laps de temps la somme demandée.

Une idée singulière lui était venue.

Afin de tromper l'ennemi sur l'importance de ses effectifs, il avait fait collecter les armes et les uniformes contenus dans ses magasins d'habillement, quel que fût leur état, dans le but d'armer et de vêtir les employés de la Compagnie, leurs épouses, les notables, leurs serviteurs, de les poster aux remparts et de les faire défiler sur le glacis extérieur, pour une parade en musique, au nez et à la barbe des Anglais, drapeaux flottant au vent.

La supercherie n'eut pas de suite, la plupart des gens pressentis ayant refusé de se plier à cette mascarade qui risquait fort d'être saluée par des bordées de canons. Les injonctions et les menaces n'y firent rien.

Malgré la ténacité, l'héroïsme, la confiance dont faisait preuve le lieutenant général, ce dont tous ou presque devaient convenir, il dut subir, en même temps que la pression constante des Anglais, celle de ses adversaires de l'intérieur, dont témoignaient des réserves et l'affichage de placards réclamant sa démission. Certains, cloués aux portes de la citadelle, disaient : « Maudit Irlandais, rentre chez toi ! Capitule et qu'on en finisse ! »

Capituler ? Cette idée ne dut jamais lui effleurer l'esprit, persuadé qu'il était sans doute de trouver son

Capitole dans cet épisode des guerres indiennes qui ferait de lui un héros.

Il lança un jour, à des conseillers qui le conjuraient de négocier une capitulation :

— Misérables ! Vous refusez de comprendre où est votre devoir. Quant à moi, je lutterai jusqu'au bout de mes forces, comme à Fontenoy, et je mourrai l'épée au poing, en refusant de me rendre !

Ces belles phrases se diluaient dans un brouillard de lassitude, d'indifférence ou de rancœur. Le problème le plus immédiat était de survivre en usant la patience des Anglais, comme lors du siège précédent. Et il leur en fallait, de la patience, pour supporter les rigueurs du climat, la malaria qui suintait des marécages surchauffés, l'attaque des moustiques et des reptiles, les ardeurs de la canicule, et ce mal insidieux et pervers : l'ennui.

La ville commençait à manquer de vivres. Les autorités avaient fait saisir *manu militari* les réserves des marchands et des particuliers, emprisonnant ceux qui faisaient obstacle à ces réquisitions. Le riz, le millet, la viande, les fruits et les légumes même étaient sujets à restriction. Le bas peuple des Noirs en était réduit à se sustenter, comme les *shadous* ou les brahmes, d'un bol de riz par jour. La garde dispersait chaque matin une foule de miséreux venus crier famine aux portes de la citadelle.

Le pire était les bombardements. On entendait de jour comme de nuit, avec une régularité d'horloge, gronder les centaines de canons de la marine et de l'armée. Certains quartiers étaient à l'état de ruines. On vivait mal le jour, on dormait mal la nuit, et le moral en souffrait.

Une nouvelle sortie effectuée par Lally échoua piteusement, la manœuvre ayant été éventée. Alors que l'on pensait surprendre les Anglais, ils attendaient cette attaque derrière leurs retranchements, mèches allumées, et firent un massacre de ces fous qui se jetaient sur eux, baïonnette au canon, aux cris de « Vive le roi ! ».

Au début de janvier, Lally surprit son monde en annonçant qu'il était décidé à négocier avec les Anglais.

— Toute résistance, dit-il à ses officiers, est désormais inutile. D'ici peu, nous manquerons totalement de vivres et de munitions. Le moment est venu, mes amis, de mettre bas les armes. J'en ai le cœur serré, mais il faut s'y résoudre.

Pas une voix ne s'éleva pour contester cette décision. Des larmes brillaient au coin des paupières, chacun se disant que c'en était bien fini de la flamboyante épopée qui avait failli faire des Indes une Nouvelle France. Menée glorieusement avec Dupleix, elle s'achevait piteusement avec monsieur de Lally. Ce rêve s'était peu à peu étiolé durant ces longs mois de siège. Il venait de sombrer.

— Je vais, ajouta le lieutenant général, envoyer un émissaire auprès du colonel Cote pour obtenir de lui des conditions honorables. Je compte exiger que les habitants soient respectés dans leurs personnes et leurs biens, et que la religion catholique puisse s'exercer sans subir de brimades. Quant à nous, mes amis, je demanderai qu'une rançon soit fixée pour chacun selon son grade, afin de nous éviter une captivité humiliante, et que nos troupes soient libérées au plus vite et retournent en France.

Les canons des navires et ceux de Cote saluèrent la nouvelle par une salve généreuse, tandis que les portes de Pondichéry s'ouvraient pour une population démoralisée et en quête de subsistance.

A l'annonce de la capitulation, la foule, forçant le cordon des gardes, s'était ruée dans la citadelle en hurlant des injures contre l'Irlandais. Un bruit sans fondement avait couru, selon lequel il aurait vendu Pondichéry aux Anglais et allait repartir pour la France avec un trésor, alors que son intégrité était connue de tous. Des menaces de mort furent proférées. Des gens de la Ville noire réclamaient sa tête pour la promener au bout d'une lance, à travers la ville. Pourtant les moins à plaindre, les plus indécents dans leurs plaintes et leurs critiques furent les conseillers et les employés de la Compagnie.

Après le départ de Dupleix, salué par eux comme une délivrance, ils avaient mis tous leurs espoirs dans la venue de cet ennemi irréconciliable des Anglais : le comte Thomas de Lally-Tollendal. Il les avait méprisés ? Ils le lui rendaient au centuple. Ils n'allaient pas, eux, quitter Pondichéry les poches vides. De retour en France, la meute lâchée, ils se vengeraient, témoigneraient de ses fautes et de son arrogance devant les tribunaux et feraient en sorte qu'il finisse ses jours à la Bastille...

Au jeu impitoyable de la guerre, nous n'avions pas suffisamment de pièces maîtresses pour espérer l'emporter.

L'argent, les soldats, les armes, le courrier ne nous parvenaient plus depuis le début du siège, les navires restant immobilisés dans les ports des Mascareignes. Quelques années plus tard, les corsaires du roi allaient redorer notre blason, mais sans parvenir à inverser la tendance et récupérer des conquêtes à jamais perdues. On parlait des anciens exploits de Mahé de La Bourdonnais comme de légendes. Les mers et les océans étaient devenus le domaine de Sa Majesté britannique ; ses navires venaient nous provoquer jusque dans nos ports de l'Atlantique.

L'année 1763, lorsque prit fin cette absurde guerre dite de Sept Ans qui avait mis l'Europe à feu et à sang par le jeu des alliances, un traité de paix fut signé à Paris. Il nous dépouillait de presque toutes nos possessions : le Canada, une partie de la Louisiane, le Sénégal, quelques archipels parmi les plus prospères... L'Espagne abandonnait la Floride aux Anglais, mais nous lui cédions ce qu'il restait de la Louisiane. De l'Amérique, nous ne gardions que quelques broutilles : les îles Caraïbes, Saint-Pierre-et-Miquelon, et, en Inde, cinq comptoirs : Pondichéry, Chandernagor, Karikal, Mahé et Yanaon. On nous laissait, au Sénégal, une île à esclaves, Gorée.

Les Mascareignes restaient en notre possession.

Pour Thomas de Lally, c'était la fin d'une longue carrière vouée à l'armée et à la France. Prisonnier sur parole, il avait été embarqué avec ses officiers pour les prisons de Londres, où ils allaient retrouver Bussy. Désarmée, la troupe était libre de se maintenir en Inde ou de repartir. Beaucoup restèrent et certains firent fortune sans avoir à se battre.

Touchés au point le plus sensible de leur nature, les boutiquiers de la Compagnie, directeurs, conseillers, actionnaires, se virent ruinés, les cinq comptoirs que nous avions arrachés à l'Angleterre ne suffisant pas à assurer les reventes de Lorient. L'East Indian Company, en revanche, pavoisait. La concurrence pratiquement réduite à néant, la paix allait inonder l'Angleterre des richesses de l'Inde.

J'eus récemment l'occasion d'être témoin des lamentations indécentes, auprès du gouverneur des Mascareignes, d'un ancien directeur de la

Compagnie, qui, sur la route de Chandernagor, faisait escale à Port-Louis.

— Savez-vous combien m'a coûté l'impéritie de Lally-Tollendal ? Six millions de livres ! Oui, mon cher Bouvet : pour ainsi dire, la moitié de ma fortune... Cet Irlandais de malheur a vendu l'Inde aux Anglais et m'a ruiné. Le roi va lui faire payer cher sa trahison, du moins je l'espère !

Monsieur Bouvet tenta de prendre la défense du vaincu de Pondichéry :

— Il est certes d'origine irlandaise, mais nous devons reconnaître qu'il s'est battu contre nos ennemis anglais jusqu'à la limite de ses forces. Rien ne prouve qu'il ait trahi, et sûrement pas pour de l'argent. Son désintéressement était bien connu de tous.

— Ta ta ta ! Il a dû mener sous la table des tractations en bonnes roupies, mais il n'était pas naïf au point de laisser subsister des documents écrits témoignant de cette manœuvre. D'ailleurs, les juges auront à en débattre.

Après le départ de cette victime pitoyable, monsieur Bouvet ne put contenir sa colère, à la manière de Beaumarchais :

— Calomniez, calomniez, il en restera toujours quelque chose ! La Compagnie et le Conseil royal ont accroché au col de cet officier une marque d'infamie qui va le poursuivre jusqu'à sa mort, sans espoir de réhabilitation. Le plus grave, ce sont les griefs du roi et de ses ministres. Je crains, si l'on évoque une trahison, que la sanction ne soit sévère.

— A sa place, je resterais en Angleterre. Il n'y est pas maltraité, à ce qu'on dit.

— Ce serait mal le connaître. N'oubliez pas que sa famille réside en France et que cet homme d'honneur ne saurait se soustraire à la justice d'un roi qui l'a aidé dans sa lutte pour le prétendant Stuart. Quoi qu'il doive lui en coûter, il reviendra et se livrera à ses juges.

Thomas de Lally traversa le *Channel*, la corde au cou, comme les bourgeois de Calais, et se retrouva, à peine arrivé à Paris, jeté à la Bastille.

Par les capitaines de vaisseaux qui relâchaient dans nos eaux, certains même nous apportant des gazettes, nous fûmes tenus au courant des affaires de France. C'est ainsi que nous apprîmes que Bussy, lui-même revenu de Londres, vitupérait son adversaire intime, qui non seulement lui avait fait perdre sa vice-royauté sur le Deccan, mais avait mené les opérations avec un tel mépris du bon sens que l'on pouvait l'accuser de trahison. Il se disait prêt à témoigner à charge devant le Parlement.

La *Gazette d'Amsterdam* protesta que la cause de Lally n'était pas désespérée, contrairement à ce que certaines autres feuilles laissaient entendre.

Le roi avait exprimé devant son Conseil sa répugnance à voir juger par des robins un officier de soixante et un ans qui lui avait fourni un appui constant dans ses démêlés avec la Cour de Londres. Devant l'acharnement de ses conseillers qui prétendaient détenir des preuves de la trahison de l'Irlandais, il avait fini par leur donner satisfaction. A cinquante-trois ans, déjà usé par ses mœurs dissolues, il tenait les rênes du gouvernement d'une main hésitante et, à cette occasion, joua les Ponce Pilate.

Le 12 janvier de l'année 1763, alors qu'il venait de rendre visite à la Pompadour, cette maîtresse décatie, on lui fit signer l'ordre de mettre son vieil officier en jugement.

J'imagine la satisfaction des chats fourrés du Parlement en prenant connaissance du décret royal. Le procès qui leur était confié allait redorer leur blason, qui avait beaucoup perdu de son prestige. L'honneur allait leur revenir de juger un officier de l'armée royale. Certains ne manquèrent pas d'objecter qu'il n'entrait pas dans leurs attributions de juger des affaires concernant l'armée, qu'ils auraient dû se contenter de celles qui intéressaient les finances.

Lally se conduisit à la Bastille en prisonnier exemplaire. Il refusait la viande, se contentait de laitages, d'échaudés et de fruits qui lui faisaient regretter les saveurs indiennes. Son maigre pécule passait en achats de livres de poèmes, une passion qui lui était venue sur le navire qui le menait à Londres.

Ses visiteurs se montraient agréablement surpris de le voir, plus sec, parcheminé et anguleux que naguère, mais toujours d'une tenue rigoureuse dans son uniforme nettoyé, repassé par ses soins, et coiffé d'une perruque de crin d'un blond-roux qui cachait sa calvitie. Une gazette le compara à un sanglier traqué dans sa soue par une meute. Image belle mais inexacte : ce n'est pas de crainte que le prisonnier faisait montre, mais de sérénité. Ce n'est que par la suite, au cours de son jugement, sous les morsures des chiens, qu'il allait montrer ses crocs.

« Qui sait, écrivait un gazetier, alors que le procès était en cours, si ses violentes dénégations et le mépris qu'il témoigne à ses juges ne vont pas nuire à sa cause ? »

La *Gazette d'Amsterdam* donnait à son commentaire un ton différent, plus lucide : « Ces robins oseront-ils décréter la peine capitale pour cet officier, ce vieil homme blanchi sous le harnais, qui n'a fait que se conformer aux consignes qui l'ont conduit à la défaite et à la honte ? Qui donc est responsable de la perte de Pondichéry, si ce n'est le ministre qui n'envoya ni écus ni soldats de renfort, alors que l'armée souffrait de la faim sous les balles anglaises ? On a réduit monsieur Dupleix à la misère. Va-t-on faire de monsieur de Lally-Tollendal un bouc émissaire, le donner en holocauste à la Compagnie ? »

La même gazette livrait des nouvelles de Bussy. L'ancien vice-roi du Deccan tentait d'oublier dans les plaisirs d'une vie mondaine l'existence fastueuse menée dans son palais d'Hyderabad. Il venait de même, en épousant une jeune et jolie femme, d'oublier sa passion de jadis pour Chonchon. Avec la bénédiction de madame de Pompadour, il entrait dans la prestigieuse famille des Choiseul. A quarante-trois ans, il abordait une nouvelle carrière, qui sentait le patchouli plus que la poudre à canon.

Le procès fait à Lally rappelait celui de Dupleix, que j'ai vécu indirectement, grâce à des témoins : même acharnement aveugle, même déferlement de calomnies, même étalage de turpitudes réelles ou imaginaires, mêlant à la haine de la Compagnie celle du Conseil royal.

Pour Lally, le verdict fut la mort.

Paris apprit la nouvelle dans les premiers jours de mai de l'année 1766. On avait fixé son exécution à trois jours après le jugement. L'acte d'accusation était ainsi libellé : « Pour avoir trahi les intérêts du roi, de son Etat, de la Compagnie des Indes, pour abus d'autorité, vexation envers les sujets du roi et des étrangers habitant à Pondichéry, Thomas Arthur de Lally-Tollendal sera décapité en place de Grève. »

Cette affaire avait fait tant de bruit depuis son origine que, le jour venu, la place consacrée aux supplices depuis des siècles était envahie par une foule de badauds. « Il y avait autant de monde ce jour-là, a-t-on écrit, que pour l'exécution de Damiens, le gredin qui avait blessé Sa Majesté d'un coup de canif. »

Je ne m'attarderai pas sur les détails de la fête qui se déroula autour de l'échafaud, des heures avant l'arrivée du condamné, et que me décrivit Jacques Maissin. Portés à brûler ceux qu'ils ont adorés, les Parisiens sont friands de ces spectacles qui me répugnent.

Mon vieil ami Maissin, ancien capitaine d'infanterie aux Indes, était présent à Paris le jour du supplice.

Nous échangions, depuis son départ de Pondichéry, des courriers qui nous donnaient des nouvelles de nos situations et de nos familles. Deux ans auparavant, nous nous étions retrouvés à Port-Louis, où il était de passage à bord d'un navire en route pour le Pégou et Canton.

Je l'avais invité à visiter ma plantation des Pamplemousses et à y séjourner en attendant son départ. Un soir d'août, sous la varangue, en savourant ma première production de liqueur de canne et en fumant du *bângh*, nous avons longuement bavardé.

Il m'avoua les mauvais rapports qu'il avait eus avec Dupleix et la sympathie, assortie d'indulgence et de quelques reproches, qu'il vouait à Lally. Il avait rencontré son fils à Paris et l'avait encouragé à écrire un mémoire destiné à réhabiliter l'honneur bafoué de son père. Il avait correspondu avec Voltaire, qui se préparait à faire de même.

— Jusqu'au dernier moment, me dit-il, j'ai cru qu'un événement allait se produire qui pourrait remettre ce supplice en question.

— Un événement ? De quelle sorte ?

— Que sais-je ? Une grâce royale, un attentat de ses anciens compagnons d'armes de Fontenoy, de Bergen op Zoom et de Maastricht, en vue de le délivrer ? Les deux tout aussi improbables, le second surtout. D'ailleurs, rien de tout cela ne s'est produit, comme vous le savez.

Jacques Maissin me raconta qu'à l'annonce de la condamnation à mort du prisonnier un mouvement de sympathie s'était dessiné pour lui dans l'opinion. Le misérable qui, proclamait-on, avait vendu l'Inde aux Anglais était en passe de devenir la victime expiatoire de l'incurie et de l'avarice de la Compagnie, des ministres, et de porter le chapeau pour tout ce joli monde. Un juge du Parlement qui avait demandé qu'il fût tiré à quatre chevaux ou porté sur la roue fut hué à sa sortie de l'audience. Une sorte de compassion se faisait jour, mais il aurait fallu, pour obtenir la révision du jugement, des émeutes qui n'eurent pas lieu.

Conduit de la Bastille à la Conciergerie, dernière étape avant l'échafaud, Lally avait perdu tout espoir.

— J'ignore tout, ajouta Jacques Maissin, de son comportement dans les jours qui ont précédé l'exécution. Au dire des gardiens, il était serein et dormait du sommeil du juste. En était-il de même du roi ? J'en doute. L'avant-veille de l'exécution, une dame de la Cour, la comtesse de Dillon, avait imploré la grâce du prisonnier. Le roi avait semblé ému. Eût-elle suscité d'autres requêtes, peut-être Sa Majesté se serait-elle laissé fléchir...

Il me décrivit les conditions du supplice : l'échafaud, le billot fait d'un tronçon de chêne recouvert d'un drap rouge sur lequel reposait un sabre, les couteaux posés sur un escabeau pour achever l'œuvre du bourreau en cas de maladresse, les panières destinées à recevoir la tête et le corps, le seau d'eau prévu pour nettoyer les planches... Comble d'humiliation : ce ne fut pas dans le véhicule affecté d'ordinaire aux condamnés que Lally fut transporté en place de Grève, mais dans un chariot d'éboueur. Le bourreau, rejeton de l'honorable famille des Sanson, était assisté d'un prêtre portant un gros crucifix d'argent.

— Le bruit a couru que le condamné, ayant appris son supplice, se serait servi de son compas de marine pour se porter un coup dans la région du cœur, mais ne se serait fait qu'une blessure sans gravité. Il me semble bizarre que l'on ait pu laisser à sa portée cet instrument dangereux. A moins...

— A moins ?

— A moins qu'on ne l'ait déposé subrepticement dans sa cellule, pour lui éviter l'humiliation d'un supplice public...

Par un réflexe de coquetterie peut-être, le condamné avait gardé sa perruque. Lorsqu'il eut accédé à l'échafaud, et que Sanson la lui eut arrachée et l'eut jetée sur les planches, Lally esquissa un mouvement de révolte vite réprimé. On crut, quand il s'avança, mains et pieds entravés, jusqu'au bord de l'échafaud, qu'il allait adresser un dernier message à la foule. On fut déçu : il se contenta, d'une voix puissante, de proclamer son innocence.

Il demanda au bourreau de lui délier les mains et d'éviter de lui bander les yeux. Contraires aux usages, ces faveurs lui furent refusées. Il parut contrit, s'entretint quelques instants avec le prêtre, baisa le crucifix et s'agenouilla devant le billot.

— La suite, dit Jacques Maissin, il m'en coûte de vous la raconter. Comme je me trouvais juste derrière le cordon des gardes, je l'ai entendu demander d'une voix forte qu'on le laissât au moins donner l'ordre du supplice. Sanson est resté insensible à cette ultime requête. Le sabre s'est abattu, mais, soit du fait de l'émotion ou de sa maladresse, la tête n'a pu être séparée du corps. Derrière moi, la foule protestait. Un aide a dû lui maintenir le col bien raide pour que le supplice soit consommé. Des femmes se sont évanouies, d'autres se lamentaient, des hommes hurlaient de joie en agitant chapeaux et bonnets. A ma grande surprise, j'ai entendu derrière moi des cris qui me firent chaud au cœur : « Fontenoy ! Fontenoy ! » Ils ont été couverts par le roulement des tambours.

Mon ami Jacques Maissin est resté moins d'une semaine dans mon île et a passé deux jours et deux nuits dans mon *bungalow* des Pamplemousses. Je lui ai fait visiter ma plantation, ma sucrerie et ma distillerie, en compagnie de mes enfants, Julie et Jean-Baptiste.

Il m'avait annoncé une nouvelle qui me réjouit : le roi venait de retirer ses privilèges à la Compagnie des Indes...

4

Jours paisibles aux Pamplemousses

Domaine des Pamplemousses

En débarquant à Port-Louis, l'année 1754, du navire qui ramenait en France mon ami Joseph Dupleix et sa famille, j'avais la ferme intention de me replonger dans mon herbier, ce que les événements tragiques vécus en Inde m'avaient interdit.

Celui que j'avais entrepris dans ma jeunesse, au retour du collège de jésuites de Sarlat, était d'une affligeante simplicité. On n'aurait pu y trouver que nos modestes fleurs des champs et des buissons, une flore des plus banales. Je l'avais enrichi au cours d'un voyage sur l'océan, mais de jolis riens.

Cet herbier, je l'avais emporté en Inde, persuadé que j'allais être l'un des rares botanistes à avoir prospecté les forêts, les savanes et les jungles de la Péninsule. J'y passerais le temps nécessaire, me disais-je, mais je réaliserais une collection comparable à celles d'Andrea Cesalpino, des frères Jean et Gaspard Bauhin, voire du célèbre Carl von Linné, que j'aurais aimé rencontrer si l'idée lui était venue de prospecter la forêt Barade.

Et puis... Et puis, dès mon arrivée à Pondichéry,

j'avais été emporté par le tourbillon des affaires et de la guerre ou rivé à mon fauteuil, si bien que mon herbier ne s'était enrichi que de la flore des jardins : hibiscus, jasmin, lotus, flamboyants... Une misère.

En arrivant en Ile de France, nouvelle velléité et nouvelle déception ! Outre que cette île est moins riche que l'Inde en espèces florales, j'avais été requis par d'autres préoccupations : la santé de Sophia et les soins à donner à nos deux enfants. A croire que je m'étais illusionné sur une fausse vocation et ne figurerais jamais dans le panthéon des botanistes célèbres !

Au cours des années qui avaient suivi mon installation, j'avais consacré mon temps et mon énergie à la réalisation d'un projet vital : la plantation et la sucrerie dont je rêvais. Cette ambition s'était révélée gratifiante : après des mois d'efforts quotidiens et de nombreux soucis, mon installation était terminée, ce qui me permit de me libérer peu à peu de mes dettes et de vivre sinon dans le luxe, du moins dans l'aisance.

Alors que j'effectuais une promenade à cheval dans le nord de l'île, sur l'immense plaine qui, depuis la Butte-aux-Papayers, descend par une légère déclivité vers la Grande Baie, je m'étais arrêté à l'ombre d'un de ces flamboyants en forme de parasol qui donnent à cette immensité désertique l'aspect d'un jardin.

Je venais d'attacher mon cheval à un arbuste et d'allumer ma pipe de terre blanche, l'un des premiers cadeaux de Sophia, quand un bruit de branches froissées me fit dresser l'oreille. Je ne m'en émus pas, l'île étant dépourvue d'une faune dangereuse, et me dis que c'était le vent de l'orage montant sur l'horizon qui m'avait intrigué.

Je m'apprêtais à reprendre ma promenade quand je fus frappé de stupeur en voyant se dresser devant moi un grand nègre qui portait simplement un morceau d'étoffe sur le bas du ventre. Il me dit, après avoir joint les mains en guise de salut :

— Toi, Vermondie ?

En constatant qu'il n'était armé que d'un arc et d'un coutelas, je lui fis sans crainte signe d'approcher, mon pistolet me préservant de toute agression. Je lui répondis :

— Qui es-tu et quel est ton nom ?

Je surpris son sourire. Il me raconta dans son sabir qu'il était le chef d'une tribu d'une vingtaine d'esclaves marrons, hommes et femmes, qui avaient trouvé refuge dans la montagne, entre la Butte-aux-Papayers et la côte. C'était tout ce qui restait des effectifs d'une ancienne plantation de la côte orientale, propriété de colons portugais, les Pessenha. Un beau jour, ils avaient tout planté là et s'étaient retirés au Mozambique, pour y faire fortune dans la traite du « bois d'ébène ». Ils avaient cédé une partie de leur chiourme à des planteurs français du sud de l'île ; les autres avaient fui dans la montagne.

— Mauvais, maître Pessenha... Moi battu... Moi failli mourir...

Il se retourna pour me montrer son dos où les vertèbres saillaient sous une peau balafrée de cicatrices. Je lui demandai d'où il tenait ces quelques bribes de langue française qui suffisaient à un entretien sommaire. Il me répondit qu'il avait été esclave chez des Français de Manakara, à Madagascar, avant d'être vendu au « mauvais maître ».

Il me dit se nommer Andapa et être père de trois enfants. Je l'invitai à s'asseoir près de moi et à se désaltérer à ma gourde que j'avais remplie de limonade de tamarin. Il repoussa mon invitation mais me fit signe que mon tabac l'intéressait davantage. Il y puisa de quoi former une boule qu'il se cala dans la joue, avec une expression de jouissance.

Je lui parlai de ma plantation et lui demandai si lui et les siens accepteraient de travailler pour moi. Il me connaissait et savait que je n'étais pas un mauvais maître. Il accepta ma proposition.

Eût-il refusé, je n'aurais pas hésité à dénoncer la présence de sa tribu au gouverneur, pour qu'il lui donnât la chasse. J'éprouvais de la pitié pour ces pauvres êtres, souvent maltraités par leurs maîtres, mais qui, à bout d'humiliation, lâchés dans la nature et cherchant des moyens de subsister, pouvaient se montrer dangereux.

Monsieur Bouvet m'avait appris que des chasseurs de nègres marrons, souvent de la même race que leur gibier, recevaient des récompenses lorsqu'ils rapportaient de leur traque un pénis ou une main coupés. Je ne condamne pas la pratique de l'esclavage, sans laquelle les plantations ne pourraient survivre, mais j'exècre les mauvais maîtres, qui exercent violences et cruautés sur ces malheureux. Sans jouer les prophètes, j'ai la conviction, comme les encyclopédistes, qu'un jour viendra où les Noirs seront considérés comme des êtres humains et recevront la juste rétribution de leur travail.

Lorsque je fis part de ma rencontre à monsieur Bouvet, il se gratta la barbe d'un air perplexe.

— J'ai reçu, me dit-il, des ordres formels de traquer et d'éliminer le marronnage de mes îles, mais je peux toujours m'abriter derrière des circonstances particulières. Une vingtaine d'esclaves qui nous tombent du ciel, voilà qui mérite réflexion, d'autant, à ce que vous me dites, que cette tribu semble pacifique et désireuse de revenir dans le droit chemin. Faites donc comme il vous plaira. Je consens à fermer les yeux, mais gare, mon ami : pas de complaisance excessive pour ces sauvages, sinon ils finiront par vous enlever le pain de la bouche, ou pire encore...

Je le rassurai. Traiter mes Noirs humainement, comme je le faisais, était une garantie de leur bonne conduite. Ils avaient des cabanes en quantité suffisante, je ne les accablais pas de travail et ils avaient des champs de maïs, de millet, de manioc et des jardins pour leur subsistance, qu'ils complétaient avec de la volaille, des porcs et quelques vaches.

C'était loin d'être le paradis, mais comparés à quelques autres, ceux de Madagascar et du Mozambique notamment, ils pouvaient se considérer comme privilégiés.

Je vis partir avec regret monsieur Bouvet et sa famille. Il m'avait témoigné depuis mon arrivée dans l'île, en plus de ses conseils et de son aide, une sympathie, une amitié, même, qui ne se sont jamais démenties et que je lui rendais de mon mieux. Il aurait quitté les Mascareignes depuis des années si les événements des Indes et la guerre qui sévissait en Europe n'avaient retardé sa retraite.

Il allait être remplacé au poste de gouverneur par monsieur Dumas, puis, peu de temps après, par monsieur Desroches, nommé non par la Compagnie, les îles étant passées sous l'autorité de la Couronne, mais par le ministre.

L'émigration, qui avait dépeuplé nos comptoirs des Indes après le traité de Paris, avait envoyé dans les Mascareignes quantité de grands et de petits Blancs, de nobles, de bourgeois et d'employés, si bien que la population de notre île, au moment où j'écris ces lignes, est d'environ vingt mille habitants, parmi lesquels des milliers d'esclaves et d'Indiens réfractaires au régime anglais. Et ce chiffre ne fait qu'augmenter.

Je n'éprouvai aucun plaisir à assister au retour d'un personnage que je déteste : l'ineffable Bernardin de Saint-Pierre.

Cet avorton d'environ trente ans, irascible, bouffi de prétention, arrivait en tant qu'ingénieur surnuméraire et de « maître maçon », un titre qui ne correspondait à rien de concret. Il se brouilla d'emblée avec le gouverneur Dumas, puis avec son successeur, Desroches. Arrivé pauvre comme Job, il allait repartir les poches pleines, j'ignore à la suite de quels trafics plus ou moins licites.

Je conviens ne pas avoir eu personnellement à me plaindre de lui, car je jouis d'une nature accommodante. Il m'aida, avec une célérité à laquelle je rends hommage, à trouver des débouchés aux produits de ma plantation.

Avec le concours du chef des nègres marrons, le vieil Andapa, qui faisait office de contremaître et à qui je témoignais toute ma confiance, ma plantation et ma sucrerie me donnaient toute satisfaction. Bernardin m'avait aidé à mettre en place une distillerie avec tout son matériel : le moulin à cylindres broyeur de cannes qui libère leur jus, le *vesou*, la chaudière d'évaporation, les grandes bassines de fonte, les instruments propres à la cristallisation, à l'égouttage et au clairage…

Le jour où le premier *vesou* avait fusé des cylindres du moulin animé par des bœufs, j'avais organisé une fête à laquelle étaient conviés le gouverneur, Bernardin et quelques amis de Port-Louis et des concessions voisines. Monsieur Bouvet me manquait.

Pour les recevoir dignement, j'avais raclé mes fonds

de tiroirs. Le festin eut lieu un soir de juin, dans le jardin du modeste bungalow qui me rappelait mes chauderies de Pondichéry et la présence de Sophia. Mon fils, Jean-Baptiste, s'était occupé de la nourriture, et ma fille, Julie, du service, aidée par de belles négresses vêtues de cotonnades légères et colorées.

Mes esclaves n'avaient pas été oubliés. Je leur avais sacrifié quelques moutons, de la volaille, des tonnelets d'arak et du tabac, si bien que, jusqu'au milieu de la nuit, ils mirent beaucoup d'ardeur dans leurs chants et leurs danses.

Bernardin me dit, avec une pointe d'ironie :

— Vous traitez vos esclaves comme des domestiques, La Vermondie. Je vous en félicite au nom de la morale chrétienne, mais je réprouve cet excès d'humanité. Ces grands singes risquent de se prendre pour des êtres humains et de manifester des exigences que vous seriez incapable d'assumer.

Je protestai. Ces gens d'une autre race, d'une autre couleur de peau, d'une autre culture que nous, méritaient notre respect.

— Nous connaissons, vous et moi, lui dis-je, bien des Blancs qui, médiocres et incultes, sont devenus riches et puissants. Certains de ces sauvages pourraient leur servir d'exemples.

Je le fis bondir quand je lui confiai mon intention d'ouvrir une infirmerie et une école.

— Une infirmerie, soit ! Mais une école... Utopie, mon cher ! Vous ne ferez jamais entrer la moindre notion de culture dans ces crânes obtus. Je tiens à vous prévenir du risque que vous courez de soulever un tollé parmi vos concurrents et un rappel à l'ordre du ministre. Parlez-en à monsieur Desroches, et vous verrez ce qu'il pense de ces projets...

Bernardin se piquait de littérature et avait lui-même quelque prétention à l'écriture. Il se disait inspiré par la beauté et le climat de nos Mascareignes, et souhaitait en faire le décor d'un livre, sans doute un roman.

Un peu éméché par le vin de France et ma liqueur de canne, il s'était levé à la fin du repas inaugural et, le verre en main, avait déclamé un de ses poèmes qui, ma foi, ne manquait pas de lyrisme. Il allait, quelques années plus tard, revenir sur ses préventions contre les « races inférieures » et dénoncer les excès de l'esclavagisme. Il avait alors publié son premier roman : *Paul et Virginie.*

Je n'ai qu'à me louer de mes deux enfants.

Leur éducation ne m'a occasionné aucune peine, si leur santé me donne parfois du souci : ils supportent mal la chaleur et les lourdes averses tropicales, quasi quotidiennes durant la saison des pluies.

Malgré les soins constants que j'apporte à ma plantation, j'ai pris en main leur éducation, grâce à des ouvrages que j'ai fait venir de France. J'ai dû parfois me gendarmer pour qu'ils consacrent quelques heures à l'étude, le matin avant les grandes chaleurs, plutôt que d'aller vagabonder dans la montagne, jouer avec les enfants, dans le village des esclaves, ou aller se baigner dans le bassin d'une cascade. J'exige qu'ils soient accompagnés, à chacune de ces promenades, d'un domestique noir armé de pistolets, car il subsiste, dans les forêts d'ébéniers, quelques résidus de marronnage.

Un soir, ils sont revenus d'une randonnée en s'écriant d'un air joyeux :

— Le dodo ! Nous avons vu le dodo !

— Vous avez été victimes d'une apparence, mes enfants. Ces oiseaux ont été exterminés par les colons hollandais, portugais et les nègres marrons, car ils étaient faciles à capturer.

Julie m'a fait une description si précise de ce *dronte*, de la famille des raphidés, que des doutes me sont venus. Ces sortes de pigeons énormes sont si lourds qu'ils sont incapables de voler, ce qui a entraîné leur extermination. Les observations de Julie étaient frappantes dans leur précision : bec crochu, plumage couleur caramel, allure pataude...

— C'est bien un dodo, mes enfants. Surtout, ne parlez à personne de cette découverte. Il se trouverait un chasseur imbécile capable de le tuer pour s'en faire un trophée et le faire empailler. Laissons-le vivre...

C'est, à ma connaissance, le dernier dodo que l'on ait aperçu dans notre île. Lui disparu, cette espèce exterminée par l'homme entrera dans la légende.

Julie s'est très tôt initiée à la langue créole qu'on commence à parler dans nos îles, et en a donné le goût à son frère. Avec Amrita, une de nos servantes indiennes, qui vit en Ile de France depuis dix ans, au service des précédents gouverneurs, ils étaient à bonne école.

J'étais un peu agacé de les entendre baragouiner entre eux ce sabir auquel je n'ai jamais pu me faire. Ils disaient *moucater* pour se moquer, *tambave* pour colique, un mal dont ils souffraient souvent, *baiser* pour frapper, *ti-père* pour grand-père, et j'en passe... Ils avaient avec Amrita de longues conversations dans ce langage auquel le vieux colonial que je suis demeure toujours réfractaire.

En cette année 1768, le planteur que je suis devenu est un homme comblé par la fortune.

J'aurais aimé que Sophia fût présente pour constater la réussite de mes projets et le bonheur simple dans lequel ma famille et moi nous baignons. Il ne me reste d'elle que quelques vêtements, les saris qu'elle aimait revêtir dans notre chauderie, les bijoux dont Julie, devenue coquette, se plaît à se parer, la perle noire de Manare qu'elle porte parfois en diadème, et un portrait à la sanguine que j'ai fait peu de temps avant sa mort.

A seize ans, Julie possède les traits de sa mère, souples et d'un bel ivoire, ses grâces de colibri quand elle joue dans le jardin avec son frère ou son singe. Jean-Baptiste, quant à lui, aurait plutôt des airs de dodo, lourds, lents et réfléchis, avec une curiosité insatiable pour les secrets de la nature, la botanique notamment, dont je lui ai donné le goût.

Je partage souvent avec eux des moments d'une grande douceur. Nous effectuons de longues promenades à pied dans la montagne, si bien que nous connaissons cette île comme notre jardin et que nous ne pourrions nous y perdre. Les distances d'une côte à l'autre ne sont pas rebutantes et nous sommes, moi-même malgré mon grand âge, d'excellents marcheurs.

L'endroit où nous nous rendons le plus volontiers se trouve sur la côte occidentale, non loin des Pamplemousses : la baie des Tortues, qui nous a été signalée par la carte ancienne d'un religieux, l'abbé de La Caille.

Il faut, pour y accéder, franchir des espaces de montagne puis une savane hérissée d'arbustes et de magnifiques flamboyants qui, de novembre à janvier, éclairent cet endroit d'une symphonie exubérante, en rouge et orangé.

Notre coin de prédilection se situe sous une

bordure de filaos plantés pour fixer les dunes, en marge de la grève. A peine arrivés, notre premier soin est de nous dépouiller de nos vêtements humides de sueur et de plonger dans l'océan, au milieu des dauphins qui viennent partager les jeux des enfants. Parfois nous voyons, dans la profondeur de cristal bleu, passer une tortue, survivante d'une espèce décimée par les habitants.

Pour notre repas, nous faisons cuire sur des pierres plates les poissons et les crustacés que Jean-Baptiste va pêcher sur une ancienne estacade, à la manière des naufragés mais avec quelques agréments sous forme de galettes de riz, de mangues, de papayes, de pamplemousses et de limonade de tamarin. Parfois, je m'offre quelques rasades de ma liqueur de canne.

Après la sieste à l'ombre de cette frange végétale, je fume ma pipe de terre blanche en regardant Julie et Jean-Baptiste jouer dans les vagues.

Ces moments de bonheur me font oublier les tempêtes qui agitent le monde et celles dont je suis sorti indemne. Parfois des navires de guerre ou de commerce passent au large, se dirigeant vers Port-Louis ou en revenant. Les facilités de l'escale, les chantiers navals installés par les gouverneurs qui se sont succédé, attirent des navires de tous tonnages et de toutes nations. Nous savons que ceux qui sont armés en guerre ne vont pas abattre leurs sabords et faire parler la poudre.

Nous avons parfois, monsieur Desroches et moi, des controverses à propos de la liqueur de canne que je distille.

— J'ignore, m'a-t-il dit, ce qui fait la différence entre votre eau-de-vie et le rhum que j'ai dégusté aux Antilles. La qualité de vos cannes est irréprochable, la distillation de vos mélasses se fait correctement et vous avez suivi à la lettre les conseils puisés dans les manuels que je vous ai confiés. Et pourtant, si le goût de raisiné est présent, il y manque de la finesse. Vous devriez joindre à la fermentation des clous de girofle et du caramel. Aux Antilles, on y mêle des raclures de cuir tanné, mais je doute que ce procédé puisse en améliorer la saveur...

— Peut-être est-ce la faute du climat, d'un ensoleillement insuffisant. Peut-être aussi ai-je mal étudié la durée de la fermentation et la qualité de l'eau... Je vais de toute manière essayer les clous de girofle et le caramel. Nous verrons bien...

J'ai eu récemment le plaisir de voir revenir, alourdi par l'âge et un début d'obésité, mon vieil ami Pierre Poivre, à titre d'intendant des Mascareignes. Nous avons célébré nos retrouvailles par un repas mémorable. Nous étions ivres au point d'avoir dansé avec mes nègres.

Jean-Baptiste s'est d'emblée lié avec lui. Il voulait tout savoir des aventures de ce grand voyageur.

Envoyé en Chine, dans son jeune âge, par les missionnaires de la rue du Bac, il avait connu les prisons de Canton. Au retour, lors d'un combat naval, il avait eu un bras arraché par un boulet, ce qui lui avait interdit la prêtrise mais ne l'avait pas empêché de se rendre en Cochinchine, le Daï-Viet, pour le compte de la Compagnie, puis dans les îles de la Sonde, pour en rapporter des épices, et de suivre une expédition jusque dans les îles australes, à la limite de la banquise.

Il avait occupé ses heures de loisir, au cours de ses pérégrinations, à rédiger deux ouvrages : les *Mémoires d'un voyageur*, et les *Voyages d'un philosophe*. Dans ce dernier livre, il critiquait les méthodes des explorateurs, des marchands, des compagnies et des planteurs, peu soucieux de respecter les indigènes et leur cadre de vie, et traitant les esclaves comme du bétail.

Un jour, alors que nous assistions, Pierre et moi, à la descente par la coupée de belles dames aux allures de marquises sous leurs ombrelles, Pierre me confessa sa surprise de constater que je puisse prolonger aussi longtemps mon veuvage, alors, me dit-il avec complaisance, que j'étais, à soixante-dix ans passés, « encore vert »....

— Je suis éberlué, me dit-il, qu'à votre âge vous teniez encore d'une main ferme votre plantation et fassiez régner la paix sur vos deux cents esclaves ! Une épouse entre deux âges vous serait utile pour vos affaires et pour des rapports plus... intimes.

Je lui répondis que la bonne santé dont je jouissais, malgré quelques alertes, était due à une règle de vie empreinte de sagesse et exempte, depuis des années, des fortes émotions de la guerre. Quant à me doter d'une nouvelle compagne, Dieu m'en garde ! Sophia est présente dans ma vie, sans qu'une ombre vienne altérer son souvenir. Je devine sa présence à mes côtés, jour et nuit, active, attentive, tendre, me guidant parfois pour des choix difficiles.

— Pour tout dire, Pierre, je n'ai pas vécu comme un eunuque depuis la mort de mon épouse, et je me suis contenté de compagnonnages précaires. J'en ai usé comme de mon eau-de-vie : de bonne qualité, je m'en réserve un tonnelet ; douteuse, j'en bois une gorgée et la laisse à d'autres...

Du bout de sa canne, il me montra un groupe de voyageuses qui jacassaient autour du capitaine. Accroché à sa lubie, il me dit :

— Parmi ces filles et ces femmes, dont certaines sont très belles, je suis persuadé qu'il s'en trouverait une qui pourrait faire votre bonheur... et le sien.

Il ajouta :

— Soyez présents, vous et vos enfants, à la petite fête prévue par le gouverneur pour accueillir ces passagers. Peut-être la chance mettra-t-elle sur votre chemin une de ces charmantes créatures...

— La chance, dites-vous ? Je n'y crois guère et ne vais pas la solliciter. Tout ce que je souhaite, c'est de vivre encore quelques années, le temps de voir mes enfants prendre en main nos affaires. Mais, je vous le répète, mon célibat connaît des éclipses. Je jouis encore d'une honorable virilité, mais n'en abuse pas...

Accompagné de Julie et de Jean-Baptiste, je me suis rendu à la fête du gouverneur. Pour l'occasion, avec le concours de ma fille, je m'étais vêtu en petit marquis, comme pour un bal costumé : habit saumon, gilet en drap de Damas broché d'argent, cravate de Malines et perruque poudrée. En me contemplant dans la psyché, j'avais l'impression de me préparer pour un bal à Versailles.

C'est ce soir-là, alors que je faisais déguster aux passagers la dernière distillation de ma rhumerie, que j'eus ma première défaillance : un voile tomba sur mes yeux, puis ce fut une chute dans le noir. En reprenant conscience, je me trouvai allongé sur un sofa, avec, au-dessus de moi, dans un papillonnement d'éventails parfumés, des visages de femmes heureuses de me voir émerger du pays des ombres.

J'ai pris cette première alerte au sérieux. Julie vient d'avoir vingt ans et Jean-Baptiste va sur ses dix-huit.

Je me dis qu'il est temps pour moi de songer à les marier, et, pour mes affaires, de leur passer la main.

Ils y sont prêts.

Julie donne tout son temps aux derniers préparatifs des cérémonies que nous allons célébrer dans une semaine pour la fête indienne de la *Thaïpoosam*, qui, dans notre île, tombe en janvier. Ce n'est pas une petite affaire, mais nous ne saurions nous y dérober. Chaque année, ainsi que les autres planteurs de l'île, nous organisons ces festivités en relation avec les services du gouverneur. Elles se déroulent à Port-Louis, en présence de notre colonie, qui comporte une forte proportion d'individus originaires des Indes.

J'entends ma grande fille donner des ordres à nos servantes pour la décoration de notre char. Nous avons choisi de le consacrer aux montagnes sacrées de l'Inde, lieu d'origine de cette fête de la Purification. Consigne du gouverneur : éviter les excès qu'elle entraîne dans la Péninsule, comme l'obligation d'un jeûne préliminaire, les marches sur les braises et des macérations qui consistent à se planter des aiguilles dans la peau ou à se percer la langue. En revanche, il n'a pu interdire les abus d'alcool et de drogue qui, en fin de journée, occasionnent des troubles.

Notre char sera une sorte de poème païen sous la forme d'une pyramide tronquée couronnée par une effigie de Shiva et de ses attributs familiers. Sur ses flancs, où ruissellera une cascade d'hibiscus, d'anthuriums et de palmes, on installera des petites Indiennes et quelques jeunes esclaves noires vêtues de saris multicolores ornés de pacotilles.

A quelques jours de notre descente à Port-Louis pour présenter notre œuvre à la population et la confronter aux autres, alors qu'éclatera la petite fanfare de tambours et de trompettes et que retentiront les chants indiens, je sais que la même émotion me saisira, et que des souvenirs me remonteront au cœur en lourdes vagues.

Le capitaine d'un navire venu de Lorient m'a remis ce matin un courrier du notaire de Sarlat, maître Lapeyre le Jeune. Après avoir tenté de le vendre, il a fini par se rendre acquéreur du domaine de La Vermondie, à cause, me dit-il, de ses truffières. Il se trouve fort bien de cette acquisition. Après d'importants travaux de rénovation et d'aménagement compensés par des coupes de bois de chêne, il y a installé sa nombreuse famille et loué une pêcherie sur la Vézère, près de Saint-Léon.

Par un autre courrier, nous avons appris la mort du roi Louis XV, qu'on appelait le « Bien-Aimé », mais qui s'est fait détester de son peuple. Aucune fibre de mon cœur n'a tressailli. Je n'ai pas nourri de haine implacable contre lui, mais je ne puis lui pardonner de nous avoir laissé spolier de nos territoires d'outre-mer au profit de l'Angleterre, indifférent qu'il fut à ce qui n'était pas son pré carré européen et ses petites sultanes du Parc-aux-Cerfs.

Je partageais cette inimitié avec Joseph Dupleix et avec Sophia. Elle me disait : Olivier... Elle me disait que...

NOTE DE JULIE : *Notre père est mort la nuit passée, dans notre pavillon des Pamplemousses. Nous l'avons trouvé au matin, assis à sa table de travail, au milieu des documents utiles à son récit. Sa tête reposait sur le dernier feuillet qu'il venait de gribouiller d'une main qui, depuis quelques semaines, souffrait de crispations qui le gênaient dans ses travaux d'écriture.*

Lorsque je lui proposais de consulter le médecin de Port-Louis, il protestait, disant que ce brave homme avait assez à faire avec l'épidémie de malaria qui a éclaté à Mahébourg.

Nous avons stupidement tenté de le ranimer, alors qu'il était déjà froid. Je regrette qu'il soit mort sans les sacrements de la religion, mais nous savons qu'il n'attachait aucune importance à ce qu'il considérait comme des simagrées, disant qu'en cela il partageait l'opinion de monsieur de Voltaire. Je ne lui tiens pas rigueur de son athéisme. Jusqu'à l'heure de sa mort, il a vécu comme un honnête homme et un père de famille exemplaire.

Nous le ferons inhumer au fond du jardin, sous le flamboyant au pied duquel il avait installé un banc de bois. Il s'y reposait pour lire les œuvres des philosophes et des poètes qu'il faisait venir de France, en fumant cette pipe de terre blanche que notre mère lui avait offerte.

Demain, pour la première fois depuis notre installation aux Pamplemousses, la fête de Thaïpoosam aura lieu sans lui. Il y aura, comme chaque année, de la musique, des chants, des danses et des rires, mais aussi, pour ceux qui ont connu et aimé Olivier de La Vermondie, de la tristesse et des larmes...

Table des matières

LIVRE I

LIVRE II

LIVRE III

OUVRAGES DE MICHEL PEYRAMAURE

Grand Prix de la Société des gens de lettres
et prix Alexandre-Dumas
pour l'ensemble de son œuvre

Paradis entre quatre murs, Laffont.
Le Bal des ribauds, Laffont ; France Loisirs.
Les Lions d'Aquitaine, Laffont, prix Limousin-Périgord.
Divine Cléopâtre, Laffont, collection « Couleurs du temps passé ».
Dieu m'attend à Médina, Laffont, collection « Couleurs du temps passé » ; France Loisirs.
L'Aigle des deux royaumes, Laffont, collection « Couleurs du temps passé », Lucien Souny, Limoges.
Les Dieux de plume, Presses de la Cité, prix des Vikings.
Les Cendrillons de Monaco, Laffont, collection « L'Amour et la Couronne ».
La Caverne magique (*La Fille des grandes plaines*), Laffont, prix de l'académie du Périgord) ; France Loisirs.
Le Retable, Laffont ; Lucien Souny, Limoges.
Le Chevalier de Paradis, Casterman, collection « Palme d'or » ; Lucien Souny, Limoges.
L'Œil arraché, Laffont.
Le Limousin, Solar ; Solarama.
L'Auberge de la mort, Pygmalion.
La Passion cathare :
1. *Les Fils de l'orgueil*, Laffont.
2. *Les Citadelles ardentes*, Laffont.
3. *La Tête du dragon*, Laffont.

La Lumière et la Boue :
1. *Quand surgira l'étoile Absinthe*, Laffont ; Livre de Poche.
2. *L'Empire des fous*, Laffont ; Livre de Poche.
3. *Les Roses de fer*, Laffont, prix de la ville de Bordeaux ; Livre de Poche.

L'Orange de Noël, Laffont, prix du Salon du livre de Beauchamp ; Livre de Poche ; France Loisirs et Pocket. Dramatique à France 2 (1996).
Le Printemps des pierres, Laffont ; Livre de Poche.

Les Montagnes du jour, éd. « Les Monédières » (préface de Daniel Borzeix).
Sentiers du Limousin, Fayard.
Les Empires de cendre :
1. *Les Portes de Gergovie*, Laffont ; France Loisirs et Pocket.
2. *La Chair et le Bronze*, Laffont.
3. *La Porte noire*, Laffont.
La Division maudite, Laffont.
La Passion Béatrice, Laffont ; France Loisirs et Pocket.
Les Dames de Marsanges :
1. *Les Dames de Marsanges*, Laffont.
2. *La Montagne terrible*, Laffont.
3. *Demain après l'orage*, Laffont.
Napoléon :
1. *L'Etoile Bonaparte*, Laffont.
2. *L'Aigle et la Foudre*, Laffont.
Les Flammes du Paradis, Laffont ; France Loisirs et Pocket.
Le Beau Monde, Laffont ; France Loisirs et Pocket.
Pacifique Sud, Presses de la Cité ; France Loisirs et Pocket.
Les Demoiselles des Ecoles, Laffont, prix du Printemps du livre de Montaigu ; France Loisirs et Pocket.
Martial Chabannes, gardien des ruines, Seghers ; France Loisirs.
Louisiana, Presses de la Cité ; France Loisirs et Pocket.
Un monde à sauver, Bartillat, prix Jules-Saudeau.
Henri IV :
1. *L'Enfant roi de Navarre*, Laffont ; France Loisirs.
2. *Ralliez-vous à mon panache blanc !*, Laffont.
3. *Les Amours, les passions et la gloire*, Laffont.
Cléopâtre, reine du Nil, Laffont.
Lavalette, grenadier d'Egypte, Laffont ; France Loisirs.
La Tour des Anges, France Loisirs.
Suzanne Valadon :
1. *Les Escaliers de Montmartre*, Laffont ; le Grand Livre du Mois.
2. *Le Temps des ivresses*, Laffont ; le Grand Livre du Mois.
Jeanne d'Arc :
1. *Et Dieu donnera la victoire*, Laffont.
2. *La Couronne de feu*, Laffont.
Les Chiens sauvages, Laffont.

Vu du clocher, Bartillat, prix Jules-Sandeau.
La Cabane aux fées, Le Rocher.
Soupes d'orties (tomes I et II), nouvelles, Anne Carrière.
Le Roman des croisades (tomes I et II), Laffont.
La Divine (le roman de Sarah Bernhardt), Laffont.
Fille de la colère (le roman de Louise Michel), Laffont.
Le Roman de Catherine de Médicis, Presses de la Cité.
Un château rose en Corrèze, Presses de la Cité.
Le Bonheur des Charmettes, la Table Ronde.
Les Grandes Falaises, Presses de la Cité.
La Vallée endormie, France Loisirs et Robert Laffont.
Les Bals de Versailles, Robert Laffont et le Grand Livre du Mois.
De granit et de schiste (*Soupes d'orties* III), Anne Carrière.
Le Pays du Bel Espoir, Presses de la Cité.
Batailles en Margeride, éd. du Rouergue.
Les Fêtes galantes, Laffont.
Les Fleuves de Babylone, Presses de la Cité.
Les Tambours sauvages, Presses de la Cité, réédition.
Le Parc aux Cerfs, Robert Laffont.
Le Bal des Célibataires, Robert Laffont.
Cartouche (Les bandits célèbres), Robert Laffont.

Pour la jeunesse

La Vallée des mammouths, Laffont ; collection « Plein Vent », Grand Prix des Treize ; Folio-Junior.
Les Colosses de Carthage, Laffont, collection « Plein Vent ».
Cordillère interdite, Laffont, collection « Plein Vent ».
Nous irons décrocher les nuages, Laffont, collection « Plein Vent ».
Je suis Napoléon Bonaparte, Belfond Jeunesse.

Éditions de luxe

Amour du Limousin (illustrations de J.-B. Valadié), Plaisir du Livre ; Fanlac, Périgueux (réédition, 1986).
Eves du monde (illustrations de J.-B. Valadié), Art Média.
Valadié, Terre des Arts.
L'Epopée des Cathares, album Ouest-France.

TOURISME

Le Limousin, Larousse.
La Corrèze, Ch. Bonneton.
Le Limousin, Ouest-France.
Brive (commentaire sur des gravures de Pierre Courtois), R. Moreau, Brive.
La Vie en Limousin (texte pour des photos de Pierre Batillot), éd. « Les Monédières ».
Balade en Corrèze (photos de Sylvain Marchou), Les Trois-Epis, Brive.
Brive, Casterman.
Le Pays cathare, Ouest-France.
Aimer le Limousin, Ouest-France.

PRODUCTION JEANNINE BALLAND

Romans « Terres de France »

Jean Anglade
Un parrain de cendre
Le Jardin de Mercure
Y a pas d'bon Dieu
La Soupe à la fourchette
Un lit d'aubépine
La Maîtresse au piquet
Le Saintier
Le Grillon vert
La Fille aux orages
Un souper de neige
Les Puysatiers
Dans le secret des roseaux
La Rose et le Lilas
Avec le temps...
L'Ecureuil des vignes
Une étrange entreprise
Le Temps et la Paille
Sylvie Anne
Mélie de Sept-Vents
Le Secret des chênes
La Couze
Ciel d'orage sur Donzenac
La Maîtresse du corroyeur
Un horloger bien tranquille
Jean-Jacques Antier
Autant en apporte la mer
Marie-Paul Armand
La Poussière des corons
Le Vent de la haine
Le Pain rouge
La Courée
tome I *La Courée*
tome II *Louise*
tome III *Benoît*
La Maîtresse d'école
La Cense aux alouettes
Nouvelles du Nord
L'Enfance perdue
Un bouquet de dentelle
Au bonheur du matin
Le Cri du héron
Victor Bastien
Retour au Letsing
Henriette Bernier
L'Enfant de l'autre
L'Or blanc des pâturages
L'Enfant de la dernière chance
Françoise Bourdon
La Forge au Loup
La Cour aux paons
Le Bois de lune
Le Maître ardoisier
Les Tisserands de la Licorne
Le Vent de l'aube
Patrick Breuzé
Le Silence des glaces
La Grande Avalanche
Nathalie de Broc
Le Patriarche du Bélon
La Dame des Forges
Annie Bruel
La Colline des contrebandiers
Le Mas des oliviers
Les Géants de pierre
Marie-Marseille
Jean du Casteloun
Les Amants de Malpasset
Michel Caffier
Le Hameau des mirabelliers
La Péniche Saint-Nicolas
Les Enfants du Flot
La Berline du roi Stanislas
La Plume d'or du drapier
L'Héritage du mirabellier
Jean-Pierre Chabrol
La Banquise
Claire Chazal
L'Institutrice
Alice Collignon
Un parfum de cuir
Didier Cornaille
Les Labours d'hiver
Les Terres abandonnées
La Croix de Fourche
Etrangers à la terre
L'Héritage de Ludovic Grollier
L'Alambic
Georges Coulonges
Les Terres gelées
La Fête des écoles
La Madelon de l'an 40
L'Enfant sous les étoiles
Les Flammes de la Liberté
Ma communale avait raison
Les blés deviennent paille

L'Eté du grand bonheur
Des amants de porcelaine
Le Pays des tomates plates
La Terre et le Moulin
Les Sabots de Paris
Les Sabots d'Angèle
La Liberté sur la montagne
Les Boulets rouges de la Commune
Yves Courrière
Les Aubarède
Anne Courtillé
Les Dames de Clermont
Florine
Dieu le veult
Les Messieurs de Clermont
L'Arbre des dames
Le Secret du chat-huant
L'Orfèvre de Saint-Séverin
Paul Couturiau
En passant par la Lorraine
Annie Degroote
La Kermesse du diable
Le Cœur en Flandre
L'Oubliée de Salperwick
Les Filles du Houtland
Le Moulin de la Dérobade
Les Silences du maître drapier
Le Colporteur d'étoiles
La Splendeur des Vaneyck
Les Amants de la petite reine
Alain Dubos
Les Seigneurs de la haute lande
La Palombe noire
La Sève et la Cendre
Le Secret du docteur Lescat
Marie-Bernadette Dupuy
L'Orpheline du bois des Loups
Les Enfants du Pas du Loup
La Demoiselle des Bories
Elise Fischer
Trois Reines pour une couronne
Les Alliances de cristal
Mystérieuse Manon
Le Soleil des mineurs
Laurence Fritsch
La Faïencière de Saint-Jean
Alain Gandy
Adieu capitaine
Un sombre été à Chaluzac
L'Enigme de Ravejouls
Les Frères Delgayroux
Les Corneilles de Toulonjac
L'Affaire Combes
Les Polonaises de Cransac
Le Nœud d'anguilles
L'Agence Combes et Cie
Suicide sans préméditation
Fatale Randonnée
Gérard Georges
La Promesse d'un jour d'été
Les Bœufs de la Saint-Jean
L'Ecole en héritage
Le Piocheur des terres gelées
Michel Hérubel
La Maison Gelder
La Falaise bleue
Tempête sur Ouessant
Le Démon des brumes
Denis Humbert
La Malvialle
Un si joli village
La Rouvraie
La Dent du loup
L'Arbre à poules
Les Demi-Frères
La Dernière Vague
Yves Jacob
Marie sans terre
Les Anges maudits de Tourlaville
Les blés seront coupés
Hervé Jaouen
Que ma terre demeure
Au-dessous du calvaire
Les Ciels de la baie d'Audierne
Guillemette de La Borie
Les Dames de Tarnhac
Jean-Pierre Leclerc
Les Années de pierre
La Rouge Batelière
L'Eau et les jours
Les Sentinelles du printemps
Un amour naguère
Julien ou l'Impossible Rêve
Hélène Legrais
Le Destin des jumeaux Fabrègues
La Transbordeuse d'oranges
Les Herbes de la Saint-Jean
Louis-Jacques Liandier
Les Gens de Bois-sur-Lyre
Les Racines de l'espérance
Jean-Paul Malaval
Le Domaine de Rocheveyre
Les Vignerons de Chantegrêle
Jours de colère à Malpertuis
Quai des Chartrons
Les Compagnons de Maletaverne
Le Carnaval des loups
Les Césarines

Grand-mère Antonia
Une maison dans les arbres
Une reine de trop
Dominique Marny
A l'ombre des amandiers
La Rose des Vents
Et tout me parle de vous
Jouez cœur et gagnez
Pascal Martin
Le Trésor du Magounia
Le Bonsaï de Brocéliande
Louis Muron
Le Chant des canuts
Henry Noullet
La Falourde
La Destalounade
Bonencontre
Le Destin de Bérengère Fayol
Le Mensonge d'Adeline
L'Evadé de Salvetat
Les Sortilèges d'Agnès d'Ayrac
Le Dernier Train de Salignac
Michel Peyramaure
Un château rose en Corrèze
Les Grandes Falaises
Frédéric Pons
Les Troupeaux du diable
Les Soleils de l'Adour
Passeurs de nuit
Jean Siccardi
Le Bois des Malines
Les Roses rouges de décembre
Le Bâtisseur de chapelles
Le Moulin de Siagne
Un parfum de rose
La Symphonie des loups
La Cour de récré
Bernard Simonay
La Fille de la pierre
Jean-Michel Thibaux
La Bastide blanche
Le Secret de Magali
La Fille de la garrigue
La Colère du mistral
L'Homme qui habillait les mariées
La Gasparine
L'Or des collines
Le Chanteur de sérénades
La Pénitente
L'Enfant du mistral
Jean-Max Tixier
Le Crime des Hautes Terres
La Fiancée du santonnier
Le Maître des roseaux
Marion des salins
Le Mas des terres rouges
Brigitte Varel
Un village pourtant si tranquille
Les Yeux de Manon
Emma
L'Enfant traqué
Le Chemin de Jean
L'Enfant du Trièves
Le Déshonneur d'un père
Blessure d'enfance
Louis-Olivier Vitté
La Rivière engloutie
Colette Vlérick
La Fille du goémonier
Le Brodeur de Pont-l'Abbé
La Marée du soir
Le Blé noir

Récit « Terres de France »

Albine Novarino
George Sand ou l'Amour du Berry

Collection « Sud Lointain »

Sylvie Anne
L'Appel de la pampa
Jean-Jacques Antier
Le Rendez-vous de Marie-Galante
Marie-Galante, La Liberté ou la Mort
La Dame du Grand-Mât
Le Sixième Condamné de l'Espérance
Erwan Bergot
Les Marches vers la gloire
Sud lointain
tome I *Le Courrier de Saïgon*
tome II *La Rivière des parfums*
tome III *Le Maître de Bao-Tan*
Rendez-vous à Vera-Cruz
Mourir au Laos
Jean Bertolino
Chaman
Fura-Tena
Anne Courtillé
Le Mosaïste de Constantinople
Paul Couturiau
Le Paravent de soie rouge
Le Paravent déchiré
L'Inconnue de Saigon
Les Amants du fleuve Rouge
Le Pianiste de La Nouvelle-Orléans
Les Brumes de San Francisco
Alain Dubos
Acadie, terre promise
Retour en Acadie
La Plantation de Bois-Joli
La Baie des maudits
Elise Fischer
L'Enfant perdu des Philippines
Hubert Huertas
L'Orque de Magellan
Hervé Jaouen
L'Adieu au Connemara
Eric Le Nabour
Orages sur Calcutta
Les Démons de Shanghai
Sonia Marmen
La Vallée des larmes
La Saison des corbeaux
Dominique Marny
Du côté de Pondichéry
Les Nuits du Caire
Cap Malabata
Juliette Morillot
Les Orchidées rouges de Shanghai
Michel Peyramaure
Le Pays du Bel Espoir
Les Fleuves de Babylone
Les Tambours sauvages
Bernard Simonay
Les Tigres de Tasmanie
La Dame d'Australie
Princesse maorie
Jean-Michel Thibaux
La Fille de Panamá
Tempête sur Panamá
La Pyramide perdue
Colette Vlérick
Le Domaine du belvédère

Romans

Alain Gandy
Quand la Légion écrivait sa légende
Hubert Huertas
Nous jouerons quand même ensemble
La Passagère de la « Struma »
Terminus Pondichéry
Denis Humbert
Un été d'illusions
Dominique Marny
Mes nuits ne sont pas les vôtres
Michel Peyramaure
Pacifique Sud
Louisiana
Le Roman de Catherine de Médicis
Jean-Michel Thibaux
Le Roman de Cléopâtre

Composition et mise en pages : FACOMPO, LISIEUX

Achevé d'imprimer sur les presses de

BUSSIÈRE

GROUPE CPI

à Saint-Amand-Montrond (Cher)
en septembre 2006
pour les Éditions Presses de la Cité

N° d'édition : C 07162. — N° d'impression : 063325/1.
Dépôt légal : octobre 2006.

Imprimé en France